ROWOHLT
BERLIN

Alexandru Vona

Die vermauerten Fenster

Roman

Aus dem Französischen unter
Verwendung der rumänischen Urfassung
von Georg Aescht

Rowohlt · Berlin

Die rumänische Erstausgabe erschien 1993 u. d. T.
«Ferestrele zidite» bei Editura Cartea Românească, Bukarest
Die vom Autor überarbeitete französische Ausgabe erschien 1995
u. d. T. «Les Fenêtres Murées» bei Actes Sud, Arles

1. Auflage März 1997

Umschlaggestaltung Walter Hellmann
(Giorgio Morandi, Cortile di ria Fondazza © VG Bild-
Kunst, Bonn 1997)
Satz aus der Linotype Walbaum (Linotronic 500)
Gesamtherstellung Clausen & Bosse, Leck
Printed in Germany
ISBN 3 87134 280 7

Für Mira

I

Traurig war ich, doch nicht wie alle Tage, genauer: nicht wie immer zu Beginn des Tages, wenn es mir so schwerfällt, mich von den zarten und gefügigen Geschöpfen zu lösen, mit denen ich meine Nächte verbringe, wenn es mir kaum gelingt, die vorherige Welt zu verlassen, in der die geringste Einzelheit alles verändern kann. Ein winziges Lächeln im Gesicht eines jungen Mädchens (schon die sich leicht hebenden Winkel eines frischen Mundes) bedeutet, daß irgendwo hinter mir ein Fenster aufgegangen ist, man fühlt den Schatten der weißen Wolken, den im struppigen Geäst der Pappeln umherirrenden Wind. Dann wäre natürlich noch die Trägheit des Blutes zu nennen, das nach der Ruhe der Nacht seine dienende Rolle als blinder Lebensbote wiederaufnehmen muß.

Diese Traurigkeit, wie Kinder sie bekunden, wenn sie weinend erwachen, zieht sich dann langsam zurück wie die Wasser der Ebbe; am Strand des Körpers bleiben nur hie und da, wie in manchen Gletscherspalten, Augen einer bitteren Flüssigkeit zurück. So kenne ich Tage, an denen mein Hirn keinen Lärm erträgt, an denen ich die Fensterläden schließe und meine Zeit im Schutz der Mauern verbringe. Tage, an denen die Hände nichts tun können und ich bis spät in der Nacht, wenn sie erschöpft neben mir einschlafen, spüre, wie sie in unbegreiflicher Unrast zittern.

An anderen Tagen verläßt mich diese Traurigkeit so schnell, daß die Zugehfrau, die mir die Milch bringt, sie schon nicht mehr im Zimmer vorfindet. Sie merkt nicht, daß sie aus diesem Grund das Bedürfnis hat, mir vom Wetter zu erzählen oder mir den nächtlichen Krawall im Wirtshaus an der Ecke zu erklären; ich aber weiß, was ihre Worte bedeuten: daß meine Traurigkeit, die im verborgenen auch auf sie wirkt, sich auf unübliche Weise verflüchtigt hat, und dankbar für diese gute Nachricht lächle ich sie an.

Eigentlich sind fast alle Blicke dazu angetan, mich zu spiegeln, die Spuren der Nacht, das Maß meiner Traurigkeit – sofern sie noch vorhanden ist – an mir zu enthüllen. Als die Kassiererin des Restaurants in der anderen Stadt mich ansprach und mir irgend etwas von einer Epidemie erzählte, die von den Behörden geheimgehalten würde, wußte ich, daß ich wieder trübe Augen hatte, daß ich im Traum an Orten gewesen war, von denen ich mich noch nicht gelöst hatte und die mir anhafteten wie die dunkle Pigmentierung den Gesichtern von Leuten, die aus den Kolonien zurückkehren.

Manchmal, wenn sie allzu lange verweilt, beschließe ich, die Traurigkeit zu verjagen; dann wieder stört sie mich gar nicht und ich sehe ein, daß wir den Tag gemeinsam zu verbringen haben. Mit ein paar Handgriffen, die meine wenigen Bekannten in Erstaunen versetzen würden, da sie mich doch als besonders nachlässig und ungeschickt kennen (Kati hilft mir in den Mantel, nicht etwa zum Scherz oder um mich zu beschämen, sondern weil es bei mir viel zu lange dauert und sie das irritiert), ziehe ich mich dann in drei Minuten an und gehe auf den Markt.

Ich bin zu dem Schluß gekommen, daß meine Traurigkeit einen schwachen Charakter hat wie jene gescheiterten Helden, die sich, nachdem sie ihre großartigen Entschlüsse in einem Tagebuch niedergelegt haben, in Nichtigkeiten, in alltäglichen Banalitäten verzetteln, ihren Schwung an unbedeutende Gesten verschwenden. Meine Traurigkeit verträgt nichts Unvorhergesehenes, wie jeder Passant es mitbringt, keine widersprüchlichen Bilder, keine grellen Farben, keinen Lärm. Auf dem Markt aber finde ich all das und kann manchmal schon nach einer Stunde beruhigt nach Hause zurückkehren.

Diese gehorsame Traurigkeit, mit der ich spiele wie ein Vater mit einem Kind, welches immer vorwitziger wird, je mehr man sich mit ihm abgibt, das man jedoch mit einem Blick in die Schranken weisen und auf sein Zimmer schicken kann, bereitet mir dennoch manchmal Überraschungen.

Plötzlich stellt sie sich mir mit irgendeinem Gegenstand, gewöhnlich einem häßlichen oder unerfreulichen, in den Weg: ein allzu hohes Fenster mit vom Holzrahmen abblätternder Farbe und blinden Glasscheiben, eine schlecht gedruckte Zeitungsseite, die mir beim Lesen Schwindel verursacht; damit versucht sie mich zurückzuerobern und in mein Zimmer zu jagen, zu den Schatten und Schemen hinter meinen geschlossenen Lidern. Mit der Zeit ist es mir gelungen, ihr Spiel zu durchschauen und zugleich herauszufinden, wie man sie fernhalten kann. Ich sage mir mit lauter Stimme: «Diese schmutzigen Fenster verbergen gewiß keine interessante Aussicht» oder: «Das ist höchstwahrscheinlich ein Artikel über die Amtseinführung eines neuen Ministers oder etwas in dieser Art.» Ich bedenke sie mit einem verächtlichen Grinsen, das ich für unfehlbar halte, auch wenn ich nie vor dem Spiegel Grimassen schneide, und gehe entschlossen, an meiner schwindenden Traurigkeit vorbei, zu etwas anderem über.

Schwieriger wird es, wenn sich die Traurigkeit in einer

Geste oder in einem Passanten versteckt und sich so meinen Nachforschungen entzieht. Vergeblich redete ich mir ein: «Das ist nur ein armer verrückter Greis» – der kleine Alte, der unter seinem ärmlichen, seiner namenlosen Gestalt angepaßten Gehrock eine Weste aus orangerotem Samt trug, hatte schon meinen ganzen Nachmittag auf den Kopf gestellt.

Eigentlich weiß ich, daß es nicht besonders präzise ist, etwas Traurigkeit zu nennen, was vielmehr eine Art Schritt zurück ist in einen Schatten, in dem alles sich mischt: undeutliche Bilder, Erinnerungen und hin und wieder vage Wünsche. (Wären diese – wohlgemerkt: unerfüllbaren – Wünsche klarer, vielleicht paßte dann auch der Begriff besser. So aber gebrauche ich ihn nur, weil ich keinen angemesseneren finde.)

Ein Greis mit orangeroter Weste, der einem den ganzen Nachmittag nicht aus dem Kopf geht, oder eine behandschuhte Hand, welche langsam die Tür eines Automobils zuzieht, worauf sich dieses unvermittelt in Bewegung setzt, man selbst jedoch nicht mehr davon loskommt, bis das eine wie das andere ebenso plötzlich auf sein eigentliches Maß zusammenschmilzt, das ist immerhin nicht gerade angenehm.

Manchmal versuche ich, diese Dinge an jemand anderen weiterzureichen. Einem Bekannten hatte ich von der merkwürdigen Art und Weise erzählt, wie eine junge Frau von einem Fenster aus den Gruß eines Mannes auf der Straße, wahrscheinlich ihres Ehemannes, erwiderte. Für einen Augenblick hatte sie die Hand an die Stirn gelegt, wie um zu prüfen, ob sie Fieber hätte, dann hatte sie sie mit dem Ausdruck der Verwirrung weggezogen, als wäre jetzt, wo die Möglichkeit einer Halluzination ausgeräumt war, gar nichts mehr erklärbar. Das sind Gesten, auf die etwas

folgen muß – sie können nicht in die Leere münden.
Wie ja auch, wenn man einen Stein in einen Brunnen wirft, unweigerlich das Warten und schließlich, wie spät auch immer, die Antwort des Wassers aus der Tiefe folgt. Ich fand die Worte nicht, um diese Erwartungshaltung zu erklären. «Wer waren die denn? Vielleicht kenne ich sie ja auch», fragte mein Gesprächspartner. «Ach woher! Ich kenne sie ja selbst nicht, wie sollte ich auch?» «Was hat denn Ihre ganze Geschichte dann für einen Sinn? Ich dachte, es geht Ihnen um etwas Bestimmtes aus ihrem Leben, aber so!» Mein Bekannter sah mich mißtrauisch an.
Es ist schwer, jemanden zu finden, der bereit ist, solche Geschichten auf sich zu nehmen, wenngleich ein solcher Retter diese Last, die mir die Möglichkeit des freien Ganges raubt, derart leicht von meiner Schulter (die nicht kräftiger ist als seine) nehmen kann, daß er sie gar nicht als solche zu spüren bekommt – schon die Übergabe läßt sie zerstieben.
Betreten sehe ich dann in das Gesicht dessen, der mir still zugehört hat. Auf dem meinen liegt ein unsicheres Lächeln, das besagt: «Glaub ja nicht, das alles sei ohne Bedeutung; vor allem aber sollst du, selbst wenn dir die Bedeutung entgeht, wissen, daß ich dir das Feingefühl nicht absprechen will! Nein, du hast keinen Grund, mir böse zu sein.»
Ich achte immer mehr auf meinen eigenen Gesichtsausdruck als auf den meines Gesprächspartners, und doch kann ich über mich selbst kaum mehr sagen als das, was sich in den Augen des anderen spiegelt. Das wenige, was ich von diesem unfaßbaren Äußeren zu erkennen vermag, sind eher Bruchstücke, Überreste einer wer weiß wie lange schon bestehenden Konvention, denn ein richtiges Bild. (Wie ich ja auch, wenn ich abends im Dunkeln ins Zimmer trete, den Stuhl

erkenne, weil ich weiß, daß er um diese Zeit dort stehen muß, ihn aber in einem fremden, ebenfalls in Dunkelheit gehüllten Zimmer nicht erkennen würde – eigentlich sehe ich dort nämlich gar nichts.)

Diese gewöhnlich uninteressanten Bilder, über die meine Traurigkeit einen Teil ihrer Reize an mich heranträgt, leisten mir manchmal in meinem Zimmer bis tief in die Nacht Gesellschaft. Überwältigt lege ich mich dann ins Bett, die Zimmerdecke wird zusehends dunkler, dann hebt sie sich langsam, wobei sie sich aufhellt, bis ganz plötzlich die Finsternis verschwindet und ich mich fühle wie unter heiterem Himmel. Dies ist das Zeichen, daß die Entrückung stattgefunden hat. Ich bin überzeugt, in den darauffolgenden Stunden könnte die Feuerwehr die knarrende alte Treppe heraufsteigen, ohne daß ich sie hören würde. (Doch sicherlich irre ich mich, denn ein solches Abenteuer kann eigentlich nur in absoluter Stille vonstatten gehen.) Ich versinke nicht in kindlicher Träumerei oder vielmehr in einer einfachen Verlängerung der glanzlosen, von der Dürftigkeit des Zufalls eingeengten Wirklichkeit. Ich bin wie ein Sammler von Kupferstichen, der den Empfindungen nachgeht, die der Anblick eines einzelnen bei ihm hervorruft. Darum sucht er zu Hause jene Stiche heraus, die von der Qualität seiner Reaktion her dem einen vergleichbar sind, umgibt sich mit all diesen so verschiedenartigen Auslösern ähnlicher Eindrücke und stellt die gewagtesten Verbindungen zwischen ihnen her, Verbindungen, denen nacheinander die Fabel, die Linienführung, die Farbe, alles Ausdrückbare zum Opfer fällt. Diese Assoziationen, die keinerlei Anstrengung erfordern, so wie in der dünnen Luft des Traumes Entfernungen nicht mehr zählen, verleihen den sonderbarsten Kombinationen einen Sinn.

Sobald niemand mehr mit seinem Besteck klapperte, ließ ich meinen Blick in die Runde schweifen. Damen und Herren wechselten einander mit der Regelmäßigkeit von Zähnen und Zwischenräumen eines Kammes ab. Alle hatten die Hände – die sich so sehr bemühen, unbeobachtet und anonym zu bleiben – auf dem Tisch. Eine einzige, die Linke eines jungen Mannes, der unbeteiligt schien, verriet sich selbst. Sie lag mit der Handfläche nach oben und gespreizten Fingern offen da, als würde sie einem Chiromanten dargeboten. Die Hand sagte: «Ihr seht vielleicht nichts, ich aber weiß, was durch mich geschehen wird.» Ich! Der Stolz und das beglückende Wissen um ein Geheimnis.

Einmal, vor langer Zeit, hatte ich am Stadtrand die stille Agonie eines Sonnenuntergangs verfolgt, dessen glutrotes Wasser mühsam unter der Wolkenkuppel eines grauen Tages hervorsickerte.

Der Aufschrei der Hand, die blutige Grotte des Sonnenuntergangs, die leere Fähre, die den See überquerte (der Fährmann steckte wahrscheinlich zwischen Frachtkisten und war deshalb nicht zu sehen), sie hatten sich aus eigener Kraft versammelt und mich schweigend umringt. Eine Zeitlang geschah nichts, dann begannen plötzlich die geheimen Beziehungen Verborgenes zutage zu fördern. Die verräterische Hand, die verglühenden Überreste des Abends, die Beklemmung beim Anblick der scheinbar leer dahingleitenden Fähre, dies alles war eine einzige Botschaft: von dem, was es jenseits des Augenscheins gibt, was sich kaum sehen läßt, was uns meistens entgeht, was ebenso nah sein kann wie die Hand, ebenso fern wie der Himmel.

Die größte Prüfung besteht jedoch nicht in diesen alltäglichen Annäherungen, durch die die Dinge geklärt werden sollen, was häufig zu ihrem Verschwinden führt. Wenn nichts sich fügt, ist sie dies: Die Stille wird nach und nach zu einer langsam schwingenden Schaukel, die mich ohne Unterlaß über einem Abgrund wiegt, in dem die lächerlichen Äußerlichkeiten durcheinandergewirbelt werden, von denen ich mich noch nicht habe befreien können. Eine zauberhafte Schaukel, aus der es für mich, das weiß ich, kein Entkommen gibt. Ich kralle mich an den Strängen fest, während meine Blicke immer noch den Gegenstand abtasten, der sich von seiner ersten Identität immer weiter entfernt und in seinen neuen Formen mit unerträglicher Macht ausgestattet ist. Jenseits der ausgefallensten Bedeutungen und Assoziationen pralle ich gegen etwas Fremdes, völlig Fremdes und Feindliches, das mir dann als Endstadium aller Nachforschungen erscheint. Wenn der Galopp des Blutes einen Höhepunkt überschreitet, spüre ich, wie der Strudel mit einemmal die morschen Bausteine des Bewußtseins in die Tiefe reißt. Das ist ein Gefühl, wie ich es auch unter der Chloroformmaske gehabt habe. Ich erwache geheilt, mit nervösen Augen wie die eines Einbrechers, der in einem fremden Haus die Finsternis zu durchdringen sucht. Müde stehe ich auf und mache Licht. Diese Art der Heilung aber ist viel zu aufwendig, da die notwendige Temperatur, bei der das Böse vernichtet wird, Spuren hinterläßt.

Manchmal, wenn ich nicht mehr aus noch ein weiß, irre ich bis spät draußen umher. Ich halte mich nur auf gut beleuchteten und möglichst bevölkerten Straßen auf. So folgen meine nächtlichen Spaziergänge der Bahn, auf der sich das äußere, alltägliche Leben in die Verborgenheit der Häuser zurückzieht. Manchmal fühle ich mich plötzlich frei und kehre schnell in meine Wohnung und zu mir selbst zurück wie jemand, der eine schwierige Angelegenheit zu einem guten Ende gebracht hat. Wenn ich aber allein auf der Straße zurückbleibe (das Städtchen ist faul, die Leute verschwinden lange vor Mitternacht), kann ich nicht weiterbummeln. Dann gehe ich langsam nach Hause, wir sind zusammen, wir wissen, wohin wir unterwegs sind, wir haben keinen Grund, uns zu beeilen. Treppensteigend sage ich laut: «Was für ein Tag! Ich bin zuviel herumgelaufen, ich muß ins Bett.» Dabei halte ich mir sogar die Hand vor den Mund wegen des Schneiders, denn ich weiß, daß er mich durch den Türspalt beobachtet. Ein lächerliches Ritual, das mich an meinen Vater erinnert, der mit dem Telephonhörer in der Hand eine vollendete Verbeugung ausführte, wenn er am anderen Ende eine Frauenstimme hörte.

Oben angekommen, öffne ich vorsichtig die Tür, obwohl niemand da ist, den ich wecken könnte, lege mich ermattet aufs Bett, und das Spiel beginnt.

Ein einziges Mal habe ich jemanden mitgebracht. Einen Kameraden aus der Militärdienstzeit, den ich mit allerhand Tricks zu mir nach Hause gelockt hatte. Ich war gerade beim Friseur gewesen und hatte beobachtet, wie einer der Angestellten, ein etwa fünfundzwanzigjähriger Mann mit einer Stirn wie der Bauch einer Teekanne und viel zu feinen Händen, plötzlich, indem er den weißen Kittel auszog und sich einen langen Mantel mit Pelzkragen umtat, an Format und Auftreten gewann, was die Wirklichkeit des bis dahin gekannten Erscheinungsbildes in Zweifel zog. Ich hatte mir gesagt: In seinem Vorstadtviertel ist er als Friseur X bekannt. Doch ich selbst konnte es kaum noch glauben. Der Mann war zu einer dermaßen gewichtigen Erscheinung geworden, wie ich es ihm nie zugetraut hätte. Vergeblich suchte ich nach Anhaltspunkten für einen Ausgleich, nach – und seien sie noch so unauffällig – Übergängen zwischen seiner alten und seiner neuen Erscheinungsform. Selbst die abgetretenen billigen Stiefel waren nicht mehr dieselben. Es hätten genausogut die Stiefel eines Großbauern oder eines Ingenieurs sein können; ich weiß nicht, wieso sie mir vor allem als Schuhwerk eines Originals erschienen. Vielleicht ging seine Originalität so weit, daß er den Friseurberuf tagsüber nur zum Schein ausübte. Dann gab es aber noch die Nacht und seine wahre Identität.

Wenn ich einen ehemaligen Mitschüler treffe, den ich lange nicht gesehen habe, frage ich ihn, ob er geheiratet hat; wenn er die Frage bejaht, frage ich ihn, ob er Kinder hat und womit er sich beschäftigt. Dann wird die Liste der gemeinsamen Klassenkameraden anhand derselben Fragen heruntergebetet wie bei einer Behörde mit vorgedruckten Fragebögen. Ich glaube nicht, daß ich besonders unterhaltsam bin. Die Leute verhalten sich mir gegenüber wie Automaten auf Bahnhöfen. Solange ich nichts tue, geschieht nichts. Sobald ich eine Münze eingeworfen habe, bekomme ich manchmal eine genaue Antwort, die den Erwartungen entspricht, wie jene nach Seife riechenden Bonbons in klebrigem Papier; dann wieder scheint der Automat aber kaputt zu sein, denn ich werfe eine Münze ein und noch eine – nichts geschieht, nichts und wieder nichts. Wenn wir irgendwo in der Öffentlichkeit sind, passiert zuweilen etwas außerordentlich Unangenehmes. Ein Unbekannter kommt vorbei und erzielt mit einem kurzen Wort an meinen Gesprächspartner die gleiche Wirkung wie ein Fausthieb gegen den Automaten: plötzlich kullern alle Bonbons aus dem blechernen Spender. In großer Verlegenheit stehe ich zwischen den beiden. Ich weiß nicht, wie ich mich am besten aus der Affäre ziehen könnte, auch will ich ihre Unterredung nicht stören. (Vielleicht hat mich mein Gesprächspartner überhaupt schon vergessen und hätte nur noch einen leicht befremdeten Blick für mich übrig.) Und doch muß ich etwas tun. Ich habe das Gefühl, daß ich mit jedem Augenblick mehr störe. Manchmal versuche ich, mich diskret zurückzuziehen. Ich mache ein paar vorsichtige Schritte rückwärts, doch werde ich immer dabei ertappt. Es gibt eine Grausamkeit der kleinen Unannehmlichkeiten, die zudem systematisch wiederkehren. «Aber was ist denn mit dir? Willst du mich hier stehenlassen?» Die nur scheinbar freundlichen Augen sagen: «So einer bist du mir also; solange man mit dir redet, lächelst du, aber mit einemmal zeigst du, wie wenig dir eigentlich liegt an der ganzen Welt.» Ich stehe dann da wie ein Baum, der plötzlich alle Blätter verloren hat, die seine knorrige Blöße bedeckten. Natürlich habe ich weder den glatten und weichen Stamm der Weiden noch die warme und tiefe Rinde der Tannen. Ich bin eher ein trostloses Vorstadtbäumchen von geringer Art, das zufällig zwischen Häusern wuchs, die von Geschrei widerhallen. «Mir ist eingefallen, daß mich zu Hause jemand erwartet», sage ich betreten, «in einer wichtigen Angelegenheit.» Ich blicke nicht in das Gesicht vor mir, das täte mir weh und würde mich verfolgen. Ich suche nur die Hand, die unbeteiligt an dem fremden Körper herunterhängt, berühre sie für einen Augenblick und entferne mich eilig, ohne aufzusehen.

Mein Regimentskamerad war hartnäckiger, als ich es mir vorgestellt hatte. «Hör mal», sagte er, nachdem seine grauen Augen sämtliche Gegenstände in meinem Zimmer abgeschätzt hatten, «ich habe den Eindruck, du hast dich überhaupt nicht verändert.» «Warum hättest du gewollt, daß ich mich verändere?»

Er aber war schlau und antwortete nicht. Er wartete ab, daß ich das Wort ergriff.
Auf dieselbe Weise reckte mir vorzeiten eine entfernte Tante, die uns selten besuchte, ihre Wange zum Kuß entgegen. Die Wange wartete, zu mir herabgeneigt, ruhig, in den Falten Puder und der Geruch nach Straßenstaub. Ich mußte mich dann auf die Zehenspitzen stellen und meine Lippen draufdrücken. Dabei befürchtete ich immer das Schlimmste, da meine Lippen sich feucht anfühlten und billiger Puder oder Staub daran hätten haftenbleiben können.
Lächelnd musterte mich mein Bekannter. «Nun, warum schweigst du? Sag doch was.» «Die Zeiten sind hart, es gibt kaum Arbeit.» Er blieb bei seinem ironischen Lächeln. «Ich beschäftige mich eingehend mit der politischen Lage – wir steuern auf eine Sackgasse zu. Oder interessierst du dich nicht für Politik?» In den grauen Augen regte sich nichts. In gemäßigtem Ton fuhr ich fort: «Trotzdem wird nichts passieren, oder was meinst du?» Er betrachtete mich, wie man eine Zeitungsrubrik überfliegt, die man nie zu lesen pflegt. Dann hatte ich die unglückliche Eingebung, auf die gewohnte Vorsicht zu verzichten. Meine Stimme war nicht mehr dieselbe. Sie wurde viel zu pathetisch, zugleich spürte ich aber auch bei ihm ein Interesse, das bis dahin nicht bestanden hatte und nun zunehmend wacher wurde.
«Hast du schon jemals darüber nachgedacht, wie Friseure aussehen, wenn sie abends nach Hause gehen?» Die Worte vermittelten meine Gedanken nicht besonders gut, und für einen Augenblick war ich wie gelähmt. «Nein, nicht unbedingt nur die Friseure, ich meine, die Leute überhaupt.» «Wie bitte?» Ich war außerstande, über eine Antwort nachzudenken, dennoch ließ ich nicht locker. «Verstehst du denn nicht?

Alle Leute, die einer offenbar wenig interessanten Arbeit nachgehen, die Friseure, die Telefonisten und viele andere mehr.» Ich ließ mich von meinem eigenen Redeschwall, den ich nicht eindämmen konnte, forttragen.

Ich redete viel und verstieg mich zusehends, es war wie in einem dieser Albträume, wenn man beim Anblick des Ungeheuers nicht schreien kann. Längst hätte ich aufhören müssen, mein Gegenüber war in seine Gleichgültigkeit zurückgesunken, er gab sogar erste Zeichen der Ungeduld von sich, indem er mit dem Schuh auf dem abgewetzten Teppich scharrte. Der Friseur trieb sein Spiel mit mir, ich spürte ihn zwischen uns, wie er scheinbar höflich lauschte mit einer Miene, die er aufsetzte, wenn ich mich nach dem Haareschneiden selber kämmte. Nicht nur, daß es mir nicht gelang, die Angst abzuschütteln, mit der ich nach Hause gekommen war, neben dem Ärger über einen gescheiterten Versuch und der Pein des lächerlichen Gesprächs spürte ich auch noch die Gefahr, die im Sumpf dieser Augen vor mir lauerte, fuhren sie doch mit dem Spiel fort, das sie begonnen hatten, als wir das Zimmer betraten, indem sie jeden Winkel untersuchten, alles musterten und verwarfen, was mich umgibt.

Plötzlich hielt ich inne, es war, meine ich, allerhöchste Zeit; wenn es jetzt nicht gelungen wäre, hätte ich ihm noch wer weiß was erzählt, hätte ich mich ohne Not vor ihm entblößt.

«Das mit diesem Friseur ist eine merkwürdige Geschichte, aber ich verstehe nicht, wieso du so neugierig bist, was das alles überhaupt bedeuten soll, schließlich kann es dir doch vollkommen egal sein.»

Er hatte trotzdem zugehört, etwa so, wie die Vögel einander zuhören, die auf dem Balkongeländer sitzen und die ich unablässig den gleichen Namen (in ihrer

Sprache natürlich) rufen höre. Ich war gespannt, ob der Friseur verschwunden oder noch bei mir war. Ich schwieg und versenkte mich ganz tief in mich selbst; das Gesicht meines Regimentskameraden erschien mir immer fremder. So fremd, daß ich mich schließlich fragte, was er bei mir suchte. (Dieser Vorgang dauerte lange und vollzog sich schrittweise, Zug um Zug.) Endlich war das Schweigen bis zu ihm gedrungen. Sein leichtes Schwanken – er saß weit zurückgelehnt im Sessel und ließ die Arme bis auf den Fußboden baumeln – verriet mir, daß ich es geschafft hatte; er konnte sich des Schlafs kaum noch erwehren. Es mag sonderbar erscheinen, aber manchmal glaube ich, daß ich den Schlaf auslösen kann, wann ich will, fast so leicht, wie ich das Fenster öffne oder das Licht ausschalte. Es kommt sogar vor, daß diese Fähigkeit sich meiner Kontrolle entzieht. Die Nachbarstochter, die einige Male zu mir heraufgekommen war, um ungestört lesen zu können (bei ihnen war es immer viel zu laut), war eines Tages mit dem Buch in der Hand eingeschlafen. Vielleicht hatte auch sie gespürt, daß es ein ungewöhnlicher Schlaf war. Sie kam seither nicht mehr zu mir, und wenn wir uns zufällig begegneten, wich sie meinem Blick aus.

Als ich vom Treppenabsatz ins Zimmer zurückkehrte, stellte ich fest, daß der Friseur, wie erwartet, nicht verschwunden war. Es gibt Dinge, gegen die anzukämpfen sich nicht lohnt, Krankheiten, gegen die man keinerlei Handhabe hat, die erst vergehen, wenn ihre Zeit um ist. Man sollte sich ihnen nicht entgegenstellen, und doch tun wir es – und leiden um so mehr. Der Friseur blieb einen Großteil der Nacht bei mir.

Es kommt sehr selten vor, daß ich anders erwache, einfach so, wie die Leute (nicht gerade alle) auf der Straße, an deren Blicken ich ablesen kann, wie es bei ihnen geschieht. Dann fühle ich mich wie jemand, der einige Monate fortgewesen ist, seine Geschäfte vernachlässigt hat und auf dessen Schreibtisch, vor allem aber in dessen Gedanken sich alle unerledigten Angelegenheiten beängstigend stapeln. An solchen Tagen tue ich unnötige und unbeabsichtigte Dinge. Ich kaufe im Antiquariat wichtige Bücher, die ich natürlich ungelesen beiseite lege, ich kritzele ganze Hefte mit verschlüsselten Plänen voll, deren symbolische Bedeutung ich oft vergesse; einmal bin ich sogar zu einer Wahrsagerin gegangen. Gefährlicher noch sind die Gesten, deren Verbindlichkeit über den Tag hinausreicht. So habe ich einmal in einem öffentlichen Park einen Buchhalter kennengelernt. Sobald er mir nun begegnet, bleibt er stehen, und ein beseligtes Lächeln legt sein starkes gelbes Gebiß frei: «Guten Tag, Herr Leutnant!» ruft er vom Gehsteig gegenüber. Ihn zu fragen, warum er mich so nennt, würde bedeuten, unsere Beziehungen noch enger zu knüpfen. «Guten Tag, Herr Leutnant. Oh, das ist aber ein schöner Mantel, den Sie da tragen!» Mit tabakgebeizten Fingern betastet er meinen Ärmel. «Wolle, Eleganz, meiner Seel, Eleganz.» Und er lächelt verschwörerisch, wobei er mich auch noch vertraulich anstupst.

Seinetwegen bin ich sehr vorsichtig geworden; wenn ich weiß, daß ich mit einem Gesicht erwacht bin, das leicht ansprechbar wirkt, meide ich öffentliche Lokale und gehe schneller. Trotzdem werde ich alsbald entdeckt. Ich sehe, daß Unbekannte mir im Vorübergehen zulächeln, und mir ist, als hörte ich: «Nun, was hab ich dir gesagt, ist es denn nicht eigentlich angenehm und einfach, das Leben, sehr, sehr einfach?» (Das Städtchen ist sehr klein, nach zwei Jahren kennen einen alle, selbst wenn man oder gerade wenn man ihnen aus dem Weg geht.) Selbst die Hunde laufen mir nach wie jedem anderen Passanten. Ich drehe mich um und starre sie böse an. Solange sie nichts anderes vor sich sehen als die Straße, die Leute, den Tag, der die Schatten scheucht, folgen sie mit ihrem schiefen Gang. Sobald jedoch etwas unterwegs auf geheimnisvolle Weise das Karussell der alten und neuen Gesichter in Bewegung setzt, die immer nahe und doch mit jener Achse verbunden sind, die ich ungenau als «Traurigkeit» bezeichne, verlassen mich meine vierbeinigen Begleiter im Nu. Einmal habe ich zufällig einen Dackel beobachtet, der den Moment wahrgenommen hatte, als die Traurigkeit meinen Blick auf ein rosa gestrichenes Gasthaus lenkte, in dessen Tür ein halbwüchsiges Mädchen mit billigen, an den dünnen Beinen herabrutschenden Strümpfen wartete. Er blieb stehen, eine Pfote in der Luft, und sah bald zu mir herauf, bald über die Straße zum Gasthaus. Ich war ebenfalls stehengeblieben und hatte unwillkürlich eine Bewegung gemacht, wie sie junge Männer aus gutem Hause automatisch vollführen, wenn sie vor einer Tür stehen, durch die gerade jemand geht, wer es auch sei. (Manchmal ist es auch nur ein einfacher Lieferant, den sie für ebenbürtig halten, um dann zu erröten vor Ärger.) Der Hund aber schüttelte den Kopf, ganz kurz nur, doch deutlich genug, um mir zu verstehen zu geben, was in ihm vorging, und mit schnellen Schritten machte er sich auf den Rückweg.

Unter meinen Bekannten legt niemand soviel Feingefühl an den Tag. Die einen fahren mit ihrer Geschichte fort, die ich gar nicht mehr höre, wobei sie dann und wann meine Bestätigung einfordern, die ich an immer unpassenderen Stellen abgebe, bis sie endlich merken, daß sie Selbstgespräche führen. Als wären ihre Worte Perlen, die sie an mich verschwendet hätten, werfen sie mir dann einen vorwurfsvollen Blick zu.

«Mensch, sag doch, daß dir das alles egal ist.» Andere, etwas sensibler und um so gefährlicher, ziehen es vor zu schweigen, aber nicht verlegen, sondern taktvoll; dann kann der Spaziergang unbegrenzt fortgesetzt werden. Wir bleiben vor Schaufenstern stehen, in denen ich vorgeblich etwas entdeckt habe, wir verweilen einige Augenblicke auf der Brücke und betrachten gemeinsam das Wasser, das ich allein nie betrachten würde (warum eigentlich nicht?), wir gehen weiter, gleich schnell oder gleich langsam. Ich weiß gar nicht mehr, ob ich es bin, der den Rhythmus vorgibt. Ich kann nichts tun, ich fühle mich beobachtet wie ein Haus, dessen Türen alle von Polizisten bewacht werden. Was auch immer ich täte, es würde Verdacht erregen und eine Reaktion auslösen. Steigen wir doch aufs Dach, sage ich mir und sehe zum Himmel hinauf, aber sanft nimmt mein Begleiter meinen Arm zu meinem Schutz, ohne mich dabei zu bedrängen (das bildet er sich zumindest ein). Ich probiere verschiedene Täuschungsmanöver. Ich lasse den Arm schlaff hängen. Der Druck der Hand läßt nach, verschwindet jedoch nicht. Ich versuche, mit dem Arm zu schlenkern wie die Schüler, die mittags fröhlich die Schultaschen schwingen, wenn sie nach Hause laufen. Dann aber wird der Druck der Hand wieder fester. Um schließlich loszukommen, bin ich gezwungen, meinen Schutzengel anzusehen. Er lächelt selig wie nach einer bestandenen Parforcetour. Ich verstehe, er war sehr rücksichtsvoll, weder hat er gefragt, was mich bedrückt, noch irgend etwas anderes, und ich meinerseits lächle ihn an. Vielleicht sollte ich ihm sagen, daß ich ein wenig traurig bin. Aber nein, das geht nicht. Am Abend werden wir wie immer auseinandergehen. Wenn wir wieder durch das Stadtzentrum kommen, sage ich: «Mir scheint, wir sind hier schon einmal vorbeigelaufen.» «Ja, wir haben einen schönen Spaziergang gemacht», lautet die Antwort. Erschöpft komme ich zu Hause an. Eigentlich wäre auch dies ein Verfahren, Giftstoffe abzuscheiden. Kilometer um Kilometer in Begleitung der Leere. Ich fühle mich schuldig wie ein Student, der sich der für diesen Tag vorgesehenen Prüfung nicht gestellt hat. Ein bitterer Nachgeschmack des Versagens. Ein kalter Schatten, der letzte Reflex der Traurigkeit, verfinstert mir dann die Reisen im Schlaf.

Die Zugehfrau hatte die Milch wie gewöhnlich auf den Tisch gestellt und war leise wieder gegangen, um mich nicht zu wecken. Eigentlich war ich aber schon wach und hatte sie heimlich beobachtet. Es war spät, das Licht stöberte schon die verschwiegensten Ecken meines Zimmers auf. Als ihre Schritte auf der Treppe verklungen waren, hatte ich das seltsame Gefühl, irgendwo weit weg in einem Pfahlbau zu sein, der auf unendlich hohen Stelzen stand. Ich lief ans Fenster, von einer Aufwallung befremdlicher Unruhe getrieben, als hätte der Sturm über Nacht alle Behausungen um mich herum weggefegt, so daß ich allein inmitten der Wasser zurückgeblieben wäre. Die Straße verlief mit ruhiger Steigung am Haus entlang und folgte ihrer Bahn zwischen den vereinzelten Bäumen und bekannten Zäunen.

Ich blickte zurück auf die Nacht. Nichts. Meine Augen im Spiegel waren jedoch erstaunlich klar, als wäre ich nicht erst einige Minuten zuvor erwacht. Dieses Mißverhältnis verstärkte die Ungewißheit des Augenblicks.

Kati hat recht. Ich denke öfter an sie, als ich eingestehen will. Mit einem Gefühl unendlicher Einsamkeit trat ich vom Fenster zurück, einer Einsamkeit, auf deren Grund unter den bis zur Unkenntlichkeit entstellten, von den Fluten angeschwemmten Dingen ich sie gewahrte, unverändert wie eine überflüssigerweise verschont gebliebene Bronzefigur. Einzig und allein die Einsamkeit? Lange durchforschte ich mein Gesicht im Spiegel, aber die Traurigkeit wollte mir keine Antwort geben.

II

Ob es nun die Einsamkeit war oder irgend etwas anderes, der Leere mußte begegnet werden, und ich entschloß mich für den mir vertrautesten Weg.

Das Spiel besteht darin, die wenigen Geschöpfe wiederzubeleben, die ich mir zu eigen gemacht habe (wie sich der Baum die Zeichen zu eigen macht, die in seine Rinde geritzt worden sind) und die seit unserer Trennung außer ihrem Leben, das mich nichts angeht, noch ein anderes führen, das von ihrem Schicksal unabhängig und mit dem meinen unauflöslich verquickt ist.

Das einzige, was diese Wiedergänger von denen unterscheidet, die von der Erinnerung aus dem Schatten hervorgeholt werden, ist offenbar, daß sie sich weiter verändern – allerdings bin ich nie dahintergekommen, wie. Mein Leben speist ihre Veränderungen. Das erklärt vielleicht das Unbehagen, das in der Luft liegt, eine Art Höhenkoller, sobald sie mir erscheinen. Es sei denn, dies ist eine Auswirkung der Leere, in die ich sie geworfen habe, um sie mir bewahren zu können.

Seit vier Uhr erwartete ich sie, seit jenem Zeitpunkt also, zu dem die Eltern noch ihren Nachmittagsschlaf hielten und wir Kinder uns aus unseren Zimmern schlichen. Immer ließ sie mich warten. Sie kam erst, wenn ich die Hoffnung fast aufgegeben hatte und wagemutige Pläne schmiedete. Der wagemutigste war, ein Steinchen gegen das alte Fenster im ersten Stock zu werfen – die Pension war in einem alten Jagdpavillon mit sehr hohen Stockwerken untergebracht – und sie so zu zwingen, ans Fenster zu treten. Es wäre mir gar nicht eingefallen, die mit rotem Linoleum ausgelegten Stufen des Gebäudeflügels, in dem wir wohnten, hinaufzugehen und an ihre Tür zu klopfen. Vor allem gab es da eine Dienerin mit flacher Männerbrust und silbernem Gebiß, die mich bei den ersten Schritten auf dem dunklen Korridor ertappt und sofort erraten hätte, wohin ich ging. Und doch habe ich das Steinchen nie geworfen.

Erst wenn ich vor lauter Warten verzweifelte, erschien sie. Ich hatte es auch mit einem Täuschungsmanöver versucht. Ich tat verzweifelt, gab Zeichen der Nervosität, wie ich sie manchmal bei meinem Vater gesehen hatte, nagte an meinen Fingernägeln, ging ein paar Schritte vor und dann plötzlich wieder zurück. Vergebens. Sie zeigte sich erst, wenn ich wirklich am Ende war (wobei mein Mißerfolg mich eigentlich nicht wunderte).

Als sie kam, lehnte ich an der alten Mauer auf der Nordseite des Gebäudes, wo das Moos immer höher kroch. Über den geheimen Zusammenhang zwischen Norden und Moos hatte ich von einem Pfadfinder in der Pension erfahren, einem Jungen, der nicht älter war als ich, aber eine Menge wußte und überraschende Fähigkeiten besaß. Vor allem beherrschte er eine unendliche Reihe von Seemannsknoten, die er mir ohne Schnur, nur mit seinen langen, immer schmutzigen Fingern vorführte.

Auch diesmal treffe ich keinerlei Vorkehrungen für ein Gespräch. Ich sitze ruhig da und esse, den Blick auf den Teller gesenkt. Ich weiß, daß meine Tischnachbarin sich dieser Aufgabe annehmen wird. «Jawohl, gnädige Frau, er ist ein großer, ein sehr großer Künstler.» Wenn sie nicht aufhört, mich anzustarren, sage ich noch: «Ich glaube sogar, er ist einer der größten.»

 Allerdings ist es nicht ganz ohne Risiko, sich auf die Initiative von Tischnachbarn zu verlassen. Vor allem gibt es welche, die plötzlich die Gabel aus der Hand legen, sich sorgfältig den Mund wischen und einen fragen: «Nun, lieber Freund, was gibt's Neues?» Mit Kati habe ich, seitdem ich sie kenne, nur mehr die immer gleichen hundert Worte gewechselt. Kati hält bei der Wahl des Gesprächsstoffs oder der jeweils passenden Gesten eine dermaßen strenge Ordnung ein, daß unserer Beziehung trotz ihrer Schlichtheit etwas Offiziöses anhaftet, das mit der Zeit immer konventioneller und unwirklicher wird.

Ich habe es auf einen Versuch ankommen lassen. Ich bin montags statt dienstags zu ihr gegangen und habe sie nicht im Büro abgeholt, sondern in ihrer Wohnung auf sie gewartet. Ihre alte Vermieterin ließ mich erst nach langem Zögern ein. Ich lächelte ergeben, und gerade als ich meinte, sie würde mich vor die Tür setzen, entschloß sie sich, mich einzulassen. (Vielleicht hatte sie ein bißchen Zerstreuung gewollt.) Katis Erstaunen fürchtete ich sogar weniger als beispielsweise die Überraschung des Friseurs, wenn ich ihm nach Geschäftsschluß ans Fenster geklopft hätte. Kati erschien mir lediglich etwas nachlässiger gekämmt als sonst, wenn sie mich erwartete. Einen Augenblick lang blieb sie in ihrer Türe stehen und sagte einfach: «Na also, was für eine Überraschung.» Sie hatte es nicht allzu laut gesagt und schien eigentlich gar nicht überrascht.

Sie ist unvorstellbar wendig. Gegen Abend schleppt sich das Gespräch sonderbar zäh dahin, als hätte ich überhaupt nichts damit zu tun; ich fange einen neuen Satz an, finde nicht die passenden Worte und stehe plötzlich mit Kati im Vorzimmer. Zu meiner Verwunderung kann das Ritual nicht im geringsten abgeändert werden, selbst wenn es außerhalb ihres gewöhnlichen Wochenablaufs stattfindet. Den Montagabend brachten wir genau so zu, wie wir den Dienstagabend hätten zubringen müssen. So sehr glich der eine dem anderen, daß ich mich um zehn, als ich nach Hause ging, fragte, ob ich mich etwa im Wochentag geirrt hatte.

Ohne ein Wort gingen wir nach hinten an die Rückseite der Pension und schwangen uns über einen Zaun, den ich immer schon hatte überspringen wollen, ohne mich aufzustützen (was ich aber nicht wagte), in den Obstgarten mit den Apfelbäumen. Jenseits des Zauns, bis zu dem die Obhut der Familie zu reichen schien, begann die Qual. Ich litt wie ein Hund, der in einem fort den Pflock umkreist, an den er gebunden ist, ohne freizukommen, und damit gerade das Gegenteil erreicht, nämlich den Strick verkürzt, bis er nichts mehr sieht als das Ding, das ihn gefangenhält.

Mein Schweigen, das anfangs noch Spuren meiner Beschäftigung vor ihrer Ankunft aufgewiesen hatte, richtete sich nur noch gegen sie. Von jenem Augenblick an wußte ich, daß es keinen Ausweg mehr gab, daß dieses Schweigen mich immer schmerzlicher einschnüren würde. Wenn sie stehenblieb, um eine Blume zu pflücken, tat ich es ihr mechanisch nach. Wenn sie gedankenverloren die Landschaft bewunderte, blickte ich in die gleiche Richtung, ohne jedoch etwas wahrzunehmen. Erschöpft kehrte ich zur Pension zurück und fürchtete mich selbst vor der harmlosesten Begegnung.

Eines Tages sagte sie mir ganz nebenbei, daß sie bald dreizehn sei und sich wahrscheinlich verloben werde. Von jenem Tag an wurden die Spaziergänge eingestellt, schließlich wußte ich, daß eine angehende Verlobte nicht mit irgend jemandem spazierengehen kann. Ich sah sie nur noch beim Mittagessen, wie sie steif zwischen ihren Eltern saß, die mir von Stund an einen besonders respektheischenden Eindruck machten.

Mir ist bewußt, daß dieser Schluß lächerlich erscheinen mag. («Das ist ja ganz rührend, aber was warst du bloß für ein Dummkopf», sagte Kati, und ich erkannte an ihrem leicht belustigten Blick, daß sie nicht glaubte, ich hätte mich seither sonderlich verändert.) Es mag nicht nur lächerlich, sondern sogar absurd erscheinen, und doch weiß ich, daß ich meine kleine Freundin gerade durch diese von mir selbst bestimmte Absurdität herausgelöst habe aus der Reihe der Zufallsbekanntschaften, die ihre Erfüllung finden und dem Verschwinden anheimgegeben sind, daß ich unsere Freundschaft imprägniert habe mit etwas, was mir gehört, mit dem Schmerz, den ich mir selber zugefügt habe, ihrem letzten Bild, das ich (vielleicht auch als Revanche für meine beharrliche Untätigkeit) festgehalten und mir so zu eigen gemacht habe. Natürlich war mir in jenem Augenblick nichts von alledem bewußt, ich hatte aus einer Art Instinkt, einem ganz besonderen Instinkt gehandelt, der den Interessen eines Wesens diente, das es noch gar nicht gab. Mein Ansatz aber war richtig.

Das Mädchen war gewachsen wie die Wälder, durch die jahrelang niemand mehr gegangen ist. Es war sich dabei gleichgeblieben, hatte sich ganz wenig verändert – die Zeitrechnung der Wälder ist eine andere als die unsere, und unsere kurzen Jahre gehen fast spurlos an ihnen vorüber. Ich hatte sie im Traum erkannt, bevor ich sie sah, schon an dem Schweigen, das um uns war. Die hohen Mauern, in deren Schatten wir standen, hatten keinerlei Bezug zur Vergangenheit. Eigentlich war auch das Schweigen nicht mehr dasselbe. Vom Schmerz des einstmaligen Schweigens war nur geblieben, was mich zweifellos schon damals bewogen hatte, diese Geschichte von allen anderen unterwegs abzutrennen: ein leicht bitterer Geschmack, wie ihn gewisse Kräuter hinterlassen, wenn man sie mit den Händen zerreibt; der Duft der Dinge, auf die man verzichtet, die man zermalmt, um herauszufinden, was nicht nur dem Augenblick angehört, was nicht mehr verschwindet.

Dies war jedoch lediglich die erste, weniger interessante Erfahrung, weniger interessant nicht wegen des zeitbedingten Verschleißes, der, wie ich schon gesagt habe, diesen Erinnerungen nichts anhaben kann, sondern weil es sich in gewissem Sinn doch nur um ein abgeschlossenes, erstarrtes Abenteuer handelt: der Klang der Glocke, die ich läuten kann, wann ich will, ein klarer und immer gleichbleibender Klang; das Zeichen ist wohl an einer Stelle in die Rinde geritzt worden, wo sich diese viel weniger verändert hat als der übrige Baum.

Den großen Fang habe ich etwas später, im Alter von etwa siebzehn Jahren, gemacht, und hier kann ich von einer Fortsetzung im eigentlichen Sinn sprechen. Es ist ein Abenteuer, das noch immer andauert, und zwar nicht nur auf der kleinen Bühne, auf die ich die Schauspieler des anderen Theaters, wo ich ebenfalls mitspiele, gelockt habe, ein Abenteuer, von dem ich weiß, daß es erst abgeschlossen sein wird, wenn ich die Stätte geräumt habe. (Vor kurzem habe ich mir ein Album mit alten Photographien angesehen. Unter denen, die mehr als drei Personen zeigten, war keine einzige, auf der nicht jemand zu sehen war, der mittlerweile gestorben ist – und zwar nicht nur aus Altersgründen, aber das ist nicht meine Sache.)

 Die letzte Postkarte, die ich vor drei Jahren erhalten habe, kam aus einer Hafenstadt an der Küste von Peru. Das Land erkannte ich an den Briefmarken. Drei Wörter. Das war alles. Mehr bekomme ich nie; ich habe mir noch einmal die Marken angesehen und die Karte zu den andern in der Sammlung gelegt; ich habe schon Dutzende davon.

Das eine Abenteuer war von einem anderen vorweggenommen worden, das mich wie ein nicht allzu tiefer Fluß zu den heftigeren Fluten des Stroms geführt hatte.

Es gibt zweifellos geheimnisvolle Häuser, aus denen das Geheimnis derer, die darin wohnen, bis nach außen dringt. Manchmal frage ich mich, ob das Geheimnis nicht überhaupt zum Haus gehört wie die Linie des Dachfirsts oder die Form der Fenster. Jedenfalls gibt es Häuser, an denen man nur vorübergehen muß, und schon weiß man, daß nicht bloß Buchhalter und Rentner darin wohnen. Dafür gibt es zweierlei Zeichen: einmal die allzu sichtbaren wie die klassische Blässe von Schwindsüchtigen mit Backenknochen, die so stark hervorstehen, als hätten sie nicht die Geduld, abzuwarten, bis die dünne Haut im Dunkeln sich selbst von den Knochen löst. Dann aber auch die anderen, feineren, deren Wahrnehmung ein gewisses Zartgefühl voraussetzt, wie etwa für den Umstand, daß es auch eine Art Röte gibt, die auf der vollsten Wange eine kranke Lunge verrät.

Dieses Haus gehörte zu der ersten Kategorie. Mit seinen zierlichen eisernen Balkonen schwang es sich über den öden Platz wie jemand, der sich beeilt, einem anderen eine Botschaft zu überbringen, diesen unterwegs trifft und vor lauter Elan fast weiterläuft, sich dann aber besinnt, daß er ja gerade denjenigen sucht. Er bleibt wie angewurzelt stehen, doch spürt man noch für einen Augenblick, wie er gegen seinen Schwung zu kämpfen hat. Sooft ich es betrachtete, hatte ich den Eindruck, es sei gerade erst eingetroffen, um seinen bescheidenen Platz an der Straßenecke einzunehmen; mit diesem gewiß absurden Bild hing, glaube ich, auch der Eindruck zerbrechlicher Vorläufigkeit zusammen.

Wenn die schmale Tür aufging, war gleich die Treppe zu den drei oberen Stockwerken mit ihrem im Halbdunkel überraschend sich abzeichnenden gelben Geländer zu sehen. Das erschien mir unanständig, vielleicht auch wegen der immer anderen vulgären Frauen, die morgens auf den Balkonen Bettzeug ausschüttelten. Diese Frauen sahen immer müde aus und trugen grellbunte Unterröcke. Oft sah ich sie, wie sie Waschschüsseln mit allerlei Unrat ungeniert auf den kleinen Hof schütteten (ich versteckte mich dann hinter den Vorhängen, sie hätten es mir nicht verziehen, daß ich sie auf frischer Tat ertappt hatte). Ich wußte nicht, wie ich die Mieter in diesem Haus gegenüber dingfest machen könnte. Sooft ich einen von ihnen auf der Straße zu erkennen glaubte, mußte ich anderntags mit ansehen, wie er durch das Tor irgendeines anderen Hauses in der Nachbarschaft ging.

Nachts glich die schmucklose Hauswand der Flanke eines Ozeandampfers mit nach und nach aufleuchtenden Bullaugen, wobei die Kabinen vielleicht leer blieben, weil die Passagiere sich in blinden Sälen versteckt hatten. Nachts beunruhigte mich das unzugängliche Geheimnis des Hauses um so mehr.

Manchmal stellte ich mir vor, alle Mieter wären miteinander bekannt und hätten einen geheimen Treffpunkt außerhalb der kleinen Zimmer mit den undurchschaubaren Fenstern. Jedenfalls reichte die Vielfalt der hier vertretenen Gesellschaftsschichten, wie sie sich an verschiedenen Einzelheiten in Physiognomie und Kleidung zeigte, vollkommen aus, um meine Vorstellungskraft anzustacheln. Mit der Zeit gelang es mir, drei grundverschiedene Spezies auszumachen, die sich zueinander verhielten wie etwa in einem Wald die Maulwürfe, die an den Wurzeln eines Baumes graben, die borkenfarbenen Raupen und Käfer, die sich scheu verstecken, als wäre ihnen die eigene Bedeutungslosigkeit peinlich, und schließlich die Vögel, die hin und wieder auffliegen und sich furchtlos den Blicken preisgeben.

Da waren einmal die vulgären Frauen mit ihrem koketten Gehabe (eines Tages war ich so sicher, ihren Beruf erraten zu haben, daß ich stundenlang am Fenster stand und darauf wartete, daß eine sich aus dem Dunkel der Nachbarzimmer lösen und mir ein Zeichen geben würde). Zu diesen Frauen kamen – zusammen gesehen habe ich sie eigentlich nie, sooft jedoch die Waschschüsseln mit Abfall von den Balkonen geschüttet wurden, dachte ich an all diese Gäste – schwerleibige Männer, etwa Unteroffiziere oder Tagelöhner; manchmal erkannte ich an ihrem zwiespältigen, zugleich verwegenen und vorsichtigen Auftreten auch Zuhälter unter ihnen. Dann gab es die Alten, die vor dem Tor stehenblieben, als wollten sie nur einmal verschnaufen, um dann plötzlich im Haus zu verschwinden. Einen mit einem Geigenkasten unter dem Arm, der mich, ich weiß nicht wieso, an die Hutschachteln meiner Mutter erinnerte, konnte ich auch noch erkennen, wenn er bereits im Dunkel des Gebäudes verschwunden war. Er wohnte eine Handbreit unterm Dach, und ich sah ihn mit krummem Rücken wie ein Schuster stundenlang über eine Arbeit gebeugt sitzen, die ich nicht zu bestimmen vermochte. Eine Geige hörte ich nie.

Zwar bin ich neugierig, aber nicht dann, wenn meine Aufmerksamkeit gefordert wird.

Kati hielt mir die geballte Faust vor die Augen. «Was habe ich dir mitgebracht?» Ich sah sie ergeben an, als sei mir mein Mangel an Scharfsinn peinlich. Eigentlich empfand ich es nur als öde, wollte es mir aber nicht anmerken lassen. Was in einer Faust Platz hatte, interessierte mich nicht. Die ihre aber fuchtelte vor meinen Augen hin und her, so lächerlich, wie sie anmutig aussehen sollte. Es erinnerte mich an unsere Köchin, eine dicke Frau unbestimmten Alters, die ich vor langer Zeit einmal allein durch das stille Zimmer hatte tanzen sehen. «Genug!» Damit wollte ich das Schwindelgefühl abschütteln, das mir diese Hand verursachte, die keine Ruhe fand, sich anscheinend von Kati gelöst hatte und plötzlich zu einem eigenmächtigen Störenfried geworden war. Die Hand blieb stehen wie ein erschrockenes Kind, das dem Weinen nahe ist, und zwischen den Fingern, die sich langsam öffneten, schimmerte die Krawattennadel, die ich lange vermißt hatte.

Dafür kann mich eine absurde Neugier manchmal um so hartnäckiger quälen, je bewußter mir wird, wie unwichtig ihr Gegenstand ist.

Die würdevollen Herren und vornehmen Damen, die das gelbe Haus mit jener gleichgültigen Miene betraten und verließen, mit der man über die Schwelle eines beliebigen Hauses tritt, verwirrten mich am meisten. Gern hätte ich die Gewißheit gehabt, daß sie hier nur bestimmte Dienstleistungen in Anspruch nahmen, konnte mich jedoch nicht davon überzeugen. Nur einen von ihnen hatte ich an seinem blütenweißen Hemd und auch an seinem zögerlichen Gang wiedererkannt, der mich an den Herbstwind erinnerte, wie er manchmal ein Blatt aufnimmt, es zehn Meter fortträgt

 und dann eine Zeitlang liegenläßt, um von vorn anzufangen.
Das Haus spielte mir übel mit. Wieso beschloß ich herauszufinden, wieviel Zeit ein Unbekannter darin verweilte, wo ich doch sicher war, daß ich ihn zum erstenmal sah? Ich hatte zwei Tage frei und rührte mich nicht vom Fenster: vom Morgengrauen an saß ich dort auf der Lauer und ging erst schlafen, wenn das letzte Licht vor meinen Augen erloschen war. Der Unbekannte tauchte nicht wieder auf, und ich habe ihn auch später nicht mehr gesehen. Ich stellte die gewagtesten Vermutungen an, hütete mich aber, das Experiment zu wiederholen.
In jenen Tagen habe ich ihn kennengelernt.
Der Junge hatte ein knochiges Gesicht mit straff gespannter Haut, dreieckig zwischen einer sehr breiten Stirn und einem spitzen Kinn. «Gefällt dir dieses Heft? Ich habe es selbst gemacht.» Seine Augen, schmal und schräg wie bei bestimmten Ureinwohnern Amerikas, sagten: «Nein, nicht, was du glaubst, ich habe Geld, aber ich brauche es für etwas anderes.» Mechanisch hatte ich die Hand auf den Pappeinband mit Blümchenprägung gelegt, in dem die Blätter, jedes in einer anderen Größe, lagen. Eilends schlug ich das Heft auf, damit er nicht merkte, daß ich grinste, und sah auf der ersten Seite den Briefkopf eines Ministeriums, schief, wie man nach dem Krieg die Hüte trug. Hartnäckig trat der Briefkopf unter der Tinte, die mit kräftigen Federstrichen drübergemalt worden war, hervor. Er verstand meinen erstaunten Blick: «Das ist nichts von Bedeutung. Spinnereien!» Als er lachte, bemerkte ich seine kleinen Zähne, zahlreicher als nötig, wie mir schien.
«Weißt du, daß ich dich kenne? Erinnerst du dich nicht?» Ich sah ihn aufmerksam an. Versuchte er, Ver-

wirrung zu stiften, oder war gar keine Absicht dahinter? Ich wußte es nicht. Er ließ nicht locker. «Wir kennen uns schon lange.» Und er fügte hinzu: «Nun, wenn du's jetzt nicht weißt, vielleicht fällt es dir noch ein!» Bei einem anderen hätte ich gedacht, daß meine Vergeßlichkeit ihn kränken könnte, er jedoch schien mir von Anfang an unempfindlich für solche Lappalien. Dann ging er, um zu sehen, weshalb die Schüler sich vor der Tafel versammelt hatten.

Ich glaube, alle, denen das Abenteuer begegnen wird, sind so: unbeschwert, direkt und lapidar. Wie Schiffe, die Tausende von Meilen auf dem Ozean zurücklegen, lassen sie sich auch vom ärgsten Seegang nicht beirren und strafen alle Wichtigtuer, die sich nie hinauswagen würden, mit Verachtung.

Mittags kam er gelassen auf mich zu und sagte, als hätten wir immer schon den gleichen Weg gehabt: «Gehn wir nach Hause?» Vor meiner Haustür drückte er mir die Hand, legte einen Finger an die Stirn und überquerte schnell die Straße, um im Haus gegenüber zu verschwinden. Das war der Punkt, wo alles zusammenfloß.

Leidenschaftlich warf ich mich in dieses neue Gewässer.

«Diese mit hartem Einband müssen teuer sein» – im stillen zählte er die Bücher, während ein Schatten seine glatte Stirn verfinsterte –, «und dann hast du ja auch noch ein paar Bilder, aber die sind schwerer zu verkaufen, und einen von den Federhaltern, du brauchst nicht zwei.» Er nahm meine Hand und lüftete ein wenig meinen Ärmel. «Ich wußte gar nicht, daß du eine so schöne Uhr hast, aber vielleicht willst du sie behalten.»

Gedankenverloren ließ er sich in den Sessel meines Vaters sinken, während ich stehenblieb, starr wie eine

 Schaufensterpuppe im Konfektionswarenhaus. Dann stand er unvermittelt auf, es erinnerte mich an den Hypnotiseur, der dem Medium in das blasse, in Trance versunkene Gesicht gepustet hat, worauf das Blut langsam und zäh wieder zu strömen beginnt. Ich fand weder Worte noch Gesten. Ich tat so, als würde ich nachdenken. Perplex war ich, wie gelähmt. Er fuhr fort: «Aber halt, ich habe dich ja gar nicht gefragt, ob du mit mir fortgehen willst.» Ich schämte mich, zu fragen, wohin (oder hatte er es gesagt?), und schwieg. Da sah ich zum erstenmal die Vene von der Farbe frisch geschälten Holzes, die zwischen seinen Augenbrauen ansetzte und sich knapp unter seinen Haaren, so schwarz wie nächtliches Gewitter, zu einem seltsamen «V» gabelte; ich war sicher, man konnte fühlen, wie das Blut darin pulste.

Über das schwache Licht, das nachts in den drei übereinanderliegenden Eckfenstern immer wieder an- und ausging, konnte ich nichts Genaues von ihm erfahren. Er versuchte mich zu täuschen. Ich merkte es an dem gleichgültigen Ton, in dem er sprach – genauso schlenderte auch ich die Treppe hinunter, ohne meine Schritte zu dämpfen, wenn ich spätabends aus dem Haus ging und befürchtete, gefragt zu werden, wohin. «Was soll das schon sein. Vielleicht hast du dich getäuscht (meine Miene blieb unverändert), vielleicht sind es die Fenster im Treppenhaus, genau, das wird es sein, die Leute gehen nachts hinauf und machen das Licht an, und wenn sie dann oben sind, geht es wieder aus.» «Nun ja, aber ich habe dir doch gesagt, das Licht flackert.» «Klar», fuhr er fort, und ich spürte, daß ich ihn nichts mehr würde fragen können, «oft fällt der Strom aus, und die Leute nehmen Kerzen.» Warum wollte er mir nicht die Wahrheit sagen?

Kati sah mich mißtrauisch und kritisch an. «Welche

Wahrheit hätte er dir denn sagen sollen? Es ist doch völlig klar, die Leute gingen mit Kerzen die Treppen hinauf.» Mit Kati kann man nur über fest umrissene und nützliche Dinge reden. Andersgeartete Gespräche beginne ich nur aus Verzweiflung, genauso wie ich im Regen spazierengehe, wenn mich die Langeweile auf die Straße getrieben hat und ich mich, da ich nun schon einmal draußen bin, einen ganzen Vormittag lang fluchend durch alle möglichen Pfützen schleppe.

Es war klar, daß er mich nicht sehen lassen wollte, wo er wohnte. Er sprach oft von seinen Geschwistern. Sie waren alle verheiratet. Als er damit anfing, schien es mir, als wollte er mir zu verstehen geben, warum er mich nicht zu sich einlud. Sie waren zu viele, und es wäre nur lästig gewesen, für mich wie für sie. Es ist mir nie gelungen, irgendein Mitglied seiner zahlreichen Familie zu identifizieren. Gern hätte ich ihn gefragt, wie viele Zimmer sie bewohnten, das erschien mir jedoch indiskret. Vielleicht wohnten sie alle in einem einzigen Raum mit einem kleinen leeren Vorraum, vielleicht aber bewohnten ja auch nur sie allein das ganze Haus. Keine Vermutung hielt lange stand. Auf keinen Fall konnten die vulgären Frauen, die sich oft hinter den Fenstern bewegten, mit ihm verwandt sein.

Wenn ich freilich meine Zurückhaltung soweit hätte ablegen können, um ausdrücklich, aber ohne Zwang, eine Erklärung von ihm zu verlangen, hätte ich bestimmt eine Antwort bekommen. Mit meiner Diskretion habe ich Beihilfe zur Wahrung des Geheimnisses geleistet, was jedoch nicht bedeutet, daß es kein Geheimnis gibt, das ich nie hätte aufklären können.

Ich überspringe einen Sommer. Eines Tages im Frühherbst blieben wir am Stadtrand auf einem runden

 Platz stehen, den in regelmäßigem Abstand voneinander gepflanzte Bäume säumten; mit je acht Schritten gingen wir von einem Baum zum andern und hatten den Kreis schon unzählige Male umrundet, als er plötzlich zu mir sagte: «Meine Leute sind wahrscheinlich schon längst beim Essen.» Und vertraulich fügte er hinzu: «Weißt du, wir sind aus deinem Stadtviertel weggezogen, wir wohnen jetzt in dieser Gegend hier, ziemlich weit weg, aber wir werden uns noch sehen.»

Das Haus versank auf einen Schlag im Nichts. Ich hatte überhaupt keinen Blick mehr dafür. Vielleicht hätte ich, wenn ich die abends ein und aus gehenden Leute weiter beobachtet und jene Gesichter, die ich nicht mehr sah, hätte Revue passieren lassen, einen Teil seiner Familie nachstellen können. Das interessierte mich aber nicht mehr. Eigentlich hatte für mich seine Reise damit bereits begonnen, und ich sah ihn mit anderen Augen. Wenn er mir später von seinen plötzlich sich überstürzenden Vorhaben erzählte, empfand ich neben dem lähmenden Gefühl einer nie gekannten Einsamkeit die bittere Freude über ein vorhergesehenes Verhängnis.

Er spielte mit einem Lesezeichen zwischen Daumen und Zeigefinger. «Vorläufig gehe ich allein.» Ich begriff nicht, was genau er meinte, ob er noch jemanden hätte mitnehmen wollen oder sich auf mich bezog. «Erst einmal werde ich überall schnell wieder weggehen, ohne mich aufzuhalten. Um mich umzusehen, verstehst du? Der Augenblick ist günstig, alle sind an ihren gewohnten Plätzen, ein Stromausfall, und husch – schon bin ich auf und davon.» Er notierte meine Anschrift in ein schmuddeliges Notizbuch, das wahrscheinlich randvoll war mit allerhand Hinweisen.

Einmal noch sah ich ihn. «Ich habe dir nicht geschrieben, weil ich noch nicht weit genug gekommen bin. Es wäre lächerlich gewesen, dir aus fünf- oder sechshundert Kilometer Entfernung zu schreiben.» Ich weiß nicht wieso, aber ich sah das ein. «Es ist jemand gestorben, und ich bin zurückgekommen, um ein paar Sachen zu erledigen, dann gehe ich wieder.» Er ließ mir keine Illusion. «Wären wir uns nicht zufällig begegnet, hättest du gar nicht erfahren, daß ich zurückgekommen bin. Während der zehn Tage, die ich hier bin, hätte ich keine Zeit gehabt, dich aufzusuchen.»

Die Ansichtskarten, die er mir schickt, sind von unterschiedlichster Art. Ich weiß, wie er es anstellt. Er geht zu einem Kiosk, streckt die Hand aus und hält dem Verkäufer die erstbeste unter die Nase, die er zufällig in die Finger bekommen hat. Während er das Wechselgeld in Empfang nimmt, sieht er sich gleichgültig an, was sie darstellt. Wenn er eine ganz alberne genommen hat, lächelt er, ohne sie jedoch auszutauschen. Nur während er die paar Wörter schreibt, denkt er an mich, das wird er aber bis ans Ende seiner Reise tun. Auch dafür hat Kati kein Verständnis: «Woher nimmst du diese Sicherheit, Mann?» Sooft sie «Mann» zu mir sagt und dabei das «n» besonders lang ausklingen läßt, sehe ich sie augenblicklich und automatisch nackt hinter der Schranktür, wie sie sich die Strümpfe anzieht. Ich weiß nicht, wo diese widersinnigen Assoziationen zustande kommen. Zu Beginn meines Alleinseins halfen mir solche ungewöhnlichen Vorstellungsverknüpfungen, die Leere zu überbrükken und die Raben zu verjagen, die allzuoft über mein armes Gemüt herfielen. Das Bild der nackten Kati erlosch nicht, ohne Spuren zu hinterlassen. Ich dachte an das Verhältnis meines Reisenden zu den Frauen, die seinen Weg kreuzen. Es passiert gar nichts. Im

Gegenteil, ich sehe ihn mit zahlreichen Leuten, Männern und Frauen, zu Tisch sitzen vor Gerichten, bei denen man vom Nachbarn abzugucken versucht, wie sie gegessen werden. Fröhlich sieht er aus, ganz in seinem Element.
Meistens aber ist er allein, und draußen regnet es. Durch die Wasservorhänge, die am Fenster herunterfließen, erscheinen die Häuser gegenüber noch weiter entfernt. Er sitzt in einem Hotelzimmer, das ganz anders aussieht als meine Stube. Wenn es aber regnet, zieht sich auch hier die Landschaft vor dem Fenster zurück. Er geht auf und ab, bleibt vor dem Schreibtisch stehen und holt eine Menge Dinge hervor, die ich nicht sehen kann, Dinge, die er mit seinen flinken Händen befühlt. Ich weiß nicht, wieso er plötzlich die Stirn runzelt. Das «V» tritt hervor, als wäre es ein Brandzeichen. Dann läßt seine Anspannung ein wenig nach, und die Gesichtshaut erscheint wieder geschmeidiger, aber seine Stimmung wechselt ständig wie bei windgeblähten Schiffssegeln. «Was ist zu tun?» Das Spiel kann endlos weitergehn.
«Vorläufig gehe ich allein!» Vielleicht hat er, als er das sagte, wirklich gedacht, daß ich ihn begleiten könnte. Sie werden unaufhörlich bei mir eintreffen, diese ohne Eile geschriebenen Worte – vier Wörter schreibt man nicht in Eile – auf Postkarten aus der ganzen Welt. Eines Tages werde ich sie zu den andern legen, ohne sie auch nur angeschaut zu haben.
Die Zugehfrau hat mich um die Briefmarken gebeten, für einen Neffen, der sammelt. Fast hätte ich sie ihr gegeben, aber als ich dabei war, die erste abzulösen, wurde mir bewußt, daß ich im Begriff war, eine Dummheit zu machen. «Die sind wertlos, denn sie sind gestempelt.» (Hätte sie nun gesagt, sie seien auch so gut genug, ich weiß nicht, was ich getan hätte.) Ich

wollte keinen Dritten in das Spiel einbeziehen. Seither verstecke ich die Postkarten – irgendwann könnte sonstwer mit dieser Bitte kommen.

Das Licht im Zimmer war kalt und rücksichtslos wie jenes, das durch die zu hohen Fenster eines Sanatoriums dringt. Ein wahlloses Licht, das alles zeigen, alles wissen will, das selbst die finsternisgewohntesten Dinge in allen Einzelheiten vorzeigt. Ich erinnere mich an ein Strumpfband, das sich am Fußende des Bettes wand wie ein geplätteter Wurm mit klaffendem Maul und zwei scharfen Metallzähnen. Es gibt eine bedrängende Gegenwart der Dinge, deren Zweck ich nicht kenne und die meine Spiele stören. Ich sah sowohl das Taschentuch, das wie ein gebrochener Taubenflügel aus der Brusttasche hing, als auch die drei weißen Knöpfe, die am Ärmel der über den Stuhl gehängten Jacke still hinunterglitten wie die Papierschiffchen, die wir früher auf dem See aussetzten. Die Dinge verbündeten sich gegen mich. Statt einer Reaktion wandte ich den Blick nicht mehr von seiner letzten Ansichtskarte. Als ich jedoch bemerkte, wie sehr die Statue des Befreiers von Peru – ein riesiger Mann, der mit ausgestreckten Armen auf Horizonte wies, die lange schon verloren waren – mich an einen Trick erinnerte, der darin bestand, zwei Gabeln mit ineinandergreifenden Zinken vermittels eines Zündholzes über einem Glas Wasser zu befestigen, begriff ich, daß die Verbindung diesmal endgültig abgerissen war.

Ich atmete tief ein. In der Luft lag eine ungewöhnliche Frische, obwohl ich bei geschlossenen Fenstern geschlafen hatte. Meine Einsamkeit war offen wie die des Reisenden, wenn er im Morgengrauen in einer unbekannten Stadt ankommt und an Häusern vorübergeht, deren Rolläden noch heruntergelassen sind. Ich drehte mich ein letztes Mal um, sah aber nichts als das Gebilde aus den zwei Gabeln und dahinter das strahlende Gesicht des Kellners, der mir den Trick an einem Abend gezeigt hatte, als das Lokal leer war.

III

Kati ißt mit gezierten Handbewegungen. Sie sitzt ganz gerade mit angelegten Ellenbogen, den kleinen Finger immer ein bißchen abgespreizt; oft löst dieser lächerliche Finger eine merkwürdige Reaktion bei mir aus. Die ganze Gleichgültigkeit, in der ich mich treiben lasse, kondensiert an Kati wie an Winterabenden die Dünste an den Fenstern des Cafés, die solcherart die Außentemperatur anzeigen. Ebenso ist Kati einfach durch ihre Gegenwart das Maß für die Intensität meiner Abwesenheit. Plötzlich ist ihr Gesicht mir ganz fremd, wie die Haut meiner Hand, als ich sie einmal durch eine Lupe betrachtet habe. Der Dienstag, der Tag, an dem wir uns treffen, ist zugleich der neutralste schon aufgrund der Tatsache, daß jede andere Erwartung ausgeschlossen ist. Eigentlich gibt es dennoch eine gewisse Erwartungshaltung, die aber rein mechanisch ist wie die des Soldaten, der vor dem Palast Wache steht und weiß, daß er, sobald sein Kamerad an der anderen Seite des Ehrenhofs sich in Bewegung setzt, automatisch dasselbe tun wird.

Bis zu unserer Begegnung habe ich das Gefühl eines gemeinsamen Zeitablaufs, der uns zu einem bestimmten, vorher festgelegten Zeitpunkt zusammenführen muß, so wie zwei Wasserläufe von einem bestimmten Moment an sich vielleicht bewußt auf den Punkt ihres Zusammenflusses zubewegen. So kündigt sich die Leere der Begegnung mit Kati Stunden vorher an und bringt meinen ganzen Tag durcheinander. In dieser Leere entsteht manchmal ein wehmütiges Verlangen nach wahrhaftiger Erwartung. Diesmal empfand ich jedoch absolut nichts als Furcht vor der leeren Zeit, die bevorstand.

Kati kommt die Treppe des Bürohauses herunter und streckt mir, noch bevor sie auf meiner Höhe angelangt ist, die Hand entgegen, wie sie es in einer Automobilwerbung im Kino gesehen hat. Selbst an Abenden, wenn es regnet, verzichtet sie nicht auf diese aufwendige und unnütze Geste. Damit ist dann all ihre Energie für andere, für fremde Augen, die uns zusammen sehen können, verbraucht, und sie geht zur üblichen Routine über, die mit einem Minimum an Äußerungen auskommt. Ich sehe, wie sie immer an der gleichen Stelle über den Kanalisationsgraben hüpft, an dem seit Jahr und Tag gearbeitet wird, wie sie dann im Restaurant ihren Mantel über einen freien Stuhl legt und dabei achtgibt, ihn nicht über den Boden schleifen zu lassen und keine unästhetischen Falten zu machen, wie sie mir zulächelt, ohne die geringsten Variationen in ihrem Mienenspiel, und den Kellner heranwinkt. Zu Hause rückt sie erst einmal alle Gegenstände zurecht; ich begreife nicht, wie sie abends bei ihrer Rückkehr noch irgend etwas zum Ordnen findet, da sie doch das Zimmer morgens, bevor sie geht, sicher der gleichen aufmerksamen Kontrolle unterzieht. Sobald sie eingetreten ist, gilt ihre Aufmerksamkeit nichts anderem als der Frage, ob die Puderdose neben der Kölnischwasserflasche steht und ob das Handtuch im Badezimmer ordentlich am Haken hängt. Dann läßt sie die Rolläden vorsichtig herunter, um ihren Mechanismus nicht zu beschädigen. Erst nachdem sie die Nachttischlampe angeknipst hat, kommt sie endlich zu mir.

Ich dachte an das Rätsel jener beschleunigten Erinnerungsabläufe, die so umfassend sind (keine Einzelheit wird vernachlässigt) und doch nur Sekunden in Anspruch nehmen, selbst wenn sie die Dauer eines ganzen Tages oder gar mehr in geraffter Form darstellen. Für einen Moment hatte ich den Eindruck, daß in dieser Rechnung ein Fehler steckte, daß ich etwas vergessen hatte, doch ich spürte die Gefahr, die in einem bestimmten Gelände lauerte, wohin ich mich, wie ich wußte, besser nicht wagte. Eigentlich ist die Frage einfach. Wohin geht die Zeit, wenn wir nur so wenig brauchen, um das wiederzuerleben, was uns von ihr bleibt? Und fehlt nicht andererseits in all dem, was wir bewahren und wiedererwecken können, immer der unmeßbare Anteil an Trägheit und Bedeutungslosigkeit, vor allem an Geheimnis und Uneingestandenem? (Schon seit geraumer Zeit hatte ich die Langsamkeit beobachtet, mit der die Tochter des Schneiders ihren Obliegenheiten in meinem Zimmer nachkam. Mit der Scheu schwergewichtiger Frauen schlüpfte sie zwischen den Möbeln hindurch und begleitete jede Bewegung mit einem Mienenspiel, das mir zeigen sollte, wie verlegen sie war. Die Hemden, die sie gewaschen und gebügelt hatte, legte sie auf den Tisch, doch hörte ich noch eine Zeitlang, wie sie an ihnen nestelte und sie auf alle erdenklichen Arten glättete. Eines Tages wollte ich den Grund für dieses Verweilen erfahren und drehte mich plötzlich um. Ihr demütiger Blick hielt dem meinen stand, und ihre Langsamkeit konnte etwas ganz anderes bedeuten als einfache Apathie. Ich entdeckte darin eine geheime Lust, die sie in die Länge zog und in die ich ohne mein Wissen einbezogen war.) Ich weiß nicht, wie das Leben wäre, wenn man all unsere kläglichen Geheimnisse zutage förderte, wenn man die Gründe entschlüsselte, die hinter unerklärlichem Zeitverlust verborgen sind.

 Und doch hatte mich nicht allein die Vorsicht zum Stehen gebracht. Vergeblich hatte ich alle Knöpfe gedrückt, die gewöhnlich sofort ansprachen – diesmal nahm nichts Gestalt an, wollte mir nichts gelingen. Ich glich dem überfüllten Zuschauerraum eines Theaters, wenn der Vorhang sich hebt und den Blick auf ein menschenleeres Interieur freigibt. Vergebens mühte ich mich, ein paar Schauspieler aus meinen gängigen Stücken nacheinander auf die Bühne zu stoßen. Das mußte so geschehen, daß der Saal von diesem Gerangel nichts bemerkte. (Die Einsamkeit bringt einen zu seltsamen Kunststücken.) Endlich ließen sie sich auf ein Sofa fallen, während ich mich in die Kulissen zurückzog, und immer noch geschah nichts, gar nichts. Zweifellos hing an jenem Morgen etwas in der Luft, das mir feind war, das alle meine Bemühungen vereitelte. Als ich kurz danach wieder zu dem Sofa hinübersah, waren sie nicht mehr da. Ich fühlte mich müde, und zwar nicht eigentlich von der Anstrengung, sie auf die Bühne zu bugsieren, sondern wie im Traum, wo einem die Bewegungen schwerfallen, von denen man weiß, daß sie zu nichts führen. Jede Geste zehrte an mir. Den Vorhang hatte ich herabgelassen, ich wußte nicht, was im Saal weiter geschah. Waren die Leute gegangen, oder warteten sie, daß die Vorführung fortgesetzt würde? Ich fürchtete, meine Künstler, die Gefährten einsamer Stunden, zu verärgern, als ich das Spiel allzu früh abbrach. Um allem Aufruhr aus dem Weg zu gehen, verließ ich das Theater – Bühne und Zuschauerraum zugleich. Als letzte blieb Kati zurück, zusammengesunken auf dem Sofa, das auch die andern benutzt hatten.

Ich trat mit jenem merkwürdigen Angstgefühl aus meinem Zimmer, das ich seinerzeit immer zu Beginn der Ferien hatte. Kaum vernehmlich knarrte die Tür des Schneiders, als ich schon an ihr vorbei war. Draußen war es etwas wärmer, als ich mir vorgestellt hatte. Meiner eigenartigen Gestimmtheit bewußt, fragte ich mich, wohin mich das geheime Gefälle des Tages wohl würde gleiten lassen. Die entsprechende Entdeckung habe ich vor langer Zeit gemacht, als ich mit einem Freund in einer Stadt, in der wir zum erstenmal waren, das Haus einer gemeinsamen Bekanntschaft suchte und wir stundenlang schweigend umherirrten, ohne zu fragen, was genau wir suchten. Die etwas simple Erklärung, die mein Gefühl dafür hatte (daß jeder von uns meinte, der andere wüßte Bescheid), überzeugte mich nicht. Ich glaube, wir waren beide der zu jenem Zeitpunkt besonderen Abschüssigkeit der Stadt anheimgefallen. Durch einen ganz und gar ungewöhnlichen Zufall fand uns die Stadt an jenem Tag beide genau in dieser offenen Stimmung. Selten kommt es vor, daß ich so einschlafe, den seltsamsten Regungen hingegeben, denn gewöhnlich weiß ich, was folgt. In den Nächten, in denen ich nach Hause komme, ohne mich befreit zu haben, erwartet mich der Schlaf wie eine Schlucht, die alles verschlingt, Gesichter und Zeichen.

Ich bewegte mich wie in jenen anderen, viel selteneren Träumen, dabei warf ich mit jedem Schritt etwas von dem Ballast der Bewußtheit ab und wurde immer leichter und offener. Ich glaube, die einfachsten Freuden bleiben uns versagt wegen unserer Unfähigkeit, hin und wieder die Mechanismen, die für uns im Einsatz sind, außer Kraft zu setzen. Auch ihnen steht ein freier Tag zu, so wie den Kindermädchen, die sonntags Ausgang haben, um dann ihre Arbeit ohne Murren wiederaufzunehmen. Zwei- oder dreimal war ich nicht mehr ich selbst, wie ein Haus nicht mehr es selbst wäre, wenn die Diener in Abwesenheit der Herrschaften aus ihren Kammern träten und sich nach Belieben in den Salons ergingen. Eines Abends habe ich in einem Restaurant eine in dieser Hinsicht bezeichnende Szene beobachtet: Während der Klavierspieler sich abwandte und mit einem Kellner sprach, begann seine rechte Hand auf der Klaviatur eine ganz andere Melodie zu spielen als die, die er gerade intoniert hatte. Die dienstbaren Finger, plötzlich frei, hoben an zu tanzen – sie spielten für sich selbst.

Beim Gehen machte ich gewöhnliche, eher kleine Schritte; wenn man so geht, kann der Weg jederzeit unerwartet abknicken. Ich sah mich nicht besonders aufmerksam um, die Stadt besaß eine nur momenthafte Wirklichkeit, die erst in dem Augenblick entstand, in dem sie sich mir offenbarte. Manchmal, wenn ich die Augen nach oben richtete, sah ich ein Fenster, das sich gerade aus der Dachgaube gelöst hatte und nun in der Dachrinne kauerte, worauf ich erschrocken zusammenfuhr. Die Sekunden meiner Geistesabwesenheit sammelten sich an, wie sich an einem schlecht zugedrehten Wasserhahn ein immer größerer Tropfen bildet. Wenn sie ein bestimmtes Gewicht überschritten, fielen sie hinunter und zerstoben auf dem Boden; dann und wann kam ich an Tore mit Monogrammen, die mich an etwas hätten erinnern müssen; ich konnte mich nicht konzentrieren; oder ich ging um die Ecke und stand unvermittelt unter dem Balkon eines Hauses, von dem ich geschworen hätte, daß es noch sehr weit entfernt lag. Die ganze Stadt glich dem reglosen Schattenriß eines Platznachbarn in einem Konzertsaal. Ich könnte ihn betrachten, solange ich wollte, er sitzt unbeweglich da, er sieht mich gar nicht. Und doch tue ich es nicht. Allerdings war die Musik, die mich daran hinderte, mich zu konzentrieren, weitaus subtilerer Natur als jene, die von einem Orchester gespielt wird.

Solche Ferien von der Aufmerksamkeit verströmten eine Lust, die vor den Grenzen meiner Sinnlichkeit nicht haltmachte. Ich weiß nicht mehr, ob plötzlich der Druck der Außenwelt nachgelassen hatte oder ein inneres Licht oder ein Geräusch, eine Musik von Gott weiß woher bewirkt hatte, daß die Dinge ihre Bedeutung und damit ihre Gegenwart verloren. Diesen Weg weiterzugehen bedeutete jedoch, mich in mich selbst zu versenken und zur Erforschung von Finsternissen aufzubrechen, eine Reise, die von vornherein zum Scheitern verurteilt war.

Das Mädchen war an mir vorbeigehuscht, unwirklich schnell wie die Bilder, die der Spaßmacher der Klasse für Augenblicke in die Laterna magica schmuggelte, während der Lehrer weiterhin die Schönheit der Jungfernzeugung beschwor. Ich glaube, ich öffnete die Augen genau in jenem Moment, als ihr Profil an mir vorüberglitt. Das war vielleicht nicht bloßer Zufall, möglicherweise hatte das Licht ihres Gesichtes die lautlose Nebelwand, in der ich schwebte, durchbrochen. Diesseits dieses Nebels war ich wieder unendlich empfindsam und empfing mit meinem ganzen Wesen; es war eine Belebung und ein Schauer zugleich. Dann sammelten sich diese undifferenzierten Schwingungen wie die Wasserringe um die Stelle, an der der Stein ins Wasser gefallen ist, und ich sah sie wieder. Die bleiche Stirn kaum auszumachen hinter den blonden Locken, das Auge in Vorderansicht wie bei bestimmten antiken Profilbildnissen, die Iris in Tränen gebadet. Zugleich hatte ich auf unerklärliche Weise auch das durchscheinend helle Augenlid vor mir. Das alles dauerte nur einen Augenblick.

Vorerst glaubte ich, nur dies gesehen zu haben, nicht mehr zu wissen. Alsbald aber vervollständigte die Erinnerung an die Zerbrechlichkeit des Halses und an

die kaum wahrnehmbare Rundung der Brust das flüchtige Bild.
Es gibt Gewohnheiten, die, wenn man sie nicht zu gegebener Zeit annimmt, nicht mehr nachzuholen sind. So habe ich nie gelernt, wann man einer Unbekannten auf der Straße folgt, sonst hätte ich sie bestimmt nicht so ziehen lassen. Diesmal jedoch war es vielleicht weise Voraussicht, die mich davon abhielt, ihr nachzugehen.
Jedenfalls mißfiel mir meine Passivität. Ich hatte immer noch schlechte Laune, als ich dem Buchhalter in die Arme lief. «Hallo, Herr Leutnant, wohin laufen Sie denn? Und was sagen Sie zu dem Wind, der da aufkommt?» Ich lief überhaupt nicht, und er hatte mich absichtlich angerempelt – er hätte mir ohne weiteres ausweichen können. So etwas ist mir zuwider, und es gelang mir sogar, mich mit einigem Geschick aus der Affäre zu ziehen: Ich fragte ihn ganz unvermittelt nach der Uhrzeit und nutzte den Augenblick, als er seine Uhr hervorkramte, um mich flink davonzustehlen.
Mit jedem Schritt entfernte ich mich weiter von ihr, und doch war sie immer noch da. Weitere Einzelheiten traten zutage: der kleine Kragen ihres schwarzen Kleides, die schmächtigen Schultern, die sich unter dem Stoff abzeichneten, und der grazile, edel geschwungene Hals. Das alles gewann noch deutlichere Umrisse als ihr Profil.
Ich weiß nicht, wie lange wir so durch eine Stadt irrten, die ich kaum wiedererkannte. Schließlich nahm das Schauspiel der Straße wieder seinen gewohnten Lauf, und ich fand mich dank einer rettenden Trägheit auf dem Weg zu Katis Haus wieder – im Glauben, das Abenteuer sei ausgestanden.
Als ich jedoch bei ihr eintrat, spürte ich, daß ich mich

geirrt hatte. Kati lümmelte auf dem Sofa, und die Schuhspitze (sie hatte die Beine übereinandergeschlagen) wippte nervös. Mit Leuten, die nicht stillsitzen, kann ich nicht reden. Auf keinen Fall wollte ich ihr etwas von dem erzählen, was ich erlebt hatte, doch ihre ungewöhnliche Erregung steckte mich an. Ich bemerkte, wie meine Feindseligkeit wuchs, als auf dem Stuhl im Halbdunkel die Unbekannte auftauchte; mit leicht vorgebeugtem Oberkörper saß sie schüchtern da, die Hände über den Knien gefaltet, die unter dem schwarzen Kleid verborgen waren. Ich betrachtete sie ohne die leiseste Verwunderung. Kati wippte weiter mit dem Fuß, als wäre gar nichts.

«War es nicht sehr windig heute morgen?» Katis Stimme klang mir vollkommen fremd, fern. Die Unbekannte lächelte mich müde an, ihre Wangen waren schmerzlich verkrampft, und mir schien, als läge eine Art Bitte in ihrem Blick. Oder war es ein Vorwurf? Warum hatte ich sie nicht angesprochen, als sie an mir vorübergegangen war? Was hätte ich sagen sollen? Es war mir peinlich, und ich antwortete: «Ich habe nichts gespürt, aber irgend jemand hat etwas in dieser Richtung gesagt.» «Wer war das, wieder der Buchhalter?» Was ging es sie an, ob es der Buchhalter gewesen war? Ihr sachlicher Ton verdroß mich wie die Tür, die nachts aufging, während ich im Bett las, wenn Mutter hereinkam, um nachzusehen, ob ich endlich eingeschlafen war. Schließlich hatte ich doch geantwortet, ehe ihr mein Schweigen verdächtig vorkam. Kati gehört zu den Menschen, die, sobald sie einem ansehen, daß man betrübt ist, das auch sagen, aber nicht etwa, um ihr Mitgefühl auszusprechen, sondern um ihren Scharfsinn unter Beweis zu stellen. Vielleicht bin ich aber ungerecht ihr gegenüber, denn selbst das aufrichtigste Interesse an meiner Person ertrage ich nicht, sobald es sich auf irgendeine Weise äußert. («Sind wir wieder traurig? Was ist denn jetzt wieder los?» Das war ein Junge, der es immer gut mit mir meinte, mir aber genügte der Anblick seiner rosigen Wangen und seiner sanften Kalbsaugen, und schon fühlte ich Haß in mir aufwallen.) «Du solltest mir diesen Buchhalter vorstellen, scheint ja ein netter Mensch zu sein, immer gut gelaunt.» Darauf entgegnete ich nichts mehr.

Vergeblich starrte ich auf den leeren Stuhl im Halbdunkel. Die Unbekannte war verschwunden.

«Heute siehst du müde aus, mein Lieber!» Ich versuchte ein Lächeln anzudeuten. Dabei war mir so unwohl, als könnte mich die Unbekannte wirklich sehen.

Lange habe ich geglaubt, daß die Menschen sich erst mit der Zeit zu erkennen geben, wie Bücher, die man kennenlernt, indem man Seite für Seite umblättert und sie so in sich aufnimmt. Ich habe mich geirrt. Bei gewissen Menschen bedarf das, was man kennenlernen kann, ebensowenig einer Wiederholung wie der Geschmack der Luft nach einem abendlichen Regen, damit man es behält. Bei solchen Menschen braucht man nicht vereinzelte Konturen, Bäume, Felsen zu entschlüsseln, um zum Wesentlichen zu gelangen – sie öffnen sich unvermittelt wie eine Schlucht. Die Unbekannte gehörte zu dieser Kategorie.

Eigentlich hatte ich nach Hause gehen wollen (vielleicht wäre sie mit mir gekommen), aber Kati hätte mich bestimmt gefragt, warum ich nicht blieb. Das Verschwinden der Erscheinung empfand ich wie eine Amputation.

Das Mädchen war mit dem Kuchentablett an mir vorübergegangen und hatte mir dabei einen verschwörerischen Blick zugeworfen, als hätte sie den lautlosen

Aufschrei gehört, das Zerreißen, das meine Brust mit Hitze erfüllt hatte. Die Gäste hatten gerade auf den Stühlen rund um das Klavier Platz genommen. Eine Locke war dem Künstler gleich beim ersten Akkord in die Stirn gefallen, und ich erinnere mich, daß sie wie eine schwarze Fahne flatterte, welche sich um jeden Preis über der Schlacht halten wollte, die auf der Klaviatur tobte. Damals empfand ich zum erstenmal die Tücke der Tasten, die Schulter an Schulter die abenteuerliche Attacke der Finger in aller Ruhe abwarten, denn letztere sind zwar kühn, aber in der Minderzahl. Solche ganz und gar nicht musikalischen Betrachtungen konnte ich gerade deshalb anstellen, weil ich mit etwas anderem beschäftigt war. In so geringer Entfernung vom Klavier befürchtete ich, schon durch die geringfügigste Bewegung den Musikgenuß zu stören. Meine Ungeduld rührte von einer Ahnung her, die ich nicht verdrängen konnte: Das Mädchen war in der Zwischenzeit wahrscheinlich verschwunden. War es nicht vielleicht doch noch hinter mir? Allerdings vermochte ich schon damals bestimmte Menschen in meiner Nähe auszumachen, ohne sie zu sehen. Sie war nicht da. Ob sie in einem anderen Zimmer war? Was hätte sie während des Konzerts anderswo zu suchen gehabt? Als die Musik verklungen war, hatte ich nicht mehr den geringsten Zweifel, sondern wußte, daß ich sie nicht wiedersehen würde. Dennoch suchte ich unter den Gästen nach ihr. Ich schlich mich sogar in die beiden Nebenzimmer, ohne zu bedenken, daß die Hausherrin mich in ihrem Schlafzimmer hätte ertappen können. Es hatte keinen Sinn zu fragen, ob jemand gegangen war, und ich wußte auch nicht, wen ich hätte fragen können. Beim Abschied erschien das Dienstmädchen in der Garderobe. Sie trug ein Kleid in der gleichen Farbe. Ich lächelte sie müde an, die beiden sahen sich wirklich ähnlich, aber ich ließ mich nicht täuschen. Ich erinnere mich an ihren erstaunten Gesichtsausdruck (ich hatte sie lange angesehen) und an meinen traurigen Schlaf in jener Nacht.

Ich weiß nicht, wie es kam, jedenfalls war die Gegenwart von Kati das eigentliche Hindernis. Es gelang mir nicht, mich zu konzentrieren. Mein Schweigen war keineswegs abgründig, eher ein Netz mit ungenügendem Tiefgang, unter dem die Fische ungehindert hindurchschwimmen können. Die Unbekannte verharrte ständig am äußersten Horizont, ich konnte nicht wissen, ob sie in der Weite verschwinden oder wieder ans Ufer kommen würde. Ihre hellen Augen wollten nichts preisgeben. Ihre Farbe hatte ich nicht behalten, und das war nicht weiter verwunderlich, zeigte mir jedoch, daß ich ihr näherkam. Die Augenfarbe von Menschen, denen ich mich nähere, behalte ich genausowenig wie das Alter, das sind Dinge, die ich nur an jenen bemerke, die auf mich zukommen. Sie kann ich bis in alle Einzelheiten beschreiben, sie rücken offen an wie ein feindliches Heer, an dem ich sofort die Schwächen entdecke, die Anzahl der Wunden und deren Tiefe errate. Die andern, jene, auf die ich zugehe, bleiben mir fremd wie die Unbekannten, mit denen man einen langerwarteten Sieg auf der Straße feiert. Ich werde von einem Licht in ihre Richtung gedrängt, das ihre Züge ausblendet.

Es gelang mir nicht, ihr Bild deutlich werden zu lassen. Ich sah die ganze Gestalt wie durch trübes Wasser, das die Schatten verschwimmen läßt.

Kati war in die Küche gegangen, um etwas anzurichten, als die Unbekannte ihre Arme um meinen Hals schlang und ich ihr tränenheißes Gesicht an meiner Brust spürte. Ich fragte mich, ob es nicht eine jener überspannten Anwandlungen war, die nichts besagen;

der so extreme Wechsel gegenüber ihrer vorherigen Haltung war verdächtig. Ich hätte etwas tun müssen, ich hätte ihren Kopf – wie, das weiß ich nicht – von meiner Brust heben und sie ansehen müssen. Kati konnte aber jeden Augenblick hereinkommen, und das lähmte mich. Es gibt Feinheiten, die sie nicht versteht, auch wenn ich sie ihr noch so geschickt zu erklären versuche. «Mein Tod oder deiner, was bedeutet das für dich?» «Ich verstehe nicht, wie du jetzt plötzlich auf deinen und meinen Tod kommst.» «Moment, ich will damit sagen, daß der Tod eines jeden für ihn selbst etwas anderes ist als der Tod eines andern.» «Welches andern?» Sie konnte überhaupt nicht folgen. Während ich sprach, begleitete Kati meine Worte mit Gesten, die sie illustrieren sollten. Ihren eigenen Tod stellte sie dar, indem sie mit ausgestrecktem Finger wie mit einem Dolch auf ihr Herz zeigte; als ich dann von meinem Tod sprach, richtete sie den Finger auf mich. Für den Tod des anderen öffnete sich die Hand wie eine Tulpe und blieb widerstandslos in der Luft hängen. Ich verabscheue derlei Mißverständnisse, und der Haß auf die Wörter, die mir nicht zu Gebote stehen, ist um so größer, als ich keine Möglichkeit habe, sie für ihre heimtückische Widerspenstigkeit zu bestrafen.

Andererseits bedeuten solche Mißverständnisse ein zusätzliches Risiko, das manchmal unabsehbare Folgen hat. Einmal hatte Kati aus einem mißglückten Vergleich geschlossen, ich hätte etwas an der Lunge. Dabei hatte ich nur gesagt, daß ich fürchtete, so zu enden wie die Schwindsüchtigen, die jeden bedeutenderen Ortswechsel scheuen. Seither verfolgt sie mich mit Besorgnis, sobald das Wetter neblig ist, und schimpft, wenn ich keinen Schal trage.

Als sie mit einem Teller Kekse aus der Küche kam,

 faßte ich mir ein Herz. «Heute fühle ich mich nicht wohl, es ist vielleicht besser, wenn ich nach Hause gehe.» Ich versuchte aus den Augenwinkeln etwas von der Zustimmung der Unbekannten zu erhaschen. Sie war wieder verschwunden. Mir fiel auf, daß sie eine bemerkenswerte Energie entwickelte. Meine Überzeugungskraft war versiegt. «Laß uns etwas knabbern; dann reden wir weiter.» Dabei grinste Kati schelmisch.

Ich weiß nicht, woher sie diese Sicherheit nimmt. Gewöhnlich gehen Frauen mit großem Busen mit Männern wie mir so um. Ich wollte aufbegehren, wußte jedoch nicht, wie ich es anstellen sollte. Ich suchte nach einem Vorwand, um mich aus der Affäre zu ziehen, ohne sie zu verletzen, als ich mich sagen hörte: «Kann ich heute nacht bei dir schlafen?» Ich weiß nicht, welcher verborgene Feind mir hin und wieder solche Streiche spielt. Sie kommen mir so absurd vor, daß ich mich umsehe, ob da nicht jemand anderer geredet hat. Sie antwortete mit einem zweideutigen Lächeln, das mir die ganze Verantwortung für eine Situation zuschob, die ich nicht gewollt hatte. Der alte Gedanke an meine Unfähigkeit, selbst über die geringfügigsten Gesten eines Gegenübers hinwegzusehen, quälte mich wieder, eine Unfähigkeit, die ich als praktische Auswirkung meiner Subordination erkannt habe.

Er hatte mir nur ein einziges Mal über sein Verhältnis zu Frauen erzählt. Das war kurz nach seinem Umzug in das andere Viertel. «Gefällt dir das?» Ähnlich einem Zauberer hatte er aus seiner Hosentasche ein großes Stück blaue Seide gezogen – oder war es Voile? Ich kenne mich da nicht aus. Jedenfalls war es etwas sehr Leichtes, das selbst bei der Windstille genügend Luftzug fand, um elegant zu wehen wie die Capa eines Stierkämpfers, eine Handbreit über dem Boden. «Ich wollte ihr etwas mitbringen; andere geben ihr mehr, denn sie mag das, weißt du?» Ich wußte gar nicht, von wem die Rede war. «Aber was soll sie denn damit anfangen?» Die Frage war mir gegen meinen Willen entschlüpft. «Weiß ich nicht, soll sie damit machen, was sie will; weißt du, wo ich es gefunden hab?» Es war der Stoff, auf dem der Antiquitätenhändler seine mannigfaltige Ware im Schaufenster ausbreitete. Im Gedächtnis geblieben ist mir vor allem seine Unbekümmertheit. Er wußte bloß, daß ihm etwas gefallen hatte. Was genau? Wen kümmerte es? So war auch sein Geschenk nichts als das Ergebnis einer Laune. Ihm war es egal, was sie damit anfangen würde, er hatte gewiß keinen Augenblick darüber nachgedacht, was sie sich wünschen könnte, für ihn war es wohl selbstverständlich, daß sein Geschenk ihr gefallen würde. Ich beneidete ihn um diese Freiheit.

Mein Blick schweifte eine Zeitlang zwischen Katis Gesicht und dem Platz, wo ich die Unbekannte gesehen hatte, hin und her. Vergeblich versuchte ich, sie wieder erscheinen zu lassen, schließlich flüchtete ich mich auf meinen üblichen Standpunkt des gleichgültigen Beobachters, den ich, wenn Kati dabei ist, mit stiller Behaglichkeit tarne.

Sie erhob sich – sie hatte am anderen Ende des Tisches gesessen –, um zu mir herüberzukommen, und schob im Vorbeigehen den Stuhl, auf dem die Unbekannte gesessen hatte, bis an die Tischkante. Dieser Akt – der eigentlich gar keiner war – machte mir deutlich, daß ich nicht mehr Herr der Tatsachen noch ihres Widerhalls in meinem Innern war. Mein Bewußtsein war ganz oberflächlich und gehörte nicht mehr zu mir als eine Jacke, welche man ablegen kann, ohne dadurch ein anderer zu werden. Übrigens fiel mir ein, daß ich dies gerade getan hatte. Ich hatte die Jacke abgestreift und dem Schneider gegeben, der an die Arbeit ging, ohne mich weiter zu beachten. Zuerst breitete er sie auf der fleckigen Tischplatte aus. Die Jacke, die jetzt eine sonderbare, für den Träger schwer vorstellbare Form angenommen hatte, erschien mir mit einemmal völlig fremd. Er begann mit Kreide anzuzeichnen, was ihm aufgefallen war und was ich weder verstand noch auf mich beziehen konnte. Schließlich machte er mit viel Geschick von der großen Schere Gebrauch, die zwei verschieden große Fingerbügel hatte. Er grinste wunderlich, wenn das Werkzeug durch den alten Stoff fuhr, wobei er eine auf- und abschwellende Melodie pfiff, die in den Augenblicken angespannter Aufmerksamkeit verschwand wie manche Flüsse im Karst, um etwas weiter unverändert wieder aufzutauchen. Seine Arbeit konnte sich hinziehen, und wenn ich auch nicht behaupten will, daß mich die Bewegungen des Schneiders in Bann zogen, hatte ich für nichts anderes in der Werkstatt Augen; mit der Jacke hatte ich auch die Ungeduld von meinen Schultern abgestreift. Ein einziger Gedanke schälte sich manchmal aus meiner unablässigen Beobachtung der Betriebsamkeit, welcher meine Jacke unterworfen wurde: Wie mochte sie aussehen, wenn er sie mir zurückgab? (Daß ich sie mir auch selbst hätte nehmen können, daran dachte ich gar nicht.)

Schließlich war Kati bei mir angekommen, legte ihren weichen Arm um meinen Hals, ich spürte, wie seine warme Rundung mir sanft unters Kinn glitt. Ich schloß die Augen. «Wieso schließt du die Augen, wenn ich dir nah bin?» Die ihren funkelten gewiß vor Stolz über die zarte, genüßliche Entdeckung, die sie gerade gemacht hatte. Bestimmt bildete sie sich ein, es handele sich bei mir um den Ausdruck einer starken sinnlichen Empfindung. Eigentlich schloß ich die Augen, weil ich die

Annäherung jedweder Haut eher als abstoßend denn als reizvoll empfinde. Darüber hinaus rief ich mir angesichts einer gewissen Möglichkeit, die ihre Anmutung durchblicken ließ, alle damit verbundenen Unannehmlichkeiten ins Gedächtnis. Wenn ich bei ihr übernachte, muß der Abschied in der Morgendämmerung heimlich vor sich gehen. Kati öffnet die Tür erst nach einer ganzen Reihe von Vorsichtsmaßregeln, um nur ja niemanden zu wecken, worauf ich schnellstens auf die Straße zu eilen habe, und das zu einer Tageszeit, da noch nicht einmal die Hunde ihre Schlupfwinkel verlassen. Ebenso heimlich muß ich auch in meine Wohnung gelangen. Angst habe ich vor allem, die Tochter des Schneiders anzutreffen; sie ist eine nur zu neugierige Frühaufsteherin. (Allerdings kann ich in ihrem gutmütigen Gesicht nicht ausmachen, inwieweit sie sich über meine nächtlichen Aktivitäten im klaren ist.)

In Staunen versetzt hat mich immer schon die Ungezwungenheit, mit der sich Frauen, sobald eine gewisse Stufe der Intimität erreicht ist, ganz selbstverständlich wieder auf jenes Knie setzen können, von dem sie kurz zuvor aufgesprungen sind, etwa weil das Telephon geläutet hat. Kati hatte über meine Schulter etwas gesehen und war gegangen, um das Kissen aufzuheben, das vom Sofa gerutscht war. Ich versuchte diesen Moment auszunutzen, um zwischen uns ein Hindernis aus Worten zu errichten: «Du schienst heute sehr besorgt, als ich kam.» «Ja, mein Lieber, ich habe auch so meine Sorgen, ich will dich aber nicht damit langweilen.» Dennoch schmiegte sie sich an meine Brust. Ich schämte mich der Gleichgültigkeit, die ich ihr gegenüber empfand. Im Grunde genommen war ich nicht verpflichtet, mich um die Probleme zu kümmern, die sie bedrängten, auch ich erwarte nichts dergleichen von ihr; und doch war es mir diesmal unangenehm. Zum ersten Mal empfand ich Kati gegenüber einen Anflug von Zärtlichkeit und ein ungewohntes Schuldgefühl ohne bestimmte Gründe. Dies gehörte nicht zu unserem stillschweigenden Abkommen. Vielleicht hatte die Unbekannte eine Krume von ihrer Verzweiflung im Zimmer zurückgelassen, merkwürdig verspätet wie das Rauschen des Wassers in der Dachrinne nach dem Gewitter, ein Überbleibsel wie der letzte Akkord eines Konzertes, dessen Nachhall sich als plötzliche Reglosigkeit auf einem sonst sehr lebhaften Gesicht abzeichnet. Ich spürte, wie ein Lächeln über ihr Gesicht huschte, das sie an meiner mir selbst allzu ungerührt erscheinenden Brust geborgen hatte.

IV

Manchmal bleiben Gäste für einen Augenblick an meinem Tisch stehen und schauen mich mit diesem leicht verstörten Blick an, mit dem man einen Dienstboten ansieht, der zu gut gekleidet ist, als daß man ihm ein Trinkgeld geben möchte, von dem man aber auch nicht vernachlässigt werden will. Ich habe nie recht begriffen, weshalb; vielleicht war dieser Tisch hinter der Tür früher einem Angestellten vorbehalten, der bestimmte, mir unbekannte Dienstleistungen anbot. Dies ist der einzige Nachteil des Tisches, der Platz ist günstig, abgelegen und vor allem geschützt vor den Kunststückchen der Kellner. Mir haben sie immer schon angst gemacht, diese Artisten, die einem eher den Kaffee über die Jacke gießen, als daß sie das Tablett auf mehr als drei Fingern balancierten.

Ich setze mich auf einen der bescheidenen Stühle, deren grüner Samt längst abgewetzt ist, die Bank in der Nähe der Eingangstür bleibt immer frei. Auf dem Tisch erwartet mich die Zeitung, gekreuzigt an ihrem Aufhänger aus Haselnußholz. Dann kommt der Kellner und bringt mir den täglichen Kaffee. Durch das große und schmutzige Fenster sehe ich über die Vorhänge, die mir bis zum Kinn reichen, hinaus auf die Straße, die am Fluß entlangführt, und auf die alte Steinbrücke. Es ist eine enge Brücke ohne allen künstlerischen Anspruch. Das Geländer ist vor kurzem erneuert worden und hebt sich ab wie ein frisch gebügeltes weißes Tuch vom Kopf einer greisen Bäuerin. Menschen und Wagen gelangen nur mühsam auf die

 Brücke hinauf, vielleicht nicht nur wegen der beachtlichen Steigung, sondern auch wegen des besonders trägen Rhythmus der Stadt. Ihr Verschwinden auf der anderen Seite des Brückenbogens geht anscheinend schneller vonstatten.

Immer wieder muß ich feststellen, daß ich Illusionen nachhänge, wenn ich mir einbilde, neue Spiele zu entdecken. Der Kellner hatte gesehen, wie ich den Kopf zur Brücke wandte, an deren Scheitelpunkt gerade ein Mann mit schleppendem Gang aufgetaucht war. Stammkunden des Cafés gegenüber geben die Kellner hin und wieder ihre Reserviertheit auf. «Bevor Sie bis zehn gezählt haben, ist er fort.» Ich sah ihn verärgert an, was er mißdeutete. «Es gibt welche, die verschwinden bis sechs, aber nicht so alte wie der da.» Was kann einen redseligen Kellner zum Schweigen bringen? Es gibt eine einfache Methode, die Zeitung, ich hatte aber keine Lust zu lesen. Eigentlich hatte ich auch gar nicht die Absicht gehabt, zu zählen, bis der Fremde den Scheitelpunkt der Brücke überschritten hatte; allerdings stimmte es schon, daß ich diesem Spiel manchmal frönte. Mich ärgerte vor allem der Gedanke, daß ich in Zukunft würde aufpassen müssen, damit man mich nicht beim Zählen ertappte. (Besonders vergnüglich fand ich es, wenn sich der brückenüberquerende Mensch – selten genug – plötzlich eines anderen besann; er hielt dann inne, zur Hälfte vom Buckel der Brücke verdeckt, um gleich darauf wieder in meine Richtung zu kommen. In solchen Momenten empfand ich eine kindliche Freude, vergleichbar der des Fischers, wenn er das Gewicht des Fanges an der Angelrute spürt.)

Ich war zerstreut und sah nur zum Schein hinaus. Ständig vor Augen hatte ich dabei das Gesicht der Tochter des Schneiders, großflächig, mit ungesunder

Haut und stumpfsinnigem Grinsen. Ich war überraschend umgekehrt und hatte sie in meinem Zimmer ertappt, wie sie seelenruhig, eine Handarbeit auf dem Schoß, am Fenster saß. Langsam, vor Schreck wie gelähmt, stand sie auf. Peinlich berührt wandte ich mich ab und bemerkte dabei aus den Augenwinkeln ein seltsames Lächeln auf ihren farblosen Lippen. Ich konnte mich nicht mehr beherrschen: «Was suchst du hier?» «Nichts, verzeiht, bei uns ist zu wenig Licht.» Sie erstarrte, ihre Arme hingen unnatürlich an ihrem Körper herab, der noch massiger wirkte und doch in sich zusammengesunken war wie bei einer Vogelscheuche. Ich wußte, daß ich nicht mehr von ihr erfahren würde. Sie verfügte über genügend Bauernschläue, um sich wunderbar dumm zu stellen. Sie ging an mir vorbei wie ein Rind in der Herde, die morgens auf die Weide zieht, mit schnellem Schritt und wiegendem Schädel. Ein Geruch billiger Seife blieb im Zimmer hängen. Ich begriff nicht, was sie hier hatte suchen können: alles war an seinem Platz, als hätte sie nichts angerührt. Und doch schien es mir offensichtlich, daß sie es nicht gewagt hätte, nur wegen der größeren Helligkeit zu mir heraufzukommen. Ich gedachte, mit dem Schneider darüber zu reden. Vor seiner Türe wurde mir plötzlich klar, welche Unvorsichtigkeit zu begehen ich im Begriff war, und schnell lief ich hinaus auf die Straße. Ich weiß gar nicht, wie ich auf den Gedanken hatte kommen können, die Sache zu klären, indem ich mit dem Schneider redete. Wenn er selbst sie nun geschickt hatte?

Der Lahme war mir von einem Kameraden vorgestellt worden, den ich etwas besser kannte, seit einem Monat schon gingen wir gemeinsam auf den Korridoren der Schule auf und ab. Er sollte mir einen Kurs verkaufen, der im Handel vergriffen war. Die Straßen im

 Bahnhofsviertel drängten sich gegenseitig immer tiefer in die Finsternis. Es war eine feuchte Herbstnacht, die Straßenlaternen schienen ihr Licht absichtlich eng um ihre schwarzen, rostzerfressenen Leiber zu ziehen. Die Schritte des Lahmen klangen seltsam schwer im Verhältnis zu seinem schmächtigen Körper. Unvermittelt begann er mir von den Verbrechen im Viertel zu erzählen. Nicht sehr glaubwürdig zwar, aber er machte einen ernsthaften Eindruck, während er von Leuten erzählte, die morgens an abseits stehenden Laternenpfählen erhängt oder hinter den morschen Zäunen verwilderter Gärten mit durchschnittener Kehle aufgefunden werden. Als ich in den niedrigen Gang trat und mich dabei bücken mußte, erschien mir das Männlein an meiner Seite plötzlich viel bedeutender. Beim Treppensteigen polterte er, als wollte er sein Kommen irgend jemandem ankündigen. «Wecken wir denn niemanden?» «Egal, hier wohnen nur nette Leute.» Ich weiß nicht, weshalb ich ihn aufmerksam betrachtete. Seine grünen Augen waren von beunruhigender Klarheit, die, wenn überhaupt, nur eines verbergen konnte: Schwachsinn. Als er mir den weit überzogenen Preis für den Kurs nannte, erhob ich mich, um zu gehen, er aber sprang plötzlich von seinem Stuhl auf und stellte sich mir in den Weg. «Warte mal, ich will dir sagen, wie du hier rausfindest.» Dabei faßte er meine Hand, und ich kann mich noch gut an die Berührung seiner eisigen Haut erinnern. «Weißt du, es gibt hier Orte, wo man besser nicht allein entlanggeht.» Der Weg, den er mir beschrieb, wobei er die Spitzen seiner langen gelben Finger mit den schön geschnittenen Fingernägeln aneinanderlegte, war unmöglich zu behalten. «Ich finde mich da nie und nimmer zurecht.» Er lächelte. «Vielleicht.» Ich war drauf und dran, ihn zu fragen, was er meinte. In dem großen

Zimmer brannte eine Gaslampe, die einen schwachen Lichtkegel über uns warf, über dessen Ränder hinaus nur noch unsere riesigen Schatten an den kahlen Wänden zu sehen waren. Der Tisch stand in der Mitte des Zimmers, darauf lag kein einziges Buch, nur ein großes Paket, dessen Inhalt ich nicht erraten konnte. Das Lächeln hatte sich unter meinem Blick nicht etwa aufgelöst, sondern im Gegenteil verstärkt, und alsbald überkam mich ein seltsames Gefühl der Unsicherheit. Auf unerklärliche Weise tauchte ein Schlangenkopf aus dem Schattenring, der das Paket umgab. «Wärst du so nett, mich zu begleiten», und noch bevor er antworten konnte, fügte ich hinzu, daß ich mich genötigt sähe, den Kurs auf jeden Fall zu kaufen, auch wenn mir der Preis viel zu hoch erschiene. Mein Schulkamerad schien verblüfft über die hohe Summe, die ich gezahlt hatte, und entschuldigte sich, daß er mir den Lahmen vorgestellt hatte. «Ich kannte ihn ja auch nicht besser als du.» Am Abend darauf sah ich sie zusammen in einer dunklen Seitengasse verschwinden, Arm in Arm.

Letzten Endes konnte zwischen dem Schneider und seiner Tochter eine zusätzliche Komplizenschaft bestehen, die gar nichts mit ihrer verwandtschaftlichen Beziehung zu tun hatte. Nach und nach begann ich mich glücklich zu schätzen, daß ich davon Abstand genommen hatte, mit ihm zu reden. Das nahezu mongolide Erscheinungsbild des Mädchens war vielleicht nur Tarnung.

Die Menschen bilden manchmal Gruppen, regelrecht okkulte Bünde, und je verwerflicher ihre gemeinsamen Ziele sind, desto mehr begünstigt sie die äußere Unähnlichkeit ihrer einzelnen Mitglieder. Nichts verdrießt mich mehr als die Betrachtung von Familienphotographien, auf denen sich der ganze Stammbaum bis in seine letzten Verästelungen spreizt. Die Kinder, im Türkensitz zu Füßen der Älteren, sehen genauso falsch aus wie die Erwachsenen. Ich weiß, daß immer zwei oder drei darunter sind, die imstande wären, den dicken Alten, der seinen jüngsten Enkel auf dem Schoß hält, zu erschlagen, aber es gelingt mir nie, sie auszumachen.

Ich kannte niemanden, mit dem ich über das absonderliche Verhalten des Mädchens hätte reden können, und Kati hätte die Erklärung, die es mir für seinen Aufenthalt im Zimmer gegeben hatte, gewiß ohne weiteres angenommen. Vergeblich ging ich das Inventar meines Zimmers durch, ich fand nichts, was ihre Neugier hätte erregen können. Der Verdacht, den ich einmal gehegt hatte, daß sie ein Auge auf mich geworfen hätte, erwies sich als unbegründet: sie kam auch, wenn ich nicht da war. Es gab noch eine weitere Vermutung, und zwar konnte es sein, daß sie mich observierte. Auf wessen Geheiß? Es stimmt wohl, daß Kleinstädte einem Einzelgänger eher feind sind. Ein einsamer Mensch wird immer verdächtigt. Ich hatte die Erfahrung gemacht, daß ein junger Mann, der mir die andere Stadt zeigen wollte, wo ich bloß zehn Tage blieb, kein unschuldiger Cicerone war, sondern den Auftrag hatte, herauszufinden, was ich dort wollte, weshalb ich gekommen war. Der Grund, weshalb ich gewissen Berufsgruppen – Flickschustern, Bäckern, ja sogar Straßenkehrern – besondere Sympathie entgegenbringe, liegt darin, daß diese sich im Unterschied zu den anderen nie um Dinge kümmern, die sie nichts angehen.

Ich habe beispielsweise wiederholt bemerkt, wie der Kellner, an einen der beidseitig verspiegelten Pfeiler gelehnt, scheinbar schlief, dabei aber eigentlich die Tische zur Tür hin beobachtete. Wenn die kleine Hintertür knarrte, von der ich nicht wußte, wohin sie führte, löste er sich träge vom Pfeiler und bewegte sich in ihre Richtung – als wollte er vorführen, daß er noch eine andere Aufgabe hatte, als vor sich hin zu dösen, die Arme vor den fleckigen Rockaufschlägen verschränkt. Ich konnte nicht feststellen, ob er jemandem, der hinter der Tür versteckt war, ein Zeichen gab. Einmal war ich aufgestanden und zu dieser Tür gegangen. Als ich die Klinke hinunterdrücken wollte, rief mir ein anderer Kellner, der hinter der Kasse hockte, zu: «Die Toilette ist nebenan!», und ich sah mich genötigt, aufzugeben.

Die Leute auf der Straße, die am Café vorübergingen, den Kopf vom Körper getrennt, da dieser von den drei Spannen hohen vergilbten Vorhängen verdeckt blieb, verursachten mir ein merkwürdiges, ungutes Gefühl. Vielleicht auch nur, weil ich nicht weiß, ob man aus dem Inneren eines Hauses einen Bekannten, der auf der Straße vorübergeht, unbedingt grüßen muß. (Hinzu kommt die Befürchtung, das Fenster könnte mein Lächeln verzerren.) Diese Furcht, so lächerlich und offenbar unbegründet sie ist – ich kenne nur wenige Personen in dieser Stadt und weiß genau, wo sie sich zu welcher Stunde aufhalten –, zwang mich dennoch, meine Augen vom Fenster abzuwenden.

Der Kaffee war heute stärker als gewöhnlich. Erfreut spürte ich, wie sein Aroma sich in mir ausbreitete und den amorphen Dunst zerriß, in dem ich hing. Düfte wirken auf mich noch stärker und packender als Geräusche, manchmal sogar stärker als ein Gedanke, der mich nicht mehr losläßt. In Katis Zimmer herrscht ständig ein Geruch, als sei gerade Hausputz gehalten worden. Eine Frische, deren Kurzlebigkeit zu spüren ist. Deshalb atme ich bei ihr flach. Nie bin ich ganz da.

 Würde ich anders atmen, könnten wir vielleicht auch andere Gespräche führen, könnte ich über die Dinge vielleicht auch in ihrem Zusammenhang nachdenken. So geht es mir auch im Vorstadtkino, wo ich nur die grotesken Komödien wirklich mag; wegen der Parfümdüfte im Saal haben die Helden sentimentaler Dramen Friseursköpfe, und selbst die blutrünstigsten Abenteuer wirken in den Schwaden billigen Eau de Cologne nicht im geringsten dramatisch.

Ich wechselte von meinem Stuhl auf die gegenüberliegende Bank, um besseres Licht für die Zeitungslektüre zu haben, als mein Blick zufällig auf die Brücke fiel. Obwohl die Gestalt in einer Entfernung von mehr als achtzig Schritt am Geländer lehnte, erkannte ich sie sofort. Ich tat, als sei mir die Bank nicht bequem genug, und setzte mich wieder auf den Stuhl, von wo aus ich ungehindert zum Fenster hinaussehen konnte.

Sie trug wieder das schwarze Kleid und keine Kopfbedeckung. Sie hatte die Ellenbogen auf das Brückengeländer und den Kopf in die Hände gestützt. Vergeblich versuchte ich, Einzelheiten zu erkennen, sie war zu weit weg. Sehen konnte ich, wie ihr leichtes oder zu weites Kleid im Wind flatterte. Mich wunderte nur einen Augenblick lang, daß ich gar nicht überrascht war. Alsbald fand ich eine Erklärung dafür. Überrascht, oder genauer: verwirrt, bin ich gewöhnlich nur von Ereignissen, die etwas unerwartet Feindseliges haben; die anderen trage ich in mir, und sobald sie eintreten, findet bloß ein Übergang von einer Bewußtseinsebene zur anderen statt, ganz einfach, wie sich im Traum Tore öffnen, an die man tagsüber vergeblich klopft. Mein Vater wunderte sich immer, daß kein Geschenk mich besonders beeindruckte. Dabei hatte ich es mir schon durch die Erwartung zu eigen gemacht.

Dennoch war und blieb er der Überzeugung, daß ich bescheiden und gar nicht verwöhnt war – was auch stimmte. Aus diesem Grund mag man mich manchmal sogar für gefühllos halten.
Mit ruhigen Schritten war ich auf meine Schwester zugegangen und hatte gesagt: «Du hast mir sehr gefehlt, weißt du? Niemand hätte erwartet, daß du plötzlich wiederkommst.» Leider hatte ich versäumt, den Rest des Gedankens auszusprechen: niemand außer mir. Da ich noch nicht Bescheid wußte, war ich um so verwunderter über ihre Traurigkeit; heute weiß ich, daß ich ihr weh getan habe. Ich hätte mit einer konventionellen Geste dagegenhalten müssen; die Menschen brauchen solche Gesten, und um wieviel mehr ein krankes Kind, das in langen Jahren der Abwesenheit fremd geworden ist. Nur noch einen Monat lang lebte sie in meinem Zimmer, und jeden Morgen, wenn ich sie, die immer blasser wurde, wiedersah, spürte ich, daß sie über die Bitternis unseres Wiedersehens nicht hinwegkam.
Es gibt auch noch größere Irrtümer: «Sie, Herr Leutnant, scheinen ein sehr ruhiger, ein sehr, sehr ruhiger Mensch zu sein, dabei haben Sie ja manche Probe zu bestehen gehabt, nicht wahr?» Die Marderaugen funkelten vor lauter Scharfsinn. Ich konnte ihm nicht mehr in die Parade fahren, denn immer sprach er mit mir, als sei das einzig Bedeutsame in diesem Moment der Ausdruck meiner Augen, der Sitz meines Mantels oder meines Hutes. «Ich bin nicht ruhig, das sieht nur so aus, ich bin ataraxisch.» Das Wort war hervorgeschossen wie eine fremde Katze, die sich unter dem Bett versteckt hat, wenn man nachts nach Hause kommt. Drei Tage lang belustigte mich die Possenhaftigkeit, mit der die Verblüffung – Zerrspiegeln gleich – sein kleines Kinn in die Länge gezogen und seine

 schmale Stirn, die ohnehin kaum mehr als zwei Finger hoch war, schmerzlich hatte schrumpfen lassen.
Ich sah sie, ohne auf etwas Bestimmtes zu achten, eher so, wie man den Schatten wahrnimmt oder das Licht. Als sei sie überall; sacht wandte ich meinen Kopf von der einen Seite zur andern, doch sie verschwand nicht aus meinem Blickfeld; allerdings lag die Brücke auch genau gegenüber dem Fenster. Ich verzichtete auf eine Beharrlichkeit, die mich Kraft kostete, und betrachtete sie, ohne sie eigentlich ins Auge zu fassen; vielmehr umgab ich sie mit meinem Blick, der immer wieder von ihr ab- und auf sie zuglitt, und plötzlich schwand die Entfernung. Ich spürte, daß ich sie an mich heranziehen konnte, doch diesseits einer Grenze, die ich nicht in Metern hätte schätzen können, verwandelte sich ihr Bild wie eine Photographie unter der Lupe in eine zusammenhanglose Häufung violetter und grauer Flecke. Ich hatte keinen Zweifel mehr über die Farbe ihrer Augen. Einen Moment lang war es mir, als könnte ich ein Medaillon in ihren Händen erkennen; der Gegenstand löste sich jedoch auf wie eine weiße Wolke am sonnenüberstrahlten Himmel, und im gleichen Augenblick verschwand alles, übrig blieb nur die zarte Gestalt an dem massiven Geländer. «Ein Medaillon?» fragte ich mich. «Nein.» Dergleichen wäre viel zu hart und viel zu schwer gewesen auf dieser bleichen Haut; zweifellos trug sie nur Perlen, diese geheimnisvollen Körner, die in ihrem blaßschimmernden Lächeln die Stille bergen. Ich zögerte. Die Stirn, auf der die vereinzelten Haarlocken wehten, bewegte sich ein wenig von links nach rechts. «Oder magst du keinen Schmuck?» Der Kopf stand still. Wie konnte ich den Stillstand aus dieser Entfernung feststellen? Ich begriff ihre plötzliche Verkrampfung, schließlich war meine Frage von unstatthaft verfrühter

Frivolität gewesen. Ich war in einer ganz außergewöhnlichen Stimmung und glitt jenseits der Grenzen der Aufmerksamkeit ab in eine Art passiver Gleichgültigkeit. Jedenfalls war ich sicher, daß sie, solange ich den Blick nicht vom Fenster wandte, nicht weggehen, nicht verschwinden konnte.

Das hatte ich eines Morgens vor einiger Zeit gelernt, als er an einem Fenster im ersten Stock des gegenüberliegenden Hauses aufgetaucht war – seither wußte ich wenigstens, wo er wohnte – und mir ein vertrauliches «Hallo!» zugerufen hatte. Ich hatte das Fenster geöffnet, um ihn besser zu verstehen. «Wollen wir nicht irgendwohin an die Sonne gehen?» In aller Eile zog ich mich an, ich weiß noch, daß ich umsichtig ein Hemd wählte, das gegen Grasflecken unempfindlich war.

Ich traf ihn vor der Haustür. Der offene Kragen wirkte bei ihm ganz anders als bei mir. Meine Mutter hatte geheimnisvoll gelächelt, als ich ihr sagte, daß er sich nichts aus Mädchen machte. (Mit meiner Mutter kam ich nur dann ins Gespräch, wenn ich das Bedürfnis hatte, ihr etwas zu erzählen, bis ich eines Tages ihre abgrundtiefe Gleichgültigkeit gegenüber den Menschen feststellte, von denen ich ihr erzählte, und aufhörte, sie zu langweilen.) Später habe ich mich gefragt, wie meine Mutter erraten hat, daß sein mangelndes Interesse für Mädchen auf die Tatsache zurückging, daß er sie anders kannte als ich.

Er packte mich am Ellenbogen – er pflegte mich vor sich herzuschieben wie einen Gepäckwagen auf dem Bahnhof, oder aber er ging drei Schritt von mir entfernt bald vor, bald hinter mir, so daß ich mich selbst wunderte, wie ich seine Worte noch erfaßte. Wir bogen um die Ecke seines Hauses, überquerten die Straße und standen auch schon auf dem Kirchhof. Das war der ganze Spaziergang. Er setzte sich umständlich, wie man sich an einem Ort zur Rast setzt, den man mit großer Mühe erreicht hat. Verzückt blickte er in den Himmel hinauf, über den langsam Wolkenschleier glitten. «Siehst du den König?» Die Umklammerung seiner Hand lenkte meinen Blick in eine Ecke des Himmels. Vor blauem Hintergrund zeichneten sich ein Vogelprofil und eine dreizackige Krone ab. Ich schaute ihn an und fragte, warum er so aufmerksam hinaufsah. Er antwortete nicht, schließlich fragte er mit gesenkter Stimme, wie man zum sechstenmal nach einem Buch fragt, das man in fünf Buchhandlungen ohne Erfolg gesucht hat: «Siehst du ihn noch?» Ich sah ihn nicht mehr. Dafür faßte ich meinen Begleiter ins Auge. Er wirkte äußerst konzentriert, seine Lippen waren weiß, und sein Nasenbein trat unter der gespannten Haut scharfkantig hervor. «Ich sehe ihn noch.» Schließlich schüttelte er den Kopf wie ein nasser Hund und sagte ernst: «Wenn du nicht willst, daß er verschwindet, darfst du ihn nicht aus den Augen lassen.» Damals begriff ich nicht recht, wie es möglich war, daß die völlig verzerrte Gestalt dennoch ihren Sinngehalt bewahrt hatte.

Einen Augenblick lang belustigte mich sogar der Gedanke, daß die Unbekannte gezwungen war, auf der Brücke zu bleiben, solange ich am Fenster saß. Sie schien in Gedanken versunken, und ich schrak zusammen, als ein Wagen sie beinahe streifte, ohne daß sie auch nur versucht hätte auszuweichen. Vielleicht trog mich auch die Entfernung. Eigentlich konnte ich nichts wahrnehmen als den leichten Faltenwurf ihres Kleides im Wind.

Vor langer Zeit habe ich auf einem Jahrmarkt einen kleinen Zigeunerjungen von etwa zwölf Jahren gesehen, der sich für einen bescheidenen Geldbetrag auf die Zehenspitzen stellte, um an das Ohr seines Zuhörers heranzukommen, und mit offenem Mund ein paar Takte eines modischen Schlagers anklingen ließ, indem er mit dem schmutzigen Daumennagel seine wunderbar weißen Zähne zum Klingen brachte. Meine Erklärung dafür war, daß die Töne in einer unendlich höheren Stimmlage erklangen, als wir sie gemeinhin wahrnehmen, und dennoch von unseren Ohren eingefangen wurden, deren Empfänglichkeit man unterschätzt. Ebenso konnte ich nicht glauben, daß einige von meinen Wahrnehmungen, die mit der Unbekannten auf der Brücke zusammenhingen, reine Annahmen waren, die sich auf die paar im Vorübergehen aufgeschnappten Einzelheiten stützten. Ich war überzeugt, daß auch sie etwas geflüstert hatte – ich hatte ihre Gedanken vernommen –, als wir aneinander vorübergegangen waren. Sie suchte jemanden in dieser Stadt, die sie nicht kannte, jemanden, mit dem sie um jeden Preis sprechen mußte. Ich wußte nicht, ob ich der Erwählte war oder ob sie in einem fort die gleichen Worte murmelte, wie man einen Rosenkranz betet. Ich fragte mich, ich fragte sie.

Ihr rätselhaftes Profil war nicht zu entziffern, und ihre Einsamkeit weckte in mir unzählige Echos, so wie der Klang einer Kristallvase von allen anderen in einer Vitrine schlummernden Gegenständen aufgenommen wird. Plötzlich fühlte ich mich verloren unter den Menschen der Stadt, die mir völlig fremd geblieben waren. Es schien mir unbegreiflich, daß ich sie mir so genau vorstellen konnte. Mit jeder unbedeutenden Einzelheit, die mir einfiel, betrachtete ich mich mehr als das Opfer eines Gedächtnisses, das sich verselbständigt hatte. Eine verwitterte Skulptur an einer Fassade – der abgenutzte Griff an der Drehtür des Cafés. Das knochige Gesicht des Schneiders mit der überlangen Nase, auf der zwei Höcker hervortraten, war eines der hartnäckigsten Bilder. (Ich weiß nicht wieso, aber seit ich ihn zum erstenmal gesehen hatte, war ich der Ansicht, daß es am Anfang nur einer gewesen war und daß er den zweiten erst später bekommen hatte, gleichsam als Sündenmal.) Das Gesicht seiner Tochter hingegen hatte nicht mehr zu bedeuten als eine Schublade in einem Hotelzimmer, die man offenstehen läßt, weil man ohnehin nicht mehr zurückkehren wird. An Kati hatte ich gar nicht gedacht – so wie man das Hemd, das man trägt, nicht mitzählt, wenn man seine Garderobe inventarisiert. Aber eine so verbindende Einsamkeit war mir noch nie widerfahren. Dankbar blickte ich hinüber zu der schlanken Gestalt im schwarzen Kleid.

Manchmal ging ich schwimmen im See, abends, wenn nur noch ein verspäteter Schwimmer dort war. Da Wasser die Wärme so schnell abgibt, liefen mir Schauer über den Rücken, während ich vorsichtig über die Ufersteine hinabkletterte. Wenn ich mich weit genug vom Ufer entfernt hatte, überkam mich ein merkwürdiges Gefühl, das unmittelbar mit dem Unbekannten irgendwo da draußen zusammenhing. Gewöhnlich sah ich ihn nicht mehr; seine Gegenwart verlieh dem fremden, vielleicht gefährlichen See einen neuartigen Zauber. Mir schien, als übertrage sich jeder Stoß meiner Arme bis zu ihm und als spürte ich die Bewegung des Wassers, das der andere Schwimmer aufwühlte. Es fand eine Art Übertragung durch das flüssige Medium statt, die durch die Auflösung der strengen Grenzen unserer Körper ein andersgeartetes Wesen schuf, welches in sich selbst, allerdings in der jeweils anderen Hälfte, das ganze Geheimnis zu entdecken vermochte, das dem Dämon der Einbildungskraft abgeht. Wenn ich ans Ufer zurückkehrte, wußte ich nie, ob ich oder der andere das Zeichen dazu gegeben hatte. Der See lag in trügerischer Ruhe hinter uns, ein gieriger Schlund, dem wir gerade noch entronnen waren.

Eingehend betrachtete ich die Fassaden der Häuser, die durch das Fenster zu sehen waren, während sich die Unbekannte über das dünne Bächlein hinabbeugte, das sich in dem fast ausgetrockneten Flußbett schlängelte. Ich entsann mich nicht, jemals so aufmerksam von der Brücke hinuntergesehen zu haben, daß mir die wildwuchernden Pflanzen an beiden Ufern und die Kieselsteine, über die das Wasser leise plätscherte, dermaßen klar erschienen wären, und für einen Augenblick hatte ich das Gefühl einer geheimnisvollen Kommunion. Die Höhe des Brückenbogens und die schwache Strömung des Flüßchens brachten es mit sich, daß alles in vollkommener Stille geschah, die, das spürte ich ebenso wie die Frische der Luft über den kleinen Wellen, auch meine Unbekannte umfing. Gewiß vernahm sie in dieser Stille meine Gedanken so klar wie in einem riesigen Saal oder in einem Traumwald.

«Gehen wir jetzt, du hast zu lange dagestanden, und es ist kalt.» Sie lächelte mich an und löste sich vom Geländer. Ich war neben ihr. Ihre kleinen Schritte machten kein Geräusch. Ich konnte ihren Arm nicht nehmen, doch die Entfernung, die zwischen uns blieb, hinderte mich nicht daran, zu ihr zu sprechen. «Noch ist nichts verloren.» Sie reagierte nicht. «Du mußt, wir beide müssen zuversichtlich sein, niemand weiß, wieviel wir ertragen können.» Ich fürchtete, zuviel gesagt zu haben; sie hatte sich abgewandt. Weder wußte ich, wohin wir gingen, noch wo wir uns befanden. Und plötzlich war sie nicht mehr neben mir. Das merkte ich an der Kühle, die mich unvermittelt umfing, wie wenn zu Frühlingsanfang die noch schwache Sonne mit einemmal von Wolken verdeckt wird. Traurig fühlte ich mich und müde. Ich dachte an den Bildhauer, dessen Finger ganz plötzlich regungslos im Lehm steckenbleiben, während die noch inexistente Gestalt in der nunmehr feindlichen Knetmasse versinkt. Die Sätze, die ich nicht aussprechen konnte, faulten langsam in mir, und eine Bitterkeit wie nach einem vergeblich zurückgelegten langen Weg verschlug mich in den Schatten. Ich kenne diese Müdigkeit nur zu gut, sie zwingt mich manchmal, in meinem Zimmer zu bleiben, bis es dunkel wird, ohne daß ich auch nur aus dem Bett komme. Eine Zeitlang höre ich noch den Lärm von draußen, ohne ihn eigentlich wahrzunehmen. Dann breitet sich die Stille über den zerschlagenen Körper, und die Stunden ziehen dahin wie die Wolken über eine öde Ebene. Wenn ich die Augen öffne, weiß ich nie, ob es nicht eine Art Ohnmacht war, ob ich nicht wirklich krank bin. Im Zimmer ist es stockdunkel. (Ich hatte das Klopfen an der Tür gehört, es hatte sich aber nur kurz durch meinen Schlaf gepflügt, der mich dann wieder umfing, wie das Wasser einen Fremdkörper schluckt, den es auf die merkwürdigste Art und Weise umformen wird. Ich rührte mich natürlich nicht. Die Tochter des Schneiders drückte die Klinke hinunter und trat ins Zimmer. Als ich mich vom Bett erhob, entfuhr ihr ein unterdrückter Schrei, und erst als sie mich in der Dunkelheit erkannt hatte, reichte sie mir den Brief. «Ich hab nicht gedacht, daß Sie um diese Zeit schlafen, ich wär morgen gekommen.» Ich ließ sie in dem Glauben, sie habe mich im Schlaf gestört.) Vielleicht ist es eine Art Schlaf, ich aber verbinde Schlaf mit Träumen, und der Zustand, in den ich versank, war das Gegenteil von Traum, eher das Ende eines Traums, wenn das dunkle Meer alles in die Tiefe reißt.

Die Unbekannte hatte sich nicht von der Stelle gerührt. Aber die Dinge nahmen ihren Lauf.

Manchmal kann ein bedeutungsloses Wort die Gegenwart eines anderen Menschen unerträglich machen. Ein merkwürdiger Vorgang: die Person erscheint mir unvermittelt völlig fremd. «Mit Rotkohl und Senf schmeckt mir das Schnitzel besonders gut.» Das war ein Junge, den ich in den Ferien kennengelernt hatte und der im Herbst an mein Gymnasium wechselte. Er hatte feine Gesichtszüge, und seine dunkel gerahmte Brille wirkte ernst. Er hatte mir von seinen Leidenschaften erzählt: Bücher, Sport, Freunde. Ich hatte mich gewundert, wie mitteilsam er war. Eigentlich hatte ich geglaubt, Brillenträger seien zurückhaltender als andere Leute. Das alles war durchaus erträglich, da kam er auf dieses verdammte Schnitzel zu sprechen. Und ich kam nicht mehr davon los. Das Schnitzel klebte an mir wie die Unterwasserpflanzen, die ich meide, wenn ich in Ufernähe bin. Der Junge versank just in dem Augenblick in der Anonymität, als er aus ihr herauswollte, indem er sich mit diesem lächerlichen Wort an mich klammerte. Dies ist natürlich nur ein Fall unter tausend, die bezeichnendsten darunter sind gerade jene, die nichts Besonderes an sich haben, weder etwas Komisches noch etwas Dramatisches. Kati führt die Hand mit einer Bewegung zum Mund, die auf graziöse Weise ein Gähnen verbergen soll, plötzlich jedoch jeglichen Sinn verliert. Die Unbekannte hatte nichts getan – ich konnte sie nicht dafür verantwortlich machen, daß ihr Schatten sich von mir entfernt hatte, aber plötzlich war auch sie ohne alle Bedeutung, und durch eine Verbindung, die eigentlich, da sie unterbrochen war, gar nicht mehr hätte funktionieren dürfen, färbte diese Bedeutungslosigkeit auch auf mich ab.

 Ich betrachtete mich mit den Augen eines Fremden, ohne jedes Interesse – so wie wir die Präsenz eines anderen zur Kenntnis nehmen, der sich aufzudrängen versucht. Ich war verwirrt wie jemand, der durch eine Indiskretion, beispielsweise durch die Lektüre eines Tagebuchs, das in seine Hände geraten ist, gewisse Dinge über den Schreiber erfährt, die er gar nicht hatte erfahren wollen und die er nicht in Betracht ziehen darf, da er doch nur durch einen Vertrauensbruch davon Kenntnis erlangt hat und besser daran täte, sie zu vergessen.

Doch noch einmal zurück. Der Schatten hatte sich von mir entfernt. Ohne Zweifel nichts als eine Verdunkelung, an der einzig und allein ich selbst schuld war. Ich war allzu direkt gewesen. «Niemand weiß, wieviel wir ertragen können.» Das war ein besitzergreifender Akt, eine Art Aneignung. Ich hatte sie erschreckt.

Ich nahm die Zeitung wieder auf und begann zerstreut darin zu blättern. Bestimmte Zeilen fordern geradezu, gelesen zu werden, wie bestimmte Gesichter auf der Straße angesehen werden wollen. Ein vereinzeltes Wort, das mir auf einer Seite im Augenblick des Umblätterns auffällt, ruft mich mit unerklärlicher Kraft zurück. Ein einzelnes Wort wie jedes andere, das die Augen zufällig überflogen haben. Ich weiß sehr wohl, daß das ein weiteres Zeichen ist – und keins von den geringen im Reich des Zufalls –, aber es beruhigt mich nicht. Jedesmal versuche ich mir die Aufmerksamkeit zu erklären, die gerade dieses Wort auf sich zieht. Eine Zeitlang habe ich geglaubt, daß es in einigen Wörtern wie in einigen Zeichen – auf der Straße sehe ich oft einem Unbekannten nach, weil ein Stück Schnürlsamt unter seinem Kragen hervorlugt oder ein Päckchen aus seiner Tasche herausschaut – eine magische Kraft gibt, ähnlich dem gefangenen Echo in der Spirale des Schneckengehäuses. Dann wieder denke ich, es ist nur ein Verteidigungsreflex des Bewußtseins, das sich gerade auf einen gefährlichen Prozeß einläßt. Es erinnert an das Verhalten gewisser ängstlich veranlagter Schüler kurz vor der Prüfung, die sich mit allerhand Kleinigkeiten zu schaffen machen: mit dem Federhalter herumspielen, das Heft symmetrisch auf dem Pult zurechtrücken und so weiter. Jede Nichtigkeit vermag die Bewegung meines Bewußtseins meist dorthin abzulenken, wo stillere Täler sich öffnen.

Die Ziffer im unteren Teil der Seite schwankte weiter wie die Klingel an der Lampe, die ich manchmal während des Essens irrtümlich berührte und deren Pendelbewegungen, die sich auch der Lampe mitteilten, eine Weile andauerten, bis ich mich genötigt sah, aufzustehen und beide anzuhalten. Ich blätterte zurück zur ersten Seite. Besagte Ziffer bezeichnete das Alter eines kahlköpfigen Herrn mit einem starken Schnauzbart – wie in der abgedruckten Photographie zu sehen –, der von der Familie gesucht wurde, aus deren Mitte er verschwunden war. Ich versuchte weiterzublättern, doch diesmal rief mich sein Name zurück.

Dann die Anschrift. Die Geister trieben amüsiert ihr Spiel mit mir. Ich nahm die Zeitung in beide Hände, faltete sie gereizt zusammen und führte die Photographie dicht an meine Augen. Ich vernahm ein Knarren. Der an der Säule lehnende Kellner hatte sein Gewicht auf den anderen Fuß verlagert und den Kopf zu mir gewandt, um zu sehen, was mich so beunruhigte. Scheinbar gelassen faltete ich die Zeitung wieder auseinander und breitete sie auf dem Tisch aus. Doch blätterte ich nicht um. Ich wußte, ich hätte wieder zurückblättern müssen, und das hätte mich noch mehr beschämt. Das finstere Gesicht des Abgebildeten erschien mir etwas sanfter. Ich sagte mir, ich sei im Begriff, eine Niederlage zu erleiden, und er werde mich unterwegs und wahrscheinlich auch noch zu Hause verfolgen. Ich beschloß, die Zeitung zu kaufen.

Was die Bitternis solcher Fehlschläge erträglich macht, ist die Bedeutungslosigkeit der äußeren, materiellen Anlässe; manchmal scheint es mir, daß ich anderen gegenüber doch einen recht günstigen Stand habe.

Nie hatten wir allzuviel miteinander geredet, doch das Mißgeschick meines Bürokollegen war eine jener peinlichen Geschichten von unerwiderter Liebe, deren Fortgang beinahe unfreiwillig von vielen verfolgt wird, und das nicht nur aus Schadenfreude, sondern vielleicht eher aus Langeweile und weil alles viel zu klar auf der Hand liegt. Ich wußte lange schon alles, was er mir mit erstickter Stimme erzählt hatte, ich wußte sogar mehr: die Wahrheit. Er gehörte zu den ganz Schüchternen, die sich, auch wenn sie allein sind, nur im Dunkeln ausziehen. Er hatte viel getrunken und redete in einem fort. Ich hörte ihm nicht zu. Ich wußte, daß ich nichts Neues erfahren würde, vor allem aber faszinierte mich sein weißer Seidenschal. Ich fürchtete, er könnte bemerken, daß ich ihn nicht anschaute, daß mein Blick knapp unter sein Kinn auf den Schal zielte, der in dem von Rauchschwaden vernebelten Saal herausfordernd leuchtete. Ich konnte nicht davon ablassen. Vergebens bewegten sich seine Lippen über der elfenbeinfarbenen Seide ohne Pause. Als wir gingen, fragte er mich nach meiner Meinung. «Ich glaube, du bist im Recht, das heißt, eigentlich brauchst du ja gar kein Recht, niemandes Genehmigung, nicht einmal deine eigene.» Sein Blick blieb unverwandt auf mich gerichtet. Ich nahm mich zusammen und fuhr fort, wobei er die Gleichgültigkeit in meiner Stimme glücklicherweise überhörte. «Ich sehe in dem allen nichts Ungewöhnliches.»

Ich weiß nicht, wieso ich wieder in die Zeitung sah – vielleicht ist das Unerklärliche nicht äußerlich –, jedenfalls hatten die Züge des bärtigen Unbekannten plötzlich ihr Geheimnis verloren, und die Photographie war ebenso plötzlich in der Unverbindlichkeit der Zeitungsseite untergegangen. Ich sah auf, zum Fenster hinaus: die Unbekannte war verschwunden.

Damals habe ich, wie ich meine, die Bewegung gemacht, die mich für Wochen an den Menschen hinter mir binden sollte. Eigentlich war es gar nichts Besonderes, ein einfaches Achselzucken mit leicht vorgestrecktem Kopf. Jene Bewegung, mit der man sich im Zug wieder hinsetzt, nachdem man sich im Bahnhof geirrt hat, oder vielleicht ausnahmsweise die Geste, mit der man darauf verzichtet, einem sich entfernenden Bekannten nachzurufen, weil er entweder schon zu weit weg ist oder weil man weiß, daß man ihn wieder treffen wird.

Mich haben Leute mit einem so theatralischen Gehabe, als hätten sie es vor dem Spiegel einstudiert, immer abgestoßen. Ich verabscheue jede unnütze Anstrengung. Im Gedächtnis bleiben wir nicht durch Gesten und Worte, die wir mit Bedacht gewählt haben, sondern eher durch unkontrollierbare Einzelheiten, die uns verraten.

Ich befand mich in einem Spielzeuggeschäft. Eine Dame neben mir, umgeben von der Duftwolke eines feinen Parfüms, streichelte den Haarschopf eines kleinen Mädchens. Sie hatte ihm eine riesige Puppe gekauft, die auffälligste aus dem ganzen Regal. Während sie mit der Verkäuferin redete, verharrte ihre mit schwerem Schmuck bewehrte Hand auf dem kleinen

Kopf. Als die Verkäuferin die Puppe über den Ladentisch reichte, hob das Mädchen nur kurz die Ellenbogen wie Flügelchen, die zum Fliegen noch nicht taugen, und hielt für einen Augenblick die kleinen, noch so ungeschickten Hände auf. Als die Dame die Puppe gerade noch auffing, bemerkte ich ihren harten Blick und das Fehlen jeglicher Ähnlichkeit zwischen ihr und dem Kind.

Das wahre Gesicht zeigt sich um so schneller, je raffinierter die Menschen sind. Den besonders Geschickten werden die unbedeutenden Gesten zum Verhängnis, während die schlichten Gemüter sie ausführen können, ohne sich zu verraten. Was mich der Tochter des Schneiders gegenüber so hilflos machte, war gerade ihre undurchsichtige Substanz.

Die Verlegenheit ob jener Bewegung, deren Bedeutung, wie ich wußte, ganz leicht zu erraten war, drückte mich in meinen Stuhl. Selbst wenn es nicht irgendwie interpretiert worden war, mußte mein Zukken einen merkwürdigen Eindruck hinterlassen haben. Obwohl ich nicht viele Cafébesucher an mir hatte vorbeigehen sehen, war ich überzeugt, daß es bemerkt worden war. Mein Gesicht brannte.

«Ein kleiner hysterischer Anfall, nichts Schlimmes.» Wie auf eine besondere Gemüsesorte zeigte der Herr mit der ordengeschmückten Brust mit seinem Spazierstock auf das Mädchen, das sich mit Schaum vor dem Mund an der Straßenbahnhaltestelle wälzte. Dann vertraute er den Stock einem der Umstehenden an, bückte sich zu dem Mädchen hinab, fuhr mit der einen Hand in ihre Haare und gab ihr mit der anderen von links und von rechts je eine schallende Ohrfeige. Ich fühlte mich gedemütigt, als hätte ich selbst sie bekommen.

Ich trank das Wasserglas leer, das ich gewöhnlich unberührt stehenließ. Als ich aufstand, sah ich durchs Fenster einen mit Holz beladenen Wagen, der kaum die Brücke hinaufkam. Während mir die Garderobenfrau in den Mantel half, konnte ich zum erstenmal das Gesicht und die seltsame Miene des jungen Mannes erkennen, der sich – seit wann, weiß ich nicht – hinter mir befand.

V

Nach dem Kino waren wir zu ihr gegangen. In ihr Gesicht, das in der Regel agil genug war, um die unkomplizierten Gefühle auszudrücken, die sie bewegten, war etwas Unbekanntes getreten, das sie offenbar beschäftigte. «Hast du das gesehen, diese Brauen, diese Blicke?» Ich konnte keine Begeisterung aufbringen. «Und dieses statuarische Kinn!» Ihre Stimme ließ ahnen, daß ihr eine Offenbarung widerfahren war. «Er ist nicht bloß schön, nicht wahr, er hat das Gesicht eines Helden.» Ich hatte Mühe, die Frage zu unterdrücken: «Und ich, Kati, was habe ich denn für ein Gesicht?» Sie wäre meiner albernen Frage ausgewichen, für Menschen wie sie gibt es nichts Schwierigeres, als das Register zu wechseln. Ich weiß gar nicht, wieso ich mich ärgerte, schließlich habe auch ich meine Helden. Nur daß meine im Unterschied zu ihren, auf die sie kommt, indem sie über die höchste Kategorie des Schönen hinaus den Sprung ins Nichts wagt (was auch ihre Frage erklärt), sich ohne jegliche Prüfung behaupten und schon durch ihre Vielfalt bewirken, daß dieser Begriff jeden Sinn verliert wie ein Stuhl, über den man allerhand Kleider wirft, bis man nicht mehr weiß, was sich darunter befindet, und selbst seine Existenz fragwürdig wird – schließlich könnte jeder beliebige Gegenstand, ja sogar überhaupt kein Gegenstand, diese Rolle übernehmen. Meine Helden sind lediglich die Bewohner eines bestimmten inneren Territoriums, zu dem sie durch eine simple, manchmal überhaupt nichtssagende Geste gelangen.

Im Saal war die Langeweile zu spüren. Ich beobachtete, wie um mich herum die Köpfe der Reihe nach Zentimeter um Zentimeter tiefer auf die längst erstarrten Brüste sanken. Den Sinn dieses fast unmerklichen Absinkens kannte ich. Ich weiß nicht, was für ein bizarrer Traum sich in meinem rechten Arm bis in die Fingerspitzen der eingeschlafenen Hand entfaltete. Es ist merkwürdig, daß die Menschen, die doch wissen, daß ihnen manchmal ein Fuß oder der Nacken oder irgendein anderer Körperteil einschläft, es nicht ertragen können, wenn über die Träume dieser eingeschlafenen Glieder gesprochen wird, und dafür nur ein Lächeln übrig haben. Gäbe es diese Träume jedoch nicht, ließen sich auch viele ganz und gar unbegreifliche Bewegungen nicht erklären, deren Ursprung keinesfalls in unserem höheren, offiziösen Bewußtsein zu suchen ist. Es war wahrscheinlich ein sehr energischer Traum (in den Traum tauchen wir ein – nicht anders als in die Alltagswirklichkeit – bald tiefer, bald weniger tief). Der Arm bewegte sich langsam, die Hand nahm den Hut vom Knie und setzte ihn ohne jede Sorgfalt auf den Kopf. Ich selbst war fast eingeschlafen, als mich der Blick der Nachbarin weckte. Die Bestürzung in ihren Augen – ich frage mich, wieso ich ihr nicht bloß lächerlich vorkam – wich der geheimnisvollen Flamme lebhaftesten Interesses. Ich begriff, daß in jenem Augenblick ein weiterer Held geboren worden war, und es berührte mich peinlich, daß ich es sein sollte. Das Abenteuer war hier noch nicht zu Ende. Der fremde Blick, der unverwandt auf mich gerichtet war wie auf jene Helden des Sports, die von ihren Bewunderern auf Händen getragen werden, ihnen eigentlich aber zugleich gehören, tat seine Wirkung. Ruhig wie ein Schlafwandler stand ich auf und ging, ohne mich von Hunderten von Augenpaaren beirren zu lassen, zwischen den Menschen hindurch, die ergeben das Ende des Konzerts abwarteten.

Nehmen nicht die wichtigsten Ereignisse ihren Lauf, ohne daß jene Gestalt, die zum «Helden» wird, eingreifen müßte? (Vielleicht meine ich das nur, um mich zu versichern, denn der Kampf wäre ja vollkommen sinnlos, wenn es unter uns wirklich auch die «anderen» gäbe.)

Katis Frage überraschte mich in einem besonderen Augenblick. Ich segelte noch an jenem geheimnisvollen, vielleicht unzugänglichen Gestade entlang, dessen Ruf zu mir gedrungen war, als ich das Café verlassen hatte. Jenseits der klaren Umrisse des Ufers konnte ich nichts ausmachen, am allerwenigsten die Ausdehnung der dahinter liegenden Weite.

Bei aller Feinheit seiner Züge hatte der Unbekannte ein Gesicht, das sich unmittelbar einprägte wie jene einfachen Melodien, die man auf Anhieb auf den oberen Tasten des Klaviers nachspielen kann. Ich hatte nur seine schmale Brust und seinen unverhältnismäßig großen Kopf gesehen. Er hatte eine übermäßig hohe Stirn, und ich mußte an von Sturzbächen zerfurchte Hügel denken, die den Lärm der Eisenbahn schlucken. Eine Stirn wie ein Schild oder eine Schranke, hinter der etwas geschieht, was man nicht erfährt. Gleich spürte ich, daß ich sie nicht lange würde aufmerksam betrachten können, denn da waren seine außergewöhnlich hellen Augen, aus dem gleichen undurchdringlichen Metall. Er hatte schmale, ausnehmend schön geschnittene Lippen, und seine Nase bog sich von der Wurzel an mit leichtem Schwung.

Einen Augenblick nur war ich seines Lächelns sicher. Ich hatte es mit meiner unerwarteten Bewegung in Zusammenhang gebracht, doch inzwischen waren mir

Zweifel daran gekommen. Es war dermaßen ostentativ, daß ich mich zu fragen begann, ob es nicht einem anderen galt.

Ich hatte mich auf meinen angestammten Platz gesetzt. Müde war ich, und mir schwindelte ein wenig. Ich hatte nicht gut geschlafen und war dem Nebel draußen eben erst entronnen. In der Nacht hatte der Wind mit den Fensterläden geklappert, daß ich glaubte, es klopfe jemand an meine Tür. Der Lärm hatte mich einige Male geweckt, und jedesmal sah ich ihn wieder vor mir. Eigentlich waren wir wohl die ganze Zeit über zusammengewesen, doch wie man sich des Gehens erst durch das Straucheln bewußt wird, hatte es das Klappern der Fensterläden gebraucht, damit es um das Gesicht, das ich im Dunkeln anstarrte, hell wurde. Das war kein Lächeln, das man wegwirft wie eine alte Straßenbahnkarte, die man in der Hosentasche vergessen hat. Allerdings fragte ich mich auch, ob es wirklich ein Lächeln, also ein einigermaßen herzliches Zeichen war. Schließlich konnte es auch nur der Eindruck von Harmonie sein, den die regelmäßigen Gesichtszüge hervorriefen, begleitet von einem neutralen Gedanken wie etwa: «Das ist er also», der sich auf einen völlig unbedeutenden Menschen bezog.

Ich war überzeugt, daß er wiederkommen würde, aber nichts deutete darauf hin, daß er sich unmittelbar hinter mich setzen könnte – schließlich war das Café fast leer. Befürchtungen mischten sich in meine Ungeduld. Einsame Menschen können gar nicht vorsichtig genug sein. (Kati mußte ich regelrecht nötigen, damit wir ohne zu zögern an ihrem Haus vorbeigingen. Ich hatte ihr aber auch nicht reinen Wein eingeschenkt. Ich spürte, daß mich jemand verfolgte, konnte mich jedoch nicht umdrehen, um zu sehen, wer es war, weil er sonst bemerkt hätte, daß ich ihn durchschaut hatte, und unberechenbar geworden wäre. Eigentlich wußte ich nicht, wie Kati reagieren würde. Sie hätte mein Gefühl nicht ernst nehmen und sich darüber lustig machen können. Sie hätte mich natürlich gefragt, weshalb sich andere für uns interessieren sollten, und sie hätte nicht verstanden, daß wir nicht wissen können, was wir für andere darstellen – ob nun eine Antwort oder eine Zielscheibe.)

Es begann zu regnen, und die kleinen Tropfen zerstreuten den Nebel. Durch das Fenster des Lokals konnte man die bleichen Häuser am anderen Ufer erkennen. Das ungewisse, wechselhafte Licht hinter dem Regenvorhang verlieh den Mauern ein unbekanntes, geheimnisvolles Leben wie das der Muscheln am Meeresgrund, die den Meerestieren gewiß nicht leblos erscheinen. Die Brücke glänzte, als wäre sie poliert worden, und die feuchten Kleider der Passanten schienen alle schwarz. Ich gab es auf, an den Gesichtern, die vor dem Café auftauchten, dessen Besucher erkennen zu wollen. Schließlich konnten letztere auch von der anderen Seite kommen, so daß ich mich vergeblich bemühte. In der Stadt sind die Gerüche nach dem Regen lebhafter. Der Geruch des mit gewöhnlicher Lauge gescheuerten Fußbodens zwang mich, den Platz zu wechseln. Ich mußte eine Weile suchen, bis ich einen Platz fand, wo mich weder der feuchte Luftzug noch der unangenehme Geruch der Fliesen störte.

Aus der Wohnung des Schneiders dringt, sobald die Tür geöffnet wird, ein schwerer Dunst wie der Atem eines Kranken. Wenn er die Tür offenläßt, um mit mir zu reden, steige ich rasch ein paar Stufen weiter und stelle eine Distanz her. Wer weiß, was er davon hält, vielleicht glaubt er, ich tue das in der Absicht, die Gespräche mit ihm abzukürzen.

Sooft ich die Tür des Cafés knarren hörte, wurden

meine Schläfen für einen Augenblick ganz kalt. Ich bin nicht nervöser als andere, weit weniger als manche, bei denen die Aufregung eine verheerende Wirkung hat. Ich mag diese Spezies ängstlicher Gemütsmenschen nicht. Vielmehr schäme ich mich immer für sie. Nur meine Schläfen werden kalt, wovon glücklicherweise nichts zu sehen ist.

Als er eintrat, nahm ich zuerst seine Gestalt in Augenschein. Er war sehr schlank und von mittlerer Größe. Der Mantelkragen war hochgeschlagen, und aus der Innentasche ragte eine Zeitung, die fast bis zu seinem Kinn reichte. Er hatte mich nicht gesehen; dazu hätte er sich umdrehen müssen. Ich hörte, wie er den Stuhl unter dem Tisch hinter mir hervorzog. Dann wurde es still, eine merkwürdige Stille, belebt von einer Folge zusammenhangloser Bilder. Die Gegenwart des Unbekannten hinter meinem Rücken zersetzte jeden Gedanken, mit dem ich der Versuchung entgegentrat, mich umzudrehen. Ich zwang mich, an andere, noch peinvollere Arten von Stille zu denken, etwa an die vor einer Urteilsverkündung. Plötzlich war alles, was ich sah, mit einer seltsamen Patina überzogen, auf der meine Augen ausrutschten, keinen Halt fanden. Hätte ich nicht mit dem Rücken zum Café gesessen, sondern irgendein anderes Gesicht vor mir gehabt, dann wäre mir, meinte ich, seine unsichtbare Gegenwart nicht so unerträglich vorgekommen.

Einen Augenblick lang schien es mir sogar unbegreiflich, wie ich mit all diesen besetzten oder leeren Tischen hatte ausharren können, die sich hinter meinem Rücken gegen mich verbündeten. (Das waren aber zweifelsohne nichts als Vorwände.)

Ich erhob mich von meinem Stuhl und setzte mich gegenüber auf die Bank.

Er las oder tat, als würde er lesen. Ich sah nur sein

 blondes, im Schatten kupfern schimmerndes Haar. Auch ich nahm die Zeitung zur Hand und versuchte mich auf die Buchstaben zu konzentrieren. Eigentlich war dieses Spiel ein wenig lächerlich, ich meinte zu wissen, daß es ein Ende finden mußte, nur war mir noch nicht klar, wie und auf wessen Zeichen. Er blätterte um, ohne den Kopf zu heben, und das beunruhigte mich. Tat er nur, als würde er lesen? Selbst wenn man ein Buch liest, das gemeinhin spannender ist als eine Zeitung, hebt man den Kopf und sieht sich um, und sei es nur, damit die Augen sich erholen. Er jedoch war anscheinend in seiner Haltung, über den Tisch gebeugt, erstarrt.

Es wurde ihm eine Tasse Tee gebracht, und aus dem Dunkeln tauchte nun auch seine linke Hand auf, die sinnlos mit dem Löffelchen in der Tasse rührte. Wohl aus dem Bedürfnis heraus, seine Gleichgültigkeit der ganzen Umgebung gegenüber zu beweisen, vollführte er Bewegungen ohne Sinn und Zweck. Seine Hände hatten die gleiche Farbe wie sein Gesicht: sie waren von chlorblau schimmerndem Weiß. Wie der Kopf waren auch sie zu groß und die Finger nicht besonders feingliedrig. Ich hätte keine Mühe auf einen Versuch verwendet, seinen Charakter von seinen Händen abzulesen, auch wenn er näher gesessen hätte. Es waren die Hände eines anderen, ein Köder. Ich fragte mich, warum er gerade diese Hände gewählt hatte und keine passenderen, kleinere vielleicht, maßgerechtere.

Ich war gespannt, wie er es einrichten würde, seinen Tee zu trinken. (Wenn ich im Traum die Person, die mich verfolgt, unten ankommen sehe, weiß ich, daß ich ihr nicht entrinnen kann, selbst wenn alle Türen verrammelt sind.) Ich wußte, daß er die Tasse zum Mund führen würde, ohne aufzusehen und zu mir herüberzublicken, und ich war sicher, daß er das tun würde. Doch es mußte natürlich, wahrhaftig aussehen. Mit wachsender Spannung beobachtete ich selbst die kleinste Geste. Dann und wann rührte die Hand, die mir ausersehen schien, die erwartete Bewegung auszuführen, noch ein paarmal mit dem Löffelchen in der Tasse, die längst nicht mehr dampfte. Meine Ungeduld wuchs sich zum Schmerz aus, meine Anspannung ließ erst nach, als er die Zeitung zusammenfaltete, die Tasse zu sich heranzog und aus ihr schlürfte, ohne sie anzuheben. Die Enttäuschung stand mir, glaube ich, ins Gesicht geschrieben. Er jedoch sah mich nicht, wollte mich nicht sehen.

Er schlürfte mit Bedacht, als wäre ihm der Tee zu heiß. Meine übermäßig gespannte Aufmerksamkeit löste sich langsam, aber unter der Hochspannung waren mir sehr viele innere Sicherungen durchgebrannt, so daß ich vom Außen abgeschnitten war. Auch von den ihm am nächsten stehenden Dingen. Selbst er interessierte mich beinahe nicht mehr, wir verharrten jedoch einer im Angesicht des anderen, und es war keine Veränderung abzusehen. Für einen Augenblick dachte ich, daß diese Passivität vielleicht gar nicht von mir ausging, sondern auferlegt war, aber auch das löste keinerlei Echo aus.

Zuerst war ich nicht sicher, ob es ein Gruß war. Er hatte über den Tisch zu mir herübergesehen und danach den Kopf langsam wieder gesenkt. Meine automatische Erwiderung war ihm natürlich entgangen. Er trank weiter in aller Ruhe seinen Tee. Mit der Diskontinuität innerer Veränderungen widerfuhr mir diese Geste also noch einmal. Ich kannte diese Verhaltensweise. Sie erinnerte mich an einen Mitschüler im Gymnasium, der einen adligen Namen trug und den nur zwei Jungen zu duzen wagten, die bei ihm eine Art

Pagenrolle übernommen hatten, ihm den Platz freihielten und ihm dabei behilflich waren, nach Schulschluß seine Sachen zusammenzupacken. Oft hatte ich beobachtet, wie geschickt er sie dirigierte. An manchen Tagen verführte er sie mit komplizenhaftem Lächeln, und die Jungen gingen für ihn durchs Feuer. An anderen würdigte er sie keines Blickes.
Mich konnte er mit derlei Gehabe nicht aus der Fassung bringen. Ich starrte ihn unbeirrt an, doch die Art, in der ich es tat, hatte sich geändert.
Still verrann die Zeit zwischen uns. Ich weiß nicht mehr, wie lange ich auf ein Zeichen wartete. Als er wieder aufsah, leuchteten seine Augen, und ich las darin eine Art zurückhaltender Sympathie. Ich war erstaunt über das breitgefächerte Register ihrer Möglichkeiten. Vielleicht hätten mich seine schmalen Lippen, auf denen sich das Lächeln nur mühsam im Gleichgewicht hielt, abgestoßen, hätte er in seinen Augen nicht dieses Leuchten gehabt, das eigentlich eher gleichgültig war als freundschaftlich, von dem die meinen sich aber nicht lösen konnten. Anfangs war mir sein Blick übrigens merkwürdig orientierungslos vorgekommen. Eigentlich war er auf die Tischplatte gerichtet, an der ich saß, und ich wußte, daß ihn das nicht daran hinderte, Gedanken nachzuhängen, die gewiß nicht mich zum Gegenstand hatten.
Als er sich behende erhoben hatte, fiel mir sein entschiedener Schritt auf (ein Soldat in Zivil?). Alles spielte sich so schnell ab, daß ich nicht einmal Zeit hatte, zu erschrecken. Er bat mich, ihm die Zeitung zu leihen. Es hatte überhaupt keinen Sinn, mit dem Spiel fortzufahren, und ich lud ihn ein, an meinem Tisch Platz zu nehmen. Als er Einspruch erhob, beeilte ich mich, ihm seine Zurückhaltung auszureden, indem ich hinzufügte, daß man von diesem Platz aus eine bes-

sere Sicht habe, weil man genau am Fenster sitze. Er setzte sich mit hängenden Schultern, wie ich als Kind gesessen hatte, wenn meine Mutter nicht dabei war, mich zum Geradesitzen zu ermahnen. Ich hatte nicht gedacht, daß es so einfach sein würde, und war einen Augenblick lang unsicher, als wäre mir das Vorhergehende zum Teil entfallen und als könnte mir deshalb ein Irrtum unterlaufen. Seine bleichen, glattrasierten Wangen wirkten wie die eines Halbwüchsigen. Erst im Profil konnte ich feststellen, wie eigenartig sich seine Stirn bis zum Ansatz des blonden Haares wölbte, das in einer leichten glatten Welle in den Nacken gekämmt war. Er blätterte die Zeitung langsam durch wie jemand, der weiß, was er sucht (einen bestimmten Titel, der irgendwo versteckt sein kann). Ich bezweifelte von neuem, ob er mich tatsächlich gegrüßt hatte.

Meine Mutter hatte mich mit der Tochter der Nachbarin, die zu Besuch gekommen war, im Zimmer allein gelassen. Ich war verblüfft, doch mußte ich meiner Pflicht als Gastgeber genügen. Das Mädchen schien äußerst gehemmt, es gelang mir nicht, ihren Blick zu erhaschen, der umherflatterte wie mein Stieglitz, wenn er aus dem Bauer entwischt war. Es war also der Wunsch der Nachbarin und nicht ihr eigener gewesen. Trotzdem tat sie es mir nach und setzte sich, worauf wir uns, ich weiß nicht wie lange, schweigend gegenübersaßen. Ihre Gegenwart schwand dabei zusehends, sie verlor ihre Identität und zerfiel in einzelne Elemente, die keinerlei Bezug mehr zueinander hatten – ihre Stirnlocken sowenig wie ihre kugelharten Augen –, während ich auf ein Zeichen für das Ende des Besuchs lauerte. Als endlich die Tür aufging, sagte die Nachbarin über mich hinweg zu ihrer Tochter (die sitzen blieb, während ich aufgesprungen war): «Wenn du diese Woche brav bist, nehme ich dich nächsten Sonntag wieder mit.» Wie konnte man wissen, ob das Mädchen wirklich zu uns mitgenommen werden wollte? Das war zwar nicht von Bedeutung, doch ich weiß heute noch, wie unruhig ich bei dem Gedanken war, daß ich die Wahrheit nie erfahren würde.

Hatte der Unbekannte mich wirklich gegrüßt? Diese Frage versprühte dasselbe Gift. Er hatte endlich gefunden, was er suchte oder was seine Bitte um die Zeitung rechtfertigen sollte, und er vertiefte sich mit gesenktem Kopf in die Lektüre. Geringschätzung lag in seinem Schweigen, dessen Künstlichkeit ihm selbst nicht entgehen konnte. Vielleicht aber hatte er mich doch gegrüßt, jedenfalls war er gekommen und hatte mich angesprochen. Ich hatte das Vorgefühl eines komplizierten Abenteuers. Zwar mochte es so aussehen, als folgten seine Gesten einer banalen, konventionellen Ordnung, doch wurden sie bezeichnenderweise mit unendlicher Vorsicht ausgeführt. Selbst wenn jemand nur den Oberkörper und die Hände eines Seiltänzers sehen könnte, er wüßte sofort Bescheid angesichts der außerordentlich achtsamen Bewegungen, der unausgeführten Absichten, welche die Luft um den Körper herum vibrieren lassen; diese Schwingungen teilen sich mit und begründen eine merkwürdige Kommunion. Mich würde ein Fremder, der reglos in Reichweite sitzt, beim Lesen stören. Er jedoch las ruhig weiter, und das zerstreute meine letzten Zweifel. Zugleich wurde mir bewußt, daß es durchaus ratsam sein könnte, als erster nachzugeben. Ich brach das Schweigen, das ich bestimmt viel schwerer ertrug als er.

«Ich glaube, es gibt hier auch Literaturzeitschriften. Mir scheint, Sie haben die Literaturseite gelesen.» Er sah mich einige Augenblicke an, als müßte er den Satz in Gedanken wiederholen, um ihn zu verstehen. «Ich habe nicht die Literaturseite gelesen. Ich lese sie nie.» Er hatte es zu schnell gesagt, als daß es hätte wahr sein können. Ich begriff nicht, warum er mich belog. Jedenfalls würde ich prüfen, ob es auf Seite drei außer Literatur noch etwas anderes gab. Er lächelte ein wenig verlegen: «Waren Sie auch gestern hier? Verzeihen Sie bitte die Frage, aber ich habe ein sehr unsicheres Gedächtnis und möchte es hin und wieder überprüfen.» Ich antwortete gelassen: «Sie haben mich gestern nicht gesehen? Ich hatte sogar den Eindruck, Sie verwechselten mich mit jemandem.» Und in möglichst gleichgültigem Ton bemerkte ich: «Sie haben sogar gelächelt.» Er errötete, und das überraschte mich. Zugleich stellte ich fest, daß er nicht älter sein konnte als fünfundzwanzig, auch wenn ihm die hohe Stirn eine reife Ausstrahlung verlieh. «Ich habe gelächelt? Und Sie haben es bemerkt?» Nach einer Pause fuhr er mit veränderter Stimme fort: «Jetzt entsinne ich mich, doch, ich habe Sie gestern gesehen. Wahrscheinlich ist dies hier auch das einzige passable Café am Ort.» Ich nickte. «Wir sind also dazu verdammt, zwischen diesen vier Wänden auszuharren, solange die Regenzeit anhält?» Ich fühlte mich an die sprunghaften und trügerisch spontanen Anwandlungen meines adligen Schulkollegen erinnert. «Hier regnet es in einem fort, bis der erste Schnee fällt.» Er fuhr zusammen, als hätte er eine Neuigkeit erfahren, die ihn zur Änderung seiner Pläne zwang, und fragte aufgeregt: «Und Sonne, sonnige Tage werden keine mehr sein, zwei Monate lang?» «Vielleicht doch, dann und wann hat es auch einen hellen Herbst gegeben. Früher.» «Merkwürdig, ich hätte nicht gedacht, daß Sie von hier sind.» «Wieso?» «Ich weiß nicht, vielleicht, weil wir uns in einem Café begegnet sind.» Er

 verfügte über eine ungeahnte Vielfalt an Tonarten. Die letzten Worte ließ er in der Schwebe, so daß sie mir weiterzuschwingen schienen.
Noch konnte ich ihn nichts fragen. Nach dem unverhofften Anfang, den das alles genommen hatte, durfte ich nichts überstürzen. Er faltete die Zeitung zusammen, schob sie von sich und stützte die Ellenbogen auf den Tisch. Er bestellte noch einen Tee und erklärte mir, daß ihm die Kälte zu schaffen mache. Unter dem roten Wollpullover trug er ein dünnes Seidenhemd, dessen Kragen über den gröber gestrickten Halsausschnitt geschlagen war. Der Anblick des handgearbeiteten Pullovers war vielleicht das erste Indiz, doch kam ich nicht dazu, darüber nachzudenken, denn ich merkte sogleich, daß er mit mir reden wollte, und bemühte mich, möglichst ansprechbar zu erscheinen. Er wollte wissen, wie hoch die Stadt über dem Meeresspiegel lag. Als ich es ihm sagte, schien er enttäuscht, kehrte es allerdings allzu ostentativ heraus, so daß mir klar wurde, ihm ging es gar nicht darum. Ich wunderte mich, wie er plötzlich die Fremdheit, mit der er sich hinter der Zeitung verschanzte, abgelegt hatte und über alles zu reden bereit war. «Aber die Luft hier ist gesund. Das sagt man doch, nicht wahr?» Er hielt an dem Thema fest. Wie er so mit dem Rücken zum Fenster und im Schatten saß, schien das Blau seiner Augen grau.
Er konnte irgend jemand sein. Noch verriet nichts seine Beschäftigung, seine Identität. Seine Hände fanden immer wieder zueinander. Die langen Finger verklammerten und lösten sich langsam wieder, und nach jeder Begegnung sahen sie anders aus. Ich glaube nicht, daß er es absichtlich tat, es konnte auch von den Händen selbst ausgehen. Jedenfalls war schließlich er es, der das Spiel abbrach, dessen Opfer ich zu werden begann.

«Sie sind aber noch nicht lange hier, nicht wahr?» hakte er nach. Ob ihm das wirklich wichtig war? Oder war es nur ein Winkelzug? (Meine Mutter fragte mich manchmal im Minutenabstand nach der Uhrzeit. Schließlich begriff ich, daß sie die Frage nicht wiederholte, weil sie zerstreut war, sondern weil sie mich erinnern wollte, daß ich noch etwas zu tun hatte, oder einfach nur, weil es sie beunruhigte, wenn ich wie ein Ölgötze am Fenster saß, und sie mich aufstören wollte. Manchmal erschienen mir diese Manöver unerträglich, dann wieder kamen sie mir zupaß, weil ich tun konnte, als hätte ich nicht verstanden.) Trotzdem neigte ich zur ersten Annahme und erwiderte: «Nicht ewig lange, das stimmt.» Die mehrdeutige Antwort genügte ihm nicht. Er sah mich lange an. Ich hatte seine Neugier nicht befriedigt. «Jedenfalls kennen Sie die Stadt und die Umgebung. Sie wissen, wo man spazierengehen, wo man ein paar Stunden an der frischen Luft zubringen kann.» «Selbstverständlich.» Ich spürte, daß er mehr erwartete, und fuhr fort: «Die Landschaft ist recht vielfältig, Wiesen, Seen, Tannenwälder in Reichweite; von den Ruinen haben Sie wahrscheinlich schon gehört.» Die letzten Worte hatten sein Interesse geweckt. Dessen war ich mir sicher, und zugleich entzifferte ich einen Teil seiner geheimen Körpersprache. Als er mich fragte, wie die Luft sei, hielt er den Kopf vorgestreckt, aber mir war klar, daß ihm die Antwort gleichgültig war. Diesmal rührte er sich nicht, doch die Finger, die bis dahin bei aller Unruhe völlig unabhängig von ihm erschienen waren, standen plötzlich starr voneinander ab, wie gelähmt von einer Anspannung, die sich durch nichts sonst verriet.

«Wenn wir uns nicht verlieren wollen, Kati, dann müssen wir das Schweigen gemeinsam ertragen lernen wie die Glieder einer Kette, die in aller Stille zusammenhalten und ein Ganzes bilden bis zum ersten Riß, bei dem jedes anders klingt.» Das war am Anfang, als es mir noch nicht gelungen war, sie näher zu bestimmen. Kati erschien mir geheimnisvoll, da sie ihr Schweigen nur durch Fragen unterbrach, deren verborgenen Sinn ich vergebens suchte – was ich damals als Beweis für meine eigene Beschränktheit ansah. Eigentlich langweilte sie sich. Sie war der Exerzitien überdrüssig, denen ihre Aufmerksamkeit während unserer Spaziergänge unterworfen wurde und nach denen ihr Blick ins Leere ging wie der kleiner Schulkinder, wenn sie eine ganze Seite Schönschreiben geübt haben. Ich kenne die unvermeidlichen Punkte, wo sich die Wörter überschneiden, und verfolge mein Gegenüber selten bis in die Schattenbereiche hinein. Ich sage: «Du schaust merkwürdig drein. Was ist geschehn?» Ich frage nicht: «Woran denkst du?» Das ist nicht dasselbe. Es ist viel indiskreter. Einige, die wenigsten, antworten: «Ich denke an ein Glashaus, in dem ich vor langer Zeit einen Zitronenbaum gesehen habe.» Es hat keinen Sinn, ich weiß, daß von jetzt an jedes Wort für den andern etwas anderes bedeuten wird als für mich. Diesmal aber hatte ich nichts zu verlieren, indem ich mich entfernte, schuf doch das Schweigen zwischen uns eine künstliche Nähe, als drückte ich im Dunkeln einen leblosen Hampelmann an die Brust.

Ich musterte ihn eingehend, bis ich entdeckte, was als Erklärung für sein Interesse an Ruinen herhalten konnte; die schmalen Schultern, die fast nach innen gewölbte Brust ließen mich (warum?) eine Kindheit vermuten, die er in hohen Zimmern mit großen, allzu schwer verhangenen Fenstern zu einem verwilderten Garten zugebracht haben mochte. Ich hatte vor, ihn zu fragen, ob er Geschichte studiert hatte; dann verzich-

tete ich und fragte unvermittelt: «Interessieren Sie sich für Ruinen?» Wachsam blickte er auf. «Nein, nicht ich interessiere mich dafür.»
Das war ihm offensichtlich herausgerutscht, und er flüchtete sich ins Schweigen wie jemand, der sich vom Licht des ausgehenden Winters angezogen fühlt und das Fenster öffnet, es aber, von der Kälte überrascht, sofort wieder schließt. Meine notdürftig bemäntelte Ungeduld war dazu angetan, ihn noch mißtrauischer zu stimmen. Ich versuchte, so entspannt zu erscheinen wie er selbst – als wären wir lediglich zwei Stammgäste des Cafés, die jeder für sich ihren Gedanken nachhingen. Seine letzten Worte aber hallten nach. Hatte er nicht ausdrücklich von einer anderen Person gesprochen, die sich mehr für Ruinen interessierte als er selbst? Wollte er mich auf diese Weise aus der Reserve locken?
Gleichzeitig trat das Gesicht der Unbekannten neben ihm aus dem Halbdunkel. Ich konnte sie beide nach Herzenslust miteinander vergleichen. Sie schienen ein und derselben Familie anzugehören, bei ihr jedoch hatten sogar die Ringe unter den Augen eine wärmere Tönung, während bei ihm alles Helle, vom Blau der Augen bis zur Blässe der allzu glatten Stirn, von einer Kälte war, die einen auf Distanz hielt. Es gelang mir, für einen Augenblick wie durch eine Öffnung in der Dunkelheit einen Blick von ihm aufzufangen, der mich insgeheim prüfend musterte. Ich weiß nicht, was mir dennoch diese Selbstsicherheit verlieh, gewöhnlich ertrage ich es nicht, von jemandem beobachtet zu werden.
Als sie es tat, diese nicht mehr ganz junge Frau, als sie mich liebevoll (ein wenig wie einen kleinen Bruder) aufgelesen hatte, begann ich in ihrem Zimmer auf und ab zu laufen. Das reizte sie ein wenig, und als ich es

 merkte, blieb ich vor dem Fenster stehen und tat, als würde ich hinausschauen. Ohne etwas zu sehen. Schließlich rief sie mich zu sich. Manchmal gelang es mir, mich vor ihrem Blick zu schützen, indem ich mich hartnäckig an das Bild eines verbogenen Astes oder an die zögerlich verlaufende Bahn eines streunenden Hundes klammerte.

Ich entschloß mich, den Faden wiederaufzunehmen: «Wenn Ihnen romantische Dekors zusagen, werden Sie hier voll und ganz zufrieden sein. Es ist alles da: die schroffen, drohenden Felsen, die bodenlos tiefen Brunnen und nicht zuletzt die verfallenen, längst schon moosbedeckten Mauern. Und über die Geschichte der Burg hat mir niemand zuverlässige Auskunft geben können.» Ich hatte gehofft, ich könnte ihn neugierig machen, doch er fragte in gleichgültigem Ton: «Ist es weit bis zu diesen Ruinen?» «Nicht sehr weit... Der Weg ist aber ziemlich schwer zu finden, er führt durch einige Waldungen, die übrigens sehr schön sind zur Zeit.» Ich weiß nicht, warum ich das Bedürfnis hatte, die Schwierigkeiten zu übertreiben: «Da gibt es auch einen Bach, der nur an einer bestimmten Stelle durchquert werden kann.» Ich schaute ihn an, als hätte ich ihm ein Geheimnis anvertraut. Dann fügte ich hinzu: «Ich werde mich jedenfalls zurechtfinden. Wir werden uns nicht verirren.» In sein Gesicht trat nicht einmal jenes Lächeln, das man aufsetzt, um ein Angebot höflich auszuschlagen: er schien so abwesend, daß ich mich fragte, ob er mir bis zum Schluß zugehört hatte.

VI

Es gibt Gesichter, die das Schweigen immer unkenntlicher macht. Wenn ich mit Kati länger zusammen bin, ohne an etwas Bestimmtes zu denken, und meine Augen zerstreut über ihre Wangen gleiten, wobei sie immer wieder unversehens an etwas rühren, wie eine Hand, die man aus dem Boot ins Wasser hängen läßt, entsteht nach und nach in meinem Kopf ein wirres, unsinniges Bild, das an jene Minuten vor dem Konzert erinnert, in denen jeder Musiker sein Instrument stimmt. Ohne zu wissen, wie mir geschieht, spüre ich plötzlich, daß alles Bestimmbare erschöpft ist und ich eine neue Ordnung, ein neu zusammengesetztes Gesicht vor mir habe, aus dem allerdings – und das verwirrt mich am meisten – jenes Quentchen Gewöhnung verschwunden ist, aufgrund dessen es für mich existierte. In diesem Gesicht, dessen Züge zufällig zueinandergefunden haben, finde ich keinerlei Anhaltspunkte, und selbst der paradoxerweise unveränderte Blick vermag nichts wettzumachen. Ich habe den Eindruck, das Gesicht ist aus Resten zusammengestükkelt, zwischen denen es keinerlei Beziehung mehr gibt.
Das Gesicht meines Tischgenossen war ganz anders in Schweigen gehüllt, ja eigentlich enthüllte es sich darin, so wie bei Einbruch der Nacht das geheime Wesen bestimmter Gebäude aus der bedeutungslosen Masse alltäglicher Einzelheiten hervortritt.
Das Schweigen, das zwischen uns herabgesunken war, machte mir nichts aus, hatte ich doch die Muße, das

 ununterbrochene Spiel seiner ganz und gar ungewöhnlich proportionierten Züge zu beobachten. Die Stirn erschien wie in Zerrspiegeln bald hoch und schmal, dann wieder breit und überschattet; für kurze Augenblicke sah ich gar nichts außer ihr. Seine Augen lagen tief, die Augenhöhlen waren wie ausgemeißelt. Im Schatten entzogen sie sich der Beobachtung. Nachdem sich die Maske als Ganzes verflüchtigt hatte wie die geheimnisvollen Wolkengebilde, beeindruckte mich an seinen schmalen Lippen die komplexe, einer doppelgesichtigen Gottheit würdige Kreuzung aus Gleichgültigkeit und Grausamkeit. Vergeblich mühte ich mich, in meiner Erinnerung etwas Vergleichbares zu finden. Eigentlich habe ich noch nie mit angesehen, wie die Katze mit der Maus spielt, bevor sie sie zerreißt, doch mußte ich plötzlich daran denken. Noch nie habe ich (obwohl es an Gelegenheiten dazu nicht gefehlt hat) jemandem zugerufen: «Hüte deinen Blick! Ich weiß, was du denkst.» Und selbst wenn er es getan hätte, wäre mir damit nicht geholfen gewesen, ich hätte sowieso nicht vergessen können, was ich einmal entdeckt hatte. Ich fürchtete, er könnte mir den unfreiwilligen Appell von den Augen ablesen, und wandte mich ab.

Wir trennten uns ganz einfach. Er erhob sich ohne Hast vom Stuhl und sah auf die Uhr. «Es ist spät, guten Abend, mein Herr.» Als ich dieses Gebilde aus Nerven und Adern am äußersten Ende des Unterarms berührte, kam mir seine Hand unerwartet warm vor.

Ich traf ihn kurz darauf wieder, so bald sogar, daß ich es im ersten Moment bedauerte, da ich keine Zeit gehabt hatte, mich irgendwie vorzubereiten, und deshalb Gefahr lief, eine Gelegenheit zu versäumen, die sich wer weiß wann noch einmal bieten würde. Er war in der gleichen Verfassung wie bei der ersten Begegnung, so daß es mir wieder nicht geraten schien, das Gespräch zu beginnen, das ich mir gewünscht hätte. Jedenfalls erschien es mir merkwürdig, daß wir uns so bald wiedersahen. Ich hatte ihn aus dem Augenwinkel bemerkt. Ich betrachtete gerade ein Schaufenster. Wie ein Kunstkenner trat ich einen Schritt zurück; es war ein lächerliches Manöver, denn ich stand vor einem Farbengeschäft, wo nur der kuriose Name auf einer runden Blechdose mir aufgefallen war. Fast hätte er mich angerempelt, keine Handbreit mehr war zwischen unseren Gesichtern. Seine Miene trug den gleichen Ausdruck der Verwunderung zur Schau, den er aufgesetzt hatte, als ich ihn einlud, an meinem Tisch Platz zu nehmen. Er wirkte sogar leicht verärgert. Allerdings hätte er, wenn er mir wirklich nicht hätte begegnen wollen, seinen Gang verlangsamen und mir ausweichen können, schließlich konnte er nicht wissen, daß ich ihn gesehen hatte. Bei jedem anderen hätte mich diese zweideutige Haltung abgeschreckt. Ihm gegenüber jedoch reagierte ich ungewöhnlich. «Gehen Sie vielleicht stadteinwärts?» Er nickte, und wir gingen zusammen weiter.

Er war etwas kleiner als ich, hatte aber eine merkwürdige Besonderheit in seiner Haltung (vielleicht lag es an der Art, wie er den Kopf hielt), und sooft ich seinen Blick suchte, hatte ich den Eindruck, hinaufschauen zu müssen. Er schritt dermaßen zügig aus, daß ich Mühe hatte, ihm zu folgen. Falls er kein bestimmtes Ziel hatte, so tat er es nur aus Widerspruchsgeist. Vielleicht hatte er meinen Verdacht erraten und fragte deshalb: «Ist die Post in der Nähe des Cafés?» Doch wartete er keine Antwort ab. Selbst wenn ich ihm in der Sache Aufschluß hätte geben können, wäre ich damit nicht zu ihm vorgedrungen. Sein Gesicht war unzugänglich wie eine Geige für den Laien. (Unberufenen schenkt die Geige nicht einen Ton.) Ich wußte nicht, wie ich dem Geist an meiner Seite auch nur ein Fünkchen Interesse entlocken sollte. In einer Stadt, die mir nicht ebenso fremd gewesen wäre wie ihm, hätte ich mich um so schlechter gefühlt. So aber sah es wenigstens nicht aus, als opferte ich einen Teil meines alltäglichen Terminplans, um mit ihm spazierenzugehen. Mit seinem Schweigen aber fand ich mich nicht ab. «Dies hier ist der kürzere Weg zur Post.» Er gönnte mir nicht einmal ein kurzes Innehalten, sondern ging unbeirrt in einer Nebengasse weiter.

Zu ausufernden Reden neigte er zwar nicht, aber eines Tages, nachdem wir auf dem Kirchhof Wolken gefischt hatten, befand er sich in beinahe meditativer Stimmung. «Was tust du, wenn du nicht weißt, was jemand von dir denkt? Ein Mädchen, verstehst du?» Dieser Zusatz wäre nicht nötig gewesen, ich hatte mir schon gedacht, daß er nicht von ungefähr hin und wieder verschwand. – «Es kommt auf die Person an.» – «Auf welche Person denn, auf meine?» – «Nein, auf die des Mädchens.» Wahrscheinlich war das die Frage, die er sich gestellt hatte, kurz bevor er mich nach meiner Meinung fragte, denn er gab selbst die Antwort: «Du weißt es nicht? Ich sag's dir. Du denkst nicht mehr daran.» Sein Gesicht war das eines Menschen, bei dem der Zweifel aufgehört hat zu steigen, wie der Schaum in einem Bierglas, wenn man eine kalte Messerklinge draufhält. Die schwarzen Augen lachten beglückt. Um auf eine solche Lösung zu kommen, mußte man allerdings über eine Reserve an aktivierbaren Sorgen verfügen. «Du denkst nicht mehr daran» bedeutete: «Du denkst an etwas anderes.»

Ich war nicht mehr bereit, diesen Gewaltmarsch mitzumachen, und blieb einfach stehen, mit der gleichen Selbstverständlichkeit, mit der ich mich auf dem Bett

ausstrecke, wenn ich abends nach Hause komme.
Ohne zu zögern und mit demselben unbeteiligten Gesichtsausdruck blieb auch er zwei Schritt vor mir stehen. Ich deutete auf einen Zeitungskiosk. Er folgte mir. Er kaufte eine Zeitung, die er wie zuvor schon einmal in die Innentasche des Mantels steckte. Das war ungewöhnlich und unbequem. Doch schien es ihn nicht zu stören. Natürlich hätte auch ich mir eine Zeitung kaufen müssen. Doch war ich so verwirrt, daß ich es vergaß.

Wir setzten unseren Weg genauso schweigsam, aber in langsamerer Gangart fort. «Ich glaube, es wird heute nicht mehr regnen.» «Hoffen wir's.» Er sah sich weder die Häuser noch die Leute an, sondern starrte zehn Schritt vor sich auf den Gehsteig. Wir achteten so wenig auf unseren Weg, daß ich mich nicht gewundert hätte, wenn wir schließlich auf Umwegen wieder zu unserem Ausgangspunkt zurückgekehrt wären. Ich bemerkte, daß er sehr große Füße hatte. Er trug Kleider von bester Qualität, allerdings wirkten sie abgetragen und ungepflegt. Ich war nicht mehr Herr der Lage. Ich machte einen schwierigen Moment durch, da ich keinen Ausweg aus diesem wortlosen Nebeneinander wußte und sicher war, daß er mir nicht helfen würde. Außerdem dachte ich an den Albtraum, zu dem diese absurde Wanderung werden konnte. Darin hätten wir – auf besondere Weise – die ganze Nacht weiter umherirren können. Ich war sicher, daß er die Zähne, selbst wenn man ihn mit dem Messer bedrohte, nicht auseinanderbekommen hätte. Ich ließ niemanden zwischen uns hindurchgehen und blieb auf Tuchfühlung mit ihm, auch wenn es mir Unbehagen bereitete, sooft jemand an uns vorbeiging. Hätte uns jemand auch nur für einen Augenblick getrennt, so hätte er, befürchtete ich, mich nachher vorwurfsvoll angesehen oder gar gesagt: «Ich dachte schon, Sie wären einfach weggegangen.» Die Folter, die ich mir auferlegte, um den Kontakt zu ihm nicht zu verlieren (obwohl er sicherlich nur ein einfacher Mittler war), brachte mich in Gedanken wieder auf die Tochter des Schneiders. Ob sie auf dieselbe Weise bemüht war, durch mich an jemand anderen heranzukommen? Ja! Vielleicht ging es wirklich nicht um mich. Die Frage war hier und jetzt leider ohne jede Bedeutung. Und doch bereitete mir der Gedanke Freude, daß meine Gegenwart ihm genauso zur Last fiel wie mir die des dicken Mädchens und ihr unerklärliches Interesse an mir; allerdings reichte die Freude nicht aus, um meinen Ärger über sein widerspenstiges Schweigen zu dämpfen. Ich hatte nicht übel Lust, ihm die Hand auf die Schulter zu legen, ihn mit Gewalt zu mir zu drehen und zu sagen: «Hören Sie mal, Sie glauben doch wohl nicht, daß Sie mich interessieren!» Ein anderer Gedanke ließ mich nicht los: War er es, der mich gegen meinen Willen mit sich zog, oder war ich es, der ihn verfolgte? (Eine seltsame Verfolgung, bei der Verfolgter und Verfolger nebeneinanderher gingen.) Das alles konnte ein klägliches Ende nehmen.

Ich trat in den von einem roten Zaun umgebenen Hof und schlich geduckt an den beiden Fenstern mit herabgelassenen Rolläden vorbei hinters Haus. Auf der Terrasse an der Rückseite hielten sich drei Personen auf: ein schlaksiges Mädchen, dessen Gesicht nicht deutlich zu sehen war, und zwei Erwachsene. «Sie wünschen, junger Mann?» Der Abend dämmerte, und mein gezwungenes Lächeln bot keine allzu aufschlußreiche Antwort. Ich trat noch einen Schritt vor, vielleicht um nicht allzu laut reden zu müssen. Ich weiß gar nicht mehr, ob ich eine Antwort bereithielt. «Hören Sie denn nicht? Was wollen Sie hier?» Mittlerweile hatte eine Veränderung stattgefunden. Das ganze Blut war mir ins Gesicht geschossen. Selbst wenn neue Mieter eingezogen waren, so wären sie bestimmt informiert und würden mich nicht so empfangen, sondern lediglich unsicher oder ironisch lächeln. Dieser Gedanke lähmte mich für einen Augenblick, dann hörte ich den Alten, der neben dem schmächtigen Mädchen in seinem Sessel lehnte, brüllen: «Sind Sie verrückt geworden? Verschwinden Sie!»

Wie auch immer, selbst wenn ich mich irrte, selbst wenn er mich im Café nicht gegrüßt hatte und nicht mit irgendeinem Hintergedanken auf mich zugekommen war, konnte er mich nicht anschreien, nur weil ich an seiner Seite ging. Vor allem konnte ich mir nicht vorstellen, daß er brüllen würde. Nicht weil er einen schlaffen Eindruck machte, aber das Schweigen hatte zweifellos einiges bei ihm eingefroren, wie es meinem Empfinden nach auch bei mir selbst geschehen war. Daher hatte ich das gleiche Gefühl prekärer Sicherheit wie dann, wenn das Ungeheuer, das mich im Albtraum gehetzt hatte, sich ruhig neben mich zum Schlafen legte, nachdem ich in wilder Jagd versucht hatte, in einem Schlupfwinkel eines durchsichtigen Hauses unterzukriechen.

Es war ein milder Morgen mit einem Himmel, weiß wie ein Kissen, das sich vom sanften Druck der Daunen bläht. Nach den Regenfällen der letzten Tage war die Luft noch feucht, und diese recht nachhaltige Empfindung trug vielleicht dazu bei, daß unsere Lippen geschlossen blieben. Manchmal am Morgen überflutet der Atem der Stadt mein Zimmer, sobald ich die Fensterläden öffne. Städte und Menschen gehen ähnliche Beziehungen ein wie Bäume und Vögel. (Wenngleich es Vögel von unnachgiebiger Melancholie gibt –

ja, ich denke dabei an mich –, Vögel, die von einem Ast zum anderen hüpfen können, ohne den Lärm im Baum zu verstärken.) Ich hatte mich an das Schweigen zwischen uns so gewöhnt, daß ich es schon gar nicht mehr als solches wahrnahm, sondern die betäubende Wirkung des ungewöhnlich weißen Tages darin sah. Schließlich vergaß ich es ganz und widmete meine Aufmerksamkeit wieder den äußeren Zeichen. Ich glaube, es war mir sogar gelungen, den Rhythmus des Spaziergangs zu ändern.

Ich weiß nicht, wieso ich mich plötzlich an seine Frage von vorhin erinnerte und ihn darauf aufmerksam machte, daß wir bei der Post angelangt waren. Er blieb nicht stehen, sondern begnügte sich mit einem Nikken, als hätte er nur überprüfen wollen, ob sie tatsächlich zwischen Café und Rathaus lag. Solange wir, sei es auch auf Umwegen, in Richtung Post unterwegs gewesen waren, hatte unser Spaziergang eine gewisse Rechtfertigung gehabt. Von jetzt an war er jedoch ganz und gar außer der Ordnung. In seinem Gesicht konnte ich keine Veränderung bemerken. Ich legte nun eine Kühnheit an den Tag, zu der ich unter anderen Umständen nie in der Lage gewesen wäre. Nicht nur, weil es mir sehr schwerfiel, mich plötzlich von ihm zu trennen, nachdem wir fast eine halbe Stunde lang gemeinsam geschwiegen hatten, sondern auch, weil ich fürchtete, daß mir eine Gelegenheit entgehen könnte, die sich vielleicht nie mehr bieten würde. Ich wandte mein Gesicht lächelnd zu ihm hin und ging eine Weile so neben ihm weiter. Es war ein verzweifelter Versuch, und ich muß dabei eine äußerst befremdliche Figur abgegeben haben. Er tat, als merkte er nichts.

Vielleicht war er nur traurig. Unglaublich, daß ich bis zu diesem Zeitpunkt nicht daran gedacht hatte! Vielleicht war er sowohl schüchtern als auch traurig und noch dazu unfähig, sich mitzuteilen. Ich dachte an den heißen Tee, den er, als der Zucker sich längst aufgelöst hatte, noch lange umgerührt hatte, und an sein Schweigen, als ich ihn auf seinen «Herrn» angesprochen hatte, von dem ich sicher war, daß es ihn nicht gab, aber das verlieh meiner letzten Annahme kein weiteres Gewicht. Die Waage neigte sich zur anderen Seite. Wieder stieg der Groll in mir hoch. Es war eine krasse Unhöflichkeit seinerseits, sich nicht einmal die Mühe zu machen, wenigstens versuchsweise meiner ihm ungelegenen Bemerkung auf die eine oder andere Art auszuweichen. Ich dachte immer noch daran, als wir plötzlich Kati begegneten. Er ging noch zwei Schritte weiter und blieb vor dem Schaufenster einer Buchhandlung stehen.

Ich wußte nicht, ob sie bemerkt hatte, daß wir zusammen waren. Jedenfalls hatte sie gespürt, daß ich in einer besonderen Stimmung war, und statt sich sofort bei mir einzuhaken wie immer, wenn wir uns zufällig auf der Straße trafen, blieb sie stehen und schien abzuwarten, was ich vorhatte. Ich zwang mich, unverkrampft zu erscheinen, denn ich wollte verhüten, daß er sich überflüssig vorkam und einfach fortging. Dabei sagte ich genau das, was ich nicht hätte sagen dürfen: «Willst du uns nicht ein wenig begleiten, Kati?» Glücklicherweise war sie nur ganz kurz aus dem Büro weggegangen und mußte gleich wieder zurück. Schnell gab ich ihr die Hand.

Als ich wieder an seiner Seite war, bemerkte er: «Vielleicht hätten Sie mit dem Fräulein zusammenbleiben wollen?» Er hatte diese Worte so sorgfältig ausgesprochen, wie es nach Katis Vorstellung nur wohlerzogene Leute tun. Sein Blick war jetzt anders, es lag etwas wie Achtung darin, so daß ich mich fragte, ob er nicht eigentlich viel jünger war. Es kommt vor, daß ich

 unwillkürlich Leute nachahme, deren Art, unter bestimmten Umständen zu reden, ich mir eingeprägt habe. Diesmal antwortete an meiner Stelle ein junger Mann mit einem Glasauge und einer unwahrscheinlich schwachen Stimme, der vor allen Dingen darum bemüht war, die Pausen zwischen den Wörtern, wenn nicht zwischen den Silben, nuancenreich auszugestalten. Nur selten greife ich auf diese Methode zurück; diesmal aber hatte ich eine glückliche Wahl getroffen, und ich stellte fest, daß mein manieriertes Benehmen ihn verwirrte. (Manchmal vertue ich mich, und dann wird es peinlich: Mein Gegenüber lächelt und läßt mich das Gesagte wiederholen. Beim zweiten Mal bin ich ganz auf mich selbst gestellt, und mein eigener Ton klingt dann, ich weiß nicht wieso, unsäglich falsch.) «Ist das Fräulein von hier?» «Ja, sie ist meine einzige Freundin.» Und sofort schickte ich eine Berichtigung hinterher. «Mein einziger Freund», wiewohl ich sicher war, daß er mich verstanden hatte. Ich entsann mich nicht, was er getan hatte, während ich mit Kati sprach, wahrscheinlich hatte er sie aus den Augenwinkeln beobachtet, denn er musterte mich jetzt mit jenem gewissen Blick, mit dem man den Intimitätsgrad eines unbekannten Paares zu ergründen sucht.
Er wurde keinen Deut freundschaftlicher. Dennoch ließ er mir eine gewisse Aufmerksamkeit zuteil werden, wie ein Arzt für die Dauer einer Untersuchung. Sein zwiespältiges Verhalten reizte mich. Ich wußte nicht, inwieweit er wirklich interessiert oder bloß geneigt war, mir ein paar Gesprächsminuten zu opfern. Sooft ich ihm antwortete – es ging um meine und sogar um Katis Berufstätigkeit –, nickte er zustimmend, als hätte er dergleichen erwartet. Ich bemerkte gleichzeitig, wie er, während ich redete, die Hände aus den Taschen zog und wie seine Finger in pausenlose Knet-

und Lockerungsbewegungen verfielen. Dennoch war er nicht wirklich Herr seiner inneren Regungen. Ich dachte an jene igelhaften Menschen, die ihr Stachelkleid bei jeder Veränderung der Umgebung nach außen kehren, sich dabei aber nach innen stechen, wodurch sie doppelt abgeschnitten sind von der Welt. Mit Sicherheit gehörte er nicht zur entgegengesetzten Kategorie der Überlegenen, der wahrhaft Gleichgültigen. Möglich war allerdings auch, daß er die Hände nur zufällig aus den Taschen gezogen hatte und dieser Geste nicht die Bedeutung zukam, die ich ihr beimaß.

«Sie sind sehr freundlich, mein Herr, daß Sie sich meiner annehmen.» Er übertrieb – einen Unbekannten begleiten heißt nicht, sich seiner annehmen. Ich sah ihn aufmerksam an, um die Ironie zu erspähen, wie ich nach einer wolkenlosen Ecke am Himmel Ausschau halte, wenn mir morgens das Licht im Zimmer heller erscheint; sein Gesichtsausdruck war jedoch konzentriert, fast angestrengt, wie der eines Menschen, der nach Worten sucht, um einen etwas schwierigen Gedanken auszudrücken. Wollte er irgendwie sein Wissen darum durchblicken lassen, daß ich darauf gewartet hatte, seine Bekanntschaft zu machen? Hatte er meine Vermutung erraten, daß ich ihm nützlich sein könnte? Dies war kaum anzunehmen, und doch entschied ich mich für eine sibyllinische Formel: «In einer fremden Stadt braucht man vielleicht manchmal Unterstützung, Sie verstehen, was ich meine, etwas mehr als einen Fremdenführer.» Ich lächelte so natürlich wie möglich, um nicht den Eindruck von Aufdringlichkeit entstehen zu lassen. «Betrachten Sie mich als einen Freund.» Und während ich diese Worte aussprach, sah ich ein anderes Gesicht, das Gesicht des Mädchens mit dem traurigen, verlorenen Blick, wieder vor mir.

Der Wind wehte etwas stärker, und ich bemerkte, wie

fein sein Haar war; es schwebte in die Höhe wie gelber Rauch und fiel sacht wieder zurück. Noch nie war ich einem Menschen so nahe gewesen, den ich als ganz und gar fremd empfand. Ich weiß nicht, inwieweit auch mein nicht im mindesten optimistisches Wesen eine Rolle spielte, aber ich war sicher, daß die Situation sich nicht ändern würde. Ich will nicht abstreiten, daß ich – recht häufig sogar – augenscheinlich recht enge Beziehungen mit Leuten eingehe, die mir ebenso fremd sind. Mit ihm war es jedoch etwas Besonderes: er war mir fremd, aber auf aktive Weise.
Es gibt eine gleichgültige Art, eine Landschaft zu durchqueren, ohne sie zu beachten, und dabei doch zu denken, man habe das Wesentliche davon behalten. Wenn ich nicht allein bin, weiß ich, was das bedeutet. Diesmal jedoch hatte ich, ohne mich um das vor mir Liegende zu kümmern, den Eindruck, durch eine fremde Stadt zu gehen, die um so geheimnisvoller anmutete, als ich den vergeblichen Kampf spürte, den sie gegen die stärkere Gegenwart meines Weggefährten führte. Diese Gegenwart lud seltsamerweise alles, was uns umgab, mit neuen Energien auf und verschlang es zugleich mit ihrem Schatten. Je mehr die Stadt sich entzog, desto anziehender wurde sie. Dann verschwand mit einemmal alles. Ich spürte, daß der Bann nicht so bald aufgehoben werden würde. Es gab nichts außer ihm; seitdem er aber den ganzen Raum aufgesogen hatte, war ihm eine sonderbare, luftähnliche Eigenschaft zugewachsen: er umfing mich, ohne mich dabei einzuschränken. Ich empfand ein unaussprechliches Gefühl der Freiheit. Einen Augenblick lang dachte ich, ich könnte über alles und jedes reden, so wie man unter einem Baum ein Mädchen küssen kann. Nichts, was um uns herum geschehen mochte, hätte mich überrascht. Die Präsenz meines Wegge-

fährten hatte alles in den Schatten gestellt, ohne jedoch Leere zu hinterlassen. Alles blieb möglich.
Als ich am Tag, an dem ich ihn zum ersten Mal gesehen hatte, das Café verließ, fiel mein Blick – in dessen Hintergrund sein blasses Gesicht fortbestand, so wie das Hitzeempfinden andauert, wenn man aus einem überheizten Raum in einen normal beheizten kommt – auf einen gußeisernen Laternenpfahl. Und plötzlich gewahrte ich in aller Heftigkeit die Materialität dieses harten und schweren Gegenstandes mit seinem hohlen Klang und den unnötig komplizierten starren Ornamenten, von denen die grüne Ölfarbe abblätterte. Bis zum Morgengrauen war ich außerstande, das Gesicht des Unbekannten und die Atemnot, die das amorphe Metall mir verursachte, auseinanderzuhalten. (Nicht nur Menschen und Tiere sind uns bald näher, bald ferner. Auch die Dinge und selbst ihre Stofflichkeit haben einen sentimentalen Näherungs- oder Entfernungsgrad. Ich für mein Teil bin meist das Opfer derer, zu denen ich Abstand halten sollte. Ich erinnere mich, daß ich in einem Hotelzimmer eine Nacht lang keinen Schlaf fand, weil sich ein verchromter Wasserhahn wie ein Ohrenkäfer bis in mein hinterstes Hirn gebohrt hatte. Es gibt Substanzen, deren Nähe meiner physischen Vernichtung gleichkommt. Das spielt sich in einer Tiefe ab, die leider jedwede Nachforschungen unmöglich macht. Wenigstens kann ich die Stärke der abstoßenden oder der anziehenden Wirkung ermessen, wie ja auch die Physiker die Schwerkraft messen, ihr Geheimnis aber nicht ergründen können.) Schlagartig wurde mir bewußt, daß auch die abwechselnde Unruhe und Beruhigung, wie sie mir diese unmögliche Stadt bereitete – ich spürte, wie sie mich umzingelte –, die geheimnisvolle Ausstrahlung dieser Substanz waren, die kennenzulernen

 mir versagt war: Sie hatte den dumpfen Klang des gußeisernen Mastes verstärkt. Damit hatten wir den größtmöglichen Abstand erreicht, den es zwischen uns geben konnte: den Abgrund der Substanzen. Mir blieb nichts anderes, als den Weg zurückzugehen.

Und wenn er nun seinerseits an meiner Gegenwart interessiert war? Ich wollte sichergehen. Möglicherweise gelang es mir, den Lauf der Dinge zu beschleunigen. «Möchten Sie dieser Tage vielleicht einmal die Ruinen besichtigen?» «Ja richtig, Sie haben mir von irgendwelchen Ruinen erzählt.» Wieder vergrub er seine Hände in den Taschen. Als hätte er nicht gehört, was ich ihm beschrieben hatte, fragte er: «Was sind das denn für Ruinen?» Wenn ich einmal etwas gesagt habe, wiederhole ich es ungern. Seine Böswilligkeit reizte mich dermaßen, daß ich nicht an mich halten konnte: «Jene Ruinen, die wohl, soviel ich weiß, jenen Herrn, jene Person interessieren, mit der Sie hierhergekommen sind.» Er tat sehr erstaunt und entgegnete in schneidendem Ton: «Ich bin mit keinem Herrn gekommen, ich weiß nicht, was Sie meinen!» Unmöglich, so viel durchtriebene Ehrlichkeit nicht zu bewundern: er handhabte die Wahrheit als Waffe, um mich genau in die Falle zu treiben, in die ich ihn lokken wollte. Ich mochte das Spiel nicht in die Länge ziehen und schwieg, obwohl es mir peinlich war. Seite an Seite gingen wir weiter. Wahrscheinlich mußte er zum Mittagessen nach Hause zurückkehren, und ich war entschlossen, herauszufinden, wo er wohnte.

Als er bemerkte, daß ich auf die Uhr schaute, fragte er, ob es nicht bald eins sei. «Essen Sie in der Stadt zu Mittag?» «Nein. Ich werde zu Hause erwartet, aber erst später, wir sind noch nicht ganz eingerichtet und lassen uns das Mittagessen aus einer Garküche kom-

men.» Das Übermaß an unnötigen Auskünften gab
mir zu denken.

Wir waren nicht weit von meiner Wohnung, und ich schlug den Weg dorthin ein. Er folgte mir, ohne zu zögern, was mich angenehm überraschte. Am Ende machte er wirklich nur einen arglosen Spaziergang. Es gibt Augen, an denen man ablesen kann, was sie sehen, so wie stille Wasser unablässig den Himmel spiegeln. Merkwürdigerweise sind es die friedlichen Wasser, in denen man alles klar sehen kann, dafür jedoch die trüben Augen mit unruhig gewellter Iris wie die stürmische See, in denen man liest wie in einem offenen Buch, obwohl sie zu den umliegenden Dingen gar keinen Bezug zu haben scheinen. Vergeblich mühte ich mich ab, zu entziffern, was die seinen festhielten. Sahen sie wirklich? Ich dachte für einen Augenblick an die leuchtenden Scheinwerfer eines haltenden Autos.

Ich hatte nicht bemerkt, daß wir an dem Haus, in dem ich wohnte, vorübergegangen waren, und das mißstimmte mich. Zunehmend gewann ich den Eindruck, daß er mich ohne jede Anstrengung in seiner Spur laufen ließ, weil er gemerkt hatte, daß ich unfähig war, auch nur die geringste Initiative zu ergreifen. Meine Verstimmung war um so größer, als ich diesen unverhofften Spaziergang als angenehm empfunden hätte, wäre ich nicht seiner vollkommenen Gleichgültigkeit mir gegenüber so sehr bewußt gewesen.

Der Betonsockel eines niedrigen Gitterzauns erinnerte mich an meine endlosen Streifzüge früher, bei denen ich allerdings manchmal ein bestimmtes Ziel gehabt hatte: etwa, das Geheimnis der erleuchteten Fenster unserer Nachbarn oder das der Frauen in den grellbunten Unterröcken zu ergründen. Dabei ging es nicht um Verbote, die mich aus mir unbekannten

 Gründen im besonderen betrafen. Es ging um das Geheimnisvolle in allem, was mich umgab. Wir setzten uns auf die Begrenzungsmauer des Parks. Er ging sogar so weit, sich darauf auszustrecken, die Arme unter dem Kopf gekreuzt. Für mich wäre das der Verwegenheit zuviel gewesen, für ihn aber nicht. Ihn ließ es kalt, wenn eine Passantin ihm einen befremdeten Blick zuwerfen oder ein Polizist ihn unwirsch mahnen sollte, sich dezent zu verhalten. Nachdem der Nebel sich verzogen hatte, war es ein Herbstmorgen ohne jede Besonderheit. «Rauchst du nicht?» «Nur selten, wenn ich nervös bin.» Das ließ ihn mir plötzlich in einem neuen Licht erscheinen. Es kam also vor, daß er nervös war. Das hätte ich nie gedacht. Ich war enttäuscht, und zwar nicht nur deshalb, weil er mir nie von seinen Sorgen erzählt hatte – was ich als Beweis mangelnder Freundschaft betrachtete –, sondern auch, weil ich Zigaretten abgezweigt hatte, die ich ihm anbieten wollte. «Vielleicht rauchst du sie ein andermal.» Er setzte sich locker auf – ich selbst saß brav da und ließ die Beine baumeln – und nahm die Schachtel an, die ich ihm reichte. «Gut, wenn du darauf bestehst, nehm ich sie.» Sofort verschwanden sie in seiner stets vollen Tasche. Von diesem langen Spaziergang kam ich erschöpft, aber glücklich nach Hause. Meine Mutter war in dem Glauben, wir spielten Fußball. Als ich ihn ein einziges Mal gefragt hatte, ob ihn das nicht reizte, hatte er gelächelt, als hätte er einen üblen Scherz gehört. «Soll ich mir etwa die Kleider zerreißen?» Dieses Argument fand ich nicht sehr überzeugend, denn zu jener Zeit trug er immer dasselbe verwaschene Hemd und dieselbe – natürlich lange – Hose, die nicht gerade sauber, dafür kunstvoll geflickt war. Er zog eine genaue Trennlinie zwischen unseren Spaziergängen und den Gängen mit einem ganz bestimmten Ziel. «Soll ich dich nicht begleiten?» Er trat mit einer riesigen Schulmappe aus Karton aus dem Haus und hatte es eilig fortzukommen – wohin, das wußte ich nicht. «Nein, ich habe zu tun, und dann macht es keinen Spaß.» In diesem Augenblick machte er einen unerwartet reifen Eindruck. Wieso mußte ich an das Gesicht eines Zwergs denken?

Ich fragte mich, ob der Spaziergang für meinen neuen Begleiter nicht allem Anschein zum Trotz ein Ziel hatte. Je weiter wir uns von meiner Wohnung entfernten, desto offenkundiger erschien es mir und desto größer wurde meine Verwirrung. Ich versuchte meine Aufmerksamkeit auf etwas anderes zu lenken, zu vergessen, alsbald jedoch schwoll um die Fragen ohne Antwort eine vertraute Apathie an, faul und schwer wie Schmutzwasser. Der unerträglich aggressive Klang einer Konservenbüchse, die mit dem Fuß angestoßen wurde, holte mich zurück in die Wirklichkeit und führte mir vor Augen, wie tief ich in dieses Nichts abgetaucht war, das ich nur zu gut kannte.

Ich ging einen Schritt hinter der Frau, die anzusprechen ich mir vorgenommen hatte. Die Idee stammte nicht von mir, sondern von einem schönen Jungen mit hellen Augen, der alle Mädchen verführte. Als er gemerkt hatte, daß mit mir nichts anzufangen war, hatte er mich unverzüglich fallengelassen, jedoch nicht, ohne mir vorher seine Methode beizubringen: der Passantin meiner Wahl auf Schrittlänge folgen und, selbstverständlich wenn niemand in der Nähe war, mit den Münzen im Portemonnaie klingeln (ich hatte nach der damaligen Mode eines aus festem Leder, in dem das Kleingeld viel Lärm machte).

Weder vermochte ich meinen Schritt zu beschleunigen, um auf die Höhe der jungen Frau zu gelangen, noch das Klangsignal zu geben: die Hand, in der ich meine Börse hielt, war wie gelähmt. Klopfenden Herzens folgte ich der Fremden über lange Zeit, eine Stunde vielleicht, und mir schauderte bei dem Gedanken, sie könnte sich umdrehen. Hätte ich nicht einen Bekannten getroffen, wäre ich zweifellos noch weiter hinter ihr hergelaufen, ohne die geringste Hoffnung, nur im Bann einer Art Trägheit der Demütigung, vielleicht auch der Buße. Die gegenwärtige Situation war noch heikler: Von ihm konnte ich mich nicht mir nichts, dir nichts trennen.

Das machte mir sehr zu schaffen, und ich erkannte erst an der Bewegung seiner Lippen, daß er mit mir redete. Er merkte, daß ich nicht zugehört hatte, und wiederholte: «Ziemlich banal ist sie, diese kleine Stadt.» Es gelang mir nicht, die richtige Antwort zu finden, einige Sekunden später erklärte ich ihm jedoch, daß dieser Eindruck wahrscheinlich mit unserem Weg zusammenhänge. In dieser ganzen Zeit hatte er den Mund nur aufgetan, um mir zu sagen, was er nicht glaubte oder was ihm nicht wichtig war. Er wollte mir weismachen, daß er sich für nichts anderes interessiert hatte als für die Häuser, an denen wir, achtlos der eine wie der andere, vorübergegangen waren. Was mich betraf, bedeutete die Achtlosigkeit allerdings nicht Indifferenz, sie war vielmehr der Widerschein einer besonderen Wirklichkeit, wie in Träumen, wo die Dinge, die sich im Verlauf dieser innerlichen Abenteuer jeden Augenblick verwandeln können, ihre gewöhnliche Bestimmung ganz verlieren.

Ich sagte etwas über den gotischen Stil des Rathauses (sehr sicher war ich mir allerdings nicht). «Ach ja? Habe ich nicht bemerkt. Ich werde besser hinsehen, wenn Sie sagen, daß es sich lohnt.» Vorsichtig war er und gewandt. Schon die Tatsache, daß er das Gespräch wiederaufgenommen hatte, ließ mich glauben,

daß dieser Spaziergang für ihn keine Belanglosigkeit war. Er mochte befürchten, wir könnten uns trennen und alle Brücken abbrechen. Ein Verfahren, das mir schon lange bekannt ist.
Wir schwiegen beide. Bis zum Schluß habe ich nicht feststellen können, ob die Stille für sie genauso quälend war wie für mich. Wie dem auch sei, fünf Schritt vor ihrem Haus warf sie mir den Satz zu, auf den ich verzweifelt gewartet hatte, ohne zu wissen, ob er noch kommen würde, weil ich dachte – und das schon lange –, daß unser Schweigen uns endgültig getrennt hatte. «Es tut mir leid, daß wir die Ausstellung nicht besucht haben.» Jedesmal war es ähnlich banal. Vielleicht sagte sie es ohne eine bestimmte Absicht, und ich neige dazu, das zu glauben, so plötzlich, wie sie aus meinem Leben verschwand. Ich verabschiedete mich erschöpft wie nach einer tiefschürfenden Erörterung, doch schon wenige Tage später gewannen diese letzten Worte, gewann dieser teilnahmslose Satz gegenüber dem langen Schweigen, das ihm vorangegangen war, wesentlich an Bedeutung.
Wenn der Schnee zu schmelzen beginnt, ziehe ich manchmal hinaus in die morastige Landschaft, in den noch ungewissen Frühling. Ich springe von Stein zu Stein, gleite oft ab und lande in Pfützen, Fahrzeuge spritzen mich an, ich sehe fast nichts mehr um mich herum. Wenn ich mich endlich entschließe heimzukehren, atme ich noch einmal tief ein, und diese letzte Welle frischer Luft – eine von vielen, die über die Brachen am Stadtrand fegen – ist es, die mich anderntags allen Unannehmlichkeiten zum Trotz wieder aus dem Haus lockt. Immer atmeten die Worte, die sie als letzte sprach, diese Frische, verführerisch wie der Frühling.
«Um welche Zeit macht die Post zu?» Noch bevor ich

 ihm antworten konnte, stellte er mir eine andere seltsame Frage: «Muß man hingehen, um seine Briefe abzuschicken, oder gibt es Postkästen? Unterwegs habe ich keinen gesehen.» «Das weiß ich nicht. Ich selbst gehe immer zur Post, wenn ich einen Brief abzuschikken habe.» Sollte er diesen ausgedehnten Rundgang nur mitgemacht haben, um zu sehen, ob es Postkästen gab? Das kam mir widersinnig vor. Es hätte genügt, irgendeinen Einheimischen danach zu fragen. Wozu diese naiven Manöver? Mir fiel ein, daß er im Café auf Seite drei der Zeitung gelesen hatte: sie war ausschließlich der Literatur vorbehalten! Manchmal schon recht kindisch. Während des ganzen Spaziergangs hatte er mir seinen Blick hartnäckig entzogen.

Ich bemerkte, wie unter den Fußgängern nach und nach eiligen Schrittes Beamte aus den wenigen Behörden der Stadt auftauchten. Ich erkenne sie sofort an ihrer abwesenden Miene, die sie aus ihren Büros mit den schmutzigen Fenstern mitbringen. Ich war müde, und die Müdigkeit löste kraft einer geheimen Chemie einen Teil der Trägheit auf, die mich an meinen merkwürdigen Begleiter gebunden hatte. Ich spürte, daß ich ihn bald würde verlassen können.

Leichthin fragte ich ihn, ob ich demnächst die Gelegenheit haben würde, ihn im Café wiederzusehen. Bestimmt nicht, antwortete er, denn der Lärm belaste ihn, und er leide oft unter furchtbaren Migräneanfällen. Endlich wandte er sich mir zu, und zum erstenmal verriet mir das Tageslicht ein unstetes Flackern in seinen klaren Augen. Ich meinte seinen Appell zu verstehen und sagte: «Dann kommen Sie doch zu mir. Mein Zimmer ist hell und vor allem ruhig.» Er zog ein Notizbuch aus der Tasche, schrieb meine Adresse auf und wiederholte: «Ich habe nur zu oft diese scheußlichen Kopfschmerzen.» Ich setzte ein konventionelles Lächeln auf; vielleicht erklärte er mir auf diese Art sein endloses Schweigen. «Darum halte ich es auch nie lange in vier Wänden aus und nehme kaum Einladungen an.» Ich sah auf das Notizbuch, das er noch in der Hand hielt. «Trotzdem glaube ich, daß ich kommen werde, es wird mir ein Vergnügen sein, bei Ihnen vorbeizuschauen.» Er grüßte ernst und machte so schnell auf dem Absatz kehrt, daß ich nicht Zeit hatte, ihm die Hand zu reichen.

VII

Ich wußte, daß es sinnlos war, ihn schon in den nächsten Tagen zu erwarten. Bestimmt fürchtete er, ich könnte, wenn er zu bald käme, vielleicht erraten, daß es nicht meine Einladung war, sondern ein persönlicher Grund, der ihn trieb. Und doch saß ich bei Kati wie auf heißen Kohlen. Meine Erregung erklärte sich unter anderem aus meinen Fragen zu der Rolle, die mir zugewachsen war. Ich fürchtete, daß etwas so Geringfügiges wie ein geplatzter Besuch ihn zum Verzicht bewegen könnte, wie vorzeiten Kinder, mit denen ich schon einigemal gespielt hatte, mir plötzlich aus dem Weg gingen, ohne daraus ein Hehl zu machen. (Wenn solche Dinge später seltener passieren, so nur deshalb, weil die Erwachsenen vorsichtiger aufeinander zugehen und vorab zu erfahren suchen, mit wem sie es zu tun haben.)
«Du warst gestern, als wir uns begegnet sind, in Begleitung?» Diese Frage hatte ich erwartet und antwortete gelassen: «Ja und nein, das war ein Bekannter aus dem Café; er hat mich nach der Uhrzeit gefragt, und dann haben wir noch ein wenig geplaudert.» «Er ist sehr gut gekleidet, es muß ein vornehmer Mensch sein. Ist dir die Qualität seiner Schuhe aufgefallen?» Ich beneide Kati um die Leichtigkeit, mit der sie von einem Thema zu einem anderen springt. Ich nahm den Faden wieder auf. «Und er selbst, was macht er dir für einen Eindruck?» «Er ist sehr selbstsicher und anspruchsvoll.» Hätte ich sie weiter befragt, hätte sie sich bestimmt in Widersprüche verwickelt. Eines Tages

hatte sie am Rande eines Gesprächs von ihrem Chef erzählt, den ich nicht kannte, der jedoch, wenn man ihr glauben wollte, ein «gemeiner Mensch» sein mußte. Ich wollte mehr darüber wissen. «Wieso fährt er dich manchmal an?» Nein, er fuhr sie nicht an, im Gegenteil, er war sehr höflich, wenn sie aber in sein Büro trat, blickte er nicht von seinen Papieren auf und antwortete ihr, ohne sie anzusehen; er konnte also gar nichts anderes sein als ein «gemeiner Mensch». Ebenso mußte der Unbekannte hochmütig sein, hatte er ihr doch nicht einmal zugelächelt. Ich bezweifelte nicht, daß er sie ohne besondere Anteilnahme angesehen hatte, was auch mir aus irgendeinem Grund mißfiel.

Es war mir gelungen, entgegen meinen Gewohnheiten früher nach Hause zu kommen. Der Schneider beschied mich – erstaunt, da ich ja nie Besuch empfing –, daß niemand nach mir gefragt hatte. Ich hatte es nicht anders erwartet, und doch ging ich mißgelaunt zu Bett. Gleich am nächsten Tag nahm mich das Warten ganz gefangen. Ich wußte, daß jeder Ausbruchsversuch zusätzliche Qual bedeutet hätte.

Selbst wenn man nicht den geringsten Zweifel am weiteren Verlauf des Geschehens hat, treibt einen das Warten zur Verzweiflung, da es die Alltagsgeschäfte durcheinanderbringt, mit denen die Zeit sonst ohne Schwierigkeit totgeschlagen wird. Ich war mit all meinen Versuchen, die Leere auszufüllen, gescheitert, als ich endlich die Tür aufriß und nach der Tochter des Schneiders rief. Die Unbekannte war die einzige Person, an die ich nicht gedacht hatte (oder vielmehr: an die nicht zu denken mir gelungen war), wie der Kranke auf dem Operationstisch den Gedanken an das Risiko, das er gleich eingehen wird, aus seinem Geist verscheucht, indem er eine Inventur der ihn umgebenden

Gegenstände macht, dabei aber auf unerklärliche Weise die Botschaft übergeht, die jedem dieser Gegenstände, ja selbst der besonderen Raumtemperatur des weißgekachelten Saals innewohnt. Der Fremde, mein Gespräch mit Kati über ihn, dieser aussichtslose Spaziergang – das alles hätte mich zu der Unbekannten auf der Brücke hinführen müssen. Es gibt jedoch irgendwo einen äußerst geschickten Zensor, der die Kulissen des Innenlebens so verschiebt, daß die Zuschauer gefesselt sind, ohne daß die Hauptperson überhaupt auftreten müßte. Und ich glaube, damit nützt er ihr. Auch wenn Flüsse sich unter der Erde verstecken, verschwinden sie nicht endgültig; reicher treten sie wieder hervor, nachdem sie sich an den dunklen Wandungen gerieben haben. In Abwesenheit der Hauptperson reift die Erwartung. Ängstlich dachte ich an das sichere, vielleicht aber veränderte Wiedererscheinen der Unbekannten.

Aufgrund eines Phänomens, das ebenfalls auf eine unergründliche innere Mechanik zurückgeht, kommt es vor, daß ich unvermittelt von einer furchtbaren Sehnsucht nach jemandem verzehrt werde, dem ich früher einmal begegnet bin – und das nach langen Jahren, die mein Leben zutiefst verändert haben und in denen ich nie an ihn gedacht habe.

Es war in den kurzen Osterferien. Ich machte die Bekanntschaft dreier Schwestern, die einen Fenstertisch besetzt hatten. Mit der Ältesten schloß ich Freundschaft, da die anderen mir zu jung erschienen, als daß sie meine Aufmerksamkeit verdient hätten, und in der beinahe leeren Familienpension kam ein stilles Einvernehmen zustande, das vor allem auf die Langeweile zurückging, die mit dem Nebel von den noch schneebedeckten Hügeln herunterkroch. Jahrelang konnte ich mir den in meinem Inneren so frisch erhaltenen Zauber dieser wenigen Tage in der Nähe des stillen jungen Mädchens nicht erklären. Sie war, glaube ich, nicht schön, und ihre Augen wurden durch eine Brille vergrößert, die zu ihrem Lehrerinnengesicht gut paßte. Als ich eines Tages durch Zufall erfuhr, daß die Jüngste, die dreizehn war, als ich sie kennenlernte, sich gerade verlobt hatte, krampfte sich etwas eiskalt in meiner Brust zusammen. Ich war traurig wie bei einem unersetzlichen Verlust und begriff, daß die unausgesprochene Freundschaft mit der Ältesten nichts als eine Abwehr gewesen war, ein Mittel, um einer Versuchung entgegenzuwirken, für die ich noch zu jung war.

Endlich tauchte die Tochter des Schneiders im Rahmen meiner Tür auf. Zweifellos hatte sie noch vor dem Spiegel gestanden – allerdings nicht lange genug: Puder und Lippenstift hatten eine Clownsmaske ergeben. Weil sie befürchtet hatte, sich zu verspäten, hatte sie sich beim Treppensteigen beeilt und keuchte. Ihre Aufregung, die durch ihren pfeifenden Atem noch betont wurde, war keineswegs gerechtfertigt durch den ruhigen Ton, in dem ich sie, als wäre das ganz selbstverständlich, eingeladen hatte, mit ihrer Handarbeit zu mir heraufzukommen, um das bessere Licht zu nutzen. Ich verbrachte einen seltsamen Nachmittag. Ich lag ausgestreckt auf meinem Bett und öffnete dann und wann die Augen, um zu ihr hinüberzusehen, wie sie leicht verschreckt und ohne den Blick zu heben am Fenster werkelte, offenbar um mir zu zeigen, daß sie meine Einladung aus keinem anderen Grund angenommen hatte. Ihre Gegenwart half mir, meiner Unruhe Herr zu werden. Abends, als sie aufstand, um zu gehen, wollte ich ihr jede falsche Vorstellung nehmen, daß ich mein Angebot noch einmal wiederholen könnte, und verabschiedete sie kühl mit einem Kopfnicken, so wie man den Gruß eines Dienstmädchens zerstreut erwidert.

Der dritte Tag verging noch schwerer. Ich hatte keine klare Vorstellung von den Absichten des Fremden, außer in einem Punkt. Er hatte wiederholt gezeigt, daß er mich vielleicht brauchen würde. Allerdings war er wohl meiner noch nicht sicher genug, um sich freimütig zu äußern. Daß er mich hatte glauben lassen, er sei in Begleitung eines andern in die Stadt gekommen, war eigentlich der stillschweigende Beweis des Gegenteils. Zudem war ich noch nicht dahintergekommen, ob seine Fragen zum Postamt und zu den Briefkästen wirklich von Bedeutung waren oder nicht. Es gibt zwei Arten von Geheimnissen: jene, hinter die man kommt, die man aber nicht verraten darf, wie das Rätsel der Fenster, hinter denen nachts das Licht anging – die wahren Geheimnisse –, und die anderen, in die man sich hineingezogen sieht, weil man, ohne es zu wissen, eine Figur in einer Schachpartie zwischen zwei Gegnern ist, welche man nicht immer kennt. In diesem Fall fing sie gerade erst an, doch ich spürte, ich war einer von den Bauern. Ich wußte nicht einmal, ob der Fremde einer von den Spielern war oder lediglich einen Vermittler darstellte, jedenfalls würde das Geschehen mir immer näher kommen, und schließlich würde ich in der einen oder anderen Weise gerückt werden. Aus einem merkwürdigen Antrieb heraus beschloß ich, es mit mir geschehen zu lassen. Ich war ein Bauer, den die Nähe der Königin faszinierte. Und ich hegte so etwas wie eine Gewißheit: Im Verlauf der Partie würden wir uns näherkommen.

Eine Verkleidung eröffnet manchmal die Möglichkeit eines neuen Bewußtseins, das wir in der Folge jederzeit als simplen Reflex des Kostüms abtun können, was allerdings bloß eine Hintertür ist. Das geliehene steife

Bauernwams zeigte mir, daß ich zum Verräter werden könnte. Dieser offenbar verfrühte Gedanke – schließlich war noch so gut wie nichts geschehen – raubte mir die Gemütsruhe und die gute Laune. Wieso mußte ich daran denken? Die Antworten auf bestimmte Fragen gleichen diesen Trickknoten, die sich in nichts auflösen, sobald man an beiden Enden der Schnur gleichzeitig zieht. Möglicherweise konnte ich mir, gerade weil ich so wenig wußte, vorstellen, daß ich in Zukunft von anderen, noch verführerischer wirkenden Präsenzen angezogen würde, möglicherweise empfand ich auch gegenüber dem Fremden mit seinen zu großen Händen und der zu hohen Stirn nur einen merkwürdigen Widerwillen. Das alles beschwor neue Fragen herauf.

Ich habe keine Vorurteile, es sei denn gegen übertrieben selbstsichere Persönlichkeiten, gegen Schöngeister, die sich ungeniert bewundern lassen und sich liebend gern reden hören. Sie alle haben etwas, wodurch sie meinem Unbekannten fundamental entgegengesetzt sind: ihren nur zu offenkundigen Wunsch, sich zu behaupten und Eindruck zu machen. Mein Widerwille gegen ihn beunruhigte mich um so mehr, als ich mir eingestehen mußte, daß das, was mir an ihm mißfiel, seine Zurückhaltung und Gelassenheit (wenn es das war, was mir mißfiel, und nicht etwas anderes, Verborgenes), keine Fehler waren. Es fällt schwer, sich einzugestehen, daß man jemanden unsympathisch findet, weil er zu klare Augen oder zu lange Beine hat oder weil er schweigt, wenn ihm der Kopf weh tut. Irgendwo in den Untergründen meiner Abneigung steckte, wie bei einem Lied, in dem man etwas als falsch empfindet, während man es summt, eine Unentschlossenheit, die sie ins Wanken brachte.

Des öfteren war ich versucht, dem adligen Jungen zu-

 zulächeln, der seine Freunde von oben herab behandelte. (Uns, die anderen, nahm er gar nicht wahr.) Ich hatte ein Lächeln erwogen wegen eines anderen, undeutlichen Bildes von ihm, das seiner wirklichen, zutiefst unsympathischen Erscheinung widersprach und dessenthalben mir seine vollkommene Gleichgültigkeit weh tat. Ich vermochte nicht festzustellen, wodurch dieses trügerische Bild zustande gekommen war. Jedenfalls war es nichts Materielles. Im übrigen wird bei mir jedes Gefühl von einigen anderen begleitet wie ein Ton von seinen Harmonien, nur daß die anderen, tieferen Stimmen sich dem ursprünglichen Klang manchmal entgegenstellen. Das führt dann zu einem solchen Mißklang, daß ich den ersten Ton gar nicht mehr herauszuhören vermag. Daran kann ich die Tiefe, in der mich eine neue Präsenz berührt, ermessen: an der Anzahl der immer undeutlicher werdenden Echos, die sie auslöst.

Ich beschloß, so lange wie möglich im Vagen zu bleiben, war mir doch klar, daß direkte Fragen zu nichts führen würden. Er würde ihnen ausweichen, indem er auf den entwaffnenden Aufschlag seiner meist ins Weite blickenden Augen oder, um mich meine Dreistigkeit entgelten zu lassen, auf das Schweigen zurückgriff. Ich mußte arglos erscheinen und seiner Impulsivität freie Bahn lassen. Vor allem mußte ich mich hüten, auch nur im entferntesten auf die Unbekannte anzuspielen.

Als ich den schweren Tritt des Schneiders auf der Treppe vernahm, wußte ich, was er mir sagen wollte. Ich sprang vom Bett auf und setzte mich auf einen Stuhl am Fenster. Er steckte den Kopf zur Tür herein und verkündete mir in geheimnisvollem Ton, daß jemand mich besuchen wollte. Der Fremde durfte auf keinen Fall merken, daß ich ihn erwartet hatte. Als es

jedoch klopfte, konnte ich nicht an mich halten und war mit zwei Schritten bei der Tür.
Er war wie gewöhnlich ohne Hut. Langsam legte er Mantel und Schal ab und breitete sie aufs Bett. «Ich hoffe, ich komme nicht ungelegen. Ich muß dir übrigens sagen, daß mir der Gedanke hereinzuschauen erst gekommen ist, als ich zufällig durch deine Straße kam.» Das Duzen verriet ihn; er sagte nicht die Wahrheit – er mußte also in Verlegenheit sein. Ich bot ihm den anderen Stuhl am Fenster an. Zuerst sprachen wir über das Wetter, über irgendwelche Gebäude, die ihm auf seinen Spaziergängen der letzten Tage aufgefallen waren. Er sprach mit Bedacht, als gäbe es nichts Wichtigeres als die Nichtigkeiten, die wir austauschten. Ich verließ als erster dieses bedeutungslose Terrain.
«Haben Sie die Absicht, länger hierzubleiben?» «Das hängt nicht von mir ab.» Sein Lächeln, das sich natürlich gab, hatte etwas Gekünsteltes. «Das hängt nicht von mir ab, ich bin nur Begleitperson.» Eine merkwürdige Formulierung. Trotz meiner Neugier verzichtete ich auf weitere Fragen. «Wie auch immer, selbst wenn ich nur kurz hierbleibe, wird mir die Zeit lang werden. Diese Stadt hat für mich überhaupt keinen Reiz. Sie erscheint mir verschlafen und leer.» Ich erzählte ihm wieder von den Spaziergängen in der Umgebung, von der Ruhe des Provinzlebens, die auch ihr Gutes hat. Da ich den Eindruck hatte, daß ihm der Gegenstand lästig war, versuchte ich ihn aus der Reserve zu locken, indem ich ihn reizte.
«Ich glaube, Sie haben sich schon an diesen langsamen Rhythmus gewöhnt. Ich möchte nicht indiskret erscheinen, aber ich denke daran, wie Sie im Café die Zeitung gelesen haben. Daraus habe ich geschlossen, daß Sie sich hier wohl fühlen.» Er hatte das Siezen wiederaufgenommen. Und ich fragte ihn, ob in dieser

 Hinsicht auch meine Art, die Zeitung zu lesen, etwas offenbarte. «Ja, Sie lasen nämlich weniger, als Sie aus dem Fenster schauten, Sie haben viel Zeit damit zugebracht, reglos hinauszustarren. Die Nachrichten interessierten Sie zweifellos weniger als das Geschehen auf der Straße.» Eine so direkte Anspielung auf die Umstände, unter denen ich ihm aufgefallen war, hatte ich nicht erwartet; darüber hinaus bestätigte er dadurch auch, daß die Unschlüssigkeit, mit der er mich angesprochen und gefragt hatte, ob wir uns schon einmal gesehen hatten, lediglich gespielt gewesen war. «Ich glaube, ich habe jemandem nachgesehen, doch kann ich mich nicht erinnern, wem mein Interesse galt.» Ich probierte das gleiche Manöver: den Gegner an den Rand der Wahrheit drängen, um ihn zum Reden zu zwingen oder zur Aufgabe, die nicht minder bezeichnend gewesen wäre. Obwohl ich die mir angemessen erscheinende Haltung ihm gegenüber längst überzogen hatte, war es mir nicht im entferntesten gelungen, ihn aus der Ruhe zu bringen. Er zog eine Zigarette aus einem Etui, das mir erstaunlich vulgär vorkam, und zündete sie an. «Zu Hause kann ich nicht rauchen, meine Mutter ist leidend und verträgt es nicht.» Mir eine Zigarette anzubieten, hatte er versäumt (vielleicht kam ihm dergleichen gar nicht in den Sinn), und mich beschlich die Ahnung, daß er mir eine mindere Rolle zugedacht haben könnte, eine Rolle, in der ich von ihm abhängig sein sollte wie ein Diener. Ich sagte in beiläufigem Ton: «Ich rauche nur, wenn ich Probleme wälze.» Vergebens – er merkte auch jetzt nicht, daß er allein rauchte.

Kati hatte recht. Wahrscheinlich war er dermaßen selbstgewiß, daß er gar nicht daran dachte, sein schlechtes Benehmen zu korrigieren. Kein Zweifel: Wenn ihm jemand nicht mehr nützlich sein konnte,

machte er sich auch nicht die Mühe, seinen Gruß zu erwidern, sondern setzte diese konzentrierte Miene auf, die ihm so gut gelang, und hielt die Augen zehn Schritt vor sich auf den Boden geheftet.
Einige Minuten vergingen, und ich merkte, daß eine Veränderung im Gang war. Ich spürte es hinter dem Rauchvorhang, der mir nicht mehr als Schranke erschien, sondern eher als Filter, welcher den Dingen eine weniger präzise, dafür aber vertraute Gegenwart verlieh und eine Atmosphäre schuf, in der gewisse Freiheiten gewährt wurden. Ich ahnte, daß er mit mir reden wollte. Er konnte sich jedoch nicht entschließen, sondern lächelte müde, bis ich ihm sagte, daß er angegriffen aussehe. «Mir fehlt gar nichts, ich bin vollkommen gesund.» Diese Worte sagte er halblaut vor sich hin, ohne mich anzusehen; dann schwieg er einen Augenblick, um mit der gleichen kraftlosen Stimme fortzufahren: «Es sollte mich dennoch nicht wundern, wenn ich müde aussehe. Ich habe viele Sorgen. Das haben alle Leute, doch die einen sind mehr, die anderen weniger empfindlich.» Er machte noch eine Pause, dann aber überwand er sein Zögern: «Ich bin zwar ziemlich widerstandsfähig, aber auch müde. Das Unwiederbringliche reibt uns alle auf. Ich habe so viel Vertrauen zu Ihnen geschöpft, daß ich Ihnen gern eine ganz persönliche Sorge mitteilen möchte...» Das war viel mehr, als ich erwartet hatte. Ich rückte meinen Stuhl näher an den seinen, und er fuhr fort: «Ich glaube, Sie sind ein guter Menschenkenner.» Verlegen zuckte ich mit den Schultern. «Nein, da gibt es nichts abzustreiten, man sieht es an der Art, wie Sie bestimmte Leute beobachten, andere aber übersehen. Auch ich habe meine Intuition, dazu muß man sehr empfindsam und zugleich sehr neugierig sein.» Wenn er das wußte, dann hatte er zweifellos auch andere

 Einzelheiten wahrgenommen. Nicht ohne Scheu blickte ich in sein feingeschnittenes Gesicht, unter dessen blutleerer Haut sich die Knochen kaum abzeichneten. Zerbrechlich erschien er mir und doch um einiges stärker als ich.

Bis zu dem Tag, als sie mir mit ihrer immer gleichen Stimme sagte, daß ich mich irrte, daß ich sie unmöglich lieben könne, daß sie zu alt und zu häßlich sei, um noch Liebe zu erwecken, hatte ich mich gefragt, ob das ungewöhnlich friedliche Gefühl, das sich in ihrer Gegenwart bei mir einstellte, nicht das Zeichen, das Vorspiel einer Art Liebe war. Je mehr ich mich von ihrer Überlegenheit überzeugte, um so mehr hielt ich mich für berechtigt, wie ein krankes Kind in der Aura ihrer warmen Ausstrahlung zu kauern. Eines Tages erzählte ich ihr von diesem Wohlgefühl, das ich seit meiner Kindheit nicht mehr genossen hatte. «Und wieso glaubst du eigentlich, daß diese Rolle mir zusagt?» Sie verstieß mich. Endgültig.

Das Gefühl, daß ich mich ihm zu schnell näherte, beunruhigte mich plötzlich. Wenn er meine Schwäche erriet, konnte dies das Ende unserer Beziehungen bedeuten.

Ich sah auf. Er hatte meine zeitweilige Geistesabwesenheit natürlich bemerkt und fragte: «Was meinen Sie, kann einer Person, die einen furchtbaren Verlust nicht verwindet, geholfen werden, indem man sie fortbringt aus ihrer gewohnten Umgebung? Kann man zu ihrer Heilung beitragen, oder sind alle Anstrengungen umsonst?» Das Profil der Unbekannten tauchte als Schattenriß hinter ihm auf. Ich mußte ihn zum Sprechen bringen, deshalb wich ich einer klaren Antwort aus: «Ich weiß es nicht, dabei kommt es auf viele Dinge an, eins wichtiger als das andere.» Er dachte nach, und als er eine Formulierung gefunden hatte, die ihm geeignet schien, sich mir besser verständlich zu machen, sagte er: «Meinen Sie, daß wir uns in unserem Handeln hin und wieder auch nach Ratschlägen richten oder daß wir lediglich solche behalten, die nur diejenigen Handlungen rechtfertigen, die wir ohnehin unternommen hätten?» Ich hatte den Eindruck, seine Frage war gar nicht an mich gerichtet, sondern ich wohnte einer inneren Auseinandersetzung bei. Dies sagte ich ihm und fügte hinzu, daß ich nicht wüßte, wie mein Rat ihm von Nutzen sein könnte. An der Art, wie er mich ansah, merkte ich, daß der Faden gerissen war. «Sie haben recht, es ist ja bekannt, jeder muß sein Kreuz allein tragen.» Er lächelte. «Sie waren offen zu mir, wer weiß, was für absurde Fragen Sie noch zu hören bekommen hätten, wenn Sie mich hätten weiterreden lassen.» Nichts hätte ich zu hören bekommen als das, was er beschlossen hatte, mich wissen zu lassen. Aber die Lage, in die ich ihn gebracht hatte, zwang ihn zu einem Rückzieher.

Ich nahm den dozierenden Ton eines meiner Professoren an, eines kleinen, konventionell pedantischen Alten: «Ich hege die Gewißheit, daß bestimmt keine der Fragen, die wir uns in aller Aufrichtigkeit stellen, ohne auf künstliche Vereinfachungen zurückzugreifen und sie so in die Kategorie der von vornherein gelösten zu befördern – ob nun durch uns selbst oder durch andere –, daß also keine dieser Fragen schließlich und endlich ungelöst bleibt.» Suchte er mir zu Gefallen zu sein? Jedenfalls nickte er die ganze Zeit bestätigend, während ich sprach, als seien meine Worte genau das, was er erwartet hatte. «Es ist eigenartig, daß zwei Menschen, die einander kaum kennen, sich so gut verstehen. Also, auf die Gefahr hin, mich vor Ihnen lächerlich zu machen, aber ich habe das Gefühl, daß Ihr Interesse an mir das Zeichen einer ebenso spontanen

Sympathie ist, wie ich sie Ihnen gegenüber empfinde.» Bei den letzten Worten errötete ich heftig. Um nicht eine inexistente Verlegenheit mimen zu müssen, stand ich auf und holte die Weinflasche mit den beiden Gläsern, die ich für seinen Besuch bereitgestellt hatte. Glücklicherweise saß er mit dem Rücken zu mir, und ich konnte die Gläser unbeobachtet füllen, denn für einen kurzen Augenblick glaubte ich die Beherrschung zu verlieren, und ein Schwindelgefühl bemächtigte sich meiner, so daß die Flasche in meiner Hand zitterte. Wir stießen an, und plötzlich kam es mir vor, als sei ich wirklich gerührt. Niemand ist anfälliger für anderer Leute Rührung als ich. Im Zimmer schwand das Tageslicht, eine merkwürdig indifferente Stille drang mit dem langsam sinkenden Abend von draußen herein. Ich stellte mein Glas vor ihn und reichte ihm die Hand. Eine mißlungene Geste, mit der ich meine Anwandlung, ihn zu umarmen, überspielen wollte, die ihn aber nicht zu überraschen schien. Er sah mich mit ernster Miene an, als bereiteten wir gemeinsam eine Aktion vor, die gewisse Gefahren barg. «Wir werden uns öfter sehen.» Das war keine Frage, und mir fiel von neuem sein Befehlston auf. «Sie werden zu uns kommen. Da ist es zwar etwas trostlos, aber vielleicht gibt sich das mit der Zeit.» Für einen Moment erhaschte ich in seinen Augen den gleichen verstörten Blick wie bei der Unbekannten. Doch nahm er gleich wieder den abwesenden Gesichtsausdruck an, den er so gut wie ständig hatte und der den Anschein erweckte, als wiederholte er in Gedanken die Ziffern einer endlosen Rechnung. Wieder wurde der Rauch der Zigarette zum Feind, so wie alle Dinge, denen wir gleichgültig sind und die unserer Aufregung gelangweilt beiwohnen.

Er fragte mich, wie ich mich mit meinem Vermieter

verstand, und erzählte mir vom Besitzer des Hauses, in dem sie wohnten, einem alten Priester, der sich, so fügte er hinzu, auch für ihren «Fall» interessierte. Wenn er sich diesem Priester anvertraut hatte, würde er das auch mir gegenüber tun, ohne daß ich ihm die Würmer aus der Nase ziehen mußte. Das ließ mich zugleich an der Bedeutung seiner Beichte zweifeln. Die meisten Leute haben eine Hierarchie ihrer Geheimnisse und teilen nur die weniger bedeutenden mit.

Gewiß konnte er meine Gedanken nicht erraten haben, doch spürte er, wie das Mißtrauen in mir aufstieg, und beeilte sich, es zu zerstreuen. «Daß ich mir erlaube, offen zu Ihnen zu reden, hängt auch damit zusammen, daß wir beide fremd sind in dieser Stadt.» Ich kannte diesen Reflex und nickte zustimmend. «Aber damit will ich nicht sagen, daß ich nur deshalb offen zu Ihnen sein kann, ich merke, daß Sie es so auffassen könnten. Ich bin eben selbst verwirrt darüber, daß ich mich Ihnen gewissermaßen aufgedrängt habe, und suche nach Rechtfertigungen.» Es war, als redete mein Spiegelbild. Diese feinsinnigen Skrupel hätten meine eigenen sein können. Merkte er, daß ich zögerte? Jedenfalls kam er von sich aus auf seine Einladung zurück und begann mir zu erklären, wo er wohnte, wobei er einen Plan zeichnete; seltsamerweise erinnerte er sich nicht an seine eigene Anschrift. Schließlich schien es uns einfacher, einen Treffpunkt in der Stadt zu verabreden. Ich war verblüfft über seine Art, auf der äußersten Stuhlkante zu sitzen. Es war haargenau die meine. Als ich aufstand, um die Tür zu schließen, die manchmal von selbst aufgeht, stand auch er auf und machte langsam einen Rundgang durch mein Zimmer.

Der Schneider hatte ein altes Porträt von sich im Zimmer hängenlassen. «Sie sehen ihm nicht ähnlich.» Mein Gast war also in dem Glauben, es handelte sich um meinen Vater. Vor allem aber war es ein Anlaß, das Gespräch wiederaufzunehmen, und ich verzichtete darauf, ihn eines Besseren zu belehren. «Ich glaube, meine Mutter wird nicht mehr genesen; alle Behandlungsversuche schlagen fehl.» Im ersten Augenblick spürte ich einen kleinen Anprall, als dränge eine kleinkalibrige Kugel ins Gewebe ein, ohne größeren Schmerz zu verursachen. Seit er mir von dem Trauerfall erzählt hatte, bei dem es um einen seiner Angehörigen ging, war das Gesicht der Unbekannten nicht mehr aus dem Zimmer verschwunden. Der besondere Blick, den ich für eine Sekunde an ihm beobachtet hatte, war zweifellos nichts als ein weiterer Widerschein dieser Gegenwart, allerdings ein dermaßen flüchtiger, daß ich ihn nicht hatte erkennen können. Er gab also vor, um den Gesundheitszustand seiner Mutter besorgt zu sein. «Ist Ihr Vater vor kurzem gestorben?» Er stand vor dem Foto des Schneiders; jetzt drehte er sich um und sagte langsam, wobei er den Kopf schüttelte, der im Halbdunkel noch größer wirkte: «Nicht mein Vater, der Mann meiner Mutter.» Er trat ans Fenster und tat, als schaute er hinaus. Es folgte ein langes Schweigen, so daß ich Zeit fand, die sichtbaren Anzeichen meiner Bestürzung zu verwischen.

Wieder kehrte er mir den Rücken zu, so daß mir das Sprechen leichter fiel. «Es ist eine stille Straße, für Wagen ist sie viel zu abschüssig, und selbst die Fußgänger schweigen, weil sie beim Hinuntergehen darauf achten müssen, nicht zu stolpern, und beim Hinaufgehen außer Atem sind.» «Mich bedrückt die Stille.» Ich hatte Mühe, ihm das zu glauben.

Der Schattenriß vor dem ins Violette spielenden Blau

des Fensters war dunkel, von undurchdringlicher,
feindseliger Substanz. Er hielt die Hände über der Brust gefaltet, die Haltung ließ an ein Gebet denken. Ich sagte mir, daß er sich dabei nur an eine Autorität wenden konnte, die mit unseren irdischen Belangen bestens vertraut war und von der er sicherlich ganz konkrete Segnungen erbat. Sein Reich war von dieser Welt. Von neuem bestach mich die Reinheit seiner Züge.

Mir fiel die besondere Form seines Ohres auf, das fast kein Ohrläppchen hatte und am oberen Rand spitz zulief.

Diese ganze Geschichte von seiner Mutter, sollte die mich nicht etwa nur in die Irre führen? Ich spürte mein Mißtrauen aufflackern.

«Sie sind wahrscheinlich sehr aktiv.» «Das bin ich gewesen.» Er brach ab, dann fuhr er fort: «Und ich werde es wieder sein, wenn die Familienverhältnisse es mir erlauben. Im übrigen mag ich wohl manchmal untätig erscheinen, wenn ich es in Wahrheit gar nicht bin.» Dieses Bestreben, so normal zu wirken wie alle Welt, dünkte mich in seinem Fall ungewöhnlich. Gewiß machte er eine Krise durch, und ich hatte in ihm vielleicht allzu überstürzt einen der Gegner in der Schachpartie gesehen, in der ich selbst nur einen Bauern abgab. Er konnte ebensogut lediglich eine zweitrangige Figur darin sein. Seine Winkelzüge erinnerten mich an die Bewegungen des Springers.

«Ist mein Besuch wirklich der erste, den Sie hier empfangen?» Ich versicherte es ihm. (Der ehemalige Kamerad, den ich eines Abends auf der Straße getroffen und mitgebracht hatte, weil ich nicht allein sein wollte, zählte nicht.) «Vielleicht sind Sie deshalb so schweigsam.» In seinem Blick las ich ein gewisses Staunen, aber auch unveränderte Gleichgültigkeit. Da er geglaubt hatte, ich würde reden, mich ihm offenbaren, war er ein wenig enttäuscht. Vielleicht begriff er nicht, weshalb ich ihn eingeladen hatte. Ich wußte nicht, wie ich sein Vertrauen wiedergewinnen sollte. «Ich muß gestehen, ich bin leicht zu verwirren, und ich lebe hier nun schon so lange wie ein Einsiedler in seiner Höhle.» Hätte er laut aufgelacht, ich wäre nicht überrascht gewesen. Meine Stimme hatte peinlich falsch geklungen. Ich sah mich in das enge Kostüm eines Vorstadtmimen gezwängt, der seine Rolle mit dem Bierernst eines Schmierenkomödianten schlimmster Sorte aufsagt.

Wollte ich ihn wirklich an meinem Schicksal teilhaben lassen? Das Thema meiner Einsamkeit schien ihn nicht sonderlich zu berühren. (Die Einsamkeit des anderen sieht nur jemand, der selbst kein Ziel vor Augen hat.)

Ich ging zu meinem Stuhl und bat auch ihn, wieder Platz zu nehmen. Er wandte sich vom Fenster ab, und ich bemerkte, daß er den gleichen verschlossenen Gesichtsausdruck hatte wie bei unserem Spaziergang und jeder Versuch, ihn aus seinem Schweigen zu reißen, fehlschlagen mußte. Ich bat ihn um eine Zigarette. Mit abwesendem Blick hielt er mir sein Etui hin. Beobachten konnte ich ihn nur, wenn er mich nicht ansah. Sein hochmütiges Profil, das bei aller Feinheit der Gesichtszüge hart erschien, dieses klassische Profil stand in keinem Verhältnis zu den zögerlichen Manövern, mit denen er die Beziehung zu mir eingeleitet hatte. Einzig und allein seine Gleichgültigkeit gegenüber der Meinung anderer, also auch gegenüber der meinen (da machte ich mir keine Illusionen), mochte ihm die Aufgabe erleichtern.

Die Gläser, aus denen wir getrunken hatten, standen noch auf dem Tisch. Unsere Blicke trafen sich über ihnen. «Alkohol bekommt mir nicht, auch nicht ein einziges Glas, deshalb meide ich ihn.» Ich dachte mir, daß dieses Bekenntnis nicht weniger falsch war als die Ergüsse, zu denen er sich bis dahin herabgelassen hatte, und fragte mich, weshalb er diese Anstrengungen unternahm. Indem er sich entschuldigte (denn was sonst war sein Eingeständnis, daß der Wein ihn verwundbar machte?), stellte er sich in anderem Licht dar. Ich fragte mich, wie ich zu deuten hatte, was geschehen war. Das Schweigen wurde wieder drückend. Ein Schweigen, schrill wie der Schrei einer Säge und doch undurchsichtig und geheimnisvoll wie jenes, das in der Werkstatt eines Uhrmachers herrscht, ein Schweigen, in dem eine peinlich genaue unsichtbare Arbeit verrichtet wird. Ein Schweigen, in dem man sich überflüssig vorkommt und dem man zu entgehen sucht, indem man an sich selbst denkt, was aber nicht gelingt, weil man sich darin nicht wiederfindet. Vielleicht war der verborgene Motor des Bootes stehengeblieben, doch dessen konnte ich mich nicht vergewissern, denn ich befand mich weit draußen auf dem Wasser, ohne jeden Anhaltspunkt. Er rauchte ganz ruhig, indem er die Zigarette ohne Hast zu den ungeheuer fein geschnittenen Lippen führte.

Manchmal senkt sich das Schweigen von einer Ebene der Unwirklichkeit zwischen uns herab, auf der nichts eine bestimmte Bedeutung hat, auf der die sonst dienstbaren Dinge der Last ihres gewöhnlichen Gebrauchs enthoben sind. Dann finden einzigartige Wandlungen statt, kommen neue Hierarchien zustande (wie bei einer Überschwemmung, wenn in den überfluteten Häusern bestimmte Gegenstände sich verzweifelt verklammern und ihre Angst das Durcheinander unentwirrbar macht, andere ohne Gegenwehr untergehen und wieder andere recht munter auf dem Wasser dümpeln). Sein Gesicht verschwand beinahe im Zigarettenrauch, dafür konnte ich die beiden Nußholzkugeln auf den Bettpfosten und die furchterregenden Krallen an den Beinen des Stuhls, auf dem er saß, deutlich wahrnehmen. Sein Haar wie ein von Scheinwerferlicht vergoldeter Nebelstreif hatte etwas Unmenschliches, das ihn mir völlig entfremdete.

Meist saß ich auf einem Schemel zu ihren Füßen. Sie strickte ernst und bedächtig weiter. Ihren Bewegungen zu folgen nahm nach und nach meine gesamte Aufmerksamkeit in Anspruch: Bald hielt kein anderer Gedanke mehr stand, die Gegenstände um sie herum schwanden, sie wurde alles. Und nichts. Eines Tages beugte sie sich zu mir und sagte: «Es ist besser, wenn du nicht mehr kommst.»

Vergeblich versuchte ich mich zusammenzunehmen, meine Aufmerksamkeit wieder auf meinen Gast zu konzentrieren. Ich sagte es bereits: Ich kann den Schlaf «hervorrufen». Und wenn nun auch er das konnte? Aber zu welchem Zweck? Einen Augenblick dachte ich an die Banditen, die in Zügen narkotisierende Zigaretten anbieten, dann erschien mir ein fetter Buddha, wie ich ihn einmal in einem Schaufenster gesehen und dessen monströser Bauch mich auf den Gedanken gebracht hatte, daß dieser eigentlich ein weiterer Kopf sei, ein weiteres Hirn, das sich unseren Blicken entzieht. Vielleicht wollte er mich einschläfern, um mich all das vergessen zu lassen, was er mir gesagt hatte, all das, was ich nicht mehr wissen sollte. Warum aber sollte ich denn beispielsweise vergessen, daß der Mann seiner Mutter gestorben war? Er hatte mir nicht einmal gesagt, wann genau es geschehen war.

Es war viel zu warm im Zimmer, und ich suchte mit dem Blick zum Fenster hinaus nach Frische. Vor den

Scheiben stiegen langsam Dunstschwaden auf, und nur hin und wieder war ein Teil der Hügelkette zu erspähen.
«Da ist etwas Merkwürdiges in Ihrem Zimmer.» Aus meiner Versunkenheit heraus nickte ich mechanisch. «Merken Sie es auch? Entschuldigen Sie bitte, es riecht zwar nicht schlecht, aber möglicherweise lüften Sie doch zuwenig.» Ich empfand seine Bemerkung als überraschend unhöflich. Dennoch öffnete ich, ohne lange nachzudenken, das Fenster. Der plötzliche Temperatursturz zwang mich, es sofort wieder zu schließen. Die unerwartete Kälte flog noch kurze Zeit hin und her wie ein Maikäfer, der sich nachts in einem Zimmer fängt und gegen die Wände oder gegen die schlafenden Möbel prallt. «Noch habe ich nichts von der angeblich so frischen Luft gespürt, derentwegen man diese Stadt lobt.» Ich wußte nicht, worauf er hinauswollte. «Wirklich voller Düfte ist die Luft im Frühjahr dank der Obstgärten ringsumher. Was aber erwarten Sie eigentlich von einer Luftveränderung?» Ich war sicher, daß er nicht antworten würde. Er tat, als hätte er mich nicht gehört, und begutachtete eingehend das Verlegemuster des Parketts. Endlich schaute er auf, als wäre ihm plötzlich etwas eingefallen, das zwar nicht besonders wichtig war, aber sofort ausgesprochen werden mußte, damit es nicht in Vergessenheit geriet. «Meine Mutter darf nicht erfahren, daß Sie etwas vom Tod ihres Mannes wissen.» Während er sich erhob, fügte er hinzu: «Es ist besser so.» Mir fiel die äußerste Sorgfalt auf, mit der er seinen Schal band, wie eine Mutter einem ungeschickten Kind. Seine Hände waren so angespannt, daß ich den Eindruck hatte, einer Spaltung beizuwohnen oder eher noch die Enthüllung der beiden Wesen zu erleben, die (zu welchem Zweck und Ende?) in ihm verschmolzen wa-

 ren und deren eines nur diese unverhältnismäßig großen Hände behalten hatte.

«Ich hoffe, Sie bekommen nicht wieder Migräne infolge dieses Besuches.» Es war ihm entfallen, daß er mir tags zuvor von seinen Kopfschmerzen erzählt hatte. «Ich habe keinen gar so empfindlichen Kopf.» Er skizzierte ein blasses Lächeln, das nichts zu bedeuten hatte. Ich konnte nicht ausmachen, in welcher Stimmung er sich von mir trennte, was ich als einen Mißerfolg empfand.

«Sie müssen schon gehen? Wir haben so wenig geplaudert.» Gern hätte ich Worte gefunden, die es uns ermöglichten, dieses zu kurz geratene Gespräch bei einer anderen Gelegenheit wiederaufzunehmen. Mechanisch öffnete ich die Tür. Er rührte sich nicht, nur seine Lippen verzogen sich zu einem erstaunten Lächeln. Fassungslos mußte ich mir eingestehen, daß ich zu früh geöffnet hatte. Ich sagte, ich hätte nur prüfen wollen, ob die Treppe beleuchtet war. Er musterte mich neugierig und antwortete nicht ohne eine gewisse Ironie: «Ich bin die Treppe heraufgekommen, meinen Sie nicht, daß ich sie auch hinuntergehen kann?» Hatte er mir die Hand gereicht? Im Dämmerlicht schien er eher hinunterzugleiten, als den Fuß auf jede einzelne Stufe zu setzen.

VIII

Zweifellos hatte der Architekt die Wirkung gar nicht bedacht, die er dadurch erzielte, daß er das Haus abseits und tiefer gelegen als die Straße plaziert hatte. Außerdem gibt es Orte oder Umstände, die unverhoffte Möglichkeiten des Weiterlebens bieten. Wahrscheinlich könnte man auch andere Erklärungen finden, nach meinem Verständnis jedoch ist es bezeichnend, daß die Städte in der Ebene sich unablässig verändern, ja eigentlich mit jeder Generation völlig verschwinden, während Burgruinen, einsam auf felsigen Bergspitzen in den Stein gekrallt, aus dem sie selbst gebaut sind, seit Jahrhunderten der Zeit die Stirn bieten. Etwas Unterschwelliges verbindet übrigens dieses unauffällige Gleiten in die Vergessenheit und den hoffnungslosen Kampf der Ruinen. Diese Deutung hat ihre Wurzeln in uralten Schrecken.

Ich weiß nicht, was das für Stiche waren, die mir zum erstenmal die Gegenwart des Todes offenbarten. Die Menschen, auf die er es abgesehen hatte, fanden ihn hinter der Tür ihres Zimmers oder auf der Bettkante. Sobald sie ihn entdeckt hatten, sanken sie mit ausgebreiteten Armen leblos hintenüber. Ich hatte beschlossen, meine Mutter zu retten, wenn sie alt sein würde, indem ich sie davor bewahrte, so zu fallen, und vor allem davor, die Arme auszubreiten. Einige Male erlebte ich die Szene sogar im Traum, wo ich sie an meine Brust drückte und dem Tod trotzte, der fürchterliche Grimassen schnitt, aber zwischendurch auch seine Maske aus Gleichgültigkeit und Geheimnis aufsetzte. Heute noch bin ich sicher, daß in dieser Vorstellung auch ein Stück Wahrheit steckte. Diejenigen, die uns lieben, können den Tod manchmal von uns fernhalten, so daß er uns nicht beikommt, solange sie uns verteidigen. Der Wildwuchs um die Ruinen (hat man denn noch nie bemerkt, daß die Vegetation hier ähnlich sprießt, wie das Licht um die Köpfe der Heiligen strahlt?) schützt die alten Mauern und erfüllt so die Aufgabe des Freundes, der den Tod bekämpft und uns am Rand des Nichts vor dem Sturz bewahrt. Das allerdings nur unter der Bedingung, daß Zeitpunkt und Ort gut gewählt sind.

Das Haus lag an einem solchen Ort und hatte zahlreiche Generationen kommen und gehen sehen. Zuerst erblickte man auf der Kuppe eines Hügels eine starke Mauer mit einer kleinen, erstaunlich lauten Tür (Köter lärmen manchmal mehr als große Hunde), dann kam fünfzig Schritt weiter das Haus, in eine Senke geduckt. Es erinnerte an ein Tier, das in einem Graben auf der Lauer lag. Ich konnte nichts erkennen, bis er die kleine Tür aufstieß, die in die dicke Mauer eingelassen war, an der wir entlanggegangen waren. Allein auf weiter Flur, die offenbar von einem Feuer verwüstet worden war – nur stellenweise hatten angesengte Grasflecken und kümmerliche Sträucher es überstanden –, schien das Haus jede Bewegung zu beobachten: eine alte Frau, die trotz ihres Alters schon beim leisesten Flüsterton erloschenen Auges aufblickt.

Ich glaube, er ging schneller als gewöhnlich, um einem Gespräch auszuweichen. Ich stellte ihn auf die Probe, indem ich ihn fragte, ob er seine Mutter vorgewarnt hatte, daß er einen Unbekannten mitbringen würde. Er begnügte sich zu nicken, ohne den Schritt zu verlangsamen. Auf dem Weg zu unserem Treffpunkt hatte ich daran gedacht, wie er von mir weggegangen war, und mich gefragt, ob es ihm nicht leid tat, mich eingeladen zu haben. Ich hatte befürchtet, ihn in wenig freundlicher Stimmung anzutreffen. Das war ein Irrtum. Als er meiner ansichtig wurde, sagte er: «Es ist nett, daß Sie mich nicht haben warten lassen.» Dabei hatte ich mich gerade verspätet. Unterwegs gelang es mir nicht, ihn anzusehen, er ging immer einen Schritt vor mir, und das so schnell, daß ich nicht darüber nachdenken konnte, was folgen würde. Eines war gewiß: Er nahm mich nicht ohne Grund mit zu sich nach Hause. Auch nicht aus Höflichkeit; er gehörte gewiß nicht zu denen, die sich dieser Art von Anstand unterwerfen. Als wir an der kleinen Tür angekommen waren, hatte ich Herzklopfen, das sicher nicht allein der Anstrengung zuzuschreiben war.

«Wir hätten es auch schlechter treffen können.» Lächelnd fügte er hinzu: «Immerhin haben wir elektrisches Licht und fließendes Wasser.» Es war mir schon aufgefallen, daß er gewöhnlich die objektiven Gegebenheiten einer Situation festhielt und die banalste Erklärung vorzog: Der Geruch beispielsweise, der ihn in meinem Zimmer gestört hatte, kam daher, daß ich nicht genug lüftete. Der Gedanke, daß Wohnungen die Prägung derer tragen, die darin gelebt haben, war ihm offenbar noch nie durch den Kopf gegangen. Er sah nur die einfachsten, gängigsten Beziehungen zwischen den Dingen. Ich forderte ihn heraus: «Was für ein romantisches Fleckchen!» Er schaute mich überrascht an. «Ach nein, es ist bloß verwahrlost.»

Je näher wir kamen, desto größer wurde das Haus, und dies auf beeindruckende Art und Weise. Obwohl keine Vorhänge an den Fenstern hingen, konnte man im Inneren nichts erkennen. Merkwürdige Finsternis starrte einem daraus entgegen. Die Haustüre war nicht abgesperrt. Er drückte auf die Klinke, und wir gingen hinein. Mein Staunen war ihm nicht entgangen: «Hier gibt es keine unangemeldeten Besucher, wir sind hier inmitten der Obstgärten von allem abgeschnitten.» Jetzt erst fiel mir auf, wie zerstreut ich die letzten zehn Minuten unseres Wegs gewesen sein mußte, hatte ich doch nicht bemerkt, daß hinter all den lückenlosen Zäunen kein einziges Haus stand. Damit war auch erklärt, wieso wir niemandem begegnet waren. Jedenfalls war dies ein guter Schlupfwinkel; selbst aus einer Entfernung von nur wenigen Schritten konnte man es für ein verlassenes Anwesen halten.

«Wohnt der Priester auch hier?» «Welcher Priester?» «Der Eigentümer.» «Nein, der wohnt in der Stadt, ich glaube, hier hat lange niemand mehr gewohnt.» Es war nicht eigentlich kalt in dem großen, leeren Raum, den wir betreten hatten, aber wir durchschritten ihn rasch, getrieben von seiner unwirtlichen Kahlheit. Im Hintergrund bemerkte ich eine hölzerne Wendeltreppe und fragte mich, wohin sie führen mochte, denn von draußen hatte ich nur Fenster zu ebener Erde gesehen und konnte mich auch nicht entsinnen, ob das Dach schräg oder flach war.

Manche Gegenstände sind verräterischer als andere, aber natürlich nicht für jedermann die gleichen. Treppen haben mich immer schon neugierig gemacht. Ich fragte mich, ob es bei dieser in ihrer dunklen Ecke mit rechten Dingen zuging, und ich konnte den Gedanken nicht von mir weisen, daß sie nirgendwohin führte, daß man sie nur dort aufgebaut hatte, um eine bestimmte Atmosphäre zu schaffen. «Gibt es oben noch weitere Wohnräume?» Das Licht reichte nicht aus, daß ich seinen Blick hätte einfangen können, doch glaubte ich auf seiner Stirn zwei gebrochene Linien zu erkennen, die ich bis dahin noch nicht bemerkt hatte. Er antwortete nicht. Vielleicht fand er meine Frage unwichtig oder fehl am Platz. Ich ließ nicht locker: «Von draußen habe ich kein Obergeschoß gesehen.» Ich hatte laut gesprochen. Er legte den Zeigefinger an die Lippen und sagte halblaut: «Entschuldigen Sie, meine Mutter schläft vielleicht noch. Sie legt sich manchmal zur Mittagsruhe, und ich möchte sie nicht wecken, sie hat schlimme Nächte.» Er öffnete eine hohe geschnitzte Flügeltür, und wir traten in ein helles Zimmer mit drei großen Fenstern, die auf einen weitläufigen Hof hinter dem Haus gingen.

«Hier also wohnen wir. Mit Ausnahme unserer Zimmer sind die Räume hier abgeschlossen.» Er bot mir einen unbequemen alten Sessel an und ging, um nachzusehen, ob seine Mutter aufgewacht war. Als er verschwand, war die Tür überhaupt nicht zu hören.

Mein Vater setzte mich in einen riesigen, blumig gemusterten Sessel und ging hinein zu seiner Cousine. Ich weiß nicht, wieviel Zeit vergangen war, offenbar dauerte es nicht besonders lange, bis ich mir plötzlich verlassen vorkam. Eine furchtbare Angst bemächtigte sich meiner bei dem Gedanken, daß eine Tür aufgehen und ein Unbekannter mich fragen könnte, was ich hier suchte. Ich hielt mich gerade, wagte es nicht, mich zu bewegen, aus Angst, daß ein Geräusch meine Gegenwart verraten könnte, und so wartete ich mit klopfendem Herzen und, um den fremden Sessel nicht zu beschmutzen, von mir gestreckten Beinen.

Eines Tages ging ein Alter durch das Zimmer, über den ich später erfahren sollte, daß er ein Onkel meines Vaters war. Er kam zur einen Tür herein und ging bei der anderen hinaus, ohne mich anzusehen, denn ich war viel zu klein, um seine Aufmerksamkeit zu verdienen. Das beruhigte mich jedoch nicht. Immer noch warte ich nicht gerne allein in einem stillen Haus.

Ich befand mich mitten im Zimmer, und ein Buffet von ungewöhnlicher Form bannte meinen Blick, ein ungeschlachter Kasten auf vier hohen, zerbrechlichen Beinen. Wenn die einmal nachgeben sollten, sagte ich mir, würde das ganze Haus von dem Zusammenbruch des von Geschirr schweren Möbels erschüttert. Zugleich aber schienen mir meine Mutmaßungen über seinen Inhalt unbegründet, und der Gedanke an diesen verborgenen Raum, dessen Gebrauch ich nicht zu bestimmen vermochte, ließ mich seinen Anblick als noch unangenehmer empfinden. Das Licht war zu schwach, als daß man Farbe und Muster der Tapete hätte erkennen können. Ich erinnere mich, eines Tages meinen abenteuerlichen Freund belauert zu haben, um herauszufinden, was man tun kann, wenn man im Zimmer eines fremden Hauses allein ist. Ich bat ihn, im Salon auf mich zu warten, bis ich mich in meinem Zimmer umgezogen hätte. Durch ein Astloch in der Tür, das wer weiß wann entstanden war, konnte ich ihn bestens beobachten. Anfangs saß er still in einem Sessel, dann holte er ein Buch aus der Bibliothek, blätterte darin und stellte es auf seinen Platz zurück. Und wieder von vorn … Nichts Besonderes. Selbstverständliche Gesten. Bei mir klappt das nicht. Wenn Kati mich allein am gedeckten Kaffeetisch zurückläßt, kann ich nichts anrühren, bevor sie wieder da ist, und wenn ich den Mund voll habe, ist es mir fast peinlich, weiterzukauen.

Ein paar Sessel und Stühle, das Buffet und ein schmaler langer Tisch – das war die ganze Zimmereinrichtung. Die Zierteller an den Wänden interessierten mich nicht. Vergeblich hielt ich – natürlich ohne aufzustehen – nach einer Photographie oder einem Porträt Ausschau. Das Haus war so still, daß das einzige Geräusch, auf das ich meine Aufmerksamkeit richten konnte, das des Windes war, der draußen mit den toten Blättern spielte. Dieses leichte, immer deutlicher wiederkehrende Rascheln machte die Mauern durchlässig, so daß meine Erwartungsangst sich nach und nach löste und einer seltsamen Fühllosigkeit wich. Sie ließ an Genesende denken, die noch zu schwach sind, um einen Gedanken zu fassen, dafür das geringfügigste äußere Zeichen um so schärfer wahrnehmen. Vielleicht war das der Grund, weshalb ich nicht versucht hatte, mir seine Mutter vorzustellen. Als ich sie dann vor mir sah (sie war mit dem gleichen schwerelosen Schritt eingetreten wie ihr Sohn, der ihr auf dem Fuß folgte), dachte ich, wie überrascht ich gewesen wäre, wenn ich mir einfach nur eine alte Frau mit verwandten Zügen ausgemalt hätte. Sie waren aus dem Schatten aufgetaucht wie zwei alte Familienbildnisse, bei denen der Unterschied zwischen der Gesichtsfarbe des kleinen Jungen und der Großmutter durch das Nachdunkeln des Bleiweiß ausgeglichen worden ist, was ihre außergewöhnliche Ähnlichkeit noch unterstrich.

Sie reichte mir eine zarte, verblüffend warme Hand. Eigentlich wäre sie gar nicht so alt erschienen, wenn sie nicht dieses schwarze, streng hochgeschlossene Kleid getragen hätte. In der Linken hielt sie ein kleines Täschchen aus einem feinen Kettengeflecht von Silber und Gold, auf dessen leises Klirren ich vergebens lauschte. «Sie haben sich auf meinen Platz gesetzt, junger Mann.» Sie huschte, klein, wie sie war, an mir vorbei und wies mir einen anderen Sessel ihr gegenüber zu. Ihr Sohn zog sich einen Stuhl heran und setzte sich an ihre Seite.

 «Nehmen Sie es mir nicht übel, daß ich Ihnen meinen Platz nicht überlassen habe: Alte Menschen sind nun mal Opfer ihrer Gewohnheiten. Ihr jungen Leute kommt überall zurecht.» Sie lächelte und gab sich so gelöst wie eine Frau, die mit den gesellschaftlichen Gepflogenheiten wohlvertraut ist. «Diesen Sessel beispielsweise habe ich mir ausgesucht, gleich als wir hergekommen sind, denn er erinnert mich an einen, den ich über dreißig Jahre lang bei meinen Eltern gesehen habe. Aber warum erzähle ich das alles.» Sie warf ihrem Sohn einen fragenden Blick zu und fuhr dann im gleichen Ton fort: «Ich habe gehört, wie ihr euch kennengelernt habt. Es freut mich sehr. Ich hatte befürchtet, er könnte sich hier einsam fühlen.» Ich hielt es für angebracht, darauf hinzuweisen, daß ich nicht minder glücklich sei (ihre wahrscheinlich konventionelle Freundlichkeit hatte entspannend auf mich gewirkt): «Ich muß Ihnen gestehen, gnädige Frau, daß ich hier kaum Beziehungen geknüpft habe, bevor ich ihn kennenlernte.» Sie musterte mich ungläubig, dann wandte sie sich ihrem Sohn zu und sagte zu meiner großen Überraschung: «Ich glaubte zu wissen, daß der Herr zahlreiche Bekannte in der Stadt hat. Hast du mir nicht von einer Freundschaft erzählt?» Prüfend sah sie ihn an, ohne noch einen Blick für mich zu erübrigen. Diese «Freundschaft», von der er ihr erzählt hatte, sollte das Kati gewesen sein? Das wäre mehr als indiskret, es wäre geschmacklos gewesen. Er antwortete: «Nein, Mama, ich muß mich falsch ausgedrückt haben. Ich habe lediglich angenommen, daß der Herr in der Stadt Freunde gewonnen hat.» Es schien ihm peinlich zu sein. Er log. Er hatte mich mit Kati gesehen und es seiner Mutter erzählt.

Während ihres Wortwechsels hatte ich sie ungestört

beobachten können. In ihrem Sessel erschien sie noch kleiner, und seit ich sie sprechen gehört hatte, dünkte mich ihre Ähnlichkeit nicht mehr so frappierend. Ihre gleichmäßige und langsame Redeweise hatte sie in meinen Augen von ihm entfernt. «Wie dem auch sei, es ist nicht weiter von Bedeutung. Nicht wahr?» Sie hatte ihre Stimme um einen Halbton gesenkt. Ihre Worte blieben immer auf gleicher Höhe wie die Kugeln eines Abakus. Ich stimmte zu: «Selbstverständlich, gnädige Frau.» Sie hob und senkte den Kopf eine Zeitlang wie ein Automat.

Er saß reglos da, die Hände auf den Knien, und ich schloß daraus, daß er besorgt war, vielleicht auch wegen des gerade Gesagten. Ich betrachtete seine Mutter genau, um ihre Gesichter zu vergleichen. Doch spürte ich, daß er mich beobachtete, und ich senkte den Blick.

«Wir wohnen sehr abgelegen, nicht wahr? Am Tag als wir vom Bahnhof kamen, schien mir der Weg gar kein Ende zu nehmen.» «Ich hatte nicht diesen Eindruck, gnädige Frau, allerdings bin ich weite Spaziergänge gewohnt.» «Ja, mein Sohn sprach davon.» Sie lächelte ihm zu, ohne daß er sich darum gekümmert hätte. «Er hat mir gesagt, daß die Kilometer Ihnen nichts ausmachen. Auch ich bin früher gern gewandert, ohne zu ermüden, ich kannte alle Wege, alle Stege ...» Etwas hielt sie zurück, was ich nicht wissen sollte. Ihren Satz hatte sie mit bebender Stimme zu Ende gesprochen, während er versuchte, das Thema zu wechseln, indem er sich langsam mit der Hand über die Augen fuhr wie jemand, den die Müdigkeit übermannt. Es war wohl ein vereinbartes Zeichen. Sie brach ab und senkte den Kopf, beinahe hätte sie eine langweilige Geschichte erzählt. «Willst du uns denn nicht etwas anbieten?» Von neuem verriet er sich, als er mit einer Lebhaftigkeit aufsprang, die seine soeben vorgeführte Zerstreutheit Lügen strafte.

Sobald er hinausgegangen war, verließ sie ihre Ungezwungenheit, und sie stellte mir keine Fragen mehr. Wieder sah sie sehr alt aus. Die spitzen Schuhe mit den versilberten Schnallen guckten wie Ratten unter dem Saum ihres Kleides hervor. Ich nutzte die Abwesenheit des Sohnes, um die Mutter zu studieren. Wenn ich jemanden beobachten will, ohne daß er es bemerkt, setze ich das ausdruckslose Gesicht eines träumenden Hundes auf. Es gelang mir, sie zu täuschen. Sie zog aus ihrem Handtäschchen einen zusammengefalteten Brief hervor. «Sie entschuldigen mich einen Augenblick?» Diese Unhöflichkeit nahm sie sich heraus, weil sie meinte, mir sei an ihr nicht gelegen und ich wartete nur auf die Rückkehr ihres Sohnes. Also hatte er mich nicht ihretwegen zu ihnen gelockt. Der vergilbte, abgegriffene Brief mußte sehr alt sein. Sie las lange darin.

Nichts von ihrer scheinbaren Ähnlichkeit hielt der Überprüfung stand, mit Ausnahme vielleicht der schmalen Brust und der abfallenden Schultern. Die Stirn der Mutter war zwar ebenso hoch, aber doch ganz anders; ihr Mund mit den bleichen schmalen Lippen hatte keinen deutlichen Schnitt.

Monatelang hatte ich zwei Jungen verwechselt, die aus ganz verschiedenen Umgebungen stammten. Der eine sah aus wie ein armer Student und der andere, immer in Begleitung einer lärmenden Freundesschar, wie ein Sohn aus besserer Familie. Dennoch hatte ich diese beiden Gestalten zu einer einzigen verschmolzen, und diese wuchs sich aufgrund der beiden Lebensläufe, die ich trotz mangelnden Bezugs zusammengelegt hatte, zum geheimnisumwitterten Heros aus. Die Verwechslung dauerte bis zu dem Tag, an dem ich Gelegenheit hatte, die beiden nur wenige Schritt voneinander entfernt zu sehen. Sie kannten sich nicht, vor allem aber bestand absolut keine Ähnlichkeit zwischen ihnen. Die Entdeckung meines Irrtums ersetzte das eine Rätsel durch ein anderes, weitaus beunruhigenderes. Ich fühlte mich wie ein Gewichtheber, dem man die mühsam gestemmte Hantel abnimmt, um ihm das zehnfache Gewicht aufzulegen.

Es gibt Wörter, die je nach Zusammenhang verschiedene Bedeutungen annehmen. Meine falsche Vorstellung von der Ähnlichkeit der beiden jungen Männer zwang mich zur Auseinandersetzung mit dem Unbekannten, das sie umgab. Jenseits der Anzeichen für die verschiedenen Milieus, denen sie anzugehören schienen, mußte es noch etwas Anderes, Gemeinsames, jedoch Esoterisches geben, das als ihre scheinbare Ähnlichkeit zum Ausdruck kam. (Das, was wir unzutreffend «Familienähnlichkeit» nennen, ist im Grunde nichts anderes als der Widerschein immer gleicher Gegenstände. Die Bewohner des Hauses gegenüber hatten nichts dergleichen, weil sie sich nicht lange genug in den gleichen Mauern aufhielten, als daß ein so schwer zu prägender Stoff wie die Haut hätte imprägniert werden können.)

Obschon die Ähnlichkeit verschwunden war, die ich festzustellen geglaubt hatte, als sie ins Zimmer gekommen waren, zweifelte ich nicht im geringsten an ihrer Verwandtschaft. Doch als ob jener Eindruck ihrer erstaunlichen Ähnlichkeit eine Art Beziehung zwischen uns begründete, die unserer eigentlichen Bekanntschaft vorausging, erschien mir nun die alte Dame mit ihrem neuen Aussehen völlig fremd. Mich mit ihr allein in den gleichen vier Wänden zu wissen verursachte mir Unbehagen. Eine leichte Angst ging von ihr aus, und ich wagte weder, sie länger zu beobachten, noch vermochte ich mich auf etwas anderes zu konzentrieren, die Bilder um mich herum trieben wieder ihr charakteristisches Vexierspiel im Auf und Ab meiner Nerven, bei denen sich Ermüdung bemerkbar machte – und irgendwie fand ich mich allein in dem Raum wieder.

Als er die Tür öffnete, sah ich, wie seine Mutter den Brief in ihrem Handtäschchen versteckte. Ich besaß noch die Geistesgegenwart, meinen Blick abzuwenden, so daß sie glauben konnte, ich hätte ihre hastige Bewegung nicht wahrgenommen. Er schob einen Serviertisch auf Rollen mit vier dampfenden Teetassen herein. Mir blieb keine Zeit, mich zu wundern. Hinter ihm näherte sich mit langsamem Schritt, als wollte sie einen geheimen Faden nicht verlieren, die Unbekannte.

Ich hatte nicht geglaubt, sie so bald wiederzusehen. Eigentlich hatte ich nie an eine bestimmte Frist gedacht (wahrscheinlich aus Bequemlichkeit, weil sich sonst allerhand weitere Fragen ergeben hätten), vielleicht wäre das aber später der Fall gewesen. Meine Überraschung, kaum daß sie mich ergriffen hatte, brach zusammen. Es gibt Ereignisse, die mit solcher Wucht über einen hereinstürzen, daß alle Verbindung zu der Zeit davor, ja selbst die größte Freude oder die heftigste Trauer, die sie auszulösen vermögen, bedeutungslos werden angesichts der neuen Situation. Alles geschieht, als erlebte er ein anderes Wesen, für das es keine Überraschung ist. Wahrscheinlich stellte uns die alte Dame vor – ich sah, wie ihre blassen Lippen sich bewegten, hörte aber nichts. Die Unbekannte streckte mir ihre Hand entgegen, hob sie jedoch nur ganz wenig, und ich sah ihre Augen aus nächster Nähe. Sie hatte einen sanften, unendlich traurigen Blick.

Ich bot ihr meinen Sessel an und nahm mir einen Stuhl. Die trügerische Ruhe, in der sich alles vollzog, zerstob mit einemmal, und ich fühlte mich ohnmächtig und verloren. Aber das Glück, sie zu sehen, trug mich sehr hoch hinauf. Mein Blick mochte nicht auf dem einen oder dem anderen ihrer Gesichtszüge verweilen – so wie bei einem Konzert jedem Takt weitere folgen und das Entzücken gerade aus einem unausgesetzten Opfern der einzelnen Themen erwächst.
Manchmal fällt einem aus heiterem Himmel eine Gefahr ein, die durch ein unerwartetes Zusammenspiel von Umständen vorübergehend in Vergessenheit geraten ist. Genauso erging es mir mit meinem Gastgeber: auf unerklärliche Art und Weise hatte ich seine Gegenwart vergessen. Ich sah zu ihm hin. In seinem Blick erwartete ich zumindest einen Vorwurf für mein ungehöriges Verhalten. Es war unwahrscheinlich, daß er nicht bemerkt haben sollte, wie sehr mich das Erscheinen der Unbekannten beeindruckt hatte. Zudem hatte er schon im Café festgestellt, welches Interesse sie bei mir wachrief. Ich war überrascht: er wirkte wieder ganz abwesend, wie er so das Kinn auf seine großen Hände stützte und die Ellenbogen auf die Knie. Auch seine Mutter schaute uns nicht mehr an. Das Täschchen war ihr vom Arm gerutscht und baumelte mechanisch an ihrer linken Hand, die über der Sessellehne hing. Dieses beinahe ostentative Desinteresse hätte mich unter anderen Umständen mißtrauisch gemacht, jetzt aber war ich in der besonderen Verfassung von Kindern, wenn die Wiederholung des Rufs ausbleibt, der ihr Spiel unterbricht, so daß sie sich einreden, sie hätten sich getäuscht, und weiterspielen. Ich wandte mich ab.
Es kommt häufig vor, daß ich im Schlaf vorausempfinde, welches Glück mir beschieden wäre, wenn ich

weiter in einer Richtung gleiten könnte, die schon durch verschiedene Zeichen vorgegeben wird (eigentlich eine Phase, in der ich meinen Traum zu kontrollieren meine). Doch sind die Träume Gaben eines launischen Gottes, der sich nur dann als großzügig erweist, wenn wir demütig sind und unterwürfig wie die Straße, die alle Welt gleichermaßen auf sich nimmt. Sobald man lenkend einzugreifen versucht, nimmt er es einem übel und zerstört den Zauber, indem er ein groteskes Bild einwirft wie eine dieser Substanzen, die eine Flüssigkeit am Kochen hindern, oder indem er einfach den Traum unterbricht. Je bewußter ich war, einen außergewöhnlichen Augenblick zu erleben, um so eisiger wehte mich der Gedanke an, daß auch derjenige kommen würde, da alles zerstob. Er drohte jederzeit einzutreten. Ich versuchte ihm auszuweichen, indem ich mich wie ein schlecht vertäutes Boot losriß und das Weite suchte. Vergeblich. Es gelang mir nicht, meine Gedanken im Zaum zu halten. Ich hätte einschlafen und den Blick der Unbekannten, den mondenen Glanz ihres Gesichts mit mir nehmen mögen. Ich ahnte die Gärten und die Frische, zu denen dieser Blick und dieser Widerschein in meinen Träumen geworden wären. Alles andere war mir gleichgültig. Und wenn mein Gastgeber mir auf die Schulter geklopft hätte, um mich zu wecken, hätte ich ihm gesagt, mir sei nicht gut. Es kümmerte mich nur noch wenig, daß er mir nicht geglaubt hätte.

Vor langer Zeit besuchte ich ein Vorstadtkino, um ein Komikerpaar zu sehen, dessen Mißgeschick ich unwiderstehlich fand. Leider wußte ich, daß der Film eine beschränkte Dauer hatte, und frühzeitig mischte sich eine Art Angst in das Vergnügen. Infolgedessen war ich außerstande, zu lachen wie die anderen Kinder. Ich brachte es nur noch zu kläglichen Zuckungen, die alsbald von dem unwiederbringlich ablaufenden Streifen eingetrübt wurden. Die jovialen Gestalten der eiden Komiker waren ihrerseits gezeichnet von der Traurigkeit Reisender, die sich vergeblich bemühen, unbeschwert zu erscheinen, indem sie noch wenige Sekunden, ehe der Zug sich ihrer bemächtigt, auf dem Bahnsteig miteinander scherzen. (Später dann, als ich begann, mir Ernsteres oder wer weiß was für fade Komödien anzusehen, bei denen unter den immer wiederkehrenden Überraschungen wie bei Stoffpuppen das Drahtgerüst hervortrat, verging mir diese Angst, zugleich aber auch das Vergnügen.)

Vergeblich wollte ich in den Gesichtern der Mutter und des Sohnes lesen, denn selbst wenn sie mir hätten zeigen können, wie lange ich sie schon vergessen hatte und bei der Unbekannten umherirrte, hätte mir das nichts genutzt, da ich nicht wußte, welche Frist sie mir einräumten, bevor sie mich an ihre Gegenwart erinnerten.

Die Hand der alten Dame, die an ihrem starren Körper herunterhing, brachte mich darauf, die der Unbekannten mit den Augen zu suchen. Ich entdeckte eine kleine, eigenartig verkrampfte Faust, die entschlossen war, nichts von dem preiszugeben, was man ihr abverlangen könnte. Ich suchte nach weiteren Zeichen der Anspannung entlang ihrem Arm, wie man einen Flußlauf von der Mündung aufwärts begeht. Der Ärmel mochte natürlich ebensowenig verraten wie die vom Tuch verhüllte Schulter. Ihr Gesicht war unverändert. Ich kehrte zur Faust zurück, um mich zu vergewissern, daß ich mich nicht geirrt hatte. Ich sah sie sich bewegen, sich in Richtung meines Gastgebers öffnen. Dieser war dabei, mich zu belauern, wie ich mit einem Blick aus den Augenwinkeln feststellen konnte, wobei ich tat, als schaute ich zum Fenster hinaus. Ich wandte mich wieder dem Mädchen zu. Die Worte, die ich ihr hätte sagen wollen, standen mir zweifellos ins Gesicht geschrieben. Sanft glitt ihre Hand über das Kleid und blieb auf der Höhe der Brust liegen. Ich hatte das merkwürdige Gefühl, als hätte ich sie geführt. Die Verständigung war hergestellt, und ich mußte künftig darauf achten, sie aufrechtzuerhalten.

Ich fragte sie, ob ihr diese kleine Stadt gefalle. «Sie hat noch nicht Zeit gehabt, sie sich anzusehen, wir sind erst seit kurzem hier, und sie geht fast nie aus.»

Ich war nicht überrascht: Ich hatte den Verdacht, daß sie gar nicht dazu gekommen war, mir zu antworten, weil er an ihrer Stelle einfiel.

Die alte Dame schien zu schlummern, wahrscheinlich hatte es sie einige Anstrengung gekostet, die Rolle aufzusagen, die er ihr zugedacht hatte. «Mir schien, als seien wir uns einmal in der Stadt begegnet», sagte ich langsam, ohne das Mädchen aus den Augen zu lassen. Ich war entschlossen, sie zum Sprechen zu bringen. Sie aber nutzte das sich anschließende Schweigen nicht. Warum schwieg auch sie? Ihr Blick war nicht zu erhaschen, und mein fragender Satz rollte zurück wie eine Welle ins Meer.

In ihrem Gesicht konnte ich nichts mehr lesen. Es ist mein Fehler, manchmal etwas zu hartnäckig zu sein. Die Ungeduld bringt mich dazu, die Dinge zu überstürzen, und das oft ohne Erfolg. Ich müßte mich besser beherrschen.

Ich wandte mich an ihn und fragte, ob sein Tee nicht kalt zu werden drohte (meinen hatte ich ganz vergessen). «Nein, er ist noch heiß.» Und er deutete auf den Dampf, der aus der Tasse stieg.

Die Tatsache, daß dies alles nur so kurze Zeit gedauert hatte, überraschte und beruhigte mich, zugleich stellte ich aber fest, daß das Täschchen der alten Dame zu baumeln aufgehört hatte, wodurch sich die Frage nach der Zeit, die seit ihrem Eintreten ins Zimmer abgelaufen war, neu stellte. Ich dachte daran, daß sie es selbst angehalten und nicht abgewartet haben mochte, bis es sich ausgependelt hatte, aber eine entsprechende Bewegung hatte ich nicht wahrgenommen. Im Augenblick betrachtete sie mich anders, mit einem gewissen Interesse. Als sie mich ansprach, war ich keineswegs erstaunt über ihren recht mondänen Tonfall.

«Mein Sohn hat mir gesagt, daß Sie in einem sehr malerischen Viertel wohnen, wie heißt es doch gleich? Oder ist es nur der Name der Straße, den mein Sohn mir genannt hat?» «Der Name eines Generals oder Bürgermeisters, das weiß ich selbst nicht genau, ein Name ohne Bedeutung, der nichts aussagt, weder über die Abschüssigkeit des Hanges noch über die alten Häuser, die einst alle möglichen Farben hatten, jedoch im Lauf der Jahre vom Regen gleichgemacht worden sind, so daß man sie nur an bestimmten Frühjahrsmorgen unterscheiden kann, wenn der Tag noch jung ist: hier eine rosa-, da eine orange- oder lilafarbene Fassade.» Nach und nach hellte ich meine Stimme auf, um dem Mädchen zu verstehen zu geben, daß ich eigentlich zu ihr sprach, obwohl mein Gesicht der alten Dame zugewandt war.

«Haben Sie die Brücke in der Nähe des Marktplatzes schon einmal gesehen? Obwohl sie einen hohen Bogen schlägt, fällt sie kaum auf, man hält sie für eine banale Brücke aus dem allergewöhnlichsten Stein. Und eines schönen Tages dann erstrahlt ihre Wölbung im Sonnenlicht und läßt alle Farben aufscheinen wie ein Regenbogen zwischen den beiden Flußufern.» Das Mädchen reagierte nicht – sei es, daß ihr meine Anspielung auf ihren langen Aufenthalt auf der Brücke entgangen oder daß sie ihren damaligen Spaziergang geheimhalten wollte. Offenbar wußte sie nicht, daß auch er im Café gewesen war und sie gesehen hatte.

«Ich sehe, Sie sind sozusagen verliebt in Ihre Stadt, und muß Ihnen gestehen, daß mich das überrascht, denn ich hatte vermutet, Sie schätzten sie nur wegen ihrer Geruhsamkeit.» Er hatte sich aufgerichtet und sah mich ironisch an. Ich war nun einmal auf diesen Weg eingeschwenkt und konnte nicht mehr gut zurück, denn das hätte bedeutet, daß ich nur geredet hatte, um das Schweigen erträglich zu machen. Wem eigentlich wollte ich das Gegenteil beweisen? Voller Zufriedenheit darüber, daß sie das Gespräch wieder in Gang gebracht hatte, war die alte Dame in ihre Apathie zurückgesunken. Und ihr Sohn vermochte seine Langeweile nur notdürftig zu kaschieren.

Selten gelingt es mir, mit Kati ein Gespräch anzufangen, das über ihre unmittelbaren Interessen hinausgeht. Trotzdem machte ich eines Tages einen neuen Versuch in dieser Richtung, indem ich die Zuneigung der Pferde für die Menschen mit jener von Hunden verglich, welche mir weniger edel scheint. Ich sprach von der mythischen Symbiose zwischen Mensch und Pferd, von Pferden, die sich auf dem Schlachtfeld hervorgetan hatten… Am Ende fragte mich Kati – ohne das geringste Anzeichen, daß mein Vortrag sie hätte interessieren können –, warum ich ihr nie etwas davon gesagt hatte, daß ich reiten könne. Und sie fügte hinzu: «Ich hätte mir nie vorgestellt, daß du das so sehr magst. Weißt du, daß man hier Pferde leihen kann? Sie werden stunden- oder tageweise ausgeliehen.» Ich gestand ihr, daß ich noch nie ein Pferd bestiegen hatte, und ich erinnere mich noch an ihren halb befremdeten, halb verächtlichen Blick.

Ich fuhr fort, wenn auch immer verlegener, über den

Charme der Stadt zu plaudern. Über den Marktplatz,
wo sich jeden Donnerstag die Bauern aus der Umgebung mit ihren Eseln einfanden, deren Rücken sich unter den riesigen Lasten bogen; über die Gäßchen meines Viertels, die sich den Berg hinauf bis zum Waldrand zu hetzen schienen; über die Häuser aus der Zeit des Altreichs, diese großen Gebäude aus behauenem Stein mit hohen, zurücktretenden Balkonen, die sich hier- und dorthin verirrt hatten wie die Luxuswaggons eines Sonderzugs in einen Bahnhof voller gewöhnlicher Eisenbahnwagen, aus deren Fenstern Hunderte von aufgeregten Köpfen hervorlugten.

Die alte Dame begann wieder mit ihrem Täschchen zu schlenkern, das im Halbdunkel einen silbrigen Bogen beschrieb. Ihr Sohn führte die Teetasse vorsichtig zum Mund, wobei er genauso verfuhr wie am ersten Tag im Café. Diesmal begriff ich, wieso seine Bewegung dermaßen langsam war. Er richtete den Blick nicht auf die Hand, die sich zögerlich hob. Er hörte nicht auf, mich zu fixieren.

Zwar hatte ich vor allem zu dem Mädchen gesprochen, doch vermied ich es jetzt, sie anzusehen. Ich ließ das Schweigen sich setzen, bevor ich mich mit allergrößter Selbstverständlichkeit an sie wandte und ihr eine Frage stellte, wiederum ohne sie aus den Augen zu lassen, weil ich sichergehen wollte, daß sie selbst mir antwortete: «Ich habe gehört, die Ruinen des Schlosses interessieren Sie.» «Um was für ein Schloß geht es denn? Ich bin nicht auf dem laufenden.»

Schwalben hatten ihr Nest über meinem Fenster unter die Dachrinne gebaut. Manchmal hörte ich, wie die Luft von ihrem seltsam friedlichen und doch so schnellen Flug sirrte. Es war ein eigenartiger, unvergleichlicher Ton, der mich aus der Gegenwart riß und in eine heiter-gastliche Tiefe warf, ein glückhafter

Aufschrei, wonach sich meinem geschärften Gehör nie gehörte Klänge offenbarten in allem, was mich umgab. Ihre Stimme tat die gleiche Wirkung bei mir. Es war – glaube ich – eine zarte Stimme, und dennoch drang sie mit ihrer Klarheit ganz tief in mich ein, ohne auf irgendein Hindernis zu stoßen. Ich schwebte, nackt und frei von aller Last, in einem Fluidum, das das Fieber der Erwartung mit der Frische des Traums verband.

Ihre Frage verriet, daß er ihr nichts von den Ruinen erzählt hatte. Ich blickte zu ihm hin, er tat, als ginge ihn das nichts an, und ich wandte mich wieder an sie: «Ich dachte, man hätte Ihnen von dem Schloß, besser gesagt: von den Ruinen der Burgfeste erzählt, die nicht allzu weit entfernt sind. Im Sommer kommen Touristen, um sie zu besichtigen.» Unsinnigerweise unterbrach er mich: «Und zur Zeit sind sie verlassen?» Ohne meine Antwort abzuwarten, fuhr er, jetzt an sie gewandt, in einem Ton fort, der meinem Empfinden nach gar nicht wie eine Frage klang. «Besichtigen wir sie doch auch, willst du?» Er wollte mir zu verstehen geben, daß er die Absicht gehabt hatte, sie auf jeden Fall dorthin mitzunehmen, bevor dieser Vorschlag von mir kommen würde. Mit weiterhin leicht abwesendem Blick, aber mit veränderter, ergebener und monotoner Stimme antwortete sie: «Wenn du möchtest. Ist der Weg weit?» «Ziemlich weit», sagte ich nickend. «Wenn es dir nicht zu langweilig ist, gehen wir trotzdem.» Bei alledem schien sie bestrebt, ihm nicht zu mißfallen. Wieder hatte ich meinen Klassenkameraden vor Augen, dem man Ergebenheit erweisen mußte, wenn man seiner Gunst teilhaftig werden wollte.

Trotzdem tat er mir einen Augenblick lang leid. Vielleicht litt er unter seiner Rolle als Meister, unter der

Einsamkeit des Quälgeistes. Ich bemerkte, daß er auch bei sich zu Hause Schweigezeiten nutzte, um damit ganz nach Gutdünken die jeweilige Distanz zwischen sich und mir abzustecken. Mit ihr redete er, ohne auch nur das geringste Interesse an ihr zu zeigen, ganz so wie man auf einem Basar einem Händler über die Schulter sieht, der einige Waren auf seiner Türschwelle anbietet, um die Leute hereinzulocken.
Ich war der Meinung, daß er übertrieb, und ließ ihn meine Mißbilligung offen spüren: «Ich hätte nicht gedacht, daß Sie sich so leicht langweilen.» «Wieso?» «Sie selbst haben gesagt, ich müsse ein guter Menschenkenner sein. Dies ist nun persönliche Intuition.» Es gelang mir nicht, irgendein anderes Interesse zu erwecken als das der alten Dame.
«Sie sind zweifellos ein guter Psychologe. Ich habe Ihre besondere Begabung bemerkt, etwas zu beschreiben. Wenn Sie die Leute ebenso genau beobachten wie die Häuser, werden Ihnen auch die Geheimnisse nicht verborgen bleiben.» Eine gewisse Trockenheit in ihrer Stimme unterstrich die Ironie ihrer Worte. Sie hatte das Wort «Psychologe» besonders gedehnt ausgesprochen, und das in einem Ton, bei dem ich leider nicht die Zeit gehabt hatte, zu sehen, ob ihr Sohn reagierte. Ich zwang mich zu lächeln, um geschmeichelt zu erscheinen. Sie waren eng miteinander verbündet, da bestand überhaupt kein Zweifel. Noch war es mir nicht gelungen, den Grund herauszufinden, weshalb er mich zu ihnen gelockt hatte. Der Tee war jetzt ganz und gar schwarz. Das Mädchen erhob sich und ging mit zögernden Schritten zur Tür. Als sie das Licht anknipste, bemächtigte sich meiner eine Verlegenheit, als wäre ich vorher, im sinkenden Licht, nur teilweise zu sehen gewesen.
Die Mutter und der Sohn lösten sich aus der Erstar-

rung, und ich war überrascht von der Ähnlichkeit ihrer Reaktionen. Das Mädchen war von anderem Schlag. Sie hatte sich in ihre vorherige Starre zurückbegeben. Das elektrische Licht verlieh ihren Augen die Farbe von Algen. Beleuchtet sah der Raum noch trostloser aus. Auf dem Teppich erschienen gelbe Schlangen, die sich zwischen Lotusblüten und den Blättern imaginärer Pflanzen wanden. Es war ein entsetzlicher Teppich. Die Schlangen wimmelten, das Grün der Pflanzen schien von der tropischen Hitze versengt. «Was für ein merkwürdiger Teppich!» Ich hatte das zu niemand Bestimmtem gesagt. «Ja, er ist sehr abgenützt. Wie auch immer, wir sind nicht im eigenen Haus und müssen mit ihm vorliebnehmen.» War ihm denn bewußt, daß mir seine realistische Allüre auf die Nerven ging?

«Neu muß er noch häßlicher gewesen sein.» Ich war hingerissen. Außerdem hatte sie sicher recht.

Meine Mutter bekam, gewöhnlich um die Feiertage, Besuch von einer schrecklichen Frau mit furchtbar dick gepuderten Wangen und gestraft mit einer Nase, die mich an die Totenmaske irgendeiner Persönlichkeit in meinem Geschichtsbuch denken ließ. Sie hatte eine schnarrende Stimme, die an eine Geige gemahnte, deren Saiten durch Bindfäden ersetzt worden sind. Um sie zu unterstützen, kaufte meine Mutter ihr Puppen aus alten Stoffresten ab. Ich erinnere mich an die unglaubliche Aufdringlichkeit, mit der die gute Frau ihre Ware anbot und ihre hervorstehenden Augen dazu rollte. «Sie war noch häßlicher, als sie jung war», sagte mir meine Mutter eines Tages. Diese Worte ließen sie jetzt wieder auftauchen, mitten unter uns.

Beide hefteten wir die Augen auf den Teppich und flüchteten uns so in seine Betrachtung, seine Enträtselung. Wir tranken aus demselben Glas von einer Arz-

nei, deren Bitterkeit von unserem Zusammensein aufgehoben wurde. Ich wünschte, dieses Spiel würde ewig dauern. Wie das Rauschen eines Flusses, das immer wirrer wird, je länger man ihm lauscht, so versank das Muster des Teppichs in seinem Geheimnis.
«Was findet ihr denn daran so interessant?» Er sprach im Schmollton eines Kindes, mit dem niemand spielen will. Ich starrte absichtlich weiter auf den Teppich. «Da er doch so häßlich ist, wieso macht es Ihnen dann solchen Spaß, ihn zu betrachten?» Als ich endlich den Kopf hob (ich glaube, da huschte noch ein Lächeln der Genugtuung über meine Lippen) und zuerst ihn, dann sie ansah, stellte ich fest, daß sie – vielleicht schon eine geraume Weile – in der gleichen Stellung verharrte, die sie eingenommen hatte, bevor sie ihre Bemerkung über die Häßlichkeit des Teppichs machte: aufrecht, fast ohne die Rückenlehne zu berühren, und den Blick ins Leere gerichtet. Ihr Gesichtsausdruck war der gleiche wie am Anfang, etwas müde und traurig. Ich fragte mich, ob wir einander auch nur einen Augenblick lang nahe gewesen waren, und mich beschlich das trostlose Gefühl, daß ich mir vergeblich Mühe gegeben hatte. Der Gedanke, daß ich offenbar für sie nicht existierte, drückte mich nieder. «Richtig, was sind das wohl für gelbe Bänder?» Über die Armlehne ihres Sessels gebeugt, nahm die alte Dame den Teppich in Augenschein. «Schlangen.» Besser hätte ich geschwiegen. «Wo sehen Sie denn Schlangen? Wo sehen Sie einen Kopf?» Sie musterte mich argwöhnisch. «Sie haben eine komische Phantasie!» Ich schaute das Mädchen hilfesuchend an. Wieder schien sie nichts von alledem wahrgenommen zu haben, was gerade geschehen war. Ich begann an ihrer Aufrichtigkeit zu zweifeln. Warum nur weigern sich die Menschen, die Realität gewisser Momente anzuerkennen, die sich ihrer Logik

entziehen, in denen sie sich beispielsweise einem Fremden ausgesprochen nahe, ja brüderlich verbunden fühlen. Ich versuchte die Gewißheit unserer Annäherung um jeden Preis zu bewahren. Wenn sie sich inkonsequent verhielt, so vielleicht nur zum Spaß, vielleicht hinderte sie eine merkwürdige Reminiszenz der Versteckspiele aus ihrer Kindheit daran, dem Weg der Einfachheit zu folgen. (Ich hatte nicht wirklich geglaubt, das Kindermädchen würde meine Erklärung für bare Münze nehmen, ihr aber dennoch altklug weiszumachen versucht, daß die Fahruntüchtigkeit meines Fahrrads nicht an der Übertragung lag. Ich hatte mit geheimnisvoller Miene an den Rahmen geklopft, in dem der Ursprung des imaginären Übels liegen sollte. Erst viel später wurde mir klar, daß diese kleinen Vergehen – denn ich empfand es als Betrug – keine einfachen Lügengeschichten waren.)
Ich suchte den Blick des Mädchens. Umsonst. Das Warten zog sich verräterisch in die Länge, und so verlegte ich mich darauf, betreten zu lächeln wie ein Gast, der nicht weiß, wie er sich am besten verabschieden soll. Nur die alte Dame schien überrascht. Er gab sich keine Mühe, mich zurückzuhalten; als hätte seine Rolle nur darin bestanden, mich bei ihnen einzuführen.
Seltsamerweise war das Mädchen als erste draußen in der dunklen Halle, was ich allerdings erst merkte, als sie einen Schritt aus der Dunkelheit zurück auf mich zumachte, statt weiterzugehen. Mit einemmal war ich so ganz angespannte Aufmerksamkeit, daß ich selbst das leiseste Wispern vernommen hätte. Doch ich hörte nur, wie die Salontür dröhnend ins Schloß fiel. Zugleich nahm ich – daran besteht keinerlei Zweifel – die Eile wahr, mit der sie sich von mir zu entfernen suchte.

Es war auf keinen Fall normal, daß auch sie mich begleitete. Als er uns in der Diele einholte, blieb sie unter den mattverglasten Fenstern stehen, die das Licht nur spärlich einließen, und hielt mir die Hand genauso entgegen wie bei unserer Vorstellung, indem sie sie kaum hob, als wollte sie mich zwingen, näher an sie heranzutreten. Ihr Händedruck sagte mir indes nichts, nicht mehr als ihr Gesicht, das ich trotz des Halbdunkels genau zu sehen suchte. Ebensowenig vermochte ich mir zu erklären, wieso sie plötzlich stehengeblieben war.

«Du solltest dich hier nicht länger aufhalten, hier zieht es, vor allem abends», sagte er ihr in einem Ton, dessen Härte in der Dunkelheit nur noch schärfer hervortrat. Wortlos drehte sie sich auf dem Absatz um und ging in eine andere Richtung als die des Salons, in dem ich empfangen worden war. Ich wollte sehen, wohin sie sich entfernte, doch er fing meinen Blick ab, und die Kälte des seinen jagte mir Schauer über den Rücken. Die Tür, die sich nicht hörbar hinter ihr geschlossen hatte, klaffte in der Schwärze. Eine noch dunklere Leere hatte sie verschlungen.

IX

Man rief uns in den Salon, wo farbige Lichtbilder gezeigt werden sollten. Die Sessel waren alle schon besetzt, wir blieben in der Nähe der Tür stehen. Ich hatte mir noch nicht die geringste Vertraulichkeit ihr gegenüber erlaubt, da legte sie den Arm um meine Taille, einfach so, wie man eine Säule umfaßt. Ohne zu mir aufzusehen. Vergeblich suchte ich ihren Blick. Brav folgte sie der Vorführung, aber ihre kleine Hand öffnete sich im Dunkeln, und ihre aufgefächerten Finger begannen mich zaghaft zu streicheln. Dann ging das Licht an, und natürlich verschwand die Hand. Bis dahin war nichts Außergewöhnliches geschehen, auch nicht bei unseren seltenen Begegnungen vorher, die nie verabredet waren, denn nur wenn ich ihren Bruder nicht zu Hause antraf und nicht wußte, wie ich mich verabschieden sollte, blieb ich bei ihr, manchmal bis zum Abend.

Als ich sie jedoch eine Woche später wiedersah, brach die Krise mit der ganzen Heftigkeit aus, die eine Krankheit entfaltet, um einen Organismus niederzuzwingen, der ihren ersten Angriffen widerstanden hat. Sie hatte immer noch die gleichen braven Augen; ihre schmalen Finger, die ich unablässig betrachtete, sahen überhaupt nicht anders aus als sonst, und plötzlich erschien mir der unvergeßliche Druck der kleinen Hand in der Dunkelheit wie eine wundersame Entdeckung und zugleich wie eine Erfüllung, auf die ich nicht mehr verzichten konnte. Das Fehlen dieser Empfindung (und der Hoffnung, sie wiederzufinden) war zur Zeit allgegenwärtig wie das der Luft, die ein Ertrinkender mit jeder Faser seines Wesens sucht. Die Macht dieser Berührung war auf ihren Arm, auf ihren ganzen Körper übergegangen. Jeder Teil von ihr verbarg etwas, das ihre Hand mir für einen Augenblick offenbart hatte. Das Warten auf die Wiederkehr dieses unfaßbaren Glücks machte jeglichen anderen Austausch zu einem Ding der Unmöglichkeit. Alles andere war ohne Bedeutung. Ich war völlig unfähig, etwas zu tun, so wie Süchtige während des Entzugs. Dieser verzweifelte Mangel hatte seltsame Auswirkungen, hatte unerwartete Veränderungen zur Folge, die so überraschend verliefen wie der gleichwohl unabänderliche Werdegang der Raupe zum Schmetterling. Nachdem ihre Geste am Ursprung dieses Sturmes ein anderes, entstofflichtes Bild hinter ihr geschaffen hatte, eine Art Fenster zum Nichts, in dem ihre materielle Erscheinung sich nach und nach auflöste wie ein zu hell ausgeleuchteter Gegenstand, wurde plötzlich alles durch den Zweifel zunichte gemacht. Der Gedanke, daß diese Geste eigentlich nicht gewollt war, daß es sich um eine Illusion, um ein Vexierspiel der Umstände handelte, riß eine Kluft vor mir auf, an deren Rand ich zum Stehen kam. Von da an konnte ich nichts mehr ändern. Viel später, als es hin und wieder vorkam, daß wir uns begegneten, spürte ich immer noch einen eisigen Wind gegen meine Brust peitschen; alles, was mir eine Sekunde zuvor klar erschienen war, wurde wirr und bedeutungslos. Einen Augenblick lang erfüllte ihr Bild die Zeit, doch gleich darauf verblaßte es und zog mich mit in die Leere.

Nie hätte ich geglaubt, daß eine so einzigartige Geschichte sich wiederholen könnte, und doch befand ich mich wieder auf demselben Weg. Der verwirrende Augenblick, als sie sich mir im Halbdunkel des Flurs genähert hatte, wurde zur fast greifbaren Empfindung, zu einem äußerst subtilen Druck, der nicht auf materielle Weise zustande kam, sondern Ausdruck eines schließlich zutage tretenden Impulses war. Mit Ausnahme des Wesens, dessen Existenz an diese im Dunkeln sich offenbarende und sich verzehrende Regung gebunden war, verschwand das Mädchen mitsamt meinem vorherigen Interesse an ihr, so daß selbst am wirklichen Vorhandensein dieser Regung Zweifel aufkamen. Es gibt Augenblicke, von denen die Zukunft abhängt, deren Bedeutung wir aber nicht erkennen, weil die Zukunft noch nichts ist. In diesem Fall aber hatte der Augenblick ein ganz anderes Gewicht. Von ihm hing nicht allein die Zukunft ab, sondern ebenso die Vergangenheit.

Während ich die Szene im Flur wieder und wieder durchspielte, war mir, als prüfte ich durch immer stärkeres Zerren die Festigkeit der Drahtseile eines Karussells, das mich immer höher trug, bis ich selbst nicht mehr wußte, wohin ich fallen würde, wenn sie rissen. Das Karussell drehte sich immer schneller, und das Bild des Mädchens wurde mit jedem Mal, wenn es erschien, verschwommener. Gern hätte ich alles angehalten, aber es war zu spät. Die Dinge strahlten eine diffuse Traurigkeit aus, so wie ein Garten, auf den die erst zur Abendzeit aufgezogenen Vorhänge den Blick viel zu spät freigeben.

Ich mußte mich in Geduld fassen. Wenn ein Motor mit einer bestimmten Drehzahl läuft, die er lange Zeit halten kann, so tut er das mit einem besonderen, gleichbleibenden, regelmäßigen Geräusch, das man unter Tausenden wiedererkennt. Langsam wurde das Abenteuer zum Dauerzustand. Es erzeugte ein gleichbleibendes Geräusch. Die Dinge würden sich eine Zeitlang weiterentwickeln und sich schließlich klären.

Eines der Hindernisse war sicherlich er. Wütend stellte ich fest, daß es ihm erneut gelungen war, sich zwischen sie und mich zu schieben und ihr Bild zu verdunkeln. In den Abgrund, in dem sie zu verschwinden sich anschickte, hätte ich gerne ihn verschwinden sehen. Zugleich wußte ich aber auch, warum alles so verlief.
Sobald wir in die Apotheke eingetreten waren, nahm meine Mutter das Gespräch mit der Riesenfrau an der Kasse auf. Es war eine Person von ganz und gar ungewöhnlichen Ausmaßen, deren Busen mich an die prallen Kissen erinnerte, die mich als kleines Kind verstört hatten, und deren verwaschene Augen von der unbestimmten Farbe der Weintrauben waren. Ich hatte herausgefunden, daß ihr Gatte jenes Männlein war, das sich hinter den großen Gläsern mit allerlei Flüssigkeiten herumdrückte, die ich so schön fand. Nachdem sie einige Worte mit meiner Mutter gewechselt hatte, rief sie ihm einen kurzen Befehl zu. Das versetzte ihn in eine fieberhafte, geheimnisvolle Geschäftigkeit. Behende zog er winzige Schubladen auf und schob sie wieder zu, handhabte allerlei Phiolen und Mörser, wog mit einer Puppenwaage allerhand Pülverchen ab. Wenn wir wieder gingen, tat es mir jedesmal leid, daß ich seinen Handgriffen nicht aufmerksam genug gefolgt war, weil ich meine Augen nicht von dem gebieterisch in sich ruhenden Leib seiner Frau wenden und meine Ohren nicht vor dem Befehlston verschließen konnte, den sie anschlug, um ihn in Bewegung zu versetzen. Die Faszination, die sie auf mich ausübte, war so stark, daß meine Blicke selbst später, als sie gestorben war (daß sie vor ihrem Mann starb, schien mir völlig unerklärlich), immer noch nicht bei dem Apotheker blieben: wie von selbst kehrten sie zur Kasse zurück, auf die wohl die Kräfte ihrer alten Herrin übergegangen waren.
Das Mädchen vermochte offenbar der verführerischen

Kraft, die er mit seiner Autorität ausübte, nicht zu widerstehen. Sie allein (ihre Schönheit, geboren aus der Stille) hätte mich von ihm lösen können. Ich hielt es jedoch für vermessen, sie nach Bedarf herbeizubeschwören. Ihr Erscheinen, ob imaginär oder wirklich, hing einzig und allein von ihr ab. Ich weiß nicht, welcher Mechanismus mich an den Geschmack von Bananen denken ließ: Ich aß sie immer mit einer gewissen Ängstlichkeit, da ihr Duft keinen Platz unter den Düften anderer Früchte hatte und es mir deshalb nicht gelang, ihn in Erinnerung zu behalten. Außerdem hätte ich größte Mühe gehabt, sie mir vorzustellen. Bis dahin hatte ich sie nur von weitem oder im Halbdunkel des Salons gesehen.

Manchmal verbündet sich alles, um einen daran zu hindern, eine bestimmte finstere Vorstellung zu verscheuchen. Zu der Zeit, als ich das Haus gegenüber beobachtete, vermochte ich nie meinen Posten einzunehmen, ohne daß ein Fenster sich geöffnet hätte und in seinem Rahmen ein Kopf erschienen wäre, der sofort wieder verschwand, oder daß nicht jemand zu schnell durch die schmale Haustür geschlüpft wäre, als daß ich irgend etwas von seinem Äußeren hätte behalten können. Selbst bei meinen Spaziergängen in anderen Straßen zog plötzlich von der Höhe eines Daches eine säulenbestückte Attika meinen Blick an, die jener am Nachbargebäude ähnlich sah, oder ich entdeckte einen ungewöhnlichen Balkon, der aufs Haar jenen nachbarlichen glich, welche mich an Vogelkäfige erinnerten, weil sie so klein und mit hohen schmiedeeisernen Gittern bewehrt waren.

Der Schneider stand zögernd hinter der angelehnten Tür. Ich hatte ihn gespürt, ehe er mich ansprach, wie ich auch manchmal das sichere Gefühl habe, verfolgt zu werden. (In Wahrheit sind diese Eindrücke nie

durch irgend etwas bestätigt worden, aber das ist normal, denn die Leute, die den Auftrag haben, uns zu überwachen, sind gezielt ausgewählt und verstehen sich darauf, jederzeit in der Menge unterzutauchen.)
So zuckte ich auch nicht zusammen, als er mich ansprach. Gewöhnlich wechsle ich nur ein paar Worte mit ihm, wenn er am Anfang des Monats kommt, um die Miete zu kassieren.
Er wußte offenbar nicht, wie er es anstellen sollte, und seine Brille hüpfte nervös auf seiner Hakennase auf und ab. Endlich faßte er sich ein Herz und fragte, wer denn der Herr gewesen sei, der mich besucht hatte. Ich fragte zurück, ob ihn die Polizei beauftragt habe, seine Mieter zu verhören. Er gab sich konsterniert. Ich habe ihn nicht ausreden lassen, er habe nur wissen wollen, woher mein Besucher kam, weil der Schnitt seines Mantels sehr originell gewesen sei. «Und was nützt es Ihnen, wenn Sie's wissen?» Ein durchtriebenes Grinsen flog über sein pergamentenes Gesicht. «Sehen Sie, wir Schneider sind halt neugierige Leute.»
Er log. Der Mantel, dessen Schnitt denkbar gewöhnlich war, diente ihm lediglich als Vorwand. Daß er aber so naiv war, zu glauben, ich würde diese lächerliche Erklärung hinnehmen!
Und doch ließ ich meinen Besucher in Gedanken durch das ganze Café defilieren wie bei einer Modenschau. An seiner Kleidung bemerkte ich keinerlei auffällige Besonderheit. Dafür fiel mir auf, in welcher Deutlichkeit ich ihn mir vorzustellen vermochte. Wahrscheinlich hielt ich die Augen geschlossen, als er eintrat, aber sein Bild war so greifbar nahe, daß ich nicht erschrak, als ich sie wieder öffnete und ihn plötzlich vor mir stehen sah. Das alles geschah übergangslos wie in einem Traum, wenn eine Person zu einer anderen wird. Diesmal allerdings blieb die Person

 seltsamerweise dieselbe, wenn auch auf anderer Ebene.

«Was für eine angenehme Überraschung!» Er kam unverzüglich an meinen Tisch und setzte sich auf die Bank. Derart grobe Schnitzer hatte ich ihm nicht zugetraut. Wieso denn eine Überraschung? Ich hatte ihm doch gesagt, daß er mich jeden Nachmittag im Café finden konnte.

Zum erstenmal sah ich ihn mit geröteten Wangen, vielleicht wegen der kühlen Luft draußen. Dadurch war er mir nur noch fremder. Ich bin ein guter Schwimmer, sobald ich aber zu angestrengt auf meine Bewegungen achte, wird mir plötzlich meine Gefährdung im Wasser bewußt. Analog dazu bin ich, wenn jemand in meinem Bewußtsein allzu gegenwärtig ist, nicht in der Lage, mit ihm zu sprechen. Es handelt sich nicht einfach um Schüchternheit: Das erste Wort wird für mich zur Schwelle, die zu überschreiten mir sehr schwerfällt. Ich weiß das seit jener längst vergangenen Zeit meiner ersten Freundschaft mit einem Mädchen. Wenn ich sehr lange hatte warten müssen, bis sie endlich kam, und wir unseren täglichen Spaziergang antraten, war ich außerstande, das erste Wort hervorzubringen. Erst als ich ihr eines Tages zufällig auf dem Korridor begegnete, wo sie mir ihre anstehende Verlobung mitteilte, gelang es mir, die ersten Worte zu sagen. Ich war nicht gehemmt wie gewöhnlich, denn ich hatte sie nicht erwartet.

Ich war sicher, daß ich den Mund nicht würde auftun können. Diese Angst verzog meine Lippen zu einem verkrampften Grinsen. «Haben Sie schlecht geschlafen?» Ich zuckte mit keiner Wimper. Meine Miene schien ihn zu beunruhigen. «Sie machen einen leidenden, erschöpften Eindruck.» Endlich gelang es mir, ihm zu danken. «Sie sollten spazierengehen, die Stadt

ist heute beinahe so, wie Sie sie uns geschildert haben.
(Ich war überrascht, daß er etwas von meinem Geschwätz behalten hatte.) Es gibt wirklich einige Dinge zu sehen.»

Mir fiel nichts Interessanteres ein, als zu sagen: «Ich hoffe, Ihrer Frau Mutter geht es gut.» Den Ausdruck «Frau Mutter» quittierte er in keiner Weise. «Sie können sich nicht vorstellen, was Ihre Bekanntschaft ihr für eine Freude bereitet hat. Sie hat viel Gefallen an Ihnen gefunden und einige Male von Ihnen gesprochen.» Plötzlich wie befreit, wurde ich übertrieben redselig: «Das freut mich nicht minder, hatte ich doch ständig befürchtet, entweder allzu vertraulich oder allzu steif zu wirken, und ich war um so verlegener (und hier betonte ich Wort für Wort), als Sie mir von der Heimsuchung erzählt hatten, die Ihnen widerfahren ist.» Er fuhr sich mit der Zunge über die Lippen, und als hätte er nichts gehört, wechselte er das Thema.

«Ich beginne mich an das Leben hier zu gewöhnen. In unserer Gegend habe ich ein paar alte Gassen und sogar ein kleines Lokal entdeckt. Ich werde seltener in die Innenstadt kommen, es ist zu weit.» Damit bestätigte er nur meine Vermutung: Er war meinetwegen ins Café gekommen. Doch wußte ich nicht, ob er mir das absichtlich zu verstehen gab. Ich hatte ihn noch nie bei so hellem Licht gesehen, und jetzt fiel mir seine fast unwirklich helle Haut auf. Auch das Weiß seiner Augäpfel hatte nichts Natürliches; es ließ an die starren Augen von Kleiderpuppen in den Schaufenstern der Modegeschäfte denken. «Es freut mich, daß Sie ein Café in Ihrer Nähe gefunden haben, zugleich tut es mir aber leid, denn wir werden uns seltener sehen.» Ich ließ mich nicht täuschen, und das sollte er wissen; er hatte den ganzen Weg nicht ohne Absicht zurückge-

 legt, darum erwartete ich noch etwas. Ich beugte mich über den Tisch, um etwas näher an ihn heranzukommen.
«Was gibt's Neues in den Journalen?» Wollte er meine Geduld auf die Probe stellen, oder war er noch nicht entschlossen, offen zu reden? Ich drehte die Zeitung um und legte sie vor ihn. Er lächelte mich an. «Kein Mord?» Ich schüttelte den Kopf. «Dann habe ich nichts zu lesen.» Er schaute zum Fenster hinaus. «Wie schön das Wetter heute ist!» Es war doch nicht das Wetter, das ihn dermaßen erregte! Eine neue Farbe trat in sein Gesicht. Ich folgte seinem Blick.
Es war ein Herbsttag wie jeder andere, die sehr hohe Wolkendecke filterte das Licht einer unsichtbaren kalten Sonne. Alles war weiß und blau, vom Marmor der Tischplatten bis zu den Gesichtern der Gäste. Selbst wenn er zu denjenigen gehörte, bei denen die Kälte oder schon ein Anflug von Kälte das träge Blut in Wallung bringt, konnte ihn dieser trübe Tag, lähmend wie die weißen Wände eines Krankenhaussaals, auf keinen Fall so beleben. Ich ließ mich nicht nasführen. Mit Unschuldsmiene fragte ich: «Was finden Sie denn so schön? Es ist ein ganz normaler Herbsttag, nur der Regen fehlt.» Er gab zurück: «Ich hab's ja gesagt, Sie haben schlecht geschlafen. Ihr Blick ist getrübt. Heute könnte ein schöner Frühlingstag sein.» «Wie kommt es dann, daß Sie sich ausgerechnet in dieses dunkle und eher triste Café begeben?» Es hatte keinen Sinn, das sah ich ein, aber wieder hatte ich jener Irritation nachgegeben, die er mir verursachte, wenn er mich nicht mit seinem endlosen Schweigen aus der Fassung brachte.
Er reagierte mit einer Einfachheit, wie ich sie ihm nicht zugetraut hätte, wenn seine Unbefangenheit vielleicht auch nur gespielt war. «Das weiß ich selbst

nicht. Jedenfalls war es eine gute Eingebung, nicht wahr?» Er lächelte, aber in einer Art und Weise, die mir mehr und mehr mißfiel. Ohnmächtig schaute ich zu, wie er mir entglitt, und begriff plötzlich, daß er in dem Undurchschaubaren hinter seiner abgeklärten Stirn wieder die Meute losgelassen hatte: Gleichgültigkeit, Mißtrauen, Feindseligkeit, die er gegen fast alle hegte. Dabei hatte sich nur das Blau seiner Augen leicht verdunkelt. Er hob den Kopf, und ich verstand, was er meinte: Wollen Sie, daß ich mich Ihnen entdecke? Daß ich aufbrause? Nein, noch nicht!

Es gibt eine Kunst, über die man gemeinhin nicht redet, ein Spiel, das in gewissem Sinn das Gegenspiel zur Liebesbeziehung darstellt: beispielsweise über lange Zeit normale Beziehungen zu jemandem zu unterhalten, der einem zutiefst zuwider ist und von dem man obendrein weiß, daß er einen ebenso verabscheut. Stunden vergehen, endlos, aber auch bar jeder Spannung, bis zu jenem Augenblick, da man plötzlich mit dem Spiel beginnt, indem man – wirre Lust – Augen anlächelt, die sichtlich Mühe haben, den Haß zu verbergen. (Katzen, deren Schreie manchmal die Nacht gefrieren lassen, geben sich offenbar diesem Spiel hin, und ihre unvergleichliche Geschmeidigkeit ist vielleicht eine Frucht dieses zwiespältigen Klimas, in dem die Liebe einem sonderbaren Kampf gleicht.)

Ich lächelte ihn an. «Und ob es eine gute Eingebung war. Seit einiger Zeit langweile ich mich, wenn ich allein bin.» «Richtig, wir müßten uns öfter sehen», sagte er freundlich lächelnd. «Ich weiß, der Teppich hat Ihnen nicht gefallen, aber wir müssen uns ja nicht in vier Wänden aufhalten. Hinter dem Haus liegt ein schöner Obstgarten, Sie haben ihn bestimmt noch nicht gesehen. Meine Mutter wäre erfreut, Sie wieder zu begrüßen. So könnte ich gleich zu Hause bleiben. Zwar hat sie es mir noch nicht gesagt, aber ich glaube, sie braucht meine Anwesenheit.» Er wollte mich an ihren Trauerfall erinnern und vielleicht auch sein Interesse an mir rechtfertigen.

Seine Stirn verfinsterte sich, mein Blick schien ihn in Verlegenheit zu bringen. «Außerdem habe ich den Eindruck, meine Schwester war sehr froh, Ihre Bekanntschaft zu machen.» Das Zögern in seiner Stimme verriet ihn, vor allem aber die Pause, die seinen Worten vorausgegangen war (allerdings hatte er dabei den Blick nicht gesenkt), und auch seine Hände, die sich so selten und nie ohne einen bestimmten Grund voneinander entfernten, jetzt aber wie Schraubstöcke am Tischrand angeklammert waren. Er hatte schlecht gespielt. Ich war nicht einmal zusammengezuckt, als er «seine Schwester» ins Spiel gebracht hatte. Vielleicht hätte ich meine Überraschung nicht verbergen können, wenn ich nicht (wie in gewissen Albträumen, wo ich mir just in dem Augenblick, da sich die Falle unter meinen Füßen öffnet, bewußt werde, daß es ein Traum ist) geahnt hätte, daß es eine Falle war. Der Gedanke an die Gefahr, der ich gerade entronnen war, an die Fallgrube, in der ich leicht hätte verschwinden können, trübte ein wenig die unwirkliche Ruhe, in der ich schwelgte, die Ruhe nach dem Schuß, der einen verfehlt hat.

Wie wollte er mich, nachdem er mir das verkündet hatte, weiterhin gebrauchen? Außerdem fragte ich mich, allerdings nur kurz, ob er seine Partie nicht ein wenig dem Zufall überließ, ob ich es nicht letztendlich mit einem Heißsporn zu tun hatte, dem seine distanzierte Allüre zustatten kam. Wenn er Wert darauf legte, mich wissen zu lassen, daß sie seine Schwester war, hätte er sie bei meinem Besuch als solche vorstel-

len können. Sogleich zog ich jedoch auch die andere Möglichkeit in Betracht – auch bis ins kleinste vorbereitete Pläne müssen manchmal verworfen werden, wenn etwas Unvorhergesehenes eintritt.
«Ihre Schwester ist außergewöhnlich schön.» Das sagte ich halblaut, ohne ihn aus den Augen zu lassen. Er errötete wie damals, als wir bei mir angestoßen hatten. Wie jemand, der seine Last nicht mehr allein tragen kann und alle Zurückhaltung aufgibt, streckte er plötzlich die rechte Hand über den Tisch und umklammerte meinen Arm: «Sie können sich nicht vorstellen, wie es bei uns zu Hause zugeht.» Er war mir schon etliche Male entwischt, nachdem er ein heikles Thema angeschnitten hatte. Die Befürchtung, auch diese Gelegenheit zu verpassen, ließ mich wahrscheinlich verkrampft und unruhig erscheinen. Glücklicherweise merkte er nichts und fuhr fort: «Ich nehme an, es ist Ihnen nicht verborgen geblieben.» «Sie ist in der Tat sehr schweigsam.» «Schlimmer als das. In gewissem Sinn gebietet sie Schweigen. Man kann kaum reden in ihrer Gegenwart. Sie reden nicht einmal, wenn sie unter sich sind. Meine Mutter verbringt ihre Zeit damit, im Salon zu häkeln; meine Schwester hingegen sehen wir nur zur Essenszeit, und auch das nicht immer.» «Aber wieso sprechen sie denn nicht miteinander?» Er hob den Kopf und warf mir einen bedeutsamen Blick zu. «Sie sind eben von Natur aus verschlossen.» Er lauerte auf meine Reaktion, die ausblieb. «Nun ja!» fügte er hinzu, anstelle einer Schlußfolgerung.
Ich weiß nicht, warum ich versuchte, mir den Verstorbenen vorzustellen, den Mann seiner Mutter. Ohne zu bedenken, daß er gar nicht sein Sohn war, fixierte ich ihn, als hätte ich ihn noch nie richtig angesehen. Seine Stirn erschien mir diesmal fein gefältelt wie Mu-

 scheln, denen Millionen von Brandungswellen nahezu unsichtbare Rillen eingeschliffen haben. «Ihre Familie ist bestimmt sehr eng verbunden.» «Nein!» entgegnete er, und zwar, seinen Händen nach zu urteilen, automatisch, denn sie fuhren nicht auseinander wie dann, wenn er nach Worten suchte. Aber er faßte sich: «Keine Familie ist eng verbunden, solange nichts Schlimmes passiert.» Er präzisierte: «Das heißt, man weiß nicht, daß man eng verbunden ist.» «Ich möchte Ihnen nur zu gern helfen.» Schließlich blieb alles im verborgenen, mit einer Ausnahme: Sie hatten eine schlimme Zeit durchzustehen, und sie war es, die ich dabei schützen wollte.

Sobald ich länger mit ihm zusammen war, tauchte unweigerlich auch sie auf. Es gab zwischen den beiden eine Verbindung, kraft deren sich ihre Gestalten in meinem Bewußtsein überlagerten. Wenn er nicht in meiner Nähe war, hatte ich Mühe, sie mir zu vergegenwärtigen, sosehr ich mich auch anstrengte. War er dann da, ahnte ich, daß sie kommen würde. Wenn er schließlich zu sprechen begann, sah ich sie so deutlich hinter ihm, als lehnte ich zum Fenster hinaus und betrachtete eine schlanke Gestalt, die zwar im Abendschatten schwankte, deren Umrisse aber immer klarer wurden. Er schwand dafür zusehends. Seine Stimme wurde unbestimmt (oder war es mein Gehör?). Jedenfalls war ich mir bewußt, daß ich noch sehr weit vom Ziel entfernt war; so geht es mir auch, wenn ich lange unterwegs bin, auf einem Weg, den ich schon einmal zurückgelegt habe: ich weiß, wo ich bin, aber nicht dank eines gegenständlichen Zeichens, eines Bezugspunktes, den ich im Gedächtnis behalten habe, sondern dank einer Art innerer Uhr. Noch immer hatten wir die Terrasse der ersten Lüge nicht verlassen, von der aus ich alles so sehen mußte, wie es ihm beliebte;

er führte mich von einer Ecke in die andere und bemühte sich, mich glauben zu machen, daß vor unseren Augen das gesuchte Panorama lag.

Zur Eröffnung hatte er den falschen Zug gespielt: «Welch eine angenehme Überraschung!» Irgendwie hatte er sich verraten, indem er meine Aufmerksamkeit auf das gelenkt hatte, was folgen sollte. Von neuem wandte ich mich ihm zu.

Er machte wirklich einen sehr müden Eindruck, und das brachte ihn mir näher. «Wir bekommen schlechtes Wetter.» Er drehte sich zum Fenster und bot mir sein Profil aus einem Winkel dar, unter dem es seine Härte verlor. «Ja, Sie haben recht. Schließlich ist es Herbst. Die schöne Zeit ist um. Die schöne Zeit!» Ich weiß nicht, ob diese letzten Worte bei ihm den gleichen Nachhall hatten wie bei mir, jedenfalls verloren seine Augen ihre leuchtende Undurchsichtigkeit. Statt nachzulassen, pflanzte sich das Echo fort und gewann eine immer dunklere Resonanz. «Die schöne Zeit ist um. Die schöne Zeit!» Für einen Augenblick hatte ich den Eindruck, daß nicht er es war, der gesprochen hatte, sondern ein anderer, ein unbeteiligter Zuschauer, der sich zwischen uns geschoben hatte.

Nie und nimmer könnte ich eine Autobiographie schreiben. Ich habe nichts in mir aufbewahrt als meine letzten Jahre. Von dem, was davor war, habe ich lediglich die verschwommene Vorstellung vereinzelter Wände, die nicht ausreicht, um die Orte nachzustellen, an denen ich gewesen bin. Unter meinen sehr seltenen Erinnerungen: ein Traum, der sich seinerseits nur über den Umweg eines Traums zeigt, so daß ich seine ursprüngliche Form nicht habe behalten können und seinen Anfang weder zeitlich noch räumlich bestimmen kann. (Ebensowenig gelingt es mir beim Friseur, in der unendlichen Folge der Bilder, die sich und

mich aus den vor und hinter mir stehenden Spiegeln ansehen, mein ursprüngliches auszumachen.)
Zwei Alte kommen in mein Zimmer und reden von der Reise, die ich antreten werde. Dabei muß ich ein Pergament in der Hand halten und darf es nicht aus den Augen lassen. Sollte es seine Farbe verändern, muß ich es sofort zerreißen, sonst... Hier folgt das Bild einer fürchterlichen Drohung, die auf einen Sturz hinausläuft, kopfüber, mit angelegten Armen durch ein unendliches senkrechtes Rohr. Eines Tages schilderte mein Vater ein merkwürdiges Gefühl, das er im Schlaf gehabt hatte und das er anders, mit deutlichen Worten, nicht zu beschreiben vermochte. Der gleiche Sturz ohne Ende. Ich fragte ihn, wann er diesen Albtraum gehabt hatte. Er antwortete, daß er sich nicht mehr daran erinnere, daß es aber auf jeden Fall sehr lange her sei. Ich entsinne mich seines mühsamen Lächelns, er fürchtete offenbar, daß ich erraten könnte, woran er in diesem Augenblick dachte. Ich war damals kurze Zeit (glücklicherweise erscheinen diese Dinge gleich darauf absurd) überzeugt, daß jemand, der uns nur allzu gut kannte, der alles über uns wußte, uns diese entsetzliche Empfindung im Schlaf eingegeben hatte, damit wir später in dem Glauben, es sei nur ein Traum gewesen, unsere Ruhe wiederfinden konnten.
Was war denn diese «schöne Zeit»? Hatte er diese Worte für mich ausgesprochen? Ich hätte ihn schütteln und fragen mögen, ob er das schmerzliche Raunen der Luft ebenso spüre, sooft das Echo mit dieser Botschaft an uns vorbeistrich. Eine sonderbare Traurigkeit, schwer und doch unendlich zart, hüllte mich ein wie die Dämpfe eines heißen Bades, das nach einer gewaltsamen Anstrengung die Gifte löst, aber auch all die Gedanken und Erwartungen, die man davor gehabt hat, zerstreut. Ohne mich darauf zu versteifen,

suchte ich nach der Quelle dieses tröstlichen Leides.
Vielleicht suchte ich ihn lediglich nach imaginären Wunden ab; jedenfalls war seine Verwirrung für mich die eines Bruders. Eines stummen Bruders, den ich verstehen mußte, weil in unseren Adern das gleiche Blut floß. Dann klang die Botschaft anders. Es ging nur noch um die Jahreszeit, um den Herbst. Ich beobachtete ihn mit den gleichen Augen wie zuvor. Er war wieder der gleiche. Er hatte den Abstand wiedergefunden.

«Sie haben gesagt, Sie hätten meine Schwester schon vorher gesehen. Wissen Sie vielleicht noch, wo?» «In der Altstadt.» Ich hatte geantwortet, ohne zu zögern; als er jedoch aufblickte, begriff ich, daß seine Frage ein Gewicht hatte, das mir entgangen war. Eine tiefe Furche grub sich in seine Nasenwurzel.

«Sie hat mir nichts davon gesagt, sie redet ja kaum mit mir.» Diesmal log er nicht. Bei Leuten, die nicht miteinander sprechen, bemerkt man das schon, wenn man sie zum erstenmal zusammen sieht.

«Vielleicht hat sie nichts zu sagen.» Mir war nichts Besseres eingefallen, und sofort wurde mir bewußt, daß dies eine dumme Bemerkung war. Hatte ich doch damit angedeutet, daß sie nichts mehr von ihrer Umgebung aufnahm, ob es nun am Milieu lag, das ihr nicht gefiel, weil es nicht das ihre war, oder daran, daß sie für nichts, aber auch für gar nichts mehr aufnahmefähig war. Er aber ärgerte sich nicht. Im Gegenteil, er lächelte, als könne er sich dieser Erklärung nicht verschließen. Ich fragte ihn, ob er nicht etwas trinken wolle. «Nein danke, ich bin nicht gekommen, um zu bleiben, ich wollte nur eine kurze Pause machen.»

Offensichtlich war bei ihnen etwas vorgefallen, denn seine Stimmung war anders als gewöhnlich. Durch nichts sonst war zu erklären, auf welch naive Art und

 Weise er mit seiner ganzen Haltung bekannte, daß er mich gesucht hatte, daß er mit jemandem sprechen mußte, was er um keinen Preis zugegeben hätte. «Ich will auch nicht länger bleiben.» Er sprang auf und drückte mich mit beiden Händen zurück auf den Stuhl. «Sie sind zu freundlich, ich bin Ihnen ohnehin schon genug zur Last gefallen, indem ich Sie hier überfallen habe, ich möchte nicht, daß Sie sich noch die Mühe machen, mich zu begleiten.» Wieso dachte er, ich wollte ihn begleiten? Daß er es aber erraten hatte, verstimmte mich. Er zwängte sich zwischen Bank und Tisch hindurch und reichte mir die Hand. «Wir werden uns bald wiedersehen.» Bevor er durch die Drehtür verschwand, grüßte er noch einmal mit einer vertraulichen Geste, indem er den ausgestreckten Zeigefinger an die Stirn hob.

Zu Hause empfing mich der Schneider im Treppenhaus mit der Frage, ob ich nicht vielleicht den Herrn getroffen hätte, der bei mir zu Besuch gewesen war. «Ich habe ihn gesehen, wie er langsam die Straße entlangging und zu Ihrem Fenster hinaufsah.»

X

Als ich die Klingel hörte, an deren Schnur ich doch, ohne zu zögern, selbst gezogen hatte, fragte ich mich, wie ich in eine solche Situation hatte geraten können. Es war nicht eigentlich Angst (obgleich ich noch etwas erfinden mußte, womit ich mich rechtfertigen konnte), aber ich fand mich ganz unvermittelt im Absurden wieder, gelähmt wie jemand, der in der unkontrollierbaren Stellung erwacht, in die er im Traum geraten ist. Als die Tür aufging, war ich noch immer am selben Punkt, kramte in meiner Erinnerung sinnlos nach einer Geste, mit der man das Geschehen hätte anhalten, den Kreis hätte schließen können, so daß ich wieder zum Ausgangspunkt zurückgelangt wäre – wie etwa ein Turmspringer nach einer einzigen Schwimmbewegung mit angelegten Armen wieder an die Wasseroberfläche kommt. Und wenn es keine solche rettende Bewegung gab, wie konnten dann, fragte ich mich, solche Fehler unterlaufen? Oder hatte es – was mich noch mehr beunruhigte – passieren müssen, ohne daß ich der Grund dafür gewesen wäre? Kurz darauf, als ich auf dem schmalen Steg am Haus hinter ihr herging, kam ich an einem hohen Fenster vorbei und sah, wie mein Kopf ohne Hals die trüben Wasser der Scheibe aufwühlte – hier empfand ich die unbestreitbare Wirklichkeit der Situation und zugleich die unverwechselbare Not des Ertrinkenden, wie ich sie schon erlebt hatte.

Wie sie es angestellt hatten, mich zu überzeugen, ich weiß es nicht. Es war eine Bande von zahlreichen Jungen, die ältesten schon um die fünfzehn, und ein paar Mädchen, die mir noch mehr Angst einflößten. Sie schenkten mir keinerlei Beachtung, und um ihre Spiele verfolgen zu können, bezog ich immer eine Stellung zwischen ihrem Platz und dem Bereich, wo die Kindermädchen, strickend unter Bäumen, die ganz Kleinen beaufsichtigten. So hätte ich zu ihnen flüchten können, wenn Jungen oder Mädchen aus der Bande mir bedrohlich nahe gekommen wären. Zwar interessierten sie mich enorm, doch ängstigten sie mich nicht minder, dennoch hatte ich, so unverständlich es sein mag, ihrer Forderung nachgegeben, mich unter dem Tisch in einem unbekannten Zimmer zu verstecken.

Das alles geschah im Dunkeln. Kaum hatten sie mich in meinem Versteck allein gelassen, da traten auch schon ein hinkender älterer Mann und eine junge Frau (der die Expedition wahrscheinlich galt) ein, und das Licht ging an. Ich hatte den Auftrag, zu berichten, was geschah (zu welchem Zweck, wußte ich allerdings nicht).

Solange der Mann und die Frau stehen blieben, konnten mich nur ihre Füße, höchstens ihre Knie sehen. Ich hatte fast keine Angst mehr, so sehr war ich damit beschäftigt, diese Körperpartien zu beobachten, die sonst vernachlässigt werden. Doch dann gingen sie zu Bett, und ich blieb allein. Ihre Worte merkte ich mir nicht, sondern achtete auf die Geräusche, die mir ihre Bewegungen verrieten. Plötzlich stand der Mann auf. Ich weiß nicht, wie er mich bemerkt hatte. Aus Angst verweigerte ich mich der Einsicht, daß ich entdeckt worden war. Ich bildete mir ein, er wollte die Schublade aufziehen, aber seine große behaarte Hand griff unter den Tisch. Die Gefahr, die dieser Fremde darstellte, und die unmögliche Situation, in der ich mich befand, waren in dieser bedrohlichen Hand verkörpert, die immer größer wurde, je näher sie kam, wie ein Insekt, das unter der Lupe seine unverhältnismäßig furchterregenden Zangen präsentiert. Der Hinkende zog mich aus meinem Versteck hervor. Ich reichte ihm knapp bis zum Gürtel. Er fragte mich mit tiefer Stimme: «Was um alles in der Welt machst du da?» Ich war in einer komaähnlichen Panik. Mit dem Messer hätte er auf mich einstechen können, ich wäre außerstande gewesen zu schreien. (Vergleichbares habe ich in meinen Albträumen erlebt: Der Vorführapparat klemmt, der Film läuft nicht weiter, zu sehen bleibt ein bestimmtes unbewegtes Bild.) Als ich am Ende des Korridors auf die Jungen aus der Bande traf, versagten mir die Beine und ich brach zusammen. Wahrscheinlich fühlten sie sich schuldig an dem, was mir zugestoßen war und ihnen ungeheuerlich erschien. Sie nahmen Reißaus und gingen mir bis zum Ende der Ferien aus dem Weg.

Ich weiß nicht, wie es mir, als ich sie in die Tür treten sah, doch gelang, ihr zu sagen, daß ich ihr etwas mitzuteilen hatte. Sie wich einen Schritt zurück; als sie jedoch merkte, daß ich (immer noch gelähmt) nicht vortreten würde, ging sie voran, um mich irgendwohin zu geleiten. Wir liefen um das Haus herum und entfernten uns dann auf einem wild überwachsenen Pfad. Der Apparat zur Aufnahme der Gegenwart klemmte immer noch. In meinem Nacken und auf meinen Schultern spürte ich riesige behaarte Hände, und ich hätte mich sogar zu Boden geworfen, wenn ich Grund gehabt hätte zu der Annahme, daß es etwas ändern würde. Ich kam nicht dazu, über das nachzudenken, was folgen würde, dabei wußte ich genau, was ich hätte tun müssen: mich mit ein paar Worten, einem Lächeln wappnen für jenen Augenblick, in dem sie mich ansehen würde. Doch diese Gedanken glitten an mir ab wie Regentropfen an einer Bronzestatue, die zwar immer wiederkommen, aber nicht tiefer zu dringen vermögen. Ich spürte ihren leichten Druck, der aber das sinnlose Gespräch nicht beeinträchtigte, das ich, seit ich aus dem Haus gegangen war, innerlich mit dem Schneider führte.

«Nun gut, woher wissen Sie aber, daß er nach meinem Fenster hinaufsah? Im ersten Stock gibt es ja auch noch zwei andere.» «Stimmt, aber sehen Sie (er maß mich mit triumphierendem Blick), das sind die Fenster von leerstehenden Zimmern.» «Er weiß nicht, daß sie leerstehen.» «Wer sagt Ihnen, daß er das nicht weiß?» Sein verrunzeltes Gesicht neigte sich schelmisch zur Seite. «Was wollen Sie damit sagen?» Seine Miene wurde vollkommen ausdruckslos. Das war ein letztes Manöver, um einer Antwort auszuweichen. «Was geht es Sie überhaupt an, wo er hingesehen hat?» Seine Unterwürfigkeit war gespielt und heimtückisch. «Ich dachte, es würde Sie interessieren.» Er verschwand im Schatten. Doch sein Verschwinden verschaffte mir keinen Zugang zur Gegenwart.

Ich habe von einem Unglück gehört, das manchmal Rekruten beim Üben mit der Handgranate passiert. Manche sind so aufgeregt, daß sie, statt den Sprengkörper zu werfen, ihn in der Hand halten, bis er explodiert. Ich fragte mich, was aus meinem Kopf werden sollte, wenn ich das Schweigen weiterhin zwischen mahlenden Kiefern festhielt. Würde er explodieren?

Wir befanden uns auf abschüssigem Gelände, und ihre hochhackigen Schuhe zwangen sie, langsamer zu gehen. Ohne zu wollen, war ich plötzlich nur noch knapp einen Schritt hinter ihr.

Die Szene führte zurück in meine Kindheit. Meine Eltern und ich hielten Mittagsruhe. Und plötzlich ertappte man mich, wie ich mich über das kleine Mädchen beugte, das im gleichen Zimmer in einem Kinderbett schlief. Ich bestritt, daß ich sie hätte küssen wollen (begriff ich überhaupt, was das bedeutete?). Meine Eltern schalten mich mit einem Lächeln auf den Lippen.

Meine Hände nahmen beide gleichzeitig einen Schwung und legten sich auf die Schultern des Mädchens. Sie stieß einen fast unhörbaren Schrei aus (der vielleicht von dem Strudel geschluckt wurde, in den ich mit einemmal geraten war) und drehte sich um. Durch ihre Bewegung lösten sich meine Hände von ihren Schultern, leicht wie der Flaum des Löwenzahns bei einem Windhauch. Sie stand etwas tiefer als ich, und ich sah nur ihr Gesicht. Nach einem letzten Augenblick der Klarheit, in dem ich mich fragte, ob dies die erwartete Explosion war, sank ich in einen schützenden Abgrund. Ein feuchter Wind umfächelte mein Gesicht. Ich stand auf der verlassenen Brücke eines Schiffes, das führerlos auf den Wellen trieb. Zweifellos war in meinem Gesicht nichts Persönliches übriggeblieben. (Dieses Phänomen habe ich eines Tages bei einer Dame beobachtet, die in einen Leichenwagen stieg. Ihr schwarzer Schleier konnte mir nicht verbergen, daß ihre Gesichtszüge verschwunden waren.)

Diesem Gefühl vollkommener Abwesenheit entriß mich ein Duft, süß wie die Gerüche, die der Frühlingswind aus den Obstgärten der Vorstädte heranweht. Mein Kopf ruhte auf ihrem weichen Haar, das wie Zwillingsarme eines Stroms auf ihre Schultern herabfloß.

«Ist Ihnen nicht wohl?» Sie fragte, ob es nicht besser sei, ins Haus zu gehen. Noch vermochte ich nicht zu reden, aber der Druck meiner Stirn auf ihrer Schulter war ihr Antwort genug. Sie nahm meinen Arm und führte mich ein paar Schritte weiter in den Obstgarten. Wir setzten uns unter einen Baum. Das Schattenspiel des Blattwerks auf ihrem Gesicht betäubte mich. Wie ein Ertrinkender, der ans Ufer gezogen worden ist, durfte ich noch eine Weile still sein. Viel nahm ich von meiner Umgebung nicht wahr. Ich versuchte den Kontakt zu ihr wiederherzustellen. Das war aber zuviel auf einmal. Ich unterschied nur den Wechsel von Schatten und Licht auf ihrer elfenbeinernen Haut. Ihre Blässe beruhigte mich, es war ein friedvoller Abschluß meiner submarinen Reise, von der ich langsam auftauchte.

«Ist Ihnen das schon einmal passiert? Haben Sie einen Arzt aufgesucht?» Ich war selbst überrascht von dem gelassenen Ton, in dem ich ihr sagte, daß ich nicht verstand, was da gerade geschehen war. Dafür machte sie einen furchtbar verlegenen Eindruck. «Seien Sie mir nicht böse, daß ich Sie gefragt habe, ob Sie...» Da ich sah, wie verkrampft sie war, fiel ich ihr ins Wort: «Ob ich was? Ob ich öfter solche Anfälle habe? Nein, ich weiß nicht, was mit mir los war. Ich bin ziemlich erschöpft in letzter Zeit...» Ich hatte meine gewöhnliche Stimme wiedergefunden, wie mir ihr ruhiger Blick bestätigte. «Ja, Sie haben sicher recht, es wird wohl die Müdigkeit sein, so ein Schwindelanfall eben. Sie sollten aber wissen, daß Sie mir angst gemacht haben, wobei ich gestehen muß, daß ich mich leicht ängstige, viel zu leicht.»

Ich trachtete meine Pseudoerholung möglichst lange hinauszuziehen, weil ich so nicht auf den Zweck meines Besuchs zu sprechen kommen mußte. Sie trug ein langes Kleid von einem tiefen Blau, das wohl das Trauerschwarz ersetzen sollte. Ich fragte mich, ob sie nicht ein wenig zu bereitwillig glauben wollte, daß ich gekommen war, um ihr etwas mitzuteilen. Jedenfalls hatte sie mein Besuch nicht überrascht. Ohne meinen scheinbar ständig zerstreuten Gesichtsausdruck zu ändern, versuchte ich, in ihrem Gesicht zu lesen. Sie sah über meinen Kopf hinweg hinüber zum Haus, und ihre kleinen Hände zerknüllten ein totes Blatt wie ein Taschentuch. Plötzlich überkam mich ein unerklärliches Gefühl der Dankbarkeit ihr gegenüber; zu gern hätte ich sie ihr bezeigt und wäre, ohne zu wissen weshalb, glücklich gewesen, ihr zu Füßen zu liegen wie ein Hund. Leider erwies sich die Unruhe, die in der unklaren Situation begründet lag, mehr und mehr als berechtigt. Meine Verlegenheit wurde immer größer. Nicht allein ihretwegen. Ich hatte den Eindruck, als sei da noch jemand, der meine Worte belauschte, meine Gedanken durchschaute und die ihren vielleicht sogar mit. Es gab an diesem Ort, es gab um uns herum ein gewisses Etwas, das jede Geheimhaltung hintertrieb. Wie das kalte Licht der Kathedralen.

«Ist Ihr Bruder nicht zu Hause?» Sicher kannte sie seine Ränke und wußte, daß sie für mich als seine Schwester zu gelten hatte. Trotzdem hatte ich das Experiment nicht unterlassen können. Anders als ich gedacht hatte, schien sie erstaunt. Vielleicht lag das aber daran, daß ich bei meiner Ankunft vorgegeben hatte, ihr etwas sagen zu wollen (was allerdings immer noch ausblieb), und deshalb nicht allen Ernstes wünschen konnte, ihn anzutreffen.

Ich schämte mich der Falle, die ich ihr gestellt hatte. Ich wagte nicht mehr, ihr in die Augen zu sehen. Ich befand mich schuldig und bestrafte mich, indem ich die Prüfung des Schweigens auf mich nahm. Lange hielt ich sie nicht durch. Ich hatte keinen Plan, doch ich wußte, daß es ausreichen würde, zu ihr zu sprechen.

«Warum verbergen wir alle unsere Wunden, warum

nehmen wir es in Kauf, daß sie sich verschlimmern, warum riskieren wir nur noch größere Schmerzen, sobald wir versuchen, sie zu heilen?» Endlich gelang es mir, ihr in die Augen zu sehen. «Wieso lieben wir unsere Wunden und wollen nicht wahrhaben, daß andere sie genauso lieben könnten?» Gewiß war ich in einer ganz und gar ungewöhnlichen Stimmung, ich bin gar nicht mehr sicher, ob ich nur mehr einer Regung nachgab. Ich war so weit von mir selbst abgekommen, daß meine eigene Stimme mir wie die eines Fremden klang, bei der man zwischen den Wörtern unterscheiden konnte, die er selbst gedacht hatte, und denen, die er anderen verdankte; flüchtig hatte ich den Eindruck, von jemandem (von wem?) gebraucht worden zu sein, um diese Worte auszusprechen, Worte, die für sie sicher mehr bedeuteten als für mich. Für den Bruchteil eines Augenblicks fragte ich mich, ob ich Empfindungen ausgedrückt hatte, die auf jenen großen, trostlosen Raum zurückgingen, in dem wir zu viert gesessen hatten, oder ob es sich um eine Reminiszenz dessen handelte, was er mir gestanden hatte. Wie dem auch sein mochte, es war nicht meine Absicht, ihr durch eine direkte Anspielung auf all das weh zu tun, was ich von ihnen wußte.

Immer noch schaute sie über meinen Kopf hinweg. Sie hatte mich nicht verstanden. Als ich es schon nicht mehr erwartete, richtete sie ihren Blick auf mich, und lediglich aufgrund einer kaum wahrnehmbaren Kopfbewegung hatte ich das Gefühl einer ungewöhnlichen Annäherung. Ihr Gesicht durchlebte einen jener Augenblicke der Transparenz, in denen es keine Müdigkeit, vor allem aber keine Erfahrungen gibt, die unsere Haut gerben und sie hart und gleichgültig werden lassen wie ein Panzer. Sie konnten nicht Geschwister sein. Sie hatte einen Blick, der nicht prüfte, nicht abschätzte, klar wie der von Kindern oder Heiligen. Ich verhielt mich wieder, als wäre ich ein anderer. Ich nahm ihre Hand und fragte, indem ich meine Augen in ihre senkte: «Möchten Sie nicht, daß ich die Wahrheit erfahre? Glauben Sie nicht an meine Freundschaft?» Ich wußte, daß sie mir nicht antworten würde, solange ich sie ansah.

Manchmal entsteht ein Klima wie im Traum. Antworten und Fragen kommen zusammen, die Bewegungen gewinnen eine gewisse Gleichzeitigkeit. Freundschaften um Mitternacht. Morgens, wenn man versucht, das Gespräch nachzuvollziehen, stellt man fest, daß man es eigentlich gar nicht selbst war, sondern jener, der sich selten, allzu selten zeigt, dem alles klar ist, der geträumte Bruder, der zugleich mit der Nacht verschwindet. Wenn ich aufhörte, sie anzusehen, war sie nicht mehr als sie selbst, und vor ihr ich, ein Fremder, dem sie mit Worten antworten mußte.

«Ich verstehe nicht, von welcher Wahrheit Sie reden.» Ihre Stimme klang fern und neutral, ohne fragenden Unterton. Augenblicklich spürte ich, daß die letzte Welle vorübergerollt war, daß nichts mehr mich zu ihr tragen würde, ohne daß ich mich anstrengte, daß ich von nun an ganz auf mich selbst, auf die mir zur Verfügung stehenden Mittel angewiesen war.

«Gestern habe ich Ihren Bruder getroffen.» Ich rückte mit dem Bauern vor aufs Geratewohl. Ich spürte, daß sie zusammenfuhr wie ein Debütant, der hinaus muß auf die dunkle Bühne und im schwachen Licht eines erlöschenden Scheinwerfers den Saal voller Zuschauer sieht. Ich konnte nicht mehr zurück. Die Verwirrung stand ihr ins Gesicht geschrieben. Doch ich wußte viel zuwenig über sie und die Ihren, um daraus zu schließen, worauf sie meine Anspielung bezog. Ich mußte ihr einen Anhaltspunkt geben. «Denken Sie nicht dauernd an das Unwiederbringliche, das Unerträgliche.» Und nach kurzem Schweigen fügte ich hinzu: «Dennoch verstehe ich Sie, seien Sie versichert.»

Ich hielt den Kopf zu ihr gewandt. «Sie sind sehr feinfühlig. Wenige gibt's, die an andere denken und mit ihnen zu reden wissen.» Diese Worte rührten mich an. Der Gedanke, daß sie hätte glauben können, ich steckte mit ihm unter einer Decke und sei auf sie angesetzt, war einfach widersinnig. Ich war so verwirrt, daß ich in jeden Abgrund hätte rutschen können. «Das Leben wäre anders, wenn die Menschen einander Vertrauen schenkten.» Allein die Verzweiflung bei dem Gefühl, daß sie sich von mir entfernte, ließ mich solche Gemeinplätze absondern.

Irgendein kleiner gemeinsamer Zug verbindet uns jederzeit mit jedermann, und es gibt Augenblicke, wo manche Geständnisse bei der anderen Person fast ohne unser Zutun vage Ähnlichkeiten mit uns selbst offenlegen. Das Gesicht, das wir dann zu sehen bekommen, ist das falschestmögliche, sei die Verwechslung, die unser Gesprächspartner hervorruft, auch noch so ehrlich und – naturgemäß – von kurzer Dauer.

Er hatte gerade getanzt, und seine Wangen waren noch stark gerötet, als ich ihn ansprach. «Ja, warum nicht? Hier drin ist es zu heiß zum Plaudern.» Er hatte die angenehme Stimme eines selbstsicheren jungen Mannes. Wir gingen in den Garten. Eigentlich wußte ich nicht, was folgen würde. Ich war an jenem Abend erfüllt von einer tiefen Traurigkeit, unerträglich und doch so anregend, daß ich vergaß, daß meine komplizierte Geschichte nur eine Allegorie sein sollte, und schließlich sagte: «Es gibt Leute, in deren Händen die

Tauben sterben, ohne daß sie zudrücken müßten.» Ich ließ mich durch seinen befremdeten Blick nicht beirren und schloß: «Vielleicht widerfährt es auch Ihnen, daß Sie in einer Meeresbrise die Bitterkeit dieser unermeßlichen Weite verspüren, die wir niemals erfassen können und die uns lediglich darauf stößt, wie klein wir sind.» Selten verfalle ich ins Pathetische, darum erinnere ich mich meiner Worte an jenem Abend auch so genau. Wir saßen zusammen bis spät in die Nacht. Als er jedoch anderntags an mir vorüberging, hatte ich den Eindruck, ja sogar die Gewißheit, daß er sich nicht erinnerte, was er mir gesagt hatte (denn natürlich hatte er auch gesprochen), und daß es ihm peinlich war, er sich lächerlich vorkam. Von da an ging ich ihm systematisch aus dem Weg, doch gelang es mir nicht, zu verhindern, was nicht ausbleiben konnte. Als ich eines Tages einer seiner Freundinnen begegnete, blieb ich stehen, um sie zu begrüßen. Er hatte uns beobachtet, kam mit großen Schritten auf uns zu und machte mir den Garaus, ohne mir eine Möglichkeit zur Flucht zu lassen: «Entschuldigen Sie bitte, aber ich bin sicher, das Fräulein hat Kopfschmerzen.»

Die Worte und ein gewisser Überschwang, zu dem ich allerdings selten neige, vermochten keinerlei echte Beziehung zwischen uns herzustellen. Im Gegenteil, sie waren dazu angetan, ihr Mißtrauen zu erwecken oder, schlimmer noch, sie zu langweilen. Ja, sie zu drängen, mich künftig zu meiden.

«Ich habe den Eindruck, Ihr Bruder langweilt sich hier. Wahrscheinlich führt er sonst ein recht aktives Leben, nicht wahr?» Zum erstenmal lag in ihrem erstaunten Lächeln etwas Maliziöses. «So, meinen Sie?» Ich wagte nicht, weiterzusprechen. Und ihre außergewöhnliche Unbeschwertheit war nicht von Dauer.

 Viel hätte ich gegeben, sie davon abhalten zu können, daß sie wieder in ihrem Schweigen versank, wohin ich ihr unmöglich folgen konnte. «Ich bin besessen von einem bestimmten Ehrgeiz.» Sie reagierte nicht, so daß ich nachhaken mußte: «Und Sie fragen gar nicht, von welchem?» Ich weiß nicht, woran meine Annahme, ihr Bruder langweilte sich, sie hatte denken lassen, jedenfalls huschte nur ein Anflug von Heiterkeit über ihr Gesicht, und ihr nun eher schwaches Lächeln ließ mich am Nutzen meines Geständnisses zweifeln. «Ich möchte Sie zum Lachen bringen. Ihr Lachen muß wunderbar sein.» Und einer plötzlichen Eingebung folgend, fügte ich hinzu: «Es mag Ihnen lächerlich erscheinen, aber eben das ist es, weshalb ich gekommen bin: Ihnen dies zu sagen, zu gestehen.» Sie reagierte immer noch nicht, und ich setzte wieder an: «Bei Ihnen im Haus hätte ich nicht gewagt, darüber zu reden, in diesem Haus scheint Lachen nicht am Platz zu sein.» Mit letzter Anstrengung murmelte ich: «Das muß ein bizarrer Mensch gewesen sein, der es hat bauen lassen.» Endlich gab sie zu erkennen, daß sie mir zugehört hatte. «Was meinen Sie mit bizarr?» «Sie haben recht, bizarr ist nicht das richtige Wort. Eher traurig, furchtbar traurig. Und wahrscheinlich wollte er nicht, daß man es merkt. Ich bin sicher, daß hier nie ein Fest veranstaltet worden ist. Vielleicht hätte er es vorgezogen, allein in einer kleinen Kammer zu wohnen, wo er sein Leid still ertragen hätte, statt durch diese eisigen Räume zu irren.» In ihren Augen gingen Fächer von der Farbe bereifter Blütenblätter auf, und ihre Tiefe entzückte mich. Ihre Stimme war schwach und hatte etwas Zögerliches, Unstetes, als steige sie aus dem Innersten dieses zerbrechlichen Körpers herauf. «Weiter, fahren Sie fort.» «Das Haus ist so gebaut, um zu täuschen. Die Türen der meisten Zimmer sind zweifellos schon lange verriegelt. Besucher sind nur selten gekommen und nur zu Zeiten, da sie erwartet wurden. Wer zu einem anderen Zeitpunkt geläutet hätte, wäre gefährlich erschienen.» Mattigkeit überkam mich; hätte ich weitergeredet, so hätte meine Stimme verraten, wie unsicher ich mich fühlte.

«Sind das Visionen?» Ich verstand nicht. «Kommt es oft vor, daß Sie über Dinge reden, die Sie sich nur vorgestellt haben?» Sie sah mir tief in die Augen, dann fragte sie in unvermittelt hastigem Tonfall: «Glauben Sie nicht, daß der Hausherr einen Hund hatte?» Es fiel mir schwer, den Sinn ihrer Worte zu erkennen, ich war jedoch sicher, daß sie wirklich vor Augen hatte, wovon sie sprach. «Einen Wolfshund mit weichem und rauhem Fell, ja, weich oder rauh, je nach der Richtung, in der man ihn streichelt. Ein Hund, der nie bellte.» Eine Sekunde lang hielt sie inne, dann fuhr sie fort: «Was meinen Sie, wo er schlief?» Ich sah sie mit Augen an wie früher die Lehrer, die mich prüften, um sie davon abzuhalten, zu glauben, daß ich auf das hörte, was man mir zuflüsterte. «Unter der Treppe im Flur.» Sie zuckte zusammen wie vorhin, als sich meine Hände auf ihre Schultern gelegt hatten, und wich meinem Blick aus.

Sehr oft passiert mir das Gegenteil: Ich vergesse, daß gewisse Dinge nur einer beschränkten Anzahl von Personen mitgeteilt werden können, zu denen mein Gesprächspartner gerade nicht zählt, und treffe auf seinen abwesenden Gesichtsausdruck, wenn nicht gar auf sein offen ironisches Lächeln. Diesmal aber hatte ich ins Schwarze getroffen. Sie war sichtlich erregt. Ihre Brust hob und senkte sich. Zu meinem Erstaunen stellte ich fest, daß sie dadurch nicht an Materialität gewann; es waren Bewegungen jenseits der Schwerkraft wie die einer Flamme, die im Wind flackert. Im

Gegensatz dazu schienen ihre reglosen Hände unbeseelt. Sie mußte es gemerkt haben, denn sie versteckte sie hinter dem Rücken. Wir waren ungestört. Ich konnte sie nach Belieben betrachten. Die zarte Röte ihrer Wangen milderte die Wirkung der Ringe unter ihren Augen, die mir gefährlich dem Licht preisgegeben schienen. Ich empfand Genuß vermischt mit Angst, wie beim Anblick bestimmter Blumen, die, sobald sie aufgeblüht sind, nur noch wenige Tage zu leben haben. Sie atmete mit leicht geöffnetem Mund, und ihre Unterlippe zitterte ein wenig.

«Nur Kinder spielen so.» Sie drehte sich zu mir, doch ihre Augen gingen hinüber zum Haus. «Das alles war nur ein Spiel. Nichts davon ist wahr.» Ihr abwesender Blick und ihre Worte waren nicht mir zugedacht.

Ich erinnere mich noch an die eklatante Schönheit der schwarzen, übernatürlich leuchtenden Augen einer bestimmten Freundin meiner Mutter. Sie nahm mich an sich, manchmal strich sie mir übers Haar, wenn sie bei uns zu Besuch war. «Kinder verstehen nichts von diesen Dingen», behauptete sie. Aber ich merkte, daß sie es sagte, um meine Mutter davon abzuhalten, mich wegzuschicken. Im Gegenteil, sie wußte sehr wohl, daß ich alles bestens verstand. Unter den Worten, die sie an meine Mutter richtete, unterschied ich ohne Mühe jene, die eigentlich ausschließlich für mich bestimmt waren.

Wenn man die Wahrheit erfahren will, muß man diese Wörter herausfinden, die sich unter die andern gemischt haben, welche uns nichts angehen. «Nur Kinder spielen so. Das alles war nur ein Spiel.» Sie hatte es nicht zu mir gesagt, und doch war ich beunruhigt: schließlich konnte ich mich irren, und einige der Worte gingen auch mich an. Ich versuchte sie zu erraten, doch sie blieben auf Distanz. Ich gab auf.

«Ist er schon lange tot?» «Ja, schon lange», antwortete sie, ohne zu zögern. Ich konnte mein Erstaunen nicht verbergen, was sie nicht gleich bemerkte. (Die Luft war feucht an diesem Morgen und wurde immer dichter und undurchdringlicher. Die Wörter hatten es schwer, sich einen Weg zu bahnen zwischen uns.) «Was haben Sie gesagt? Von wem reden Sie?» Sie zögerte einen Augenblick, bevor sie nachhakte: «Von meinem Vater?» Ich nickte mit einigem Unbehagen.

Über uns flogen Zugvögel. Sie verfolgte ihren Flug mit anhaltender Aufmerksamkeit. Als der letzte ihrem Blick entschwunden war, murmelte sie: «Ein kranker war dabei.» «Wieso glauben Sie, daß er krank war?» Ihr Blick sagte klar und deutlich: Es gibt Dinge, da irre ich mich nicht. Mir fiel ein, daß sie mich auf ähnliche Weise gefragt hatte, ob ich einen Arzt aufgesucht hatte. Sie hielt den Kopf weiterhin in den Nacken gelegt, und zu meinem Erstaunen sah ich, daß ihr zarter Hals den flüchtigen Silhouetten, die sich in der Unermeßlichkeit des Himmels verloren, merkwürdig ähnlich sah.

«Ich bin ganz allein aufgewachsen...» Damit wollte ich ihr zu verstehen geben, weshalb es mir so schwerfiel, aus der Sackgasse des Schweigens herauszufinden. Wie ein Echo gab mir ihre Stimme das Geständnis zurück. «Wie ich.» Sie schien die Überraschung in meinem Gesicht wahrzunehmen. «Finden Sie das seltsam? Ganz allein bin ich aufgewachsen, ich lebe ganz allein, die meisten Leute leben so.» Ich hätte mir denken können, daß sie versuchen würde, alles im Ungewissen zu halten. Wenn er wirklich ihr Bruder war, wieso gab sie dann vor, ganz allein aufgewachsen zu sein? «Die meisten Leute leben so.» Diese Worte waren zweideutig. Absichtlich? Waren sie nicht eher

 ein Ausdruck für den Wunsch des verborgenen Spielers, der uns aufeinanderhetzte, um uns dann wieder zu trennen?
Es ist eine Lehre, die man nur mit Mühe erfaßt, wenn man noch zu jung ist. Es gibt sogar Menschen, denen sie ein für allemal verschlossen bleibt; jedenfalls sind etliche Niederlagen vonnöten, sie einem nach und nach begreiflich zu machen. Weder Worte noch Gesten verleihen irgendeine Sicherheit – man ist immer Erster der Seilschaft.
Bei einer Freundin verbrachte ich lange Nachmittage mit belanglosen Plaudereien. Ich meinte, es sei nur meine Schüchternheit, die mich daran hinderte, mich ihr so zu nähern, wie ich es wollte. Bis zu jenem Tag, an dem ich sie plötzlich, ohne weiter darüber nachzudenken, in die Arme nahm, so wie man eine Hand ausstreckt, um eine Frucht vom Baum zu pflücken. Am Tag darauf tat ich das gleiche. Bei meinem nächsten Besuch jedoch hatte sich ihr Körper verändert. Mit trüben Augen sah sie mich an, und ihre Arme hingen so linkisch um meinen Nacken, daß sie mir lästig waren. Man mochte glauben, sie starre jemanden an, der sich ganz in der Nähe, ja unmittelbar zwischen uns befand. Und ich hörte sie rufen: «Nein, das geht nicht!» Trotzdem versuchte ich, sie an mich zu drücken. Da begann sie zu schluchzen. Etwas (mehr werde ich nie darüber wissen) hatte uns erlaubt, einander näherzukommen, das gleiche Etwas (oder ein anderes) aber trennte uns. Wir nahmen Abschied voneinander in fahlem Licht.
Natürlich kann man gegen diese ärgerlichen, verdeckten Interventionen ankämpfen, das weiß ich. Ebenso weiß ich, daß sie bestimmten Leuten nie in die Quere kommen. Das hat nichts zu besagen. Steinchen und welke Blätter liegen einträchtig nebeneinander auf der

Straße; wenn der Wind weht, erheben sich allerdings nur die Blätter zu ihrem eigenartigen Tanz, suchen sich ohne Grund und fliehen sich zugleich; die Steinchen bleiben gleichgültig liegen und rühren sich nicht. Wir haben eine Art inneres Gewicht, das keine Waage anzeigt. Oder vielmehr eine Art Leichtigkeit, die einige von uns einem fremden Willen unterwirft.

Eines Tages sagte ich zu Kati, ich wisse, wie sie in dreißig Jahren aussehen würde. Sie sah mich an, als belustigte sie dieser Gedanke, während er sie gleichzeitig leicht verdroß. Sie hob eine Augenbraue, was sie nur bei den seltenen Anlässen tut, wenn ich sie trösten muß. «Was willst du damit sagen? Siehst du, wo sich meine Falten kreuzen werden oder wie meine Nase dicker wird?» Vor allem die Zukunft ihrer Nase machte ihr angst. «Nein, ich sehe nichts, ich weiß nur, daß du dich nicht verändern wirst, so dicht und kompakt, wie du bist.» «Du spinnst! Ich und kompakt, am Ende sogar dick und schwer?» Ich entschuldigte mich: ich hätte mich falsch ausgedrückt. «Wieso redest du dann so dummes Zeug?» Sie schien wirklich irritiert, allerdings nicht so sehr, als daß sie nicht gleich zu einem anderen Gedanken hätte übergehen können. In gewissem Sinn hatte ich vielleicht wirklich dummes Zeug geredet.

Die Beständigkeit dichter Menschen ist eine nur scheinbare. Unbeweglichkeit und Beständigkeit sind zwei ganz und gar verschiedene Zustände. Über der Unbeweglichkeit der Meerespflanzen, die in einem Zyklus falscher Beständigkeit leben, hat lediglich der rollende und zerstiebende, wieder und wieder an der Oberfläche des Meeres – zugleich der Grenze der Atmosphäre – entstehende Schaum wirkliche Beständigkeit, unbeschadet der Millionen vergänglicher Formen, die er annimmt. Absichtlich verharre ich in dieser Kontaktzone, wo die Beständigkeit des Schaums gewahrt bleibt, weil ich sie nicht für zufällig halte.

Die Scheu, die ich noch immer empfand, verflog, als ich erkannte, daß die beiden – er und sie – grundverschiedene Wesen waren. Er dicht, scheinbar unbeweglich, aber möglicherweise einem Zyklus unterworfen, von dem ich nichts wußte. Sie an der Grenze zweier Welten. Der Gedanke, daß sie zu den Menschen gehörte, denen jede Annäherung zum Zeichen werden kann und die daher keinerlei Beschränkung durch die Gepflogenheiten dulden, bestärkte mich in meiner Haltung ihr gegenüber. (Zudem war mir ihre Zerbrechlichkeit Anlaß zu glauben, daß sie meine Freundschaft wirklich brauchen könnte.) Schließlich erklärte ich mir in derselben Art und Weise auch seine Autorität ihr gegenüber, seine falsche Autorität im illusorischen Bereich der Schwerkraft.

«Und Sie glauben, daß wir unserer Einsamkeit nie entrinnen können?» Sie machte einen seltsamen Eindruck angespannter Aufmerksamkeit. «Haben Sie schon einmal gesehen, wie sich zwei Wassertropfen, die über eine Tischplatte rollen, vereinigen? Nie weiß man, welcher im andern aufgeht, welcher aufgesogen wird.» Ihre Augen wurden wieder größer, doch fand in diesem Moment nichts von dem, was sie umgab, darin Eingang, sie waren verriegelt wie die Augen von Blinden, und ich wußte nicht, was sich hinter ihren feuchten Toren befand. «Jedermann mag sich vorstellen, daß er vom andern ein Geschenk erhält, das Geschenk seiner Einsamkeit.» «Aber draußen, in der Wirklichkeit?» Sie sah mich nicht an, trotzdem senkte ich den Blick. Ihr hatte mißfallen, was ich gesagt hatte, doch wußte ich nicht, weshalb. Da ihr der Schwung genommen worden war, erstarrte sie wie auf der Schwelle zu einem Zimmer, in dem man statt der Person, die man anzutreffen glaubt, einen Unbekannten vorfindet. Sie konnte ganz anders aussehen, als sie sich mir bisher gezeigt hatte. Zum erstenmal erschien ihr Profil mir hart.

Sollte ich mich zu früh gefreut haben über das, was ich entdeckt zu haben glaubte? Ich hatte das gleiche Gefühl wie bei ihm, wenn sein Schweigen mir zu verstehen gab, daß ich überflüssig war. Ich begann das Rauschen des Windes um uns wieder wahrzunehmen. Vergeblich versuchte ich in den Zustand zurückzufinden, in dem ich ein paar Minuten zuvor gewesen war. Ich war so ohnmächtig wie im Angesicht einer Wolke, die die hellen Fenster des Himmels verdunkelt. Schließlich bat ich sie, die Dreistigkeit meines unangekündigten Besuches zu entschuldigen. Sie neigte sich zu mir, einen Finger auf den Lippen. Ich war so überrascht, daß ich nicht sofort verstand, was sie damit meinte. «Sie hatten nicht die Absicht, mich zu besuchen, ich war es, die Sie, als wir uns auf der Straße begegneten, gebeten hat, mich zu begleiten.» Niemand sollte also von meinem Besuch erfahren. Ich konnte nicht umhin, ihr noch eine – wie ich zugeben muß – ungeschickte Frage zu stellen: «Um welche Uhrzeit kommt er nach Hause?» «Er hat keine Uhrzeit, er kann gleich hier sein.» War damit eine Art Geheimpakt zwischen uns besiegelt? Ich war nicht sicher. Mit viel zuviel Lust stürze ich mich in derlei Abenteuer, als daß ich nicht schon viele Mißgeschicke erlebt hätte, die mich vorsichtiger gemacht haben.

Manchmal belausche ich, anfangs ohne Absicht, das Gespräch zweier Unbekannter am Nebentisch. Auf einmal fällt mir ein bestimmter Tonfall des einen auf, der mir gegenübersitzt. Zugleich sehe ich ein leise triumphierendes Lächeln über sein Gesicht huschen, das soviel bedeutet wie: «Paß mal auf, was jetzt kommt!» Und schon nimmt mich das Spiel gefangen. Ich neige leicht den Kopf, gerade so weit, um ihm zu verstehen zu geben, daß ich seine Botschaft empfangen habe, und von da an bemühe ich mich, kein Wort von dem Gespräch zu verpassen. Oft erweist es sich als überhaupt nicht amüsant, und wenn sie aufbrechen, streicht mein Komplize so gleichgültig an mir vorüber wie eine Fahne bei einer Kundgebung. Ich hüte mich deshalb, Zeichen dieser Art voreilig zu interpretieren.

Möglicherweise hatte ich mich wieder geirrt.

Als ich aufstand und mich zum Gehen wandte, nahm ich an ihr die gleiche Passivität wahr wie an jenem Tag, als ich mich in ihrem Salon verabschiedet hatte. Sobald wir an der Rückseite des Hauses angekommen waren, spürte ich, daß sie unschlüssig war, welche Richtung sie einschlagen sollte. Wir konnten nach der einen oder nach der anderen Seite ums Haus herumgehen. Schließlich wählte sie nicht den Weg, den wir gekommen waren, sondern die andere Seite. Vielleicht hätte ich es nicht gemerkt, wenn nicht sie selbst mich darauf aufmerksam gemacht hätte: «Hier ist nicht soviel Morast.» Dabei stellte ich nicht ohne Erstaunen fest, daß im Gegenteil auf dieser Seite mehr davon war. Ich schaute nicht auf, bis wir an der Hausecke zur Straße hin angekommen waren (hatte ich doch darauf zu achten, wohin ich den Fuß setzte). Da sah ich, daß alle Fenster in der Hauswand, die wir entlanggegangen waren, vermauert waren. Das also war der Grund, weshalb sie die andere Seite hatte meiden wollen. Mein Herz krampfte sich zusammen wie an bestimmten Abenden vorzeiten, wenn ich an der Identität meiner Gouvernante zu zweifeln begann und sie verdächtigte – nicht des bösen Willens (oder gar der

Gleichgültigkeit) mir gegenüber, sondern der Beziehungen zu unheimlichen Unbekannten.

Die Stunde, die wir im Obstgarten verbracht hatten, stellte eine Gefahr dar, der ich noch nicht entronnen war. Das Vertrauen in sie hatte ich nicht verloren, aber ihr Wille schien mir unzureichend. In ihrer Nähe spürte ich einen anderen, viel stärkeren, gegen den die Ziegelsteine in den vermauerten Fenstern keinen wirksamen Schutz boten. Trotz allem, oder vielleicht gerade deshalb, konnte ich meine Schritte nicht beschleunigen, und sie gewann einen gewissen Vorsprung.

Als ich sie wieder einholte, stand sie drei Schritte von der Treppe entfernt. Sie wartete mit niedergeschlagenen Augen auf mich. Im Hintergrund der Garten mit verwilderten Pflanzen, unkrautüberwuchert und vom Regen aufgewühlt (hier und da in Erdlöchern stand noch schmutziges Wasser). Sie erinnerte mich an den Engel auf dem Ehrenmal für die Kriegstoten auf dem Bahnhofsvorplatz, den Engel, der sich in den Schlamm der Schützengräben verirrt hat. Als ich bei ihr ankam, beschränkte sie sich, wie ich es erwartet hatte, auf ein leichtes Kopfnicken, ohne mich anzusehen. Dann eilte sie ins Haus.

XI

Sein Lächeln verriet ihn: Anders als beim Wasser, dessen vom Wind aufgerauhte Oberfläche seine Tiefe verleugnet, trat sie bei ihm gerade durch das Lächeln zutage. Es war das Lächeln von jemandem, der damit geizt. Vielleicht war es gar kein wirkliches Lächeln, also eigentlich kein Zeichen für einen Anflug von Sympathie (und sei er noch so unbedeutend und flüchtig). Es war eher wie ein Fenster, aus dem die Zufriedenheit darüber strahlt, daß man die Antwort auf ein Rätsel gefunden hat – daher die Genugtuung, die Verwirrung stiftet. Wie dem auch sei, die Aufhellung war von kurzer Dauer, und nur auf seiner Stirn, wohin, wie mir schien, das Lächeln sich zurückgezogen hatte, blieb eine kleine fragende Falte zurück.

Als ich das Tor öffnete, stand er unmittelbar dahinter. Den ganzen Weg über hatte ich, so seltsam es auch scheinen mag, keinen Augenblick daran gedacht, daß er zu Hause sein könnte. Ich war doppelt überrascht: einmal darüber, auf ihn zu stoßen, vor allem aber darüber, daß ich nicht mit dieser Möglichkeit gerechnet hatte. Dieses Versehen gab mir eine gewisse Selbstsicherheit, da ich es als Anzeichen einer Befreiung betrachtete. Im übrigen fragte ich mich, ob nicht sein unverhofftes Lächeln der Widerschein dieser Befreiung war. Ich genoß das Erlebnis einer seltsamen Heiterkeit, die mich umfächelte wie der Ozongeruch nach einem Gewitter.

Dieses seltene Freiheitsgefühl zeugte von einer Kraft, die für Augenblicke alles auszulöschen vermag: Dä-

monen ebenso wie größte Verführungen. Solche unvorhergesehenen Eingriffe haben mir nie Verdruß bereitet, alles läuft ab, als wäre mit dem Zahn auch der Nerv gezogen worden. Immer wenn ich an der grünen Haustüre läutete, war ich verkrampft, eine starre Maske drückte auf meine Wangen und Lippen. Wenn das Fenster oben aufging, mußte ich zweierlei Lächeln bereithalten. Das eine, das demütige, besagte: «Ich darf also hinaufkommen.» Das andere, für die Mutter meines Freundes gedacht, sollte andeuten, daß ich ihm nichts Wichtiges mitzuteilen hatte und es also nicht nötig war, ihm zu sagen, daß ich gekommen war. (Ich mochte mir nicht sein Lächeln vorstellen, wenn er erfuhr, daß ich wieder dagewesen war.) Zugleich empfand ich die Röte meiner glühenden Wangen wie ein schändliches Brandmal und schämte mich ihrer, als hätte man sie von den Nachbarfenstern aus sehen können. Ich weiß nicht, wann genau und weshalb er in meinem Innern gestorben war. Diese plötzlichen Tode habe ich mir nie erklären, sie nie mit materiellen Umständen in Verbindung bringen können. Sie treten nicht – wie man erwarten könnte – ein, wenn meine ganze Zuneigung anderweitig gebunden ist, oder in der Folge einer Enttäuschung oder der Auflösung eines Mißverständnisses (wie ein herumirrender Windhund irrtümlicherweise vor einem Tor stehenbleibt, das nicht das seine ist, um dann seinen besinnungslosen Lauf wiederaufzunehmen).
Ich hatte keinerlei Zweifel am Interesse, das dieser Freund mir bislang entgegenbrachte, und so verfehlte ich auch das Haus nicht. Eines schönen Tages jedoch war auf dem Platz, den es eingenommen hatte, nichts mehr. Ich klingelte wie gewöhnlich, doch hörte ich mich diesmal munter pfeifen, als das Fenster oben geöffnet wurde. Während ich hinaufging, hatte ich Zeit,

die letzte Handvoll Erde über den Toten zu werfen, der dort oben mit seinem ewigen Lächeln auf mich wartete – das überhaupt nicht mehr auf mich wirkte.

«Das ist nett, daß Sie mich abholen, ich wollte gerade in die Stadt gehen.» Ich warf ihm einen skeptischen Blick zu, aber sein unbeschwertes Lächeln wurde immer stärker, und ich fühlte mich sogleich wieder schwanken wie ein Boot, das vom Ufer abkommt und aufs Meer hinaustreibt. Der Ärger, den mir dieser allzu freundliche Empfang bereitete, brachte mein ganzes Gerüst zum Einsturz. Hatte ich mich zu früh gefreut, oder hatte er seine Meinung geändert?

Der Himmel war weiß an jenem Morgen, die Sonne brannte weit weg mit bleicher, ruhiger Flamme. Auf der Stirn des Schneiders hatte ich unter der Haut versteckt zwei pflaumenförmige Rundungen entdeckt, die rollten wie Augen hinter geschlossenen Lidern. Auf den Rest seiner Person mochte ich keine Aufmerksamkeit verschwenden, eigentlich versuchte ich es auch gar nicht. Ich stieg die Treppe nur um so schneller hinab, an deren Fuß er sich aufgepflanzt hatte, fehl am Platz wie ein vom Blitz getroffener Baum in einem Obstgarten in voller Blüte. Da ich ihm nicht ausweichen konnte, rächte ich mich auf meine Weise, indem ich seine Worte ins Leere fallenließ. Da zielte ein ungeschickter Schütze auf mich, und ich konnte ihm die Stirn bieten, ohne daß ich Gefahr lief, getroffen zu werden. Das einzige, was ich behielt, war die düstere Farbpalette seines Gesichtes: das Grau seiner unrasierten Wangen, das wächserne Weiß seiner Nase, die Austernfarbe seiner verwaschenen Augen. Als mir das irritierte Blinzeln seiner staubverkrusteten Lider anzeigte, daß er endlich gemerkt hatte, wie wenig Aufmerksamkeit ich ihm schenkte, kümmerte ich mich nicht weiter darum. Ich versicherte ihm lediglich, daß wir über die «Sache» noch sprechen würden, und hatte es eilig fortzukommen. Sobald ich mich jedoch entfernt hatte, verschafften sich seine Worte Gehör, ich nahm sie auf, und seine gescheiterte Initiative begann mich zu beschäftigen.

Ich hatte ein gewisses Schuldgefühl, und das war vielleicht einer der Gründe, weshalb ich zusammenfuhr, als ich kurz darauf, dort bei ihnen angekommen, das Gartentor öffnete und dahinter ihn entdeckte, an den ich gar nicht gedacht hatte. Sein Gesichtsausdruck schien mir meine Achtlosigkeit dem Schneider gegenüber zum Vorwurf zu machen. Das war natürlich vollkommen absurd, konnte er doch überhaupt nichts davon wissen. Ich sah ihn an, aber ich war nur zum Teil präsent, so wie jemand, der von der zehnten Etage auf einen von Leuten wimmelnden Platz hinunterblickt und diesen Ameisenhaufen lediglich als ein Gewirr ungeordneter Bewegungen und sinnentleerter Zeichen wahrnimmt. Ich wagte selbstverständlich nicht, ihn auch nur ahnen zu lassen, daß ich nicht seinetwegen gekommen war. Leichthin fragte ich ihn, ob er etwas Bestimmtes vorhatte. Die unsinnige Frage zeugte von meiner Verlegenheit. Irgendwie sollte damit auch angedeutet werden, daß ich gekommen war, ihn zu besuchen. Seine Antwort war eigentlich keine. Er begnügte sich damit, die Hand zu heben. Ich wußte, daß ich nichts erfahren würde, auch wenn ich ihn begleitete, doch ich hatte keine andere Wahl.

Dieser Spaziergang ging mir auch aus einem anderen Grund gegen den Strich: Ich befürchtete, er könnte erraten – ich selbst war nämlich recht wortkarg ihm gegenüber –, daß ich ihretwegen gekommen war. Ich weiß nicht, ob mein Zögern ihm aufgefallen war, jedenfalls musterte er mich einige Sekunden lang, dann sagte er: «Sie sehen immer noch schlecht aus.» Er schaute mich nicht wirklich an, eher sah er durch mich hindurch, wobei ich den Eindruck hatte, vor einer Röntgenplatte zu kleben. «Wie meinen Sie das?» Er antwortete in verlegenem Tonfall: «Ich weiß, es war nur eine kleine Schwäche.» Mein Gesicht sagte wohl aus, was ich selbst noch nicht verstanden hatte (wie oft habe ich über das Gesicht meiner Mutter Ängste huschen sehen, ohne jemals herauszufinden, ob sie sich ihrer überhaupt bewußt war), und zeigte ihm, daß seine Worte ihr Ziel erreicht hatten, entsprechend fuhr er scheinheilig fort: «Ich habe gehört, Sie waren leicht unwohl. Meiner Schwester zufolge wußten Sie selbst nicht, wie Ihnen geschah. Nicht?» Das war eine rhetorische Frage, er wollte mir nur helfen, diesem Dialog ein Ende zu bereiten.

Ich erinnere mich an einen letzten Widerstandsversuch, bei dem ich vorgab, ihn nicht verstanden zu haben, wobei ich ihn allerdings nicht mehr deutlich sehen konnte. Ihretwegen. Ihres Schattens wegen, der unwiderstehlich, wenngleich ohne Gewalt, in mir wuchs wie ein immer dichter werdender Nebel, in dem sie beide alsbald verschwinden würden. Der Druck dieser flauschigen Wolke, die sie als stiller Wirbel umgab, hatte eine betäubende Wirkung auf mich: mit ihnen beiden verschwand nach und nach alles. Die Fragen blieben, aber ohne die daran geknüpften Emotionen; wie ein Skalpell, das schmerzfrei ins betäubte Gewebe schneidet, kamen sie und gingen, ohne Spuren in meinem Geist zu hinterlassen. Warum hatte sie ihm das alles erzählt? Und wenn sie schon diese Absicht gehabt hatte, warum dann bei meinem Abschied die Wahl jenes Weges, auf dem kein Risiko bestand, daß man mich sah?

Nur zu schnell verliere ich das Vertrauen. Gleich darauf war ich entsetzt, daß ich beinahe auf die Version hereingefallen wäre, die er mir hatte aufzwingen wollen. Die Dinge mußten sich ganz anders zugetragen haben. Von sich aus hatte sie ihm nichts gesagt. Er hatte uns zusammen gesehen und sie zum Reden gezwungen. Oder er war gar nach Hause gekommen, während wir uns im Obstgarten aufhielten, und hatte, da er niemanden im Haus vorfand, draußen gesucht.

«Mögen Sie Spione?» fragte ich ihn. Ich war außer mir. Er reagierte mit Verspätung. «Was wollen Sie damit sagen?» Er schien überrascht. Ich antwortete nicht, schlug aber auch nicht die Augen nieder. «Ich muß schon sagen, Sie haben einen merkwürdigen Blick, ich glaube, mit Ihnen steht's wirklich nicht zum besten.» Er schritt energisch aus, so daß ich zurückblieb. Vielleicht tat er es absichtlich, und die Angst, zurückgelassen und aus dem Spiel gedrängt zu werden, war stärker als all meine Ressentiments. Mit einemmal war ich bereit, jedwede Demütigung zu ertragen, um ihn in meiner Nähe zu halten. Unter solchen Umständen wendet man das erstbeste Mittel an, das einem gerade einfällt. Ich erzählte ihm, daß der Schneider versucht hatte, mich auszufragen (ohne anzugeben, daß es sich dabei um ihn gehandelt hatte), und angesichts seiner Gleichgültigkeit bauschte ich das Format von dessen Persönlichkeit und die Bedeutung, die ich seinen Worten beimaß, immer mehr auf. Über seine Tochter jedoch verlor ich kein Wort. Am Ende hätte er meine Worte verdrehen und sich dieses unglücklichen Geschöpfes bedienen können, um wer weiß was für perfide Geschichten zu erfinden. Dieser Gedanke verunsicherte mich ein wenig, und meine Erzählung vom Schneider geriet aus den Fugen.

Er würdigte mich keines Blickes, sondern achtete nur darauf, wohin er seinen Fuß setzte. Er trug die gelben

Schuhe, die Kati gefallen hatten, und bei all meiner Verwirrung kam mir der Gedanke, wie leicht der Straßenkot sie verschmutzen und die zierlich gearbeiteten Arabesken auf dem Oberleder verkleben konnte, die ich nicht mehr aus den Augen ließ. Als mir klar wurde, daß ich ihn nachahmte – vielleicht hatte er mich auch diesmal auf dem Weg der Suggestion beeinflußt –, blickte ich auf und schloß: «Ich mag es nicht, bespitzelt zu werden. Nicht, daß ich etwas zu verbergen hätte, aber eine gewisse Distanz muß gewahrt werden, anders geht es nicht…» Ich brach ab. Meine Worte hatte ich sozusagen heruntergehämmert, um ihm zu verstehen zu geben, daß sie ihn mit betrafen. Er aber starrte weiterhin auf seine Schuhe, so daß ich nicht wissen konnte, ob er die Anspielung verstanden hatte.

«Ich begreife Sie sehr gut, meine Schwester ist genauso.» Als er meine Verblüffung bemerkte, fügte er hinzu: «Vielleicht ist das der Grund, weshalb sie sich mit meiner Mutter nicht versteht.» Seine Stimme war wieder ruhig. «Was will denn Ihre Mutter von ihr wissen?» Plötzlich faßte er mich zögerlich, aber unverhohlen ins Auge: Entweder hatte er keine Ahnung, wie weit ich über sie Bescheid wußte, oder er hielt mich für indiskret.

«Nichts von Bedeutung, aber sehen Sie, es gibt Momente, in denen gewisse Dinge der Erklärung bedürfen. Von ihr jedoch erfährt man nie etwas, wenn man bloß abwartet. Sie verhält sich uns gegenüber, als wären wir Fremde.» Ich fragte ihn, ob er glaubte, sie sei anderen Leuten gegenüber offener, und um abzuschwächen, was in meiner Frage verletzend hätte wirken können, fügte ich hinzu: «Es gibt Menschen, die öffnen ihr Herz eher einem Fremden.» Wir gingen nicht mehr so schnell, er hatte seinen Schritt verlangsamt, vielleicht weil ihn das Gespräch jetzt mehr interessierte oder weil er sich einen seiner scheinbar harmlosen Sätze überlegte, die nur einen Teil von dem verrieten, was er dachte. Wieder schwieg er, um mich zu Wort kommen zu lassen. «Sie erschien mir dennoch nicht wie jemand mit besonderen Geheimnissen.»

Wider Erwarten hatte ich ins Schwarze getroffen. Er blieb stehen und fixierte mich äußerst unfreundlich, wobei er den Kopf ein wenig zur Seite neigte.

Meine verlegene Miene mußte ihn selbst unangenehm berührt haben, denn er schien nach Zigaretten zu suchen. «Es freut mich, daß ihr euch gut versteht», sagte er schließlich gleichgültig, als wäre von der Zufallsbekanntschaft zweier Zimmernachbarn im Urlaub die Rede. Er hatte sein Gleichgewicht wiedergefunden, und ich selbst fiel zurück in jene nervöse Dienstfertigkeit, in die mich seine Gegenwart nur allzuoft drängte. Dennoch war ich der Überzeugung, daß viele Fragen ihm immer noch zusetzten. Ich bewundere Leute, die ihre Neugier im Zaum halten können.

Ich wollte ihn nicht auf die Probe stellen: Ich hatte ihm nicht geantwortet, weil ich auf die Schritte im Treppenhaus geachtet hatte. Er wiederholte seine Frage nicht und stellte den sonderbaren Gegenstand zurück an seinen Platz in der Bibliothek (es war ein Gerät, mit dem Eier auf ihre Frische geprüft werden, mein Vater hatte es aus dem Ausland mitgebracht). Erst ungefähr drei Monate später, als wir vor einem Geschäft mit elektrischen Geräten stehenblieben, fragte er mich mit seiner immergleichen, ruhigen Stimme: «Sag mal, wozu dient eigentlich dies komische Ding da in deiner Bibliothek, das ausschaut wie eine Lupe?»

Seine Ruhe – der Verdacht, daß sie vielleicht nur gespielt war, hatte alle Bedeutung verloren – wirkte an-

 steckend, und wie immer frappierte mich die Klarheit seiner Augen, die den erstaunlich heiteren Himmel dieses Herbstabends mit seinen verspäteten Vögeln widerspiegelten.
«Ihr Obstgarten ist sehr schön, aber ich glaube, Sie haben nicht viel davon.» Er sagte, er versuche sich Tätigkeit vorzumachen, indem er einige Stunden am Tag zu Fuß laufe; das reiche wenigstens aus, ihn zu ermüden. «Wenn Ihre Schwester mit Ihnen ginge, könnte das sie vielleicht zerstreuen.» Er schüttelte den Kopf, und ich verstand seine Rüge: Wieso kam ich immer wieder auf sie zu sprechen? Dennoch konnte ich es mir nicht verkneifen, hinzuzufügen: «Merkwürdige Geschwister, die nie zusammen sind.» Wieder mußte ich seine Überlegenheit anerkennen. Er reagierte nicht sofort; erst nach einigem Nachdenken erklärte er: «Es tut mir leid, wir sind beide unglücklich darüber, aber ich kann nichts dafür.» «Um so erstaunlicher finde ich ihre Haltung, erscheint sie doch äußerst sensibel und empfänglich für den geringsten Schmerz.» Ich hörte sie wieder über den kranken Vogel sprechen. «Vielleicht liegt es doch auch an mir. Sicherlich wäre alles anders, wenn ich sie besser verstehen könnte.» Er sagte «verstehen», und er meinte «beherrschen».
Daran zweifelte ich nicht im geringsten. Er gehörte nicht zu den Leuten, die das Bedürfnis haben, zu verstehen, und das ist vielleicht auch der Grund, weshalb er mir immer überlegen war. Sie verfügte ihrerseits über eine ebenso schlagkräftige Waffe: den Abstand. Ich konnte mir kein richtiges Gespräch zwischen den beiden vorstellen. Ich sah, wie sie sich sofort zurückzog, etwa in ihr Zimmer flüchtete. Ihm blieb die Einöde der restlichen Zimmer. Oder die Einöde der Straße.

Mit einemmal spürte ich, daß ich sofort zu ihnen nach Hause zurückkehren mußte, um sie zu sehen, aber wie immer bei meinen seltenen plötzlichen Entschlüssen wußte ich auch diesmal keinen zwingenden Grund vorzubringen. Ich beschloß, eine eilige Erledigung in einer der Nebenstraßen vorzuschützen, um dann auf Umwegen zurückzugehen. Wir liefen gerade eine sehr lange Hauptstraße hinunter, in der sich ein trügerischer Vorgarten an den anderen reihte: Sobald ich glaubte, daß sich eine Seitenstraße öffnete, entpuppte sich diese als Sackgasse oder auch nur als Grundstückseinfahrt. Als er wieder zu sprechen begann, erwog ich bei aller Einsicht in das Risiko eines solchen Unterfangens, an irgendeiner Tür zu läuten, nur um von ihm loszukommen. Seine Worte mischten sich mit den immer heftigeren Schlägen meines Herzens. «Sie sollten ein Beruhigungsmittel nehmen, Sie scheinen mit Ihren Nerven am Ende zu sein. Entschuldigen Sie, wenn ich Ihnen das sage.» Er schwieg eine Sekunde, als wollte er mich Luft holen lassen, dann fuhr er fort: «Dieser Schneider hat Sie geärgert, das ist verständlich! Aber Sie werden sich doch nicht wegen einer solchen Kleinigkeit so über die Maßen aufregen.» Sein wohlwollender, fast freundschaftlicher Blick schien natürlich.

Offensichtlich hätte es keinen Zweck gehabt, unsere Beziehung zu forcieren; so nahmen unsere Begegnungen wieder ihren keuschen Charakter an. Sie hatte nein gesagt, als ich sie ein weiteres Mal in die Arme geschlossen hatte, doch mit der Zeit kam ich zu dem Schluß, daß diese Ablehnung keine verbindliche war und daß sie ebenso wie ich einer Aufhebung des Verbots harrte. Das gab mir eine gewisse Ruhe. Eines Tages jedoch war ihr Schweigen ein anderes, bevölkert von Schatten, die vor mir flohen. Oder mich jagten.

 Heute noch kann ich mir meine Intuition nicht erklären: Normalerweise hätte ich an ihn erst ganz zuletzt denken müssen. Spät, gegen Mitternacht, läutete ich an seiner Tür. Er empfing mich wie einen Freund, für den es keine unpassende Stunde gibt, auch wenn wir uns erst so kurze Zeit kannten. Ich war nur gekommen, um ihn zu sehen, ich mußte ihn sehen, doch wußte ich schon, als ich auf den Klingelknopf drückte, daß ich ihm keinerlei Fragen stellen würde. Ich griff zurück auf eine Geschichte, die ihn überhaupt nicht betraf. Ich erzählte ihm von meinem Verdacht gegen jemanden, den ich vor kurzem in einem Park kennengelernt hatte und der mir extravagante Geschäfte in einem fernen Land angeboten hatte. Das Interesse, mit dem er mir zuhörte, war vielleicht etwas übertrieben, um ehrlich zu sein. Ich sprach ohne besondere Überzeugung, meine Aufmerksamkeit galt seinem Gesicht, in dem ich zu entdecken suchte, was sie anziehend gefunden hatte. Wenn ich mich nicht irrte, natürlich. Als ich meinen Sermon beendet hatte, konnte ich in der Miene meines Gastgebers nichts entdecken, was meiner Beunruhigung recht gegeben hätte. Erst zwischen Tür und Angel sagte er mit warmem, unnötig ernsthaftem, nachdenklichem Unterton: «Sie haben vielleicht zuviel Phantasie, das ist übrigens auch die Meinung unserer gemeinsamen Freundin. Allerdings ist dieser Mann, von dem Sie mir erzählt haben, wirklich merkwürdig; ich würde Ihnen jedenfalls zur Vorsicht raten.» Ich war aufgeklärt.
Er hatte meinen Vorwand – den Bericht über das Gespräch mit dem Schneider – so ohne weiteres hingenommen, daß ich nicht mehr den geringsten Zweifel hegte. Er wußte, wie sehr ich mir angelegen sein ließ, was in ihrem Haus geschah, vielleicht hatte er sogar erraten, daß ich ohne ihn dorthin zurückkehren

wollte. Mechanisch beschleunigte ich meinen Schritt. Mein Schweigen schützte mich nicht mehr, ich war sicher, daß er meine Gedanken las. Durchsichtig war ich geworden, er aber offenbar auch. Ihr Gang ist ja gestört, wie der Gang eines Neurotikers mitten in einer Krise. Ich weiß nicht, wie es mir gelungen war, ihm selbst ein so wenig gebräuchliches Wort wie «Neurotiker» von den Augen abzulesen. Bemerkungen über meine Gesundheit ertrage ich nicht. Hier aber handelte es sich wahrscheinlich um ein Echo dessen, was sie ihm nach der Begebenheit im Obstgarten erzählt hatte. Und er versuchte mich damit aus der Fassung zu bringen oder mich von ihnen fernzuhalten. Von ihr. Ich setzte ein Lächeln auf, gezwungen wie das von Kati, wenn wir eine ihrer Kolleginnen trafen und sie nicht stehenbleiben wollte.

«Sie langweilen sich hier auch eher, glaube ich.» Kaum konnte ich der Versuchung widerstehen, ihn zu fragen, warum er nicht fortzog aus der Stadt, wenn er sich langweilte. Ich hätte aber nichts erreicht, sondern mir eine unangenehme Reaktion eingehandelt. Nur zu gut kannte ich seine verächtliche Art, eine Augenbraue hochzuziehen, wenn ihm eine Frage mißfiel. Er war mir unsympathischer denn je, und der Gedanke, daß ich mich mit ihm herumschlug, statt zu ihr zurückzukehren, machte den Spaziergang unerträglich.

Ich sagte ihm, ich müsse mich von ihm trennen, da ich auf dem Postamt zu tun hätte. «Glauben Sie denn, ich würde Sie verlassen?» Sein ironisches Lächeln reizte mich. «Sie hätten sich bis zu mir bemüht, nur um mich in die Stadt zu begleiten?» Dann tat er, als hätte er nicht recht verstanden. «Wohin, sagten Sie, wollten Sie gehen?» Ich begriff nicht, warum er nicht lockerließ, und mein Tonfall wurde um nichts überzeugender. «Auch ich wollte zur Post.» Und weiter ging er, die Hände auf dem Rücken verschränkt, wiegenden Schrittes, als übte er einen Tanz. Diese jungenhafte Äußerung guter Laune paßte gar nicht zu ihm. War ich hinter ihm, so kam ich mir vor wie ein Hund an einer unsichtbaren Leine, überholte ich ihn aber, war es noch unangenehmer: ich spürte seinen Blick zwischen den Schulterblättern. Die frische Luft hatte eine ungeahnte Wirkung, sie gab mir eine Energie, mit der ich mich auf ihn hätte werfen und ihn in den Staub hätte drücken können.

«Haben Sie etwas Postlagerndes abzuholen?» Meinen Ärger bezähmend, fragte ich zurück, wie er darauf komme. Er gab mir keine Erklärung, und kein Muskel zuckte in seinem Gesicht, nur seine Lippen wurden noch schmaler. «Es gibt auch noch andere Schalter!» fügte ich hinzu. «Sie sind wirklich schlecht gelaunt heute. Ich frage mich, ob es nicht ein Fehler war, daß Sie zu mir gekommen sind.» Endlich konnte ich lächeln, er hatte mir nichts mehr zu sagen, denn nun war er an einem Punkt angelangt, da er über sie hätte sprechen müssen. Das aber würde er, wie ich wußte, nicht tun, wenn ich ihn nicht dazu zwang. Gespräche, in denen sie irgendwann auftauchen konnte, suchte er systematisch zu vermeiden. Ich beschloß meinen Vorteil zu nutzen. Mit einer fröhlichen Stimme, die nicht die meine war, sagte ich: «Wer weiß? Vielleicht bin ich gar nicht Ihretwegen gekommen.» Und da ich mir das Vergnügen nicht versagen mochte, ihn offen herauszufordern, setzte ich hinzu: «Vielleicht wollte ich Ihrer Schwester einen Besuch abstatten.»

Seine Rolle erlaubte ihm nicht, mir das zu verbieten. Ganz und gar unerwartet fiel seine Reaktion aus. «Das hätten Sie mir gleich sagen sollen. Ich habe Sie hinter mir hergezerrt, ohne zu bedenken, daß ich Ihre Pläne

durcheinanderbringen könnte.» Fast war ich geneigt
zu glauben, daß unser Duell mit diesem Torschlußmanöver ein Ende finden würde, wäre mir nicht sein mißtrauischer Blick aufgefallen: wie immer wog er Für und Wider ab, ehe er sich zu einem Geständnis durchrang oder sich entschloß, eine heikle Bitte vorzubringen. Ein Blick, trügerisch wie die Flöte eines Fakirs: Es ist nicht die Musik, es sind die Bewegungen der Finger, die die Schlange faszinieren. Ich mußte zwischen der Aussage der Wörter und dem Dementi des Blickes wählen.

«Ich weiß nicht, ob es heute geht» oder: «Ich könnte es heute vielleicht versuchen, aber warten wir ab», sagten mir die verschmitzten Augen des kleinen Mädchens, dem ich auf allerlei Schleichwegen näherzukommen suchte. Noch durchschaute ich nicht die List, und sobald ich ihrer ansichtig wurde, lauerte ich auf die Geste, die ein Zeichen hätte sein können. (Eines Tages vollführte ich eine Stunde lang die kompliziertesten Manöver: Als suchte ich nach Feuersteinen, schlug ich immer wieder Kieselsteine gegeneinander, um so, ohne daß die Kindermädchen auf ihren Klappstühlen Verdacht schöpften, an ein Stückchen Papier heranzukommen, das ihr aus der Tasche gefallen und vielleicht für mich bestimmt war.)

Ich tat, als wüßte ich um den Kampf, der in seinem Innern ausgetragen wurde zwischen dem Bedürfnis, mit mir zu sprechen, und irgendwelchen mir unbekannten Verboten. Ich schlug die Augen nieder, um ihm zu verstehen zu geben, daß die Flöte ihre Wirkung getan hatte und ich bereit war, ihm die Bitte zu gewähren, die auszusprechen er sich so schwertat.

Ich erinnere mich an den bestimmten, beinahe autoritären Ton, in dem das kleine Mädchen schließlich von mir verlangte (es war hinter dem schweren Tor eines

 Speichers), ihr noch am selben Abend eine Knabenhose zu bringen, sich jedoch zu meiner großen Verzweiflung nicht herabließ, mir zu erklären, was sie damit anfangen wollte.

Der Ton, den er anschlug, war gewiß nicht so gebieterisch, doch schloß auch er selbst die kleinste Frage aus. «Sie müssen wissen, daß meine Schwester viel jünger ist, als sie scheint. Sie ist noch in einem Alter, in dem man aus heiterem Himmel Entschlüsse faßt. Sollte sie Ihnen irgendwann etwas Beunruhigendes sagen, so verlasse ich mich auf Ihr Gespür, daß Sie es merken, und auf Ihre Freundschaft, daß Sie es mich wissen lassen.» Ich hatte nicht gedacht, daß er mich so direkt auffordern würde, für ihn zu arbeiten. Dies erklärte sein wechselhaftes Verhalten mir gegenüber.

«Ich habe keinen bestimmten Grund zur Sorge, doch Sie haben es selbst feststellen können: Sie macht zur Zeit eine Krise durch.» Er fügte hinzu, indem er jedes Wort einzeln betonte: «Was bei jungen Mädchen übrigens häufig vorkommt.» Ich entgegnete, sie erscheine mir nicht depressiv, und ihr Wunsch nach Einsamkeit könne einfach in ihrer Natur liegen. Doch er hörte mir nicht mehr zu. «Jedenfalls hätte ich Sie, auch ohne daß Sie darüber geredet hätten, gewarnt, sobald mir etwas besorgniserregend vorgekommen wäre.» Mein Übereifer beeindruckte ihn nicht. Im Gegenteil, ich glaubte ein ironisches Lächeln auf seinen Lippen zu bemerken.

Etwas Neues, Erdrückendes hatte sich zwischen uns gezwängt. Noch wußte ich zwar weder, was es war, noch, wie es gekommen war, aber sein scheinbares Vertrauen in mich trübte die ohnehin nicht sehr klaren Wasser, in denen wir wateten, nur noch stärker. Manchmal erwache ich morgens todmüde und mit einem bitteren Geschmack im Mund. Ich entsinne

mich nicht, wovon ich geträumt habe, ich weiß nur, daß es ein Albtraum gewesen ist, was sich da in der Folterkammer des Schlafes zugetragen hat. Vielleicht war es ja nichts als ein entlarvtes Gesicht oder eine unerträgliche Erkenntnis über jemanden, der mir nahesteht. Mehr weiß ich nicht, doch der Schrecken sitzt mir noch den ganzen Tag in den Gliedern.
Selten kommt es vor, daß durch ein Zeichen oder einen unbedeutenden Gegenstand der Vorhang später gelüftet wird und ich Einblick bekomme in die Zusammenhänge meines Traums. Meistens warte ich vergeblich. Und wenn ich nur ein Bruchstück des Traumes aufdecken kann, wird jenes andere Stück, das mir verborgen bleibt, immer mehr zur Qual.
Die Szene, die sich gerade zwischen uns abgespielt hatte, war mir zu einer unbegreiflichen Belastung geworden. Selbst die Luft schien sich seither verändert zu haben. Beinahe wäre ich darauf hereingefallen. Er vertraute mir nicht im geringsten, seine Bitte war völlig unsinnig, und das Lächeln, mit dem er sie vorgetragen hatte, sollte darüber hinwegtäuschen.
Meine Frage prallte unwiderruflich ab an seinem verschlossenen Gesicht. Das Schweigen war wieder bedrückend, ja feindselig. Ich mußte an eine Stadt denken, in der man urplötzlich von einem geruchlosen tödlichen Gas erfährt, das sich in der Luft ausbreitet. Ich sah die Bewohner in wahnsinnigem Entsetzen mit zusammengebissenen Zähnen durcheinanderlaufen, sich gegenseitig suchen und mit verzweifelten Gesten verständigen, ich sah ihre durch das Schweigen nur noch gespenstischer wirkende Gehetztheit.
Sein von neuem erstarrter Gesichtsausdruck gab mir wieder Fragen auf. Wenn er also nichts von mir erwartete, warum bat er mich dann, sie zu überwachen? Wieso diese falsche Kumpanei mit einem kaum ver-

 trauenswürdigen Fremdling? In Wellen breitete sich seine Vieldeutigkeit um ihn aus, in ihrem Haus hatte ich sie im Verhalten seiner Mutter und im Echo der sie alle umgebenden Gegenstände auf Anhieb gespürt. Nur das Mädchen vermochte sich ihr zu entziehen. Um sie herum war der Schatten anders verteilt. Sie besaß ihr eigenes Licht, war von anderer Wesensart. Von anderem Geblüt. Diese Entdeckung oder vielmehr Bestätigung half mir, den eisigen Kreis zu verlassen, in den keine Luft eindrang. Vielleicht war es nur eine Warnung. Gesetzt den Fall, ich erführe etwas von ihr, sollte ich wissen, daß in erster Linie er davon zu unterrichten war. Seine Bitte konnte im Grunde eine Drohung sein.

Die Fähigkeit zu hassen traute ich ihm nicht zu (das hätte unnütze Kraftvergeudung für ihn bedeutet), dafür aber gnadenlose Härte bei der Verteidigung des eigenen Territoriums. Ein psychisch unzerstörbarer Gegner. Im Gegensatz zu mir. Die wirkliche Erfahrung einer körperlichen Auseinandersetzung habe ich nie gemacht. Im Traum jedoch kommt es vor, daß ich in einen Kampf verwickelt werde, wobei ich regelmäßig verliere, und das manchmal gegen nichtswürdige Gnome, denen ich gleichwohl nichts anderes entgegensetzen kann als immer linkischere Bewegungen von unbegreiflicher Schwäche. (Möglicherweise, weil ich ihr Gesicht nicht sehen kann.) Ich fühlte mich wie in diesen Albträumen, wehrlos, unfähig, dem Gegner die Stirn zu bieten oder auch nur den Ort der Gefahr zu meiden.

Als ich mich ihm zuwandte, sagte er in gleichgültigem Ton, wir seien am Postamt vorbeigegangen. «Dann muß ich umkehren.» «Ich begleite Sie, ich muß auch dorthin.» Er vergrub seine Hände in den Manteltaschen, und wir machten kehrt.

Unsicheren Schrittes stieg ich die Stufen zum Postamt hinauf. Solange er nicht von mir abließ, war es mir unmöglich, einen Ausweg zu finden. Ich tat, als müßte ich meine Schnürsenkel binden. Als ich die Halle betrat, sah ich ihn am Schalter für postlagernde Sendungen lehnen. Ich fragte ihn, warum er sich die Post nicht nach Hause schicken lasse. Er habe seinen Freunden keine Anschrift angeben können, entgegnete er, da er nicht gewußt habe, wo er wohnen würde. Wie ich geahnt hatte, lag kein Brief für ihn vor. Der innere Nebel lichtete sich, und beinahe genießerisch sog ich die Luft ein, in der ein Geruch von staubigen Wänden, vergilbten Plakaten und die feuchte Wärme der Menschen um uns hing. In dem Licht, das hier gedämpfter wirkte als draußen, sah ich, wie eingefallen seine Gesichtszüge waren und daß die Haut um seine Augen vorzeitig gealtert zu sein schien. Dazu kam sein abwesender Blick, der einen glauben ließ, er befinde sich rein zufällig dort, wo man ihn gerade antraf, wo auch immer. Kleiner erschien er mir, noch zerbrechlicher. Zwei grüne Schatten leckten an seinem Gesicht. Er machte einen ratlosen Eindruck. Seine Arme baumelten kläglich herab. In meiner Brust brandete eine Welle unbegreiflicher Zärtlichkeit auf.

Verwirrt durch diesen plötzlichen Anflug von Sympathie, wäre ich beinahe mit ihm hinausgegangen, ohne den Telegrammschalter aufzusuchen. Apathisch folgte er mir dorthin, und sein Schweigen erschien mir diesmal anders, neutral, ohne jeden Bezug zu uns, zu dem, was wir einander gesagt hatten. Während ich meine Glückwunschdepesche an einen fiktiven Freund zu einem nicht minder imaginären Geburtstag schrieb, trat er näher an mich heran. Ich weiß nicht, ob er über meine Schultern hinweg zu lesen versuchte. Als ich den Kopf hob, sah er mich an, als erwartete er einen Befehl.

Ich beschloß, mich von ihm zu verabschieden, sobald wir draußen waren, um auf dem schnellsten Weg nach Hause zu gehen. Um ihm zu entkommen. Vielleicht ihm wieder zu begegnen. Wir gingen schon die Stufen des Postamtes hinunter, als er, ohne mich anzusehen, sagte, ich hätte meine Empfangsbescheinigung am Schalter vergessen. Seinen Schritt verlangsamte er jedoch nicht, so als wüßte er, daß ich nicht umkehren würde, um sie zu holen.

XII

Um diese Uhrzeit wartete hinter der Tür des Schneiders niemand auf mich. Ich konnte deshalb ruhig die Treppe hinuntergehen und auf dem Flur stehenbleiben, ohne daß sie aufging und der Kopf des Vaters oder der Tochter erschien, wie es immer geschah, wenn ich zu gewohnter Stunde hinauf- oder hinunterstieg. Ich weiß nicht, warum ich nicht anklopfte. Als ich die Klinke niederdrückte, ohne daß dabei etwas zu hören war, hatte ich das Gefühl, als würde eine wilde Jagd plötzlich zum Stehen gebracht, wie ich es auch beobachte – oder besser: empfinde –, wenn ich mitten in der Nacht das Licht anknipse. Alles steht oder hängt schief wie ein Kleidungsstück, das man schnell überwirft, wenn es überraschend an der Tür geläutet hat. Das Fenster, die Stühle, auf denen ein Hemd oder eine Hose bizarre Formen annimmt, noch gleicht das alles etwas anderem, das gerade aufgehört hat dazusein, zu existieren. Dann finden die Dinge ihr gewohntes Aussehen wieder, jenes durchtriebene Schmunzeln, hinter dem Bauern ihre wahren Ansichten verbergen.

Die Tochter des Schneiders, die im Hintergrund des Zimmers auf einem niedrigen Schemel saß, wie ihn Schuster verwenden, erhob sich, als sie mich sah. Zwischen ihrem winzigen Schemel, der seine Gegenwart um so stärker geltend machte, als er seiner Daseinsberechtigung beraubt worden war, und einer Tür mit gewöhnlichen Maßen, von der ich nicht wußte, wohin sie führte, erschien das dicke Mädchen noch riesenhafter.

 Sie schnitt eine komplizierte und doch ausdruckslose Grimasse, unbeschreiblich wie die Oberflächengestalt eines Kohlkopfs. Ihre schweren bloßen Arme hingen an ihrem Körper herab wie die ausgebalgten Hasen an den Haken der Metzgereien. Hätte sie nicht diese ungewöhnlichen Maße gehabt, so hätte ich sie vielleicht gar nicht gleich bemerkt, denn als ich die Tür öffnete, stand reglos dahinter ihr Vater, den ich aber nur mit Mühe und so unscharf wahrnahm, als hätten sich auf einem photographischen Abzug durch einen Irrtum zwei Bilder überlagert. Ich sah sie sozusagen durch ihn hindurch, kraft ihrer Masse ging von ihr eine Ausstrahlung aus, für die der Körper des Schneiders kein Hindernis war. Erst als er einen Schritt zurückwich und mit der Hand ein Zeichen gab (worauf seine Tochter das Gesicht zu einem Lächeln verzog, bevor sie in ein anderes Zimmer verschwand), sah ich ihn klar und deutlich.

Die Unterwürfigkeit, die Promptheit, mit der sie gehorchte, verblüfften mich bei einem Geschöpf dieser Ausmaße. Lächelnd sah ich zu der Tür, durch die sie gerade verschwunden war, was den Schneider zu irritieren schien. Er blickte mit seinen kleinen, von roten Äderchen durchzogenen Augen zu mir auf, und eine Zeitlang konnte ich den trüben Flecken folgen, die immer schneller um seine ungleichen Pupillen kreisten. Er konnte es nicht erwarten, den Grund für mein Eindringen bei ihm zu erfahren; natürlich war ich mit einem bestimmten Zweck gekommen, aber ich schwieg.

Eines weiß ich schon lange: Wenn man sich einem einfachen Menschen nähert, ist er sofort auf der Hut. Man kommt nicht zu ihm, ohne etwas von ihm zu wollen. Sobald ich im Café vor einem Kellner stehenbleibe, greift er schon in die Tasche nach den Zündhölzern. Menschliche Hierarchien ließen sich bestimmen anhand der Umstände, unter denen es Individuen nebeneinander aushalten, ohne sich auf irgendeine Art und Weise zu äußern, ohne sich in ein Spiel zu flüchten, ohne daß die einen – die sich für unterlegen halten – das Schweigen als Last allein auf sich nehmen.

Nirgends sonst fühlte ich mich so wichtig und zugleich so verlegen. Vor allem, wenn mein Freund nicht zu Hause war. Dann trieb mich die Unruhe seines Vaters, eines pensionierten Eisenbahners mit tabakgelben Fingern, der sich dauernd auf dem Schreibtisch seines Sohnes zu schaffen machte, zu einer Nervosität, die ich um so schwerer ertrug, als mir dieser Mensch auch noch ein fades Mitgefühl abverlangte. Seine mir so unangenehme Unterlegenheit rührte daher, daß er nicht wußte, wie er die Zeit ausfüllen sollte, die er in meiner Gesellschaft zu verbringen hatte (ich war selbstverständlich nicht seinetwegen gekommen, da ich mich aber nun einmal unter seinem Dach befand, sah er sich als Gastgeber in die Pflicht genommen).

Ich hatte nicht die Absicht, seine Unrast zu steigern, ihn noch ärger zu verwirren, aber ich kann mich in keinem unbekannten Haus aufhalten, ohne alle Winkel zu erkunden. Diese Gewohnheit hat ihren Ursprung zweifellos in einem der Schreckenserlebnisse meiner frühesten Kindheit. Die Begebenheit ereignete sich ingesamt drei- oder viermal, ohne daß sich durch die Wiederholung irgend etwas geändert hätte (ein und derselbe Albtraum überrumpelt uns immer in gleich wehrlosem Zustand und setzt sich über sämtliche Vernunftgründe hinweg, die wir ihm im Lauf der Jahre entgegenzusetzen versuchen).

Als Gäste eines entfernten Verwandten saßen wir auf dem Balkon seiner Wohnung, um die Parade zu verfolgen. Ich reichte mit dem Kopf nicht einmal bis zur Oberkante der Brüstung. Mein Vater hatte seine warme, sichere Hand in meinen Nacken gelegt, ich aber spürte, daß dies eine illusorische Sicherheit war, nichts konnte mich darüber hinwegtäuschen, daß wir vielleicht unsere letzten Augenblicke durchlebten. Außen herum war es nicht möglich, vom Balkon auf die Straße zu gelangen, nicht einmal ein Fallrohr verlief in der Nähe, an dem man sich zur Not hätte festhalten können, und dort unter uns blitzten die Bajonette des Militärkordons, blutrünstige Bajonette, die mir blankes Entsetzen einjagten. Ich fürchtete, jeden Augenblick könnte ich das schwere Dröhnen bedrohlicher Schritte von der Treppe her hören, und begriff nicht, wie mein Vater das Spektakel so ruhig und arglos verfolgen konnte. Nach dem Ende der Parade (die ich gar nicht richtig mit angesehen hatte) wagte ich es nicht, im Weggehen auch nur einen einzigen Blick zurückzuwerfen. So blieb der Schrecken unverändert, unangetastet.

Daraus wurde schließlich ein Zeremoniell. Wenn ich zum erstenmal bei jemandem war, lief ich von einem Fenster zum andern, um zu sehen, welche Fluchtmöglichkeiten bestanden. Dabei gab ich vor, die Gemälde oder die Photographien zu betrachten. Dann richtete ich meine Aufmerksamkeit auf die weniger bedeutenden Dinge. Diese in einem fremden Zimmer manchmal sich aufdrängenden Gegenstände behielt ich aufgrund des Antriebs, der mich auf sie hatte stoßen lassen, noch recht lange im Gedächtnis. Erst später mäßigte sich mein Elan zu einfacher Neugier.

Mein Spiel mit den Dingen nimmt in anderen Formen seinen Lauf. Geheimnisvolle Auswahlverfahren und Annäherungen werden abgewickelt – wo, das weiß ich nicht. Mit einemmal war ich außerstande, die Züge eines Freundes von der Kälte zu scheiden, die ich angesichts des marmornen Tintenfasses in seinem Arbeitszimmer empfunden hatte; oder es erschien mir eine alte Dame, wie von den Porzellanschmetterlingen der kleinen Tassen umschwirrt, in denen sie uns, meiner Mutter und mir, den Tee kredenzt hatte. (Kati war verblüfft, als ich eines Tages mit einem Blick in das Fenster eines Hauses einen Garderobenständer entdeckte, der mit dem ihren identisch war. Hätte sie mich allerdings nach der Farbe ihrer Vorhänge gefragt, wäre ich in arge Verlegenheit geraten.) Wie Pfade auf einer Lichtung, so eröffnet sich hier eine Vielzahl möglicher Spuren.

Nachdem ich alle Winkel des kleinen Zimmers in Augenschein genommen hatte, dessen Gegenstände mir kaum Antwort gaben, ruhte mein Blick auf seinem Gesicht. Er schüttelte den Kopf, als hätte ihn eine Fliege gestört.

«Heute morgen konnte ich mich nicht aufhalten, ich war sehr in Eile.» Ich fürchtete, ihm den Grund meines Besuchs noch näher erklären zu müssen, aber schon lächelte er verständnisvoll. Dabei rieb er seine knotigen Hände an den Hosenbeinen knapp über dem Knie. Er machte einen verlegenen Eindruck. Ich begriff nicht, warum er zögerte, mir zu erklären, was er mir hatte sagen wollen, als er mich im Treppenhaus angesprochen hatte. Mir ist durchaus bewußt, daß gewisse Bekenntnisse heikel sind und einen günstigen Ort und Zeitpunkt voraussetzen, doch meinte ich, hier sei das nicht der Fall. Bis auf seine wohlgeschnittenen Fingernägel sah er überhaupt nicht gepflegt aus. Er trug einen Anzug, wie er auf dem Land üblich war, aus einem Tuch in undefinierbarem Graubraun wie die Rinde alter Bäume. Die ungleich geschnittenen Taschen schienen vollgestopft mit allen möglichen Din-

 gen. Ich wandte den Blick nicht von ihm, und schließlich gelang es ihm zu sprechen. «Wieder geht es um den Herrn, der bei Ihnen zu Besuch war.» Ich tat, als hätte ich nichts verstanden. «Wie?» «Es handelt sich wieder um den Herrn, der bei Ihnen zu Besuch war.» Vielleicht aus Furcht, mich zu verdrießen, fügte er eilig hinzu: «Das heißt, nicht direkt um ihn.» Er machte eine Verlegenheitspause. «Es handelt sich um die alte Dame, mit der ich ihn in der Stadt gesehen habe.»
Immer noch erschöpft von dem furchtbaren Vormittag auf dem Postamt, machte ich gewiß einen unfreundlichen Eindruck. Das entmutigte ihn. Wieder begann er seine mageren Schenkel zu reiben, die sich unter dem groben Tuch seiner Hose abzeichneten. Das spärliche Licht, das durch das kleine Fenster zur Straße einfiel, ließ seine Züge nicht klar erkennen. Glücklicherweise gehörte er zu den Leuten, deren Nervosität sich nicht auf mich überträgt. Natürlich berührte es mich peinlich, mit anzusehen, wie er sich wand, aber ich war nicht in der Lage, ihm zu helfen; schließlich und endlich war er es, der mich am Morgen angesprochen hatte.
Um seinem Zögern ein Ende zu bereiten, entschloß ich mich dann doch, ihn zur Rede zu stellen: «Was ist denn geschehen? Was ist los mit ihm oder mit ihr?»
Er blickte mit seinen kurzsichtigen Augen zu mir auf und sagte mit leicht zittriger Stimme: «Ich dachte, sie wäre tot.»
Ich lehnte mich in dem alten Sessel zurück, in dem ich gerade Platz genommen hatte, und schaute ihn an, ohne etwas zu sagen. Ich wollte ihn zwingen, weiter auszuholen. Mein Schweigen verwirrte ihn, und seine Stimme wurde noch schwächer. «Ich habe schlechte Augen, aber mit meiner Brille sehe ich wie alle anderen auch. Jetzt weiß ich nicht mehr, was ich denken soll.»

Hinter meinem Rücken hörte ich ein Knarren. Fast hätte ich mich umgedreht, aber ich wollte ihn nicht unterbrechen. Er redete mit gesenktem Kopf, und in seinen kurzgeschorenen weißen Haaren wurde ich seltsame Wirbel gewahr; sie schienen jene Stellen zu kennzeichnen, an denen das Dunkel von seinem sich langsam hebenden und senkenden Schädel aufgesogen wurde. «Sie kam selten zu uns, doch ich erinnere mich gut an sie, sie hatte tiefliegende Augen, und während sie mir die Stoffe zeigte, die sie mitgebracht hatte, sah ich durch das Fenster die Hufe der Pferde vor ihrer Kutsche.» «Gab es viele Kutschen in der Stadt?» «Nein, nicht viele.» «Sie erkannten also am Hufschlag der Pferde, wenn sie kam, nicht wahr?»
Er musterte mich mißtrauisch. «Nein», erwiderte er und fixierte mich weiter, als hätte er in meinem Gesicht etwas Neues entdeckt. Bestimmt hatte seine Tochter die Tür einen Spaltbreit geöffnet, um zu lauschen, und die Katze hatte hereinschlüpfen können. Ich verwünschte mich selbst, ihm diese Fragen gestellt zu haben, die ihn verwirrten. Ich sah ihn an, als sei ich erstaunt, daß er schwieg. Die List funktionierte. «Sie hatte eine hohe Stimme und so viel Mühe beim Reden, daß man denken konnte, sie wäre eine Fremde. Sie wohnten weit weg.» «Woher wissen Sie, wo sie wohnten?» «Daran erinnere ich mich nicht mehr, ich hab's wohl vergessen. Ihr Mann war ein sehr großer, eleganter Herr, er ist zwei-, dreimal mitgekommen. Meine selige Frau meinte, sie wären aus guter Familie.»
Die Katze sprang auf sein Knie und rieb ihren Kopf an seiner Hose. «Sie sagte: ‹Das sind vornehme Leute, nicht wie unsere anderen Kunden.› Er hielt sich dort neben der Tür auf.» Er zeigte auf die kleine Tür im Hintergrund. «Ganz umsonst bat ich ihn herein – als ich noch einen Salon hatte, in dem ich Kunden emp-

fing –, er lehnte ab, blieb dort stehn und stützte sich auf seinen dünnen Spazierstock aus rotem Holz mit silbernem Knauf.» Nachdenklich schwieg er, anscheinend selbst erstaunt darüber, daß er all diese Einzelheiten nicht vergessen hatte. Er nahm die Katze mit einer Hand und setzte sie sanft auf den Boden. Das Tier begann wieder, sich am Hosenbein zu reiben, wobei es den Fuß in dem schwarzen Schnürstiefel mied, indem es mit der Genauigkeit eines Uhrwerks einen immer gleichen kleinen Bogen darum machte. «Nun, er ist gestorben, und sie hat sich erhängt.» Ich weiß nicht, wie ich auf den Gedanken kam, daß er mir nicht alles sagte. Vielleicht weil er in seinem Bericht plötzlich innehielt.

«Woran ist er gestorben?» fragte ich und staunte über meine ruhige Stimme. Er wiegte den Kopf von einer Seite zur anderen, und für einen Augenblick hatte ich die Vorstellung von zwei Bewegungen ganz verschiedener Ordnung: der Kopfbewegung des Schneiders und jener der Katze am Hosenbein. Ihre Überlagerung war von schwindelerregender Wirkung. Ich war für einen Moment abwesend, doch dann faßte ich mich wieder. Ich weiß, daß die unbedeutendste Bewegung ein Bekenntnis vorzeitig abbrechen kann. Wenn ich meinen Gesprächspartner schon seit geraumer Zeit kenne, ist das Risiko geringer, da ich mir denken kann, was sein Mißtrauen erregen könnte. («Aber dein Chef war doch ein widerwärtiger Greis, wie konnte er sich denn da noch Illusionen machen?» Daraufhin merkte Kati, daß ich keinerlei rückwirkende Eifersucht hegte, und fuhr mit der Schilderung der Kniffe und Tricks fort, die dieser Kerl erfolglos angewendet hatte, um sie zu Intimitäten zu bewegen.) Unglücklicherweise hatte ich bei dem Schneider keine Vorstellung von den Bereichen, in die ich mich nicht wagen durfte, ohne daß er seiner Erinnerung einen Riegel vorgeschoben hätte.

Er schwieg, als hätte er meine Frage nicht gehört. Unter diesen Umständen blieb mir nichts anderes übrig, als seine Bewegungen zu beobachten, wie ein Jäger dem Vogelflug außer Reichweite seiner Flinte folgt. Dennoch raffte ich mich auf und sagte: «Es gibt sehr sonderbare Tode.» Er nickte unbeteiligt. In meinem Rücken spürte ich einen kühlen Luftzug. Er bemerkte es, stand auf und ging mit schnellen Schritten zu der kleinen Tür hinter mir. Ich drehte mich nicht um, aber der Zeit nach zu schließen, die er dort verweilte, verscheuchte er seine Tochter von ihrem Horchposten hinter dem Türspalt. Er kam zurück und zog seinen Stuhl näher an meinen Sessel. Er sah ganz anders aus, und zum erstenmal fiel mir auf, wie spitz seine Ohren zuliefen.

«Sie haben es erraten. Es war kein gewöhnlicher Tod.»

Die Einsamkeit mußte ihm zu schaffen machen. Seine Tochter stellte kein geeignetes Auditorium dar. Er schien aufzuatmen wie ein Mensch, der endlich reden kann, und war kaum wiederzuerkennen. Sein ganzes Gesicht geriet in Bewegung, die Beredsamkeit erfaßte sogar seine Falten.

«Er ist ertrunken.» Nach einer kurzen Pause fügte er dann mit einer Stimme hinzu, in der so etwas wie Schadenfreude mitschwang: «In seiner Badewanne ist er ertrunken.» Ich zuckte zusammen. Diesmal hatte er es aber erwartet, ich riskierte nichts mehr. Er hatte lediglich eine Kunstpause eingelegt wie ein Erzähler, der mit dramatischen Effekten haushält. «Er litt an einer schweren Krankheit. Einer sehr schweren Krankheit, Sie verstehen.» Ich weiß, daß jedes Alter seine «sehr schweren» Krankheiten hat, über die man

möglichst wenig spricht, und das nicht nur vor Kindern. Warum sollte seine Tochter diese Enthüllungen nicht mithören? Oder ging es nur um den Namen der Krankheit, den er noch nicht ausgesprochen hatte?
Ich erinnerte mich – warum, weiß ich nicht – an den Tag, als wir in meinem Zimmer angestoßen hatten und mein Gast in einer plötzlichen Anwandlung von Sympathie ausgerufen hatte: «Auf jene, die leiden!»
Ein eisiger Schauer lief mir das Rückgrat hinunter.
Der Schneider sah mich unzufrieden an. Ich war ihm wohl nicht neugierig genug. «Eine seltene Krankheit!» Er wirkte wie jemand, der noch nicht weiß, ob er mehr sagen will. Von der Straße war Hufschlag zu hören. Sein Lächeln wurde dadurch nicht gestört. Ich hatte den Eindruck, der Wagen käme immer näher, doch plötzlich setzte das Geräusch aus, und ein widersinniger Gedanke ging mir durch den Kopf: Das Ganze war eine Täuschung gewesen, die der Schneider heraufbeschworen hatte, um mich die Reichweite seiner Macht spüren zu lassen. Mit einemmal trat in sein Lächeln etwas Bedrohliches. «Er litt an der Fallsucht. Epilepsie. Während eines Anfalls ist er ertrunken.» Er schien hoch erfreut darüber, als handelte es sich um ein Werk seiner Vorstellungskraft. Dann verfinsterte sich seine Miene mit einem Schlag, daß ich an die Straßenlaterne vor meinem Fenster denken mußte, die schon vor Tagesanbruch erlosch. «Sie aber, sie hat sich erhängt.» Ich fragte ihn, ob das lange her sei. «Ja, es ist einige Jahre her.» Meiner Frage zuvorkommend, fügte er hinzu: «Das alles weiß ich von meiner Frau, die auf dem Markt davon hat reden hören.»
Ich ging den Berghang hinunter. Der Pfad schlängelte sich durch dichtes Gestrüpp, das mir bis zu den Hüften reichte. Plötzlich stieß ich auf Schnecken. Schritt für

Schritt entdeckte ich mehr, halb unter Blättern verborgen oder unbedeckt auf dem Weg oder kaum sichtbar auf den gelben Steinen, wo sie sich wie Geschwüre ausnahmen. In einer Stunde zählte ich einige hundert. Als der Pfad in den Wald eintauchte, waren sie so unvermittelt verschwunden, daß mir Zweifel am soeben Gesehenen kamen. Später dann erzählte mir ein Kriegsinvalide, der auf dem kleinen Bahnhof am Fuß des Berges Postkarten verkaufte, von einem bestimmten Tag, an dem die Schnecken dort oben auf einer Lichtung zusammenkommen. Wahrscheinlich hatte ich ihn ungläubig angesehen. «Sie glauben mir nicht?» Zu glauben ist so etwas gewiß nicht. Manchmal kann man sich dem jedoch nicht lächelnd verschließen: Hinter den engen Mauern der Wirklichkeit liegen Täler, in denen hohnlachende Gewißheiten merkwürdig widerhallen. Dort lauert ihnen ein Echo auf, das sie irgendwohin zu tragen vermag, wo sie unerwartete, ja furchtbare Reaktionen zeitigen können.

Mit der Schneckengeschichte verhielt es sich natürlich ganz anders. Dennoch und obwohl ich mir kein Bild von der Erhängten machen konnte (das ich hätte verdrängen können), blieb etwas Unangenehmes zwischen uns bestehen, als hätte gerade ein enormer, glibbrig feuchter und kalter Leib das Zimmer verlassen. «Sind Sie sicher, daß Sie die alte Dame wiedererkannt haben?» Er antwortete nicht. «Und den jungen Mann, der sie begleitete, kannten Sie den schon?» Ich wußte, daß er es abstreiten würde: Was er mir über ihn, besonders über seinen Mantel gesagt hatte, war keineswegs klar gewesen. «Wie sollte ich ihn kennen?» Ich fragte ihn, ob das Paar eine Tochter gehabt hatte. «Eine Tochter?»

Vielleicht mimte er seine Anstrengung, sich zu erin-

nern, etwas übertrieben. «Ich glaube ja, sie hat mir eines Tages kleine Blusen zum Ausbessern gebracht, mehr weiß ich aber nicht, ich erinnere mich nicht.»
Ihn weiter zu bedrängen hätte keinen Sinn gehabt. Je einfacher die Leute, desto härter ihr Schweigen.
Ich kam auf das Wesentliche zurück. «Nun gut, Sie glauben ja aber nicht etwa, Sie hätten eine Tote getroffen? Oder eine Auferstandene?»
Sein Blick wurde trüb wie der seiner Tochter, und er antwortete nicht. Was erwartete er von mir? Erhoffte er sich Erklärungen? Oder hatte er diese Geschichte nur erfunden, um mit mir ins Gespräch zu kommen? Wenn mir mein Gegenüber über einen Passanten sagt: «Das ist X», so weiß ich, daß alsbald eine Anekdote oder eine Frage folgt. Der Schneider aber schwieg. Die Katze sprang wieder auf sein Knie. Der Abend hatte Asche über das ganze Zimmer gestreut. Die Hand meines Gastgebers hatte die Farbe gewechselt, so daß ich sie kaum noch vom Fell der Katze unterscheiden konnte, nur seine großen Fingernägel schillerten in opalisierendem Licht, das vom einen auf den andern überging. Das erinnerte mich an einen Kartenleger, der eine Spielkarte durch die Finger seiner rechten Hand gleiten ließ, ohne die Linke zu gebrauchen.
Ich mußte dem Schneider aus seinem Schweigen heraushelfen. Ich sagte ihm, bei der bejahrten Dame, der er begegnet sei, handele es sich um die Mutter des jungen Mannes, der sie begleitet habe, und sie seien neu in der Stadt. Ich weiß nicht, wieso ich das Bedürfnis verspürte, dieses Detail hinzuzufügen. Sein Blick blieb gleichgültig. «Ach ja? Dann muß ich mich geirrt haben.»
So schloß er ohne große Überzeugung, aber auch ohne jede Schwierigkeit, so wie man Nichtigkeiten beiseite schiebt, und stand auf. Mich überraschte die abrupte,

beinahe unhöfliche Art, mit der er unserer Unterhaltung ein Ende setzte. Er jedoch bemerkte, es tue ihm leid, daß er meine Zeit für eine simple Illusion – oder Vision, ich erinnere mich nicht an das von ihm gebrauchte Wort – in Anspruch genommen habe.

Auf einem kleinen Tisch nahe der Tür stand ein Fläschchen, das ich gedankenlos in die Hand nahm. Als mein Blick auf das Etikett fiel, zuckte der Schneider zusammen. Es war ein Mittel, das gegen zahlreiche Krankheiten verschrieben wurde, darunter auch gegen Epilepsie. «Sie müssen wissen, ich habe chronische Kopfschmerzen», nuschelte er und starrte auf das Fläschchen. Ich las weiter; in der Tat wurde das Medikament auch gegen Migräne empfohlen. Einen ganz anderen, höchst verwirrten Eindruck machte der Schneider jetzt, da er die Hände zum Zeichen inständiger Selbstrechtfertigung mit gespreizten Fingern vor der Brust verschränkte.

Ich konnte nicht anders, als ihn noch zu fragen, ob «dieser Herr» einen Hund gehabt hatte. Seine Lippen verzogen sich zu einem schelmischen Grinsen. Wahrscheinlich hatte ich ihm darauf einen bösen Blick zugeworfen, denn er zog sich sogleich auf die Position vorgetäuschten Erstaunens zurück: «Welcher Herr?» «Der Gatte der Dame.» Er gab sich konsterniert, daß er es nicht gewußt, daß er es vergessen hatte. Ich ärgerte mich, ihm diese unsinnige Frage gestellt zu haben, doch hatte ich mich, durch das Etikett des Fläschchens abgelenkt, dazu hinreißen lassen, laut nachzudenken. Vergeblich versuchte ich, mir gewisse Sätze in Erinnerung zu rufen, mir vor allem den jeweiligen Gesichtsausdruck vorzustellen, mit dem sie diese Sätze ausgesprochen hatten. Plötzlich war ich mir sicher, daß ein Zusammenhang bestand zwischen der Szene, die ich gerade erlebte, dem Geschehen im Obstgarten und unserem Gespräch auf dem Weg zum Postamt. Diese Krankheit war ständig gegenwärtig.

Ich mußte unbedingt auf andere Gedanken kommen. Ich sah mich um, aber hier gab es nichts, was mir hätte helfen können. Ich schloß die Augen.

Kati hatte eingewilligt, mich zu begleiten, wenn es ihr auch widerstrebte: «Abendspaziergänge mag ich nur im Frühjahr.» Ich hielt ihr einen langen Vortrag über den Zauber des Herbstes, über jenen leicht traurigen Duft, wie Freuden ihn hinterlassen, die vielleicht nie wiederkehren. Sie maß mich mit einem argwöhnischen Blick. Wozu diese ganze Rede? Ich mußte wohl Sorgen haben, über die ich nicht mit ihr sprechen wollte, oder ich blies nur einfach Trübsal und wollte nicht allein bleiben. Für Kati, mit Kati ist alles einfach, es herrscht die schiere Unerschütterlichkeit. Ein jedes kann vom andern getrennt werden, ohne daß dies irgendwelche Folgen hätte.

Sich den Verkettungen entziehen, das war die Lösung. Kati war mir erschienen, um mir diese Botschaft zu vermitteln. Unglücklicherweise herrscht auch in der Welt der Visionen Trägheit. Der Film wurde weiter abgespult.

Wir gingen Arm in Arm, denn abends bestand in den kaum bevölkerten Gassen keine Gefahr, daß man uns erkannt hätte. Plötzlich hätte ich heulen mögen vor Überdruß. Ich konnte keinen Schritt mehr tun mit dieser unnützen Last an meinem Arm. Ich stieß sie von mir und rannte davon. Ich hörte sie hinter mir herlaufen, aber nach wenigen Schritten blieb sie stehen. Als ich mich umdrehte, war sie im Dunkel verschwunden. Vielleicht hätte ich sie noch bis zu ihnen mitgenommen. Aber wozu? Was hätte ich von ihr schon erfahren?

Ich entschloß mich, die Augen wieder zu öffnen. Der

Schneider war nahe an mich herangetreten und musterte mich neugierig. Sein Blick ließ nicht erkennen, wie lange meine Abwesenheit gedauert hatte. «Ist Ihnen nicht gut? Es sah aus, als hätten Sie einen Schwindelanfall.»
Glücklicherweise war es beinahe finster im Zimmer, so daß er sicher nicht bemerkte, wie ich zusammenzuckte. Als ich die Tür öffnete, empfing mich die frische Luft im Treppenhaus. Mit gleichgültiger Stimme fragte ich den Schneider, wann seine Frau gestorben sei. «Vor sieben Jahren.»
Während ich hinaufging, war nicht zu hören, daß er die Tür geschlossen hätte. Befürchtete er, daß ich im Dunkeln stolpern könnte, oder aber...?
Kaum hatte ich Licht gemacht, fiel mir ein Gegenstand ins Auge: ein Fläschchen auf meinem Nachttisch, dessen Verschluß eine Krause aus rotem Papier hatte. Ich fragte mich, warum es meinen Blick auf sich zog, und nahm es in die Hand. Es war ein Behältnis minderer Qualität aus stellenweise von Blasen durchsetztem Glas, in dem ich Jodtinktur aufbewahrte. Ich führte es nahe an die Augen und hielt es dann weiter von mir ab, ohne etwas Besonderes festzustellen; vielleicht war es ein wenig lächerlich mit seinem zu langen und zu engen Hals, und doch schien es sich über mich lustig zu machen. Ich drehte es zwischen den Fingern, und ich verstand. Die papierene Halskrause des Verschlusses erinnerte an steife Kragen, wie sie vor fünfzig Jahren modern gewesen waren. Ob die alte Dame einen getragen hatte, wußte ich nicht mehr; wenn das aber der Fall gewesen war, so hätte er die Spuren eines Stricks verbergen können. Auch wenn diese Annahme absurd war, mein Herz krampfte sich dabei zusammen. Vorsichtig stellte ich das Fläschchen an seinen Platz. Das war wohl seine Botschaft gewesen. Als

 ich noch einmal zu ihm hinüberschielte, war es ein Fläschchen wie jedes andere.

Nun, da ich mit mir allein war, gewahrte ich die schlechte Luft, die in meinem Zimmer stand. Als ich mittags nach Hause gekommen war, mußte ich zu erschöpft gewesen sein, um etwas davon wahrzunehmen. Die Tochter des Schneiders war wieder hiergewesen! Mir kam ein abwegiger Gedanke: Sie hätte heraufkommen können, während ich bei ihnen saß. Während sie hinter meinem Rücken vorbeischlich, hätte ihr Vater die Tür zum Hinterzimmer schließen können, um vorzutäuschen, daß sie immer noch dort sei und er sie daran hindern wolle, unser Gespräch zu belauschen. Sicher war ich mir in nichts mehr, und es gelang mir nicht, einen klaren Gedanken zu fassen. Der Geruch billigen Parfüms war hartnäckig wie das Grinsen irgendeines längst vergessenen Bekannten, eines ganz entfernten Bekannten, der so unbedeutend ist, daß man sich nur um so befremdeter fragt, weshalb er unbedingt wiedererkannt werden will.

Wir hatten den Kinosaal gleichzeitig verlassen. Im Dunkeln hatte ich gemerkt, daß sie nach billiger Seife roch, hatte sie jedoch kaum gesehen. Sie war ein junges Mädchen, ziemlich hübsch, doch viel zu grell geschminkt und in einem zu kurzen Kleid. Ich glaube, sie war es, die das Gespräch begann, indem sie einfach zu mir sagte, daß sie einem solchen Film (einem alten Streifen in schlechtem Zustand) einen öffentlichen Park vorzog. Ich bin nicht sicher, ob sie «öffentlich» gesagt hat. Wahrscheinlich gehörte sie zu den Leuten, die befürchten, ein solches Wort ließe sie in einem vulgären Licht erscheinen. Auch Kati, die um einiges bürgerlicher ist, sagt: «Ich bin über den Markt gegangen» und nicht: «Ich war auf dem Markt», als müßte sie gewisse Mißverständnisse vermeiden.

Sobald wir durch das große Tor gegangen waren, das beidseitig von je einem Erfrischungskiosk flankiert war, ließ das Mädchen ihren Arm unter den meinen schlüpfen, so daß wir den meisten Pärchen, denen wir begegneten, ähnlich wurden. Einige Minuten gingen wir schweigend nebeneinanderher, als sie mich fragte, ob es mir nicht peinlich sei, mit ihr spazierenzugehen, was mir ganz und gar ungewöhnlich erschien. Sie sei sich darüber im klaren, daß ich von ganz anderem Stand sei, beeilte sie sich hinzuzufügen. Ich wiederum fragte sie in einem Ton, der natürlich und kameradschaftlich klingen sollte, ob wir denn nicht alle Studenten oder Arbeitslose seien und ob das letzten Endes nicht beinahe dasselbe sei. Der Versuch schlug fehl. «Sie schon, Sie sind sicher Student. Ich aber bin etwas anderes.» «Und was, bitte?» Sie schlug die Augen nieder, und für einen Augenblick glaubte ich, sie wolle ihre Tränen verheimlichen. «Ich studiere nichts, ich habe einen sehr traurigen Beruf.» «Und zwar?» Ohne meine Frage zu beachten, fuhr sie fort: «Wir arbeiten nicht nur tagsüber, sondern auch nachts, manchmal bis spät.» Umsonst versuchte ich zu raten. «Wenn Sie wüßten, wie müde wir manchmal sind, wir alle, ich und die anderen Mädchen.»

Mir war unbehaglich zumute. Verstimmt betrachtete ich den jugendlichen Arm, der über meinem hing. «Er muß ja aber einen Namen haben, dieser Beruf!» Es war mir nicht gelungen, einen leichteren Ton anzuschlagen. Neugierig sah sie mich an. «Was nützt es Ihnen, wenn Sie ihn kennen?»

Sie hatte recht. «Nun gut, wenn Sie's wissen wollen, ich hab einen Beruf, der beginnt mit einem H und endet auf e.» Ich wollte nicht glauben, was auf der Hand lag, eben weil sie es so geradeheraus bekannt hatte. Vielleicht wollte sie mir eine Lehre erteilen, vielleicht hatte auch eine momentane Schwäche sie zu diesem Geständnis veranlaßt, das ihr Erleichterung brachte. Nur zu gern hätte ich sie auf die Stirn geküßt. Ich glaube, ich habe sie mit einer herben Zärtlichkeit um die Schulter gefaßt. Sie erzählte von einem Chef, der sie bedrohte, wenn sie nicht genug arbeiteten. Ob ich mich nun noch schmerzlicher kasteien wollte oder ob es eine ungeschickte Art war, so zu tun, als hätte ich nichts verstanden, um sie in ihren vorherigen ungewissen Status zurückzuversetzen, den verlassen zu haben sie jetzt vielleicht bereute – ich weiß es nicht. Jedenfalls sagte ich: «Keine Ahnung, ich verstehe nichts von Rätseln.» Sie schwieg einige Sekunden lang, um dann urplötzlich stehenzubleiben und mir in ironisch zweideutigem Tonfall zu sagen: «Was nützen denn die ganzen Studien, wenn sie euch nicht schlauer machen? Ich bin Haushaltshilfe.» Sie hieß mich dann eine Minute warten und rauschte eine Treppe hinunter, die man gewöhnlich möglichst diskret nimmt. Nach etwa zehn Minuten begriff ich, daß sie durch einen anderen Ausgang verschwunden war.

Diese merkwürdige Art, sich zu amüsieren, derlei Scherze auf meine Kosten hatte ich schon erlebt, nicht nur einmal.

Ich fragte mich, ob der Schneider nicht analog vorgegangen war. Eigentlich bin ich gar nicht sicher, daß das Mädchen mir in dem Park einen Streich gespielt hat. Aber eine andere Erklärung habe ich nicht. Was die Eröffnungen des Schneiders betrifft, erschien mir eine solch bequeme Annahme verführerisch. Ansonsten blieb mir nur noch die beunruhigende Vermutung von Machenschaften, deren Drahtzieher sicher nicht er selbst war und auf die ich mir überhaupt keinen Reim machen konnte.

Ich lag ausgestreckt auf meinem Bett, als ich schwere

Schritte auf der Treppe vernahm. Ich erkannte sie nicht, deshalb kümmerte ich mich auch nicht weiter darum, wer es sein mochte. Noch war ich dabei, zu rekapitulieren, was dort unten geschehen war. Da erschien die Tochter des Schneiders auf der Schwelle. Reglos stand sie da. Stumm.

Ich bedeutete ihr, die Tür zu schließen. Wenn sie heimlich zu mir heraufgekommen war, brauchte das niemand zu wissen, brauchte das Licht aus meinem Zimmer nicht das ganze Treppenhaus zu erhellen. Ich setzte mich aufrecht hin und forderte sie auf, das gleiche zu tun. Ein Lächeln huschte über ihr verkrampftes Gesicht wie die Hand eines Kindes über die Tasten eines verstimmten Klaviers, das einige dumpfe Mißtöne von sich gibt. Sie war schon im Begriff, sich zu setzen, als ihr einfiel, daß sie mit einem Auftrag hierhergekommen war.

Mit ihren auf der Rückenlehne vergessenen Riesenhänden und dem vornübergebeugten Oberkörper schien sie den Gesetzen der Schwerkraft zu trotzen; ihre Worte polterten wie Früchte aus einem Sack, der über dem Tisch geleert wird. «Mein Vater schickt mich. Er läßt fragen…» Zweifellos bemerkte sie mein desinteressiertes Gesicht (von ihrem Vater erwartete ich nichts von Bedeutung), denn sie stockte mit weit aufgerissenen Augen. Sie schien außerstande, ihre Blicke von meiner metallenen Gürtelschnalle zu lösen, in die der Schriftzug der Marke eingraviert war. Schließlich hob und senkte sich ihre schwere Brust wieder in normalem Rhythmus. «Nun, was gibt's?» Sie zuckte zusammen, und wieder schoß ihr das Blut ins Gesicht. «Entschuldigen Sie, aber haben Sie nicht vielleicht, ohne zu wollen, ein Medikament mitgenommen?» «Was?» Sie stammelte mit gepreßter Stimme: «Papa findet es nicht mehr, vielleicht haben

 Sie es aus Versehen mitgenommen.» Während dieser ganzen Zeit starrte sie auf einen einzigen Punkt, den ich endlich ausmachen konnte.

Ich griff in meine Hosentasche und stieß dort auf das Fläschchen, dessen Etikett ich bei ihnen gelesen hatte. Dieses letzte Manöver war ebensowenig verständlich wie die Fragen und Aussagen des Schneiders. Seine Böswilligkeit stand nunmehr außer Frage. In dem Zimmer waren nur er und ich gewesen, und er hatte bestimmt mit angesehen, wie ich das Fläschchen zerstreut an mich genommen hatte. Statt mich jedoch gleich darauf aufmerksam zu machen, hatte er mich gewähren lassen, um mir dann seine Tochter zu schikken. Weshalb?

Bevor ich das Fläschchen zurückgab, betrachtete ich es noch einen Augenblick. Gefälteltes Papier säumte den Verschluß. Ich mußte meine Verwirrung überspielen. Ich nahm mich zusammen und lächelte dem Mädchen freundlich ins Gesicht; allerdings war es vor solchem Publikum ein leichtes, aus dem Stegreif irgendeine Rolle zu spielen.

Aus lauter Genugtuung, daß sie ihre gefährliche Expedition heil überstanden hatte, bleckte sie ihre großen Pferdezähne bis zum Zahnfleisch.

XIII

«Die wird sich noch umbringen.» Die deutliche Aussprache meines Vaters ließ eine Voraussage zur Gewißheit werden, ließ sie zugleich aber auch beliebig erscheinen. So nahm ich selbst diese ganz und gar nicht gewöhnliche Möglichkeit ungerührt zur Kenntnis. Für mich blieben die Worte meiner Eltern zum Teil im dunkeln. Dennoch begriff ich, daß die Reisende ein Leben außerhalb des Üblichen geführt hatte, das in keinem Verhältnis etwa zu dem unseren stand, und daß sie nun unter dem Zwang, es zu ändern – warum, wußte ich nicht –, aus der Fremde zu ihrem Bruder, einem Freund meiner Eltern, zurückgekehrt war. Dieser Bruder war ein altes Männlein unter der Fuchtel einer dunkelhaarigen Frau, die immer das Gesicht verzog, als müßte sie niesen. (Ich war gewarnt worden, auf keinen Fall zu lachen, wenn sie zu Besuch kamen, wozu ich aber auch nicht in der Lage gewesen wäre, so sehr lähmte mich die Gegenwart der beiden.) Ich wußte gar nicht, wo ich hinschauen sollte, und fühlte mich schuldig, so ganz anders zu sein als sie. Für die Dauer ihres Aufenthaltes war sogar meine Mutter wie ausgewechselt und trug eine Art Traurigkeit zur Schau, die ich bei ihr nicht kannte. Nur mein Vater blieb derselbe, vielleicht erschienen mir seine vertrauten Gesten gerade deshalb mit einemmal fehl am Platz.

Ich hatte eine traurige alte Frau erwartet, wo sie doch die Schwester eines solchen Trottels war und deshalb nicht den geringsten Grund hatte, fröhlich zu sein. Um so größer war die Überraschung. Sie war das Gegenteil dessen, was ich mir vorgestellt hatte: eine exzentrische Dame mit gefärbten Haaren, grell geschminktem Gesicht, äußerst beweglichen Händen und einem schelmischen Blick, als wüßte sie alles, was die anderen um sie herum dachten. Mein Vater ermunterte sie dauernd, etwas zu erzählen, und amüsierte sich königlich. Vergeblich versuchte ich ihn mit vorwurfsvollen Blicken an seine eigene Ermahnung mir gegenüber zu erinnern. Seine Voraussage hatte er offenbar vergessen. Selbst ihr Bruder – der seine Schwester nach so vielen Jahren der Abwesenheit nicht gerade mit offenen Armen aufgenommen haben mochte – schaute ihr voller Bewunderung zu. Beim Sprechen ließ sie ihre zahlreichen goldenen Armreife um die etwas dicklichen Handgelenke klirren. Ich nahm nur noch dieses fröhliche Klingeln wahr, und meine Augen wanderten von ihren spielerisch bewegten Fingern zu ihrem erregten Gesicht. Ihr lautes, leicht vulgäres Lachen erweckte bei meinen Eltern mir unbekannte freudige Erinnerungen.

Plötzlich brach das klingende Spiel der Armbänder ab, und zugleich sah ich ihre Finger mit violett verfärbten Nägeln, wie sie sich krampfhaft an die Tischplatte klammerten, als ob dies allein sie vor dem Fallen hätte bewahren können. Die Handgelenke mit den Armreifen waren nicht mehr zu sehen hinter dem Tisch. Eine andere Röte, tief aus dem Inneren, breitete sich unter der Schminke aus, die rissig geworden und in lächerlich große Scheiben aufgesprungen war, was mich an die weiße Maske der Clowns erinnerte. In ihre Augen trat panisches Entsetzen. Während sie das Glas Wasser austrank, das mein Vater ihr gereicht hatte, bemerkte ich an ihrem dicken Hals das schwarze Samtband, an dem ein Medaillon hing.

Einen Monat später erfuhren wir, daß Vater sich nicht geirrt hatte. Ich fragte ihn, wie sie sich umgebracht hatte. Eigentlich war meine Frage eine reine Formsache, denn ich wußte, das schwarze Halsband vor Augen, daß sie sich erhängt hatte. Mein Vater tat, als hätte er mich nicht verstanden.

Das Medaillon der alten Dame hatte diese Erinnerung heraufbeschworen. Immer wieder mußte ich daran denken, wie eine zerkratzte Schallplatte, die in gleichmäßigen Abständen knistert. Sie trug es genauso, allerdings an einem viel breiteren Band, das den ganzen Hals verdeckte. Ein sonderbarer Gedanke ging mir durch den Kopf: Vielleicht hatte mich der Schneider nur zum Teil belogen. Wenn ich die Zeit jenes Teils seiner Erzählung, in dem es um die alte Dame ging, abwandelte, beschlich mich das schmerzliche Gefühl, welches gewisse Geschichten begleitet, in denen die Entfernung zwischen Vergangenheit und Zukunft so zusammenschrumpft, daß die Gegenwart in einem allgemeinen Durcheinander untergeht. Meine Verwirrung war von kurzer Dauer. In meinem Innern war die Gegenwart der alten Dame so zerbrechlich, daß das Wort Zukunft ausreichte, sie ganz verschwinden zu lassen. Ich stellte mir für einen Moment die Frage, ob sie sich der seltsamen Wirkung, die das Band hervorrief, nicht etwa bewußt war oder sie sogar ausspielte. Ich entsann mich nicht, ob sie es an jenem Tag getragen hatte, als ich sie zum erstenmal sah.

Das wächserne Licht des bedeckten Himmels im Fenster, dem sie in ihrem Sessel den Rücken kehrte, verstärkte den Kontrast zwischen ihrer leichenblassen Haut und dem schwarzen Samt. Das straff gespannte Halsband (schon wenn man einen Finger hineingehakt hätte, wäre sie erstickt) war vielleicht der Grund, weshalb sie sich so gerade hielt.

 Sie war es, die mir geöffnet hatte. Sie zeigte sich überhaupt nicht erstaunt, mich zu sehen. Im übrigen behandelten sie mich alle drei wie einen alten Bekannten. Oder so, als gäbe es mich gar nicht. Der Reihe nach legten sie mir gegenüber eine Gleichgültigkeit an den Tag, die meine Existenz negierte; ähnlich ergeht es mir in manchen Albträumen, wo ich ohnmächtig und fühllos in Katastrophen gerate, durch die ich dem Nichts anheimfalle. Ebenso effektiv brachte mich ihr Schweigen zum Verschwinden. Nach Art ihres Sohnes schien sie davon überzeugt (oder wollte es scheinen), daß ich natürlich sie besuchen kam und nicht ihre Tochter oder ihren Sohn.

Eine einzige Kleinigkeit brachte mich auf die Idee, daß sie schon einmal dort gewohnt hatten: ihre merkwürdige Art, den öden Flur zu durchqueren. Statt geradewegs zur Salontür zu gehen, nahm sie einen gewundenen Weg zwischen unsichtbaren Möbeln – die ehemals dort gestanden haben mochten. So verraten uns die Gewohnheiten, die unser Körper ohne unser Wissen angenommen hat. (Daß der vermeintliche Buchhändler, mit dem ich eines Tages zu tun hatte, als solcher nur improvisierte, erriet ich an der Art und Weise, wie er in den Regalen nach den Büchern griff. Er reckte die Hand mit weit gespreizten Fingern ins Dunkle, wie er es aus seinem früheren Beruf gewohnt war, in dem er wohl Stoffballen oder ähnliches hatte herunterholen müssen.) Es gab aber auch einen anderen möglichen Grund. Vielleicht mied sie die Mitte des Flurs, weil das Parkett dort besonders laut knarrte und sie mich in den Salon führen wollte, ohne daß es jemandem auffiel. Jedenfalls war ich mir sicher, daß sie vor allem eine Begegnung mit ihrer Tochter fürchtete. Ihr selbst kam mein Besuch allerdings vielleicht ungelegener, als ich geglaubt hatte; aus ihrer Stimme konnte ich Erleichterung darüber heraushören, daß sie einen Gesprächsgegenstand gefunden hatte: «Gefällt Ihnen mein Medaillon? Es ist ein sehr altes Schmuckstück, vorzeiten hat meine Mutter darin mein Bild am Hals getragen.» Sie nahm es ab und reichte es mir. «Ich fürchte, es könnte mir kaputtgehen.» Sie nahm es wieder an sich und drückte auf einen winzigen Knopf, um es zu öffnen.

«Sie war immer schon sehr zart.» Die Photographie konnte unmöglich ihre Tochter darstellen, selbst wenn man all die Veränderungen in Betracht zog, die in einem Zeitraum von vielleicht zehn Jahren einem Gesicht zusetzen können. Vielleicht eine Schwester ihres Sohnes. Die gleiche leicht gekrümmte Nase und ein starrer, lebloser Blick. Die alte Dame hatte also noch eine Tochter oder hatte zumindest eine gehabt. Scheinheilig sagte ich: «Ich kann kaum glauben, daß sie es ist.» «Jetzt ist sie schön, nicht wahr?» Sie sagte es mit einer ärgerlich eingefärbten Gleichgültigkeit. Aber sofort faßte sie sich wieder. «Kinder verändern sich, vor allem die Mädchen.» Um mich zu überzeugen, fügte sie hinzu: «Es reicht schon, wenn sie sich anders kämmen oder schminken.» Dadurch verriet sie sich, denn die unwirkliche Blässe ihrer Tochter blieb niemandem verborgen.

Die Vielzahl der Einzelheiten, mit denen eine Lüge abgestützt werden muß, damit sie plausibel wirkt, macht sie oft erst recht durchschaubar. Ich muß ein ungläubiges Gesicht gemacht haben, was ihr nicht entgangen war, denn schlagartig verfinsterte sich ihr Blick. Sie hatte eingesehen, daß ihr Versuch mißlungen war, doch alsbald fiel ihr etwas anderes ein. Daß ich die List durchschaute, wußte sie nicht.

Wenn er zu mir kam und ein Gesicht schnitt wie auf einer Beerdigung, dann wußte ich, daß er mir eine Geschichte erzählen würde, die ihn, selbst wenn sie zum Teil auf Wahrheit beruhte, nicht so sehr bedrückte, wie er mir einzureden hoffte: Es ging ihm nur darum, mein Interesse an ihm, das (da hatte er recht) ziemlich begrenzt war, anzuregen. Wenn der Gedanke dem Wort vorauseilt, so leuchtet ein, daß er auch das Verhalten im voraus prägt. Im allgemeinen ist diese Prägung unauffällig und beschränkt sich auf ein einziges Zeichen, immer ein und dasselbe bei jedem einzelnen. In seinem Fall waren es der halboffene Kragen und die schlecht gebundene Krawatte. Eines Tages zupfte ich ohne ein Wort seinen Kragen zurecht, während er, bebend vor Erregung (was ihm wieder zugestoßen war, habe ich vergessen), zu mir sprach. Von einem Moment zum andern brach seine Jeremiade ab.

Mit einemmal trübten sich ihre Blicke – für mich eine Warnung, dem nicht zu trauen, was sie mir sagen würde. «Ich habe viel Kummer gehabt mit ihr, obwohl mir der Arzt versichert hatte, daß ihre Zerbrechlichkeit mit der Pubertät ein Ende haben würde.» Hier überschritt sie die Grenzen des Anstands. Wie konnte sie es wagen, von der Pubertät ihrer Tochter zu sprechen? Diese Schamlosigkeit empfand ich als so schokkierend, daß ich mich nicht zurückhalten konnte: «Ich mag dieses Wort nicht.» «Wie?» Ihre Verblüffung schien echt. Ich hatte es ruhig, aber bestimmt gesagt. Trotzdem mußte ich jetzt meinen Rückzug einleiten, nicht etwa, um ihr Vertrauen zu gewinnen, das sie mir vermutlich unter keinen Umständen geschenkt hätte, sondern weil ich mich vor der Fallgrube des Schweigens fürchtete. Ich erklärte, daß ich von derlei Theorien nichts halte – bemäntelten sie doch nur mit gelehrten Begriffen unser Unvermögen, irgend etwas zu bewirken –, und schloß: «Ich verabscheue Ärzte, Madame.» «Ja, es ist besser, man hat nichts mit ihnen

zu schaffen und braucht sich nicht an sie zu gewöhnen. Unglücklicherweise war mein armer Mann ständig krank, und meine Tochter ist ihm nachgeraten.»
«Ich finde nicht, daß sie schlecht aussieht, es gibt Naturen, die nehmen nie eine gesunde Farbe an.» Sie schüttelte den Kopf zum Zeichen, daß man nicht versuchen sollte, sie umzustimmen. «Ach ja, mein Herr, ich bin nun mal eine alte Schwatzbase geworden, die allzu oft von ihrem Kummer erzählt, aber ich kann nicht anders, die Kleine bringt mich noch ins Grab.» Ich weiß, wie sie es anstellte, um einen natürlichen Ton zu treffen: Während sie mit mir sprach, dachte sie an das, was mir verborgen bleiben sollte und ihr wirklich weh tat. Ihre Augen waren feucht, und ihre Lippen bebten. «Warum immer an das Schlimmste denken, Madame?» Sie zog ein Taschentuch aus ihrem Handtäschchen und tupfte lange an ihren Augen herum. Als sie mich wieder ansah, stellte ich fest, daß ihre Lider noch genauso blaß waren wie sonst. Sie hatte nur so getan, als trocknete sie ihre Tränen – sofern sie nicht selbst blutarm war.
Vormittags war der Salon noch trostloser. An den Wänden reihten sich die Sessel, auf denen bestimmt schon lange niemand mehr gesessen hatte, die vielleicht nicht einmal mehr im Vorbeigehen gestreift worden waren. Auf dem Teppich, der mir schon bei meinem ersten Besuch aufgefallen war, hob das Licht die abgewetzten Stellen hervor, die man am häufigsten betrat. Das Buffet, dessen Holz heller war, als ich es in Erinnerung hatte, stand auf sehr dünnen Beinen mit kleinen Tatzen, von denen der Lack abblätterte. Geschnitztes Holz deprimiert mich, es verursacht mir eine Atemnot, die ich mir nicht erklären kann.
Scheinbar war ihr entfallen, was sie mir hatte sagen wollen. Ihrem Blick nach zu urteilen (der Rand der Iris

 verschwamm im gelblichen Weiß der Hornhaut), übermannte sie die Müdigkeit.
Gewiß machte sie dieses Spiel, das ihre Kräfte überstieg, nur ihrem Sohn zuliebe mit. Ich erkannte bei ihr den Gesichtsausdruck von jemandem, der plötzlich abschaltet, wie ich es bei alten Menschen oft beobachtet habe. Mir war beinahe wehmütig zumute, als ich daranging, ihr Alter auszurechnen, indem ich das ihres Sohnes zugrunde legte. Das Ergebnis war überraschend: Sie mochte zwanzig Jahre jünger sein, als sie in jenem Augenblick aussah.
Ich fragte sie, ob ihr meine Gegenwart nicht zur Last falle. Sie zwinkerte, als hätte ich sie geweckt. «Nein, bleiben Sie doch bitte, ich war eben nur sehr weit weg.» Sie beugte sich zu mir, und ich mußte die Vollkommenheit ihrer Altersmaske anerkennen. Es sei denn, sagte ich mir, daß mehr noch als die Zeit das Leid uns altern läßt.
«Ich erinnere mich an eine alte Geschichte. Eines Abends – sie war sechs – ertappte ich sie im Bad, wie sie im Arzneikästchen wühlte. Und wie mußte ich sie anflehen, bis sie mir sagte, was sie gesucht hatte. Seit Tagen hatte sie Halsweh gehabt und wollte sich selbst kurieren.» Sie hielt einen Augenblick inne. «Sie hat sich nicht verändert. Niemand erfährt, was in ihr vorgeht. Niemand. Selbst ich soll nicht wissen, was ihr im Kopf herumgeht.»
Neben dem Eckhaus vor meinem Fenster lag ein kleiner Hof, der von der mächtigen Krone einer alten Pappel überschattet wurde. An bestimmten Vormittagen stand ich lange reglos da und folgte dem still aufwärts strebenden Lauf der peitschenähnlich dünnen Zweige bis zur Spitze, wo ein geheimnisvoller kleiner Flügel unablässig im Wind wehte wie die Schneewolke, die sich, heißt es, nie vom Gipfel des Everest löst. Manch-

mal hatte ich den Eindruck, als sei der Wind nicht mehr da, dann schlug mein Herz heftiger (zu jener Zeit vermochten mich noch viel unbedeutendere Dinge zu bewegen), doch ich entdeckte ihn unweigerlich wieder, schwächer als sonst, in niedrigeren Regionen des Laubwerks, wo er statt des Wipfels andere Zweige der Pappel unmerklich wiegte. Dahinter lag ein kleines Haus, das ich nur im Winter sehen konnte. Als ich einmal im Herbst aus dem Urlaub kam, fand ich in dem kleinen Hof ein neues Gebäude vor, schmal und hoch starrte es mit ausdruckslosen Augen zu meinem Fenster herüber. Die Pappel war verschwunden. In den folgenden Monaten dachte ich nicht mehr an sie, denn im Winter hatte sie mich nie interessiert. Im Frühling jedoch hob der charakteristische Gesang wieder an. Ausgestreckt auf meinem Bett, lauschte ich dem Wind, der durch das zarte Laub strich, und den Spatzen, die piepsend zu ihrem Nest zurückkehrten. Es kam vor, daß ich zum Fenster stürzte. Schließlich begriff ich, daß die Pappel sich einfach in ein Haus verwandelt hatte. Natürlich war das Zauberei, aber nicht wundersamer als früher der kleine Windflügel oben in der Krone.

Die Tochter der alten Dame hatte sich ebenfalls ganz plötzlich verwandelt, sagte ich mir, ohne den genauen Zeitpunkt zu kennen, und ich allein wußte um diese Verwandlung, während die anderen, ihre Nächsten, sich standhaft weigerten, etwas zu begreifen.

Zwar fand ich eine andere Hypothese besonders verführerisch, doch über ihren Wirklichkeitsgehalt machte ich mir keine Illusionen. «Ja, Sie haben recht, er ist nicht mein Bruder, er ist ein Fremder, neben dem ich lange Jahre zugebracht habe (hier würde sich ihr Blick vorübergehend verschleiern), jetzt aber muß ich aufbrechen, jetzt muß ich meinen echten Bruder su-

chen.» Wir würden die Tür hinter uns zuschlagen, und das Haus fiele mitsamt den Insassen zurück in die Leere wie an den Schießständen auf dem Jahrmarkt die Landschaften aus Pappmaché. Der Wind würde die bleichen Locken auf ihrer Stirn tanzen lassen, und vor unseren Augen würde sich ein endloser Weg schlängeln. (Nicht einmal im Traum wagte ich mich über die Vertrautheit von Weggefährten hinaus.)
«Vielleicht verstehen Sie sie nicht.» Sie wußten offenbar, woran sie sich halten sollten; manchmal allerdings mache ich das Spiel gewisser Leute mit, lasse ich mich von einem flüchtigen Eindruck leiten, selbst wenn ich es nicht für angebracht halte. «Wir haben sie leben lassen, wie sie es wollte, immer für sich, ohne uns in ihre Spiele einzumischen, aber jetzt ist das etwas anderes.» Sie warf mir einen verzweifelten Blick zu. Ihre Blässe spielte ins Graue. «Es gibt Anzeichen dafür, daß es eine böse, heimtückische Krankheit ist.»
An ihrer Seite tauchte der Schneider auf, seine großen Hände tasteten sinnlos den rauhen Stoff seiner Hose ab. Meine Überraschung war doppelt schmerzhaft wie an jenem Tag in der Schule, als ein Junge, den ich kaum kannte, mir eine schwere Mappe an den Kopf warf: Mehr noch als die Wucht des Wurfes, der mich niederstreckte, traf mich dieses Verhalten, das die stillschweigende Abmachung unserer Spiele durchbrach. Das war doch nicht möglich. Offenbar hatte ich falsch verstanden. Sie hätte doch keinem Fremden anvertraut, daß ihre Tochter an dieser furchtbaren Krankheit litt! Die kleinen Augen des Schneiders zwinkerten boshaft. Sprachlos starrte ich die alte Dame an, doch ihr Gesicht war unnahbar, als hätte sie irgend etwas ganz Banales gesagt. Ich glaubte eine Erscheinung vor mir zu haben. «Das ist unmöglich!»

Aufgeschrien hatte ich, geschrien wie im Traum, wenn sich plötzlich eine unausweichliche Kluft vor einem auftut. Sie rührte sich nicht, aber durch die schmalen Schlitze ihrer Augen schoß ein eisiger Blick, der bis dahin verborgen geblieben war, den ich jedoch seit dem Tag kannte, als ich ihren Sohn getroffen hatte. «Vielleicht hätte ich es Ihnen nicht sagen sollen, es tut mir leid, ich habe nicht gedacht, daß Sie so empfindlich sind.» Die Manöver, mit denen sie mich zu zermürben suchten, waren recht plump. Trotzdem gelang es mir nicht, meine Fassung wiederzugewinnen.

Erneut stieg mir der säuerliche Geruch von Staub und Schweiß in die Nase, wieder sah ich die Leute dicht gedrängt vor mir. Der Verkehr war lahmgelegt. Über das Rumoren der Menge und das Hupen der Autos hinweg erhob sich in unregelmäßigen Abständen ein unmenschlicher Schrei, markerschütternd wieder und wieder, ein Todeskampf ohne Ende.

Sicher war es eine Lüge, und doch raste mein Herz. Ihre Inszenierung ging sogar so weit, daß ich jenen Schrei von neuem hörte, diesmal aus einem Nachbarzimmer. Ich frage mich, wie es mir gelang, mir trotz meiner Panik und der geringen Kenntnis der Örtlichkeit den Grundriß des Hauses zu vergegenwärtigen, um das Zimmer zu orten, die Richtung festzustellen, aus welcher der Schrei hätte kommen können. Dieses Problem lähmte mich endgültig, denn mit Ausnahme der Außenmauern erschienen mir alle Wände bedrohlich. Die Möglichkeiten waren sehr gleichmäßig verteilt, und ohne irgendeiner von ihnen größere Aufmerksamkeit zu schenken, sah ich sie alle im Zeitlupentempo, doch unerbittlich auf mich zukommen. Da wußte ich, daß der Schrei ausbrechen konnte, wann er wollte, das zählte weiter nicht, denn ich war bereits auf den abschüssigen Hang einer anderen Gefahr geraten. Dieser Gedanke half mir paradoxerweise wieder an die Oberfläche, und alles um mich herum fand wieder seinen angestammten Platz.

Ihr verblüffter Blick zeigte an, daß sie nicht verstanden hatte, was mit mir geschehen war. «Sie werden es einer alten Mutter sicher nachsehen, wenn sie auch indiskret erscheinen mag.» Ich nickte mechanisch, gedankenlos. «Wir nehmen an, daß auch Sie der frischen Luft wegen hierhergezogen sind. Diese Höhenlage ist besonders günstig, in leichten Fällen wird davon abgeraten, noch höher gelegene Orte aufzusuchen.» Diese beschwichtigende Erklärung kam zu spät. Ich mußte ein sonderbares Gesicht gemacht haben, wer weiß, wie ich aussah. Alles wäre schlüssig erschienen, hätte ich nicht ihre Versuche in Betracht ziehen müssen, mich in die Irre zu leiten, die dann fehlschlugen, worauf einwandfrei ausgeführte Rückzugsmanöver folgten. «Ich habe nicht gewußt, daß diese Stadt Lungenkranken besonders empfohlen wird.» Damit gab ich ihr zu verstehen, daß sie mich nicht hinters Licht geführt hatte. Sie schien erstaunt, konnte jedoch schlecht widersprechen und fuhr fort: «Eigentlich haben wir sie auch hierhergebracht, um sie von dem unsteten Leben abzubringen, das sie geführt hat; sie braucht sehr viel Ruhe.» «Und wie fühlt sie sich hier?» Sie maß mich mit einem mißtrauischen Blick. «Wie? Das ist am Anfang nicht leicht. Einem jungen Mädchen hat diese verschlafene kleine Stadt nichts Anziehendes zu bieten.»

Manchmal erwache ich mitten in der Nacht, wenn in dem Zimmer unter mir die Standuhr schlägt. Obwohl ich keinen Anhaltspunkt habe und auch die Schläge nicht zähle, weiß ich immer, ob noch einer folgt oder nicht. Aus irgendeinem mir verschlossenen Grund hallt der letzte anders als die vorangegangenen, wenn der Unterschied auch äußerst gering ist. Ebenso ergeht es mir in bestimmten Fällen, wenn ein Gespräch sich dem Ende zuneigt, wenn mein Gegenüber sein Pulver verschossen hat, selbst wenn er aus dem einen oder anderen Grund, gewöhnlich nur der Trägheit folgend, nach einem anderen Thema sucht. Wäre ich jetzt aufgestanden, die alte Dame wäre entzückt gewesen: ich hätte ihr die Aufgabe erleichtert. Eigentlich war sie mir nicht unsympathisch. Seit meinem ersten Besuch hatte ich geglaubt, sie führte mehr oder minder unter Zwang die Befehle ihres Sohnes aus, und hatte sie für eines seiner Opfer gehalten. Diesmal aber handelte sie aus eigenem Antrieb, und dieses Spiel wollte ich nicht mitmachen.

«Dann wäre es vielleicht besser gewesen, sie anderswohin zu schicken, beispielsweise zu einer Freundin. Sie hat doch bestimmt eine Freundin, nicht?» Den seltsamen Blick, der mich statt einer Antwort traf, kannte ich, oft genug hatte ich ihn in Katis Augen gesehen. Die Frauen halten sich für feinsinniger als wir, und sooft sie eine gewandte Perfidie in unseren Worten zu wittern glauben, sind sie sehr überrascht. «So unverständlich es ist, meine Tochter hat weder einen Freund noch eine Freundin.» «Ist denn ein Bruder nicht zugleich auch ein Freund?» Ich betonte «ein Bruder», und sie zuckte zusammen. Bei dieser Bewegung fiel mein Blick wieder auf das samtene Halsband. Ich empfand es als aufdringlich und theatralisch. Jeder Schmuck hat etwas verräterisch Enthüllendes. Das Band entsprach einem heuchlerischen Trieb, es ließ das wahre Gesicht der alten Dame hinter dem falschen Augenschein noch deutlicher hervortreten. Mein Lächeln verwirrte sie. «Natürlich ist er ihr Freund, doch die Freundschaft eines Bruders ist etwas anderes als die eines Dritten, sie hat nicht dieselbe

Kraft. Das mag seltsam erscheinen, ist darum jedoch nicht minder wahr. Glauben Sie nicht?»

Und ob ich es glaubte, um so mehr, wenn es sich um einen Halbbruder handelte, doch das konnte ich ihr nicht sagen. Ich erlaubte mir nur eine Andeutung: «Es gibt Brüder und Schwestern, die so verschieden sind, daß man sie kaum für blutsverwandt hält.» Diesmal kam keine Reaktion auf meine Anspielung. Die alte Dame schien wieder weit weg zu sein, und ich erinnerte mich an die Worte des Schneiders: «Sie hatte eine hohe Stimme und so viel Mühe beim Reden, daß man denken konnte, sie wäre eine Fremde.» Sie hatte wirklich eine schrille Stimme, allerdings keine Schwierigkeiten beim Reden. Das besagte aber gar nichts, schließlich waren seither viele Jahre vergangen. Kurz zuvor hatte ich daran gedacht, sie zu fragen, ob sie schon einmal in dieser Stadt gewohnt hatten. Die Frage war nun nicht weiter von Interesse, und ich verzichtete darauf. Wie sie so in sich zusammengesunken dasaß mit steifem Hals, den Kopf durch den schwarzen Streifen des Samtbandes abgetrennt, das sich wie eine Natter unter ihrem Kinn durchschlängelte, war ich geneigt, eine bloße Erscheinung in ihr zu sehen, die verschwinden würde, sobald ich den Mund auftat. Ich weiß nicht, hatte sie mich behext oder war es die Stille des Hauses, die mich in ihren Bann geschlagen hatte. Was ich noch weiß, ist, daß ich mich mehrere Male dabei ertappte, wie ich (auf der Suche wonach eigentlich?) die blutleeren Finger zählte, die sich auf ihrem schwarzen Kleid spreizten.

Auf dem Teppich erschienen wieder die gelben Schlangen in ihrem von Tritten versehrten Schuppenkleid. Sie rührte sich nicht, obwohl sie ihrem Sessel lautlos züngelnd von allen Seiten näher und näher kamen. Um wieder zur Besinnung zu gelangen, suchte ich das Licht des Fensters. Ohne Erfolg. Man sah ein Eckchen von dem verwilderten Garten. Es zog mich nicht nach draußen. Angst hatte ich auch nicht, denn ich wußte, es handelte sich um einen Bann, für den ich mitverantwortlich war, den ich angenommen hatte. Es gibt Arten von Hexenzauber, die man zähmen, mit denen man gefahrlos spielen kann.

Meine Urgroßmutter verlebte ihre letzten Jahre auf dem grünen Sofa. An sie habe ich eine einzige Erinnerung. Das Dienstmädchen hatte die Kaffeetasse auf ein niedriges Tischchen am Kopfende gestellt. Die erdfarbene, von tausend Runzeln zerfurchte Hand stieß die Tasse um, und der Kaffee floß langsam zu Boden. Gebannt starrte ich auf die Bescherung, als mein Vater ins Zimmer trat. Sofort begann die Alte zu klagen und behauptete, ich sei der Schuldige. Was mich am meisten beeindruckte – dabei war ich damals noch ein kleines Kind –, war das Funkeln von Hinterlist und Schadenfreude in ihren kleinen Augen, von denen ich bis dahin nur die roten Ränder und den gelben Ausfluß gesehen hatte, den meine Mutter morgens mit einem feuchten Tuch wegwischte. (Die Urgroßmutter glich dann einem kranken Kind, das so verschreckt ist, daß es sich nicht einmal mehr zu widersetzen wagt.) Das Sofa blieb auch später an seinem Platz stehen, und man mochte all die folgenden Jahre über noch soviel gelüftet haben, ich spürte, daß die Greisin dort etwas hinterlassen hatte, was nicht ausgetrieben werden konnte. Stärker als meine anfängliche Neugier wurde später meine Angst zu einem zusätzlichen Reiz. Ich ging in das Zimmer, wenn Mutter es nicht sah, zog die Vorhänge zu, und nach einer Weile, in der ich mich nicht rühren durfte, merkte ich, daß ich nicht mehr allein war. «Warum hast du Papa belogen?» Das war eine Zauberformel, die ihre boshaften

 Augen so aufblitzen ließ, wie sie die anderen nie zu Gesicht bekommen hatten. (Vielleicht aber waren es schon lange nicht mehr die ihren.)
Wieder hatte ich das Zeitgefühl verloren, als sie sich abrupt aus ihrem Sessel erhob, das Gesicht von einem siegesgewissen Lächeln erhellt – schließlich atmete sie erleichtert auf. «Entschuldigen Sie mich bitte für zwei Minuten.» Während ich ihr nachschaute, drängte ihr anderes, soeben noch verschwommenes Bild an die Oberfläche. Sie hatte die Befehle genauestens ausgeführt und konnte sich nun, da sie ihren Auftrag – mich über die Krankheit zu unterrichten – erfüllt hatte, wieder hinter das Bild der altersschwachen Frau zurückziehen, die mit halbgeschlossenen Lidern dahindämmerte. Aus dem Flur hörte ich Schritte und Stimmen. Schnell ging ich zur Tür, die angelehnt geblieben war. Zu sehen bekam ich das Mädchen (im Übergangsmantel, sie hatte gerade ausgehen wollen, als sie von ihrer Mutter eingeholt wurde), ohne im Halbdunkel ihr Gesicht genau ausmachen zu können; dennoch hatte ich den Eindruck, daß sie sehr verärgert war. Keine von beiden konnte mich sehen, so daß ich noch ein paar Schritte näher trat. Es gelang mir nicht, sie zu belauschen, denn sie flüsterten. Ich konnte mich gerade noch rechtzeitig von der Tür zurückziehen, als die Alte das Mädchen am Arm packte und es ins Innere des Hauses schob. Ich eilte zurück auf meinen Platz.
Wie ich erwartet hatte, kehrte die alte Dame allein in den Salon zurück. Als sie sich vor mir im Sessel niederließ, war ihr Gesichtsausdruck fast feindselig. Ich lächelte wie jemand, dem man nicht zu erklären braucht, weshalb man dies oder jenes getan oder gelassen hat.
Ticks sind lächerlich und oft enervierend dazu. Meine

Mutter regte sich auf, wenn ich mit dem Bein wippte.

Vielleicht war die alte Dame deshalb pikiert. Ich hörte auf, mit dem Bein zu wippen. Dabei hätte ich weitermachen können, denn sie hatte es nicht einmal bemerkt. Den Kopf zur Seite geneigt, lauschte sie. Ich stellte sie auf die Probe: «Ich war sicher, Ihren Sohn zu Hause anzutreffen.» Ohne zu antworten, senkte sie die Lider und setzte die Unschuldsmiene der zerstreuten Kurzsichtigen auf, mit der sie ihr Schweigen zu rechtfertigen suchte – unter ihrer Maske jedoch ahnte ich das andere, in äußerster Anspannung verkrampfte Gesicht.

Just als ich soweit war, nichts mehr zu sehen (ich bediente mich dieser Fertigkeit, wenn ich mich bei Familienbesuchen allzusehr langweilte; so konnte ich stundenlang reglos dasitzen, was wiederum die Legende nährte, ich sei besonders brav), bemerkte ich die seltsamen Manöver meiner Tante. Vor ihr prangte auf einem niedrigen Tisch ein üppiger Strauß in einer Vase. Sie hatte die Blumen in zwei Garben geteilt, die nach der einen und der anderen Seite herabhingen, so daß zwischen ihnen eine Lücke klaffte. Jemand hatte im Vorbeigehen an ihnen gerochen und sie wieder zu einem Strauß vereint. Meine Tante spaltete ihn von neuem. Schließlich gab sie vor, der Geruch störe sie, und trug die Vase in ein anderes Zimmer. Die Blumen versperrten ihr den Blick auf etwas, doch wußte ich nicht, was es war, und konnte mich auch nicht umdrehen, ohne ihr aufzufallen. Nachher sah ich den Spiegel, den der Strauß ihr verdeckt hatte, und es fiel mir ein, daß mein Onkel hinter ihrem Rücken mit einigen Damen geplaudert hatte. Das war meiner Frühreife zuzuschreiben. Damals schon kannte ich die Versuchung, Geheimnisse zu lüften, die Lust, auf Schleichwegen zu Erkenntnissen zu gelangen, vielleicht sogar die verführerische Kraft des Risikos, spürte ich doch, ohne zu wissen weshalb, daß der verborgene Blick gefährlich war.

Im Gesicht der alten Dame entdeckte ich die gleiche Anspannung wie bei meiner Tante. Zwar wußte sie ihre Hellhörigkeit gut zu verbergen, doch irgendein mir unbekanntes Resonanzphänomen gab mir das Gefühl, daß sie auf der Lauer lag, und ich versuchte, leider ohne jeden Erfolg, die Geräusche mitzuhören, denen sie lauschte. Unter Aufbietung all meiner Kräfte tauchte ich an ihrer Seite in die Stille ein. Sooft ich jedoch wieder an die Oberfläche kam, brachte ich lediglich lachhafte Häppchen mit: das Knacken einer Schublade hinter den massiven Türen des Buffets oder das Knarren der Fensterrahmen, an denen der Wind rüttelte. Ich hatte mich verrannt: Es war eine unsinnige Anstrengung, mein Mithören in konzentrischen Kreisen auszudehnen. Ich mußte nur den Punkt herausfinden, auf welchen die alte Dame sich ausgerichtet hatte, um meinerseits durch einen Tunnel Kontakt aufzunehmen, der mich von allem anderen isolieren würde. Vergebens belauerte ich sie und unternahm Versuch auf Versuch; außer ihrem immer deutlicheren maliziösen Lächeln vermochte ich in ihrem Gesicht und den trüben Augen nichts zu lesen. Die ganze Person war neutral geworden, ihre Ausrichtung unbestimmbar wie die einer Sphäre, und ich hätte mir genausogut vorstellen können, daß sie darauf horchte, was hinter ihrem Rücken geschah. Dieser Zustand dauerte an, bis ich das Gefühl hatte, richtiggehend taub geworden zu sein, unempfänglich selbst für die deutlichsten Laute, wie ich es einmal erlebt hatte, als ich aus einer Werkhalle trat, in der alle Maschinen auf Hochtouren liefen.

Gerade wollte ich das Gespräch wiederaufnehmen, als hinter mir eine Tür aufging. Der unstete Blick der alten Dame sagte mir, daß ihre Tochter eintrat. Ich stand auf. Sie trug ihren Mantel über dem Arm. Es bedurfte keines besonderen Scharfsinns, um im Bilde zu sein. Der Vorwand war recht fadenscheinig. Sie wollte sich in meiner Gegenwart verabschieden, um ihre Mutter zu zwingen, sie gehen zu lassen. Mir rief sie ein konventionelles «Hoffentlich bis bald!» zu. Da ich ihre Absicht durchschaute, lächelte ich ihr ermutigend zu. In einem weltgewandten Tonfall, den ich ihr nicht zugetraut hätte, fügte sie dann hinzu: «Es tut mir leid, daß ich gehen muß. Hätte ich gewußt, daß Sie kommen, so hätte ich meine Termine anders gelegt.» «Du kannst sie absagen, alles zu seiner Zeit. Unser Freund könnte sich zu Recht gekränkt fühlen, wenn du gehst.» «Nicht doch, Madame, außerdem muß auch ich mich verabschieden, und wir könnten ein Stück Wegs zusammen gehen.» Und ich bewegte mich auf das Mädchen zu mit der Gewißheit, daß ich in einer Minute mit ihr draußen sein würde.

Meine Erfolge (selten – und immer unverhofft) verkrafte ich nur schwer, vielleicht sogar schwerer als meine Niederlagen. Sofort bin ich bereit, meinem Gegner Zugeständnisse zu machen, da ich zahlreiche Gemeinsamkeiten zwischen ihm und mir entdecke. Zu einem bestimmten Zeitpunkt – sobald sich nämlich die Waage zu meinen Gunsten neigt – geht ein Teil von mir zu ihm über; das verstümmelt zum einen meine Persönlichkeit, zum andern erreichen mich vermittels einer unbekannten Chemie Nachrichten von dort unten, aus dem Lager der Besiegten, zu dem auch ich von nun an gehöre, und sei es nur mit einem Bruchstück meiner selbst. So wird das Hochgefühl des Sieges getrübt durch die gleichzeitige Einsicht in das Leid, das anderen damit angetan wird.

Ich zögerte, und die Alte nutzte die Gelegenheit: «Könnten Sie nicht noch ein bißchen bei mir bleiben? Ich wollte Sie noch um ein paar Auskünfte über die Stadt bitten.» Ich setzte mich wieder. Das junge Mädchen blieb unweit meines Sessels stehen. Ich konnte sie nicht sehen, doch ich spürte ihren verärgerten Blick.

Ich brachte kein Wort mehr hervor. Manchmal fürchte ich, daß meine Stimme mich verwundbar machen, mich wehrlos ausliefern könnte wie einen nackten Mann mitten in einem Salon voller Menschen. War das die Auswirkung dieses Blicks, der auf mir lastete?

Die Verhältnisse bei ihnen zu Hause waren noch komplizierter, als ich es mir vorgestellt hatte. Die Beziehung des Mädchens zu ihrer Mutter war mehr als gespannt, und deren Machenschaften, wie sie hin und wieder in ihrem kaum als mütterlich zu bezeichnenden Blick zutage traten, gingen nicht allein auf den Willen ihres Sohnes zurück.

Sie rührten sich nicht, die eine saß, die andere stand still. Nicht ein Wort. Wie wir da gruppiert waren, ließ an ein schlechtes Stück in einer schlechten Inszenierung denken. Ich war im Begriff, die Sekunden der Erstarrung und des Schweigens zu zählen (unsere Positur erschien mir so außergewöhnlich wie die jenes Stuhls, gegen den ich einmal – wie, das weiß ich nicht – in einem Park gestoßen war, worauf er auf einem Bein aufrecht stehenblieb), als die Tür zum Flur fast geräuschlos geöffnet wurde. Wahrscheinlich trug er Schuhe mit Gummisohlen, denn ich hörte auch seine ersten Schritte im Zimmer nicht. Plötzlich war er bei uns. Seine scharfen Gesichtszüge deuteten darauf hin, daß er unausgeschlafen war. Bläulich schimmerten die beiden Weisheitswinkel auf seiner bloßen Stirn im kalten Licht des Salons.

«Hier sind Sie also!» sprach er mich an. Meine Gegenwart kam ihm offenbar ungelegen. Seine Mutter griff ein: «Ich habe mit unserem Freund ein sehr interessantes Gespräch geführt.» Diese Übertreibung brachte mich zum Lächeln: höchstens ein paar Worte hatte ich hervorgebracht. Er nickte ernsthaft, als hätte sie ihm etwas Wichtiges mitgeteilt. Offensichtlich hatte sie ihn auf diese Weise wissen lassen, daß ich nicht dazu gekommen war, mit dem Mädchen allein zu sprechen. Das Mädchen selbst stand hinter mir, ich glaube, sie sah zum Fenster hinaus. (Ich weiß nicht, weshalb mir jetzt eine Turnerpyramide einfiel, die ich vor langer Zeit im Zirkus gesehen hatte, und zwar gerade jener Moment, da der letzte Akrobat die Spitze erklomm, wobei er sich auf die muskelbewehrten Schultern und Arme dieses fleischernen Denkmals stützte.) Da ich mich nicht umdrehen konnte, um zu sehen, was sie tat, mußte ich es aus der Art und Weise schließen, wie er sie über meinen Kopf hinweg fixierte. Wenn er mir einzureden suchte, daß es ihr schlechtging, war sein Gesichtsausdruck, den er gewöhnlich so gut zu steuern wußte, sehr expressiv. Ich war erschöpft von der bisherigen Anspannung, vielleicht aber auch von dem Schweigen, das sich – zunehmend anormal – über den Salon senkte. Von neuem erschien er mir ganz Herr seiner selbst und distanziert wie an jenem Tag, als er sich im Café an meinen Tisch gesetzt und in aller Ruhe Zeitung gelesen hatte.

«Wo soll es denn hingehen?» Mich betraf die Frage zwar nicht, dennoch war ich peinlich berührt, als wüßte er um meine Absicht, sie zu begleiten. Die alte Dame kam ihr zuvor: «Sie wollte ausgehen, aber ich habe ihr klargemacht, daß sie unseren Freund nicht einfach so stehenlassen kann.» Ohne eigentlich zugehört zu haben, setzte er hinzu: «Ich meine, du solltest nicht hinausgehen.» Er redete wie zu einem Kind. «Es ist kalt heute, zu kalt für dich.» Zu meiner Verwunderung protestierte sie nicht. Woher wollte er denn wissen, wie kalt es war, konnte man doch sehen, daß er keinen Fuß ins Freie gesetzt hatte. Mit einer Stimme, die freundschaftlich klingen sollte, fügte er hinzu: «Wenn du etwas Dringendes zu erledigen hast, kann ich das übernehmen.»

Ich hörte ein Rascheln hinter meinem Rücken. Dieses leise Geräusch löste einen merkwürdigen, unerklärlichen Reflex bei mir aus: Ganz plötzlich ließ ich meinen rechten Arm herunterhängen. Meine Mutter erschrak immer bei dieser unerwarteten Bewegung. Hier fiel sie niemandem auf. Sie ignorierten mich. Sie hatten mich vergessen. Mein zweiter Reflex: Ich drehte mich um.

Das Geräusch hatte das Mädchen verursacht, indem es seinen Mantel auf das marmorne Fensterbord gelegt hatte, an dem es lehnte. Die Hände hielt sie auf dem Rücken verschränkt, den Blick geradeaus gerichtet, vielleicht auf ihren «Bruder». Ich sage «vielleicht», weil ich im Gegenlicht nichts als ihre Umrisse erkennen konnte; er selbst konnte im übrigen auch nicht mehr sehen. Es war bestimmt nicht ihre Absicht, und sie nahm gar nicht wahr, wie sehr er ihr dieses Schattenspiel verübelte. Dessen war ich mir sicher. Ich wandte mich ihm zu. Er schmollte wie ein Kind.

Die Schlacht wurde in einiger Entfernung von mir geschlagen. Das Mädchen hatte ungeheure Kräfte. Alle drei gebrauchten sie die Waffe des Schweigens, sie aber, sie war das Schweigen. Sie konnte sich wann immer ohne jede Anstrengung in diese Zuflucht zurückziehen, die schon beinahe zu ihrem Wesen gehörte (wie der Himmel zum Körper der Schwalbe) und die ihrem «Bruder» ein für allemal verwehrt war. Und ich begriff, wie sehr ihn diese Versagung verletzte.

Der Kopf der alten Dame war vor Erschöpfung geschrumpft und hing stranguliert in dem samtenen Halsband. Auf einem leeren Sessel neben ihr erschien mir der Schneider, dessen rotgeränderte Augen einen bestimmten Punkt an der Decke anstarrten. Der Wind verfing sich auf dem Dach in einem losen Blech, das hin und wieder einen mißtönenden Schrei wie von einem Pfau hören ließ. «Ich begleite Sie in die Stadt, aber ich fürchte, es wird bald schütten wie aus Kübeln.» Eigentlich hatte ich noch gar nicht gehen wollen, doch ich sprang sofort auf. Draußen auf der Treppe machte er ohne irgendeine Erklärung kehrt und ließ mich allein fortgehen.

XIV

Ein dünner, beinahe immaterieller Nebel, wie ich ihn noch nie gesehen hatte, verwischte an jenem besonders warmen Herbstmorgen alle Konturen. Beim Gehen spürte man ihn nicht, aber er veränderte die ganze Landschaft, als sähe man sie durch ein trübes stehendes Wasser – es schien der müden Luft nicht zu gelingen, nach einer allzu kurzen Nacht zu erwachen. Nicht die Spur eines Windhauchs. Die schmiegsame Feuchtigkeit, durch die wir glitten, hatte etwas angenehm Betäubendes. Die seltenen Bäume, die hin und wieder aus dem Dunst tauchten, um gleich wieder darin aufzugehen (wenn ich mich umdrehte, um einen noch einmal zu betrachten, wehte hinter mir nur noch eine konturlose Fahne, die alsbald auch verschwand), waren unsere einzigen Begleiter. Das Mädchen ging einige Schritte vor uns. Ihr langes Kleid war grau, ihre Strümpfe ebenfalls.

Sie hatte den Vorschlag zu diesem Spaziergang vollkommen gleichgültig angenommen (vielleicht, um sie zu täuschen?). Er selbst hatte nichts dagegen einzuwenden gehabt, was mich wunderte. Als ich bei ihnen eingetreten war, hatte ich sogar den Eindruck gewonnen, sie hätten mich erwartet und mein Vorschlag überraschte sie nicht im mindesten. Die alte Dame begleitete uns bis zur Treppe, wo sie eine Minute lang mit ihm redete. Ich konnte nicht verstehen, worüber sie sprachen. Das Mädchen war gleich vorausgegangen, und ich war ihr nicht gefolgt, um keinen Verdacht zu erregen. Ich hoffte, er würde sie irgendwann unterwegs aus den Augen verlieren, und aus einer völlig irrationalen Überzeugung heraus verließ ich mich darauf, wobei ich wohl wußte, daß ich sehr vorsichtig sein mußte.

Der Weg führte anfangs durch abgeholztes Hügelgelände, zwischen Baumstümpfen und schwarzem Geäst hindurch, das aussah, als hätte hier ein Brand gewütet. Die mehr oder minder schräg gesägten, glatten Schnittflächen verursachten Unbehagen; dies ging – was ich nicht gleich bemerkte – auf das lockere Durcheinander zurück, das sie in die Einförmigkeit der künstlichen Landschaft brachten. (Menschenwerk unterliegt dem unendlichen Anspruch der Ordnung, vielleicht eine Rache der geschundenen Natur.) Ich näherte mich ihm. «Dies ist der reizloseste Abschnitt.» Er ließ seine hellen Augen schweifen. Die Luftfeuchtigkeit hatte das Blau seiner Iris verwässert, so daß sie eine noch unnatürlichere, eine synthetische Farbe angenommen hatte.

«Wälder sollte man nicht anzünden.» Ich erwartete eine konkrete, vielleicht sogar ironische Reaktion. Er lächelte jedoch krampfhaft, als müsse er etwas Pathetisches unterdrücken. «Wenn alle Wälder verbrannt sind, wird auf der Erde der Schatten der Städte bleiben und sonst keiner.» Er hob die Stimme: «Der Schatten des Lebens der anderen, mit denen man für immer im gleichen Kreis eingeschlossen bleibt.» Er hatte den starren Blick eines Menschen, der einer harten Prüfung entgegensieht und unablässig von ein und demselben Gedanken umgetrieben wird. Das Mädchen schien ihn nicht gehört zu haben. Sie ging leichten Schrittes voraus und blieb nur manchmal einen Augenblick stehen, ohne sich jedoch umzudrehen.

«Wie denken Sie über Robinson Crusoe?» Ich machte große Augen. Sofort wandte er sich ab und blickte geradeaus. Ich spürte, daß er auf seine Frage keine Antwort erwartete. Solange wir einen ziemlich steilen und rutschigen Abhang hinaufstiegen, schwieg er. «Es gibt keine einsamen Inseln mehr. Ich habe in irgendeiner Zeitschrift von einer Gruppe Schiffbrüchiger gelesen, die, nachdem sie sich drei Tage lang mühevoll einen Weg durch die Wildnis einer kleinen Insel im Stillen Ozean gebahnt hatten, das andere Ufer erreichten und dort einen gebührenpflichtigen Strand mit Umkleidekabinen, Sonnenschirmen und so weiter vorfanden, der in ein paar Stunden per Schiff von einem großen Hafen aus zu erreichen war.» Sein gleichgültiger Tonfall verriet ihn. Ich verstand, weshalb er diesen ausgefallenen Vortrag hielt, aber ich verspürte keine Neigung, ihm dabei zu helfen, das Mädchen in ein Gespräch einzubeziehen. «Robinson» war wohl als Signal gemeint, das sie in die Vergangenheit zurückversetzen sollte (ansonsten hätte seine Frage keinen Sinn gehabt), und obwohl es ihm nicht geglückt war, ärgerte mich der Gedanke, daß es zwischen beiden irgendwann eine gewisse Vertrautheit, daß es gemeinsame Spiele gegeben hatte.

Das Rascheln seines Mantels steigerte nur noch meinen Widerwillen gegen ihn, der sich nur selten in der Banalität unserer Gespräche auflöste und verschwand. Im Grunde hätte ich mich auch ihr nähern können, ohne darauf Rücksicht zu nehmen, daß es anstößig sein könnte. Es gelang mir jedoch nicht, denn sie beschleunigte plötzlich ihren Gang, und wir liefen im Gänsemarsch weiter, sie immer vorweg und er hintan. Dies ergab einen gewissen Ausgleich, ein Gleichgewicht, und eine Zeitlang war ich sicher, daß sie beide genau wie ich selbst nur daran dachten, ohne Fehltritt auf dem schmalen Pfad voranzukommen. Meine Aufmerksamkeit war durch den Erdboden, der spannenweise unter meinen Sohlen abrollte, voll und ganz in Anspruch genommen. Ich wußte nicht, wer von uns beiden Führer war. Bald hatte ich den Eindruck, daß das Mädchen unsere Gangart bestimmte, dann wieder schien es mir, als entfernten wir beide, sie und ich, uns von ihm. Solange wir jedenfalls über die kahlen Hügel wanderten, betrachtete ich mich nicht als Anführer unserer Expedition.

Ich habe festgestellt, daß unsere Befürchtungen oft jene Ereignisse erst nach sich ziehen, die wir haben kommen sehen, daß sich also die pessimistischsten Voraussagen erfüllen. Deshalb tue ich mein möglichstes, um meinen Geist von bestimmten Befürchtungen freizuhalten oder, wenn ich meine Beunruhigung schon nicht zu bändigen vermag, wenigstens zu verhüten, daß der andere (mein Gegner) bemerkt, wie bang mir ist. Ich wagte es nicht, mich umzudrehen, denn obwohl er diesem Spaziergang zu dritt sicher nicht ohne guten Grund zugestimmt hatte, hätte er jederzeit seine Ranghoheit herauskehren können, indem er plötzlich stehengeblieben wäre und uns unter irgendeinem Vorwand zur Umkehr gezwungen hätte.

Diese Gefahr riß mich aus der blinden Trägheit des Gehens, um mich in einen Zustand wirrer Aufregung zu versetzen, in dem mich nichts mehr erreichte als die hochgewachsene Gestalt des Mädchens oder dann und wann das Krachen eines Astes, auf den ich aus Unachtsamkeit meinen Fuß gesetzt hatte. Ich hätte auf seiner Höhe bleiben sollen. Seine unsichtbare Gegenwart in meinem Rücken war unerträglich. Manchmal meinte ich seine Schritte nicht mehr zu hören, was beunruhigend war. Mit ihm verschwand alles andere hinter mir, und ich hatte ein Gefühl, als zöge ich das Nichts hinter mir her, das sich an meine Fersen geheftet hatte. Zum Glück sah ich sie, was mir eine gewisse Sicherheit gab, da ich wußte, daß er uns, solange wir zu zweit waren, um nichts in der Welt aus den Augen lassen würde. Zeitweise beschleunigte ich den Schritt, getrieben von dem fast schmerzlichen Verlangen, sie im Profil zu sehen, wenn das auch kaum möglich war. Sofort tat er es mir nach, ich hörte ihn trotz seines katzenhaften Ganges, der mir schon am ersten Tag aufgefallen war. Unversehens hatte ich sie aus den Augen verloren. Sie hatte sich im Grau des Himmels aufgelöst und mich auf dem Hügel zurückgelassen, an dessen Fuß alles im Dunst versank. Jetzt fiel mir auf, daß sie nicht mehr Trauer trug. Merkwürdigerweise erinnerte mich das an den jüngsten Vorfall mit dem Schneider.

Eigentlich hatte ich ihn kaum wahrgenommen. Er hatte den Kopf durch den Türspalt gesteckt und redete mit jemandem auf der Straße. Auf den letzten Stufen der Treppe hörte ich sein heiseres Lachen, wie es nach draußen rollte. Ich machte ein paar schnelle Schritte, aber der andere verschwand noch schneller. Draußen sah ich einen Fremden, der schon so weit entfernt war, daß mir der Verdacht kommen mußte, er sei anfangs gerannt. Außerdem war sein nunmehr viel zu langsamer Gang keineswegs natürlich, offenbar suchte er nach den ersten hastigen Sätzen seinen Puls zu beruhigen. Als ich ihn einholte und passierte, tat er, als schaute er sich in einem Hof um. Sein Gesicht konnte ich nicht sehen. Das rohe Lachen hatte also mir gegolten. Zwei Tage lang belastete mich dieser Unbekannte, für den ich selbst kein solcher mehr war. Während dieser ganzen Zeit ging mir der Schneider aus dem Weg und öffnete nicht einmal mehr seine Tür, wenn ich die Treppe nahm.

Etwas Ätzendes lag in der Luft, das die Erscheinung des Schneiders auflöste und in sich aufnahm, so daß ich seine Gegenwart weiterhin spürte, jedoch nicht an einem bestimmten Ort, sondern als ständig vorhandene Möglichkeit. Ich suchte nach Ablenkung. Ich war unangemeldet bei ihnen erschienen, und so hatten sie nicht die Zeit gehabt, sie zu zwingen, ihr schwarzes Kleid anzuziehen. Möglicherweise.

Ich blieb einen Augenblick stehen und stellte bei dieser Gelegenheit fest, daß er mir in nächster Nähe folgte, er war nämlich sofort neben mir. Das gab mir einen unerträglichen Gedanken ein (eine Dummheit natürlich, aber nach gewissen Träumen hat man Mühe, das Gleichgewicht wiederzufinden, das man braucht, um dem eigenen Gesicht im Spiegel zu begegnen, da alles noch eine Zeitlang im Bereich des Möglichen bleibt): Er kam so nahe an mich heran, um meine Gedanken zu belauschen. Außerdem hatte er mich, indem er sich hinter mir verbarg, zum unfreiwilligen Komplizen gemacht; aus dieser Deckung heraus konnte er zum Sprung auf seine Beute ansetzen. Und wer sollte das sein, wenn nicht sie?

An diesen Gedanken habe ich mich schon seit langem gewöhnt. Die meisten Menschen bilden nur den Wald voller dunkler Hinterhalte, in denen die wenigen anderen wie Raubtiere auf Beute lauern.

Wir waren auf der Terrasse eines Cafés. Als die Zigeunerin mit ihren in Lumpen gekleideten Kindern fortgegangen war, fühlte ich, daß ich meine Limonade nicht mehr hinunterbrachte. Der letzte Schluck auf meiner Zunge war sauer geworden, und ein bitterer Geschmack breitete sich in meinem Mund aus. Mein Vater hätte mir vorgehalten, ich glaubte an die Schauermärchen unseres Kindermädchens, wenn ich ihm von dem furchtbaren Blick aus meinem letzten Albtraum erzählt hätte, den ich voller Panik am hellichten Tag wiedererkannte. Ich schwieg.

 Mit einemmal schmerzte mein Rücken, als hätte ich eine Last getragen, die zu schwer für mich war. Eigentlich war es eine Müdigkeit ganz anderer Art, mir fällt jedoch kein besserer Vergleich ein.

«Ist es noch weit bis zu dem Wald?» Statt einer Antwort zeigte ich mit ausgestrecktem Finger auf den Pfad, der sich zwischen den Baumstümpfen hindurchschlängelte. «Wie ist der Weg dort?» Ich blieb stehen und ließ ihn vorangehen. «Breiter.» Er drehte sich um und sagte giftig: «Das ist mir völlig egal, ich will wissen, ob er immer noch so steil oder weniger beschwerlich ist.» Ich antwortete nicht. Eine Zeitlang blieb ich in seiner unmittelbaren Nähe, denn er kam immer langsamer voran; allerdings war der Hang auch sehr steil. Mit einemmal begann er zu laufen, und die Entfernung zwischen ihm und ihr schrumpfte blitzschnell, da sie gleichmäßig und selbst an den abschüssigsten Stellen scheinbar ohne Anstrengung ausschritt.

Am Waldrand gabelten sich drei Wege, so daß er gezwungen war, auf mich zu warten – ohne es zu wollen, hatte ich ihm einen Streich gespielt. Sein Blick und sein Tonfall waren ausgesprochen unfreundlich. «Wieso lassen Sie uns vorangehen, wenn Sie doch wissen, daß wir den Weg nicht kennen?» «Sie müssen bloß mit mir Schritt halten», sagte ich trocken. Er reagierte nicht. Auch sie war stehengeblieben, ich sah sie im Profil und glaubte ein ironisches Lächeln um ihre Mundwinkel zu entdecken.

Der Lehrer, mit dem ich einst die Ruinen besichtigte, hatte mir die Sage erzählt. Er war ein eher schmächtiger Mann und hatte den Kopf einer byzantinischen Christusfigur. Die Kinder hatten offenbar wegen seines struppigen Bartes und seiner hohlen Wangen Respekt vor ihm.

Nachdem der letzte Sproß des Herrengeschlechts, dem das Schloß immer schon gehört hatte, gestorben war, ergriff der Teufel Besitz von den rissigen Mauern, den düsteren Sälen, dem vernachlässigten Park. Im Handumdrehen war alles verwandelt. Der Dämon nahm die Gestalt eines jungen Mannes von außergewöhnlicher Schönheit an. (Der Lehrer legte keinen Wert auf poetische Einzelheiten, er erzählte mit monotoner Stimme, die während seiner Unterrichtsstunden gewiß für Stille, ebenso aber auch für Schläfrigkeit sorgte.) Auf dem Schloß feierte man Feste über Feste, eines prunkvoller als das andere. Nur daß die Gäste einem Stand angehörten, der an solchen Orten recht selten ist. Der Teufel erkor sie unter den ärmsten Bauern, denen er Haus und Hof und fruchtbaren Grund und Boden schenkte, und unter den armen Weibern, die sich in den Schenken am Wegesrand abrackerten, die er aber in kostbare Gewänder kleidete. Jede Woche galt die Aufmerksamkeit dieses einzigartigen Gastgebers einem seiner Gäste. Wenn dieser schließlich ein Zeichen innigster Verbundenheit oder, im Falle der jungen Mädchen, vollkommener Faszination gab, enthüllte der junge Mann von göttlicher Schönheit brutal sein wahres Gesicht, seine von der Lepra zerfressenen Züge. Das geschah in einem abgelegenen Zimmer voller unschätzbarer Kostbarkeiten, unter denen der Favorit oder die Favoritin noch eine Minute vor der Verwandlung wählen durfte. Beim Anblick des leprösen Aussatzes versagte ihm oder ihr die Stimme, das aufwallende Blut stockte, und das eben noch lebendige Fleisch riß auf wie im Gesicht des Versuchers. Nach einigen Jahren bevölkerten lauter stumme Aussätzige die Gegend, und sie waren noch entsetzlicher anzusehen als irgendwo sonst auf dieser Welt.

 Eines Tages hatte der Teufel sein Auge auf ein verwaistes Hirtenmädchen geworfen, das sein Leben lang die Herden anderer Leute hütete. Ihr zeigte er sich in Gestalt eines Hirten, doch mußte er mehrere Monate kämpfen, denn sie war, versteht sich, schwerer zu verführen als die bedauernswerten Dienstmägde, die ihr Lager mit jedem Hergelaufenen teilten. Schließlich lockte er sie ins Schloß, doch vergingen weitere Monate, ehe er bei ihr den verzückten Gesichtsausdruck entdeckte, der ihm seinen Triumph anzeigte. Als er seine Maske abgestreift hatte, hielt sie ihn unbeirrt umschlungen, stellte sich, ohne mit der Wimper zu zucken, auf die Zehenspitzen – denn sie war klein – und küßte das schwärenübersäte Gesicht. Auf der Stelle verschwand das Schloß mit allem, was es barg, und die Jungfrau fand sich mitten in den Ruinen.
Der Lehrer, wohl ein allzu keuscher Geist, als daß er derlei Verwandlungen hätte goutieren können, fügte noch leicht geniert hinzu, daß sich eine Schlange unter die Erde, in ein schwarzes Loch geflüchtet hatte, allerdings nicht so schnell, daß sie nicht erkannt worden wäre.
Als ich ihnen die Sage erzählte – sie endete mit den Wunderheilungen, die von der Hirtin vollbracht wurden, indem sie jene küßte, die der Versuchung erlegen waren –, hörte er mit abwesender Miene zu. Vielleicht verdroß es ihn, daß er neben mir hergehen mußte. Am Ende erklärte er unbeteiligt, daß Geschichten mit Leprakranken und wundertätigen Küssen häufig und immer lehrreich seien.
Sie hingegen war stets einen Schritt voraus, so daß ich nicht wissen konnte, ob sie zugehört hatte oder nicht. Ich war enttäuscht. Ich hatte eine ganz andere Wirkung erwartet. Mit seiner Bemerkung hatte er alles verdorben. Ich fragte mich, wie ich seinen Mangel

an Sensibilität, an Interesse für andere hatte vergessen können.

Eigentlich hegte ich ihm gegenüber nicht die Skrupel, die mich sonst oft behindern. Es hätte mich beispielsweise nicht gestört, zu sehen, wie er sich über einen neuen Vorstoß meinerseits ärgerte. Aber ich konnte nicht wieder anfangen, da ich den Moment verpaßt hatte, in dem die Initiative bei mir lag; hätte ich es getan, hätte ich ein stillschweigendes Einvernehmen verletzt.

Unverhofft wandte sie sich zu mir um und fragte mich: «Gibt es noch Leprakranke in der Gegend?» Vor Überraschung antwortete ich nicht sofort, und er nutzte die Gelegenheit. «Selbstverständlich», sagte er und fügte in ironischem, leicht vulgärem, jedenfalls unpassendem Tonfall hinzu: «Die Nachkommen derer, die von den Küssen des Hirtenmädchens verschont geblieben sind!» Ich begriff. Ich hatte meine Führerrolle zu sehr ausgespielt, und er wollte mich bestrafen. Nichts läßt mich meine Schwäche in so demütigender Art und Weise spüren wie meine Unfähigkeit, mir die Befriedigung der Rache vorzustellen (eine Unfähigkeit, die mich oft behindert).

Das dämmrige Licht des Waldes wurde immer dunkler, und ich begann die Kälte zu spüren. Wenn sie wirklich lungenkrank war, so war es sehr unvorsichtig von ihr, nur im Kleid auszugehen. Er hingegen war zu warm angezogen und trug überdies einen ellenlangen Schal um den Hals. Ich wollte es ihm sagen, um ihn zu ärgern. Doch er starrte ostentativ auf seine großen gelben Schuhe, die auf die toten Blätter traten. Beide waren sie mir entglitten, aber dank eines mir eigenen Reflexes war es mir gleichgültig.

Vor langer Zeit habe ich diese sehr einfache Methode entdeckt. Ich bleibe auf einer Hauptverkehrsstraße stehen, etwas abseits, um nicht von Passanten angerempelt zu werden. Nach und nach waschen die Menschenwellen dank einer Mechanik, die ich mir nicht erklären kann, alle meine Alltagssorgen aus mir heraus, so daß ich nach einer Weile absolut leer bin wie ein Bibliotheksregal, aus dem man sämtliche Bücher entfernt hat.

Ihr Entgleiten wirkte genauso: Wie ein Roboter irrte ich durch das entlaubte Geäst hinter ihnen her. Ohne die Gewißheit, daß sie nicht unter einer Decke steckten, hätte ich Angst gehabt: Sie hätten mich wer weiß wohin bringen können.

Die Leere erfordert Gegengewichte, sie zieht Visionen an wie ein Tiefdruckgebiet die Wolken.

Von neuem spürte ich die Gegenwart des Schneiders, dann vernahm ich sehr nahe die Schritte des Lehrers, der mit uns wanderte. Um die Tiefe der Leere auszuloten, öffnete ich die Tore ganz weit in Erwartung anderer alter Weggenossen; einer nach dem andern nahmen sie wieder Form an – die stummen Gespenster –, und unsere Reihen wuchsen in einem fort. Vergeblich sagte ich mir immer wieder: «Sie ist da, vor dir, einen Schritt von dir entfernt, nur einen einzigen Schritt.» Dieser Schritt war nicht zu überwinden. Denn auch er war da, und er hatte Macht über mich. Das Lachen des Schneiders hallte dann und wann zwischen den grauen Baumstämmen, während meine Augen an seinem langen Mantel hingen, der sich unter den Windstößen bizarr blähte – eine Flagge, die unzählige Feldzüge mitgemacht hatte und der ich folgte, ohne zu wissen, wohin sie mich führen würde. Die unbedeutendsten Fragen wurden zu gefährlichen Abgründen, vor denen ich ständig auf der Hut sein mußte. Die alte Dame, die mit der gleichen Kraft ausgestattet war, erinnerte mich daran, daß es mir nicht einmal gelungen war, ihre Fin-

ger zu zählen. Was ihren Sohn anging, hätte ich vergeblich versucht, mich gegen seinen Willen aufzulehnen. Ich mußte mich ihm entziehen, konnte es aber nicht, solange wir uns im Wald befanden.
Nach fünfminütigem Nahkampf und noch unbesiegt erkannte ich die Überlegenheit meines Gegners und die Vergeblichkeit meiner Anstrengungen. Also ließ ich mich gehen, wurde immer weicher und weicher, und meine Schwäche übertrug sich auf ihn. Gemeinsam bildeten wir ein System kommunizierender Gefäße, und sobald ich auf Widerstand verzichtete, versiegte auch seine Kraft, bis wir uns schließlich erschöpft in den Armen lagen. Ich weiß nicht, ob ich diesen Trick bei einer Rauferei entdeckt habe, als ich noch kurze Hosen trug, oder ob er nur das Andenken an einen Traum aus derselben Zeit ist.
Dank meiner Schwäche gelang es mir, mich aus seiner Umklammerung zu befreien, und das ist nur scheinbar ein Widerspruch. Zu diesem Zweck richtete ich wieder meine ganze Aufmerksamkeit auf das Gehen, bis der Rhythmus, den er vorgab, auch für mich normal, ja mein eigen wurde. Als ich aufblickte, sah ich ihn weit vor mir. Jetzt war ich von nichts mehr in Anspruch genommen, sogar das seltsame Paar, das sie bildeten, wie sie so stumm durch die immer dichtere Dunkelheit des Unterholzes glitten, erregte mich nicht mehr im geringsten. Im Gegenteil, erst ihre Nähe verschlimmerte meine Einsamkeit wie die Begegnung zweier vereinzelter Wolken an einem sonst leeren Himmel.
Ich war auf der Lichtung angelangt, wo man die ersten Ruinen sah. Das Licht drang langsam in mich ein wie in einen Raum, wenn man die über lange Zeit geschlossenen Fensterläden aufstößt. Es mag merkwürdig erscheinen: Alle drei gingen wir im Gleichschritt weiter, als hätten wir unser Ziel noch nicht erreicht. Er

 etwa zwanzig Meter vor mir und doch weit hinter ihr. Ich hatte sie zwar nicht die ganze Zeit über beobachtet, doch hatte er die Gelegenheit bestimmt nicht nutzen können, für einen Moment ihre Aufmerksamkeit auf sich zu ziehen, was er sich wohl ausgerechnet hatte, als er seine Einwilligung zu diesem Ausflug gab. Wäre es ihm gelungen, so hätte er mich mit einem Grinsen erwartet, das ich mir lebhaft vorstellen konnte, und hätte mich zur Lage des Schlosses oder zu wer weiß was für nebensächlichen Einzelheiten sonst befragt. Ich ging nicht schneller, um den Abstand zu wahren, der mir langsam meine Freiheit wiedergab.

Die Wolkendecke war an einigen Stellen aufgerissen, und ein kalter Wind schickte sich an, den Himmel freizufegen. Aus der Entfernung erschienen meine Weggefährten um einiges kleiner, was mir für kurze Zeit ein Überlegenheitsgefühl gab, wie ich es bis dahin noch nie empfunden hatte. Zum erstenmal sah ich mich außerhalb des Spiels stehen, frei, nur soweit mitzutun, wie ich wünschte. Daher kam mir vielleicht der Gedanke an eine Falle. Ein Einfall, den ich sofort in die Tat umzusetzen gedachte, was mich wieder belebte.

«Sie werden aber schnell müde!» Die letzten Meter hatte ich im Laufschritt zurückgelegt, um sie einzuholen und dorthin zu dirigieren, wohin ich sie haben wollte. Ich lächelte ihn an, so freundlich wie nur irgend möglich. «Wollen wir nicht die Kellergewölbe der Burg besichtigen?» Er blieb zögernd stehen. Am Ende, so stand wenigstens zu befürchten, würde er den Turm bevorzugen, den man weiter oben sah, bis zu dem aber noch ein ganzes Stück zu klettern blieb. Seine Augen schweiften von mir hinüber zu diesem Burgfried, der sich eigensinnig auf dem felsigen Gipfel des Hügels erhob und das ganze Gemäuer zu sich

hinaufzuziehen schien. «Dies ist eigentlich auch alles,
was noch erhalten ist, Sie haben schon beinahe alle Mauern gesehen. Diejenigen, die sich am Hang hinaufziehen, sind ähnlich.» Das Mädchen stand etwas weiter oben. Ich dachte, sie habe uns nicht gehört. Als er sich jedoch entschlossen hatte hinabzusteigen und mir mit einem Handzeichen bedeutete, ich solle ihm den Weg weisen, zwängte sie sich plötzlich zwischen uns hindurch und stand, noch bevor ich begriffen hatte, was geschah, vor dem von Sträuchern verdeckten Eingang zum Kellergewölbe. Dabei war nicht leicht zu erraten, daß der Eingang sich dort befand. Ich fragte mich, ob ihr abwesender Blick echt war. Ich schaute zu ihm hin und sah den verdrossenen Gesichtsausdruck, den ich erwartet hatte. Er wußte, daß ihre scheinbare Abwesenheit eine Waffe war, gegen die er nichts ausrichten konnte. Gleich danach aber setzte er wieder eine unbeteiligte und undurchdringliche Miene auf.

«Sie macht einen sehr verträumten Eindruck, Ihre Schwester.» Er antwortete nicht. Er drehte mir den Rücken und stieg zu ihr hinunter. Mein Erfolg war zu billig, als daß er mich nicht beunruhigt hätte. Sobald ich selbst unten angekommen war, neigte sie sich leicht nach vorn und verschwand im Dunkeln. Ich weiß nicht warum, aber mein Herz krampfte sich zusammen. Ohne zu zögern, war sie in den Keller eingedrungen, als wäre sie schon einmal dort gewesen, im Gegensatz zu ihm, der umsichtiger vorging, wie es nur normal ist, wenn man sich an einen unbekannten Ort wagt.

Als auch ich hineinging, waren sie schon ziemlich weit vorangekommen – es sei denn, dieser Eindruck entstand nur wegen der Dunkelheit. Der Gang mündete in einen weitläufigen Saal. Der Lehrer hatte mir von einem Versteck und irgendwelchen lange Zeit zurückliegenden Belagerungen erzählt. Besonders hervorgehoben hatte er die Geräumigkeit dieses Saales, auf die man nicht gefaßt war, da die Ruinen von außen weniger bedeutend wirkten. Andere, kleinere Gänge nahmen hier ihren Ausgang und endeten wer weiß wo. Schwaches Licht drang dort, wo das Gewölbe eingestürzt war, durch moosbewachsene Breschen, die von Brennesseln überwuchert wurden.

In der Finsternis überfällt mich Panik. Nicht wegen vorhandener oder möglicher Gefahren. Die Finsternisse – ich spreche natürlich nicht von der vorübergehenden Dunkelheit in Schlafzimmern –, die wahren, substantiellen, unauslotbaren Finsternisse, das Dunkel von Grotten oder anderen schwarzen Schlünden, wirken unmittelbar auf mich ein, ohne daß das Denken eingeschaltet würde. Von einem Moment zum andern schwindet der Schutz des dünnen Hautpanzers, ich gerate in ein Kontinuum, mein haltloses Herz flattert wie ein eingesperrter Vogel, Eis überkrustet meine Rippen, unsichtbares Gestein erwacht zu neuem Leben, an dem ich nicht mehr zweifeln kann, sein Atem geht mühelos durch mich hindurch.

Ich hatte wohl auch den allerdunkelsten Gang gewählt, und jedesmal, wenn meine Hand die feuchten Wände streifte, meinte ich die Haut eines schlafenden Ungeheuers zu berühren, an dem ich mich vorbeistehlen mußte und das mich zermalmen würde, wenn es sich auf seinem Lager auch nur ein klein wenig zur Seite wälzte. Ich hatte das Gefühl, mich in einer Substanz zu bewegen, die zwar noch flüssig war, aber in jedem Augenblick erstarren konnte, so daß ich eingeschlossen würde wie die Insekten, die im Herzen des gelben Bernsteins ganze Zeitalter überdauern. Diese Angst, so widersinnig sie scheinen mag, löste mit einemmal alle Hilfsvorstellungen auf, die irgendein Überlebensinstinkt ständig in meinem Bewußtsein hervorbrachte. Ich fragte mich ebenso, ob es nicht meine Angst war, die sie wachrief, um mich die Schrecken einer möglichen Katastrophe wieder und wieder erleben zu lassen, sobald ich die Dürftigkeit aller trügerischen Rettungsflöße erkannte. (So ungerecht hat das Schicksal den einen die Heiterkeit, den andern das Entsetzen zugedacht.)

Es war ein Morgen von schwindelerregender Klarheit. Den heiteren Anblick gewisser Frühlingstage kann ich nie lange ertragen, wenn das Auge nicht einmal mehr in der Farbe einen festen Halt findet; ich habe dann paradoxerweise das Gefühl eines Sturzes nach oben, so wie andere am Rand eines Abgrunds zu ertrinken meinen. Gewissermaßen neidisch sah ich, wie er den Kopf in den Nacken gelegt und die Augen zum Himmel gerichtet hatte. Wir saßen in einem Boot mitten auf dem See. Es war meine Idee gewesen. Sein piratenhaftes Wesen hatte mich auf den Gedanken gebracht, diese Expedition zu unternehmen. Er hatte mich gebeten zu rudern. Eine Zeitlang verharrte er regungslos mir gegenüber, und ich sah das «V» auf seiner Stirn pulsen wie den Kropf einer Eidechse, die sich sonnt. Dann begann er im Boot, das recht groß war, auf und ab zu gehen, schlicht und einfach spazierenzugehen wie in einem verwilderten Garten, zwanglos vor sich hin. Unser Kahn geriet bedrohlich ins Schwanken und neigte sich bald nach rechts, bald nach links. Ich konnte schwimmen, hatte aber trotzdem Angst, denn das Boot konnte uns beim Kentern unter Wasser drücken. Ich fragte ihn, was er suchte. «Ich habe einen Manschettenknopf verloren.» Endlich hatte er ihn gefunden, doch er setzte sich nicht wieder hin. Vielmehr stand er am anderen Ende des

 Bootes, einen Fuß auf dem Bootsrand, in einer äußerst unstabilen Position, die er immer wieder, wenn er das Gleichgewicht zu verlieren drohte und ich ihn schon im Wasser sah, auf einem Bein hüpfend korrigierte. Als wir wieder ans Ufer gelangten, fragte ich ihn, ob er nicht ein wenig schwimmen wolle. Er warf mir seinen amüsierten Blick zu, der mich gleich bei unserer ersten Begegnung gefangengenommen hatte. «Natürlich möchte ich gern, bloß kann ich nicht schwimmen.» Es war merkwürdig, und doch verstand ich sofort. Wären wir gekentert, er hätte sich gerettet. Sicherheit hat man nicht, weil man schwimmen kann, sondern weil man weiß, daß man nicht ertrinken wird.

Wie sechzigprozentiger Alkohol drang die Finsternis, nachdem sie alle meine inneren Bahnen durchlaufen hatte, bis in die letzten Verästelungen meiner Nerven, an die Oberfläche meiner Haut, meiner Augen. Die graue Erscheinung am Ende des Ganges zersplitterte mehrfach, zugleich mit meinen erstarrten Gedanken. Das diffuse Licht, das von vorn auf mich zukam, zerstob, ohne seine Botschaft vermittelt zu haben, und alsbald fand ich mich in der ganz anderen Luft des großen Saales wieder. Offenbar war ich nur sehr langsam vorangekommen, denn sie und er schienen schon seit geraumer Zeit dort zu sein. Sie gingen mit kleinen Schritten auf und ab auf der Suche nach den Resten des alten Gemäuers. Sie schaute vor allem nach oben und ging ihm aus dem Weg, wenn er sich ihr zu nähern trachtete (ich weiß nicht, wie ich das durchschaute). Der Mantel, den er trug, schien zu phosphoreszieren, jedenfalls leuchtete er jedesmal auf, wenn ihn ein Lichtstrahl aus den Lücken im Gewölbe traf. Er war ein Stück weit von mir entfernt, und doch fing ich irgendwann seinen Blick auf. Darin las ich die Unruhe und Anspannung, die Konzentration eines Kindes, das einen Vogel beobachtet, wie er sich hüpfend der Falle nähert. Unglücklicherweise entglitt mir dieser Blick, den ich nur flüchtig wahrgenommen hatte, gleich darauf.

Ihr Gesicht hingegen bekam ich nicht zu sehen. Es gelang mir nicht einmal, ihre Bewegungen zu verfolgen: Ganz plötzlich verschwand sie, um einige Schritte von dem Ort entfernt wieder aufzutauchen, an dem ich sie aus den Augen verloren hatte. Kaum daß ich zwischen zwei solchen Eklipsen ihre Gestalt auszumachen vermochte. Entweder mied sie das Licht, oder ihr graues Kleid reflektierte es nicht. Wie auch immer, sie war aus einem anderen Stoff als er. Und die Kellerprobe bestätigte ihre Verschiedenheit.

Ich folgte den Bewegungen ihrer Schatten, die im Zeitlupentempo über die Mauern glitten. Wenn sie an mir vorüberkamen, sah ich sie an. Ihr Haar war ein feines Zittern durch und durch, eine hin und wieder ins Blaue spielende Vibration, er hingegen trug unverändert seinen strohblonden Schopf vom chemischen Gelb einer Schwefelflamme. Sie waren so sehr beschäftigt, daß weder der eine noch die andere sich auch nur einmal umgedreht hätte, um nach mir zu sehen. Ich war ihnen nicht böse, daß sie mich vergessen hatten, im Gegenteil, so konnte ich mein Versteck getrost verlassen. Ich schlich an der brüchigen Mauer entlang, durch deren Spalten die Luft zog. Ohne etwas zu sehen, wußte ich, wo die Risse waren, ich merkte es an den Temperaturschwankungen.

Er hatte seinen Mantel aufgeknöpft, dessen Schöße dann und wann im Luftzug flatterten und die ohnehin schwach umrissene Gestalt des Mädchens ganz verdeckten. Unsere Schritte wirbelten dichten Staub auf, bestehend aus Erde, vermodertem Holz und Ziegelmehl, der die Geräusche erstickte und uns merkwürdig leicht werden ließ. Ich glaube nicht, daß ich das Mysterium des Keimens jemals stärker gespürt habe, und wenn ich irgend etwas von der Landschaft des Jenseits kenne, so ist es dieser unfruchtbare Boden der Ewigkeit.

Mit Kati ging ich durch eine Allee, an deren beiden Seiten sich das Blutrot wilder Rosen ergoß. Überwältigt – wie ich sie noch nie gesehen hatte – sagte sie mit jugendlicher Stimme: «Das ist so schön wie im Himmel!» Ich fragte sie, ob sie glaube, daß die Rosen auch dort oben welkten. Sie hätte wohl kaum ärger geschimpft, wenn ich mich erkundigt hätte, ob man dort auf Händen gehe. «Glaubst du denn, die Seelen könnten es ertragen, unendlich zwischen den verkrampften Grimassen von Rosen zu wandeln, glaubst du, sie könnten die Versteinerung dieses wesenhaft Vergänglichen ertragen?» Ich hatte es halblaut vor mich hin gesagt, und Kati tat so, als hätte sie mich nicht gehört.

Eine Zeitlang hielt sich das Bild dieser Rosenstöcke, wenn auch immer ungewisser, zwischen dem Jenseits und dem Grau des Kellergewölbes, bald aber bemächtigten sich die tiefe Stille und die halluzinatorische Berührung mit dem pulverbeschichteten Boden meiner von neuem und bereicherten meine Abwesenheit.

Ein wahrer Lichtschwall fiel aus einer Art Kellerfenster gerade vor meine Füße. In einem Moment ahnungsvoller Unsicherheit schmiegte ich mich an die Wand und schlüpfte, ohne zu überlegen, in einen Mauerspalt.

Ein unterdrückter Schrei, der von allen Seiten zugleich kam wie das erste Grollen eines Erdbebens. Ich sah ihn aufspringen und sie in den Arm nehmen.

Er kehrte mir den Rücken zu und verdeckte sie, aber ich ahnte, welche Anstrengung es ihn kostete, sie nicht loszulassen.
«Ich habe nichts, warum hältst du mich fest?» Dieser Protest trieb mich aus meinem Versteck. Zuerst war es still, dann sagte sie mit zitternder Stimme: «Was ist passiert? Was war das? Ich verstehe nicht, ich verstehe nicht...» Ich näherte mich ihnen. Er flüsterte: «Nichts, es ist nichts, nichts von Bedeutung. Aber wie fühlst du dich denn?» Sein Gesicht sah ich nicht, aber sein Tonfall gab mir eine genaue Vorstellung von seiner heuchlerisch beruhigenden Miene. Sie hingegen stöhnte und protestierte hin und wieder, wenn auch von Mal zu Mal schwächer. «Ich habe nichts... Laß mich, ich habe nichts... Warum hältst du mich fest?»
Ich konnte mich nicht mehr beherrschen und pflanzte mich vor ihnen auf. Sie schien erschöpft. Er suchte, während sein Blick ins Leere ging, sich von einem großen Schrecken zu erholen. Seine Hände öffneten und schlossen sich rhythmisch um die Schultern des Mädchens, wie um sie wiederzubeleben. «Es war nichts, bloß eine Eule!» Ich wußte nicht, wen von den beiden ich ansprechen sollte; schließlich entschied ich mich für ihn und schrie ihm ins Gesicht: «Das war alles, nichts weiter!» Er reagierte nicht. Sie hingegen schlug die Lider auf und ließ ihre verschleierten Augen sehen. Verzweifelt fixierte sie mich. Ihre blasse Iris erschien seltsam oval und im Schwinden begriffen wie der blaue Schimmer um eine Flamme. Dann veränderten beide fast gleichzeitig ihren Gesichtsausdruck. Während sie in einer Art Trägheit und Teilnahmslosigkeit versank, ließ er seine Schreckensmaske fallen und setzte ein befremdliches Lächeln auf: «Hörst du denn nicht, was unser Freund sagt? Es war nichts!

Bloß eine Eule, nichts, wovor man Angst zu haben braucht!»
(In diesem Moment hatte er sich verraten, und ich hätte alles verstehen können.)
Dann faßte er sie um die Taille wie eine Hilfsbedürftige, und sie gingen mit vorsichtigen Schritten den Weg zurück. Ich folgte ihnen auf dem Fuß.
Ich fragte mich, ob er mir in die Falle gegangen war oder ob er im Gegenteil die von mir gebotene Gelegenheit genutzt hatte, um mir zuliebe (doch zu welchem Zweck?) das zu inszenieren, was ich gerade gesehen hatte. Schließlich fragte ich mich sogar, ob ich nicht wirklich den Schrei des nächtlichen Vogels gehört hatte. Ich verstand überhaupt nichts mehr, und doch sagte ich mir eingedenk der Bedeutung dessen, was geschehen war, daß ich vielleicht nie mehr so nahe daran sein würde, alles zu verstehen.
Sie waren gleich groß, aber sie schien kleiner als er, denn sie ging zur Seite geneigt und hatte den Kopf auf seine Schulter gelegt. Mir schien beinahe, als verfolgte ich den romantischen Spaziergang eines Liebespaars. Diese momentane Eintracht schloß mich aus. Ich überholte sie, um ihre Gesichter zu sehen, wenn sie ans Tageslicht traten.
Mehr denn je strahlte sein Blick jenen Magnetismus aus, der mich in seinen Bann schlug. Was mich beunruhigte, war mein unbändiges Interesse an diesem Blick, der mich nicht meinte. Er starrte mich an, als habe er vergessen, daß ich da war. Gewiß war er dabei ehrlich: Wie alles, was ihn umgab, blieb auch ich immer sehr weit von ihm entfernt. Wie sein undurchdringliches Schweigen zeigte mir auch dies, daß er einer ganz anderen humanen Spezies angehörte, bestehend aus Menschen mit viel höherer Dichte als wir anderen, deren Substanz, sobald die Krise oder die

Aufregung vorbei ist, wieder so rein und unverdorben aus allem hervorgeht wie zuvor.
Einige Schritte vor dem Kellereingang blieb er stehen. «Wir wollen ein wenig rasten.» Jedes Wort war mit Bedacht gewählt. Er hatte nicht gesagt: «Du solltest ein wenig rasten», um sie in dem Glauben zu lassen, daß er mir seine Besorgnis um sie vorenthielt. Sofern sein Ziel nicht sogar noch verzwickter war: so zu tun, als wollte er auch ihr seine Besorgnis vorenthalten, sie diese aber zugleich ahnen lassen. Diese zweite Auslegung schien mir die überzeugendste. Ich kam der Lösung näher.
Sie setzten sich nebeneinander auf einen großen bemoosten Stein. Zum einen bildeten sie eine Einheit, zum andern hatte man den Eindruck, daß er allein wirklich ans Tageslicht getreten war. Eine Eidechse schlüpfte an ihren Füßen vorbei, ohne auch nur im entferntesten eine Reaktion auszulösen, weder bei ihm noch bei ihr.
Vergebens hätte ich versucht, ein Gespräch anzufangen. Es mußte etwas anderes gefunden werden, viel Auswahl hatte ich allerdings nicht. Deshalb ließ ich mich im Türkensitz vor ihnen im Gras nieder. Das Gesicht zu ihnen gewandt, den Blick ins Unendliche gerichtet und mit entspannter Miene. Ich verfolgte ein ganz bestimmtes Ziel. Ich glaube nicht, daß man in einem Raum Selbstmord begehen könnte, in dem ein Dienstmädchen Butterbrote schmiert. Bestimmte unbedeutende Gesten, bestimmte Einzelheiten, die mit dem Gang der Handlung nichts zu tun haben, können den Ablauf der Ereignisse manchmal von Grund auf verändern. Das weiß ich schon lange und kenne auch die Art und Weise, wie man davon profitieren kann.
Ich ging in die Küche und setzte mich auf einen Schemel vor die Köchin, deren dicke rote Finger die Scho-

 ten flink öffneten. Es sah aus, als drückte sie auf einen Auslöser, der die kleinen Erbsen freisetzte, so daß diese herausdrängelten wie die Schulkinder bei Unterrichtsschluß. Das Hin und Her ihrer Hände begütigte meine Ängste. Eigentlich war das ein Vorwand, und ich wußte es. Hätte sie nichts zu tun gehabt, so hätte auch der Anblick ihres sanften Gesichts ausgereicht, um mich zu beruhigen. Sie aber hätte das als ungehörig empfunden und mich weggejagt, während meine Gegenwart gerechtfertigt war, solange ich beim Erbsenausmachen zusah.

Lange blieb ich vor dem Mädchen sitzen, machte ein gleichgültiges Gesicht und sah nur von Zeit zu Zeit einer Wolke am Himmel nach, die ich aber gleich wieder aus den Augen ließ, wenn sie so weit abgedriftet war, daß ich meinen Kopf hätte drehen müssen, um sie im Blick zu behalten. Immer besser unterschied ich die Gerüche der Pflanzen, die mich umgaben, immer stärker spürte ich die Frische des auch jetzt noch feuchten Bodens. Beinahe wäre ich meiner eigenen List zum Opfer gefallen, als sich meine Augen auf sie richteten. Sie hatte wieder Abstand genommen, lehnte sich nicht mehr an ihn, und wieder entdeckte ich in ihrem grauen Blick diese Mischung aus Erinnerung und Verzweiflung, die sie von allen anderen abhob. Zugleich schien sie befreit, und ich glaubte, ihr dabei geholfen zu haben. Selbst er hatte es bemerkt.

Als ich ihn ansah, konnte er seinen Ärger nicht verhehlen. «Sie können mir nicht erzählen, daß Sie da bequem sitzen.» Seine Ironie entsprach seiner Abneigung. Zwischen uns herrschte schon lange Krieg, sein Urteil, ja sein Spott konnten mir wenig anhaben. Ich rollte mich auf den Rücken und streckte die Beine in die Luft wie kleine Kinder, die noch nicht laufen können. Das Lächeln des jungen Mädchens entschädigte mich großzügig für die Peinlichkeit dieser Hanswurstiade. Mit einem Sprung war ich wieder auf den Beinen, und fast im gleichen Moment stand auch sie auf.

Auf dem Rückweg ging sie wieder voran. Die Sonne war aus den Wolken getreten, und ihr Haar hatte seine Farbe wiedergefunden. «Verdammter Vogel!» Ohne stehenzubleiben, warf sie mir einen Blick über die Schulter zu, der Überdruß signalisierte. «Vergessen wir das.» Der Wind, der sie als erste umspielte, stellte eine Art Verbindung zwischen ihr und mir her, mit deren Hilfe ich mein Zögern überwand. Im Laufschritt legte ich die paar Meter zurück, die uns trennten. Sie wandte sich um, als sei sie vom Geräusch meiner Schritte erwacht.

Kaum daß sich unsere Blicke kreuzten, aber dies reichte aus, mir das Gefühl zu geben, daß ich den dünnen Vorhang eines Wasserfalls durchschritten hatte und in ein Gebiet vorgedrungen war, das noch nie ein Mensch betreten hatte. Ich hielt den Kopf gesenkt und wagte nicht, aufzublicken – oder ich hatte nicht not, es zu tun. In der Tat war ich durch die Frische ihrer Tränen eingedrungen in einen geheimen Bereich, von dem in keinem Anatomietraktat die Rede ist, weil er durch Obduktion nicht nachgewiesen werden kann. Gnade läßt sich, glaube ich, damit vergleichen: das Gefühl einer Auflösung, die jedoch nicht Verschwinden bedeutet, sondern im Gegenteil das erfüllte Gefühl, sich in einer Ruhe wiederzufinden, die nicht vom Pendelschlag der Erwartung gestört wird.

Als ich sie wieder anschaute – allerdings war es vielleicht gar kein zweiter Blick, geschehen Wunder doch außerhalb der Zeitfolge –, sah ich ihr Lächeln, ein schimmerndes Licht über dem Schleier der Tränen, die langsam die Wangen hinunterrollten.

Er kämpfte nicht mehr, um die Beute zurückzugewinnen, die ich ihm entführt hatte. Sicher war er sehr weit zurückgeblieben, sonst hätte nichts von alledem stattfinden können. Ich machte mir nicht die Mühe, mich nach ihm umzudrehen. Immer schneller drang ich an ihrer Seite ein in den dunklen Wald, und manchmal waren wir einander so nah, daß ich glaubte, ihr Herz schlagen zu hören. Sie schien ihre Gangart immer weiter zu beschleunigen. Aus irgendeinem Grund blieb ich kurz stehen, und als sie sich umwandte, sah ich ihren selbstbewußten und entschlossenen Gesichtsausdruck. Dieselbe Miene wie an jenem Morgen, als sie ihm, im Salon am Fenster lehnend, die Stirn geboten hatte. Ich zeigte mich überrascht, doch sie nahm ihren Weg wieder auf, und ich wußte, daß ich ihr folgen mußte, ohne stehenzubleiben. Ich lief so schnell, daß ich nicht einmal imstande war, mir ein immerhin vertrautes Gesicht zu vergegenwärtigen. Mehrere Male sah ich die Stirn einer Frau, die ich nicht zu erkennen vermochte, dann die Brillengläser des Schneiders, hinter denen seine welken Augenlider kaum auszumachen waren; vergeblich strengte ich mich schließlich an, Kati wiederzufinden – nichts als das rostige Geländer ihres Zimmerbalkons trat mir vor Augen.

Es gibt einen geheimen Mechanismus, der uns auf Umwegen vorwarnt. In diesem Fall weiß ich gar nicht, ob es sich um eine Tatsache oder um einen sehr alten Traum handelte, der sich unter die wirklichen Erlebnisse verirrt hatte. Die Decke war sehr niedrig, und die Treppenwindungen waren so eng, daß ich das Empfinden hatte, nicht zu steigen, sondern ins nächste Stockwerk gehievt zu werden, mit anderen Worten: Während ich auf den Stufen ein paar sinnlose Schritte tat, die nirgendwo hinführten, veränderte sich meine

Umgebung so schnell wie bei einer Laterna magica. Auf jedem Treppenabsatz gab es zwei Türen, die eine ging nach rechts, die andere nach links, und in jeder erschien ein erstauntes Gesicht. Niemand fragte mich, was ich wollte, und ich stieg, ohne zu verschnaufen, bis zur obersten Etage. Dort stellte ich fest, daß ich mich im Haus geirrt hatte. Langsam ging ich wieder hinunter, und dieselben Gesichter tauchten auf jedem Treppenabsatz wieder auf, diesmal mit spöttischem Grinsen.

Plötzlich begannen die welken Blätter unter meinen Schritten ostentativ zu knistern und stießen in regelmäßigen Abständen das gleiche ironische Lachen aus, bis ich schließlich verstand. Darauf blieb ich stehen. Wir befanden uns in einem besonders finsteren Hochwald. Das Mädchen ging noch ein paar Schritte, dann kam sie zu mir zurück. «Wir haben uns verirrt», sagte ich zu ihr. «Wirklich?» Ich beruhigte sie, indem ich ihr erklärte, daß wir vom richtigen Weg nicht weit abgekommen sein konnten. Sie war so nahe an mich herangetreten, daß jemand hinter meinem Rücken ihre Gegenwart nicht vermutet hätte. Plötzlich glitt ihre Hand in den Ausschnitt ihres Kleides und zog einen Umschlag heraus, den sie mir reichte. Ich nahm ihn und steckte ihn automatisch ein. Als ich aufsah, hatte sie sich schon entfernt und ging den Weg wieder zurück. Die toten Blätter krächzten, als hätten wir einen Schwarm Raben aufgescheucht.

Er erwartete uns an der Wegkreuzung, wo wir die falsche Richtung eingeschlagen hatten. «Was sind Sie denn für ein Führer?» Der Umschlag, den ich in der Tasche vergraben hatte, gab mir ein Schuldgefühl, das mich vorsichtig werden ließ. «Kommt vor...» Seinem forschenden Blick hielt ich stand. Ich machte Anstalten, wie sie an ihm vorbeizugehen, um wieder an ihre

Seite zu gelangen, doch überlegte ich es mir gleich wieder anders. Er mochte denken, ich hätte Gründe, ihm auszuweichen. Als wir aus dem Wald traten, sahen wir sie weit vorn, wie sie leicht durch die dunstig trübe Luft glitt, in der ihre Gestalt verschwamm, grau wie die immer tiefer hängenden Wolken.

XV

Ich erinnere mich nicht, ob ich wirklich geglaubt habe, daß der Teufel ins Zimmer meiner Mutter einzog, wenn meine Eltern nicht da waren. Das liegt vielleicht daran, daß man bis zu einem gewissen Alter nur flakkernde Gewißheiten hat. Wie dem auch sei, ich weiß, daß das Haus sich an solchen Tagen, sobald es Abend wurde, mit Schrecken füllte. Im Dunkel jedes knarrenden Schrankes konnte jemand verborgen sein. Hinter den angelehnten Türen, denen ich mich nicht zu nähern wagte, starrten mich die verschwiegenen Zimmer mit Glotzaugen an. Ich wagte es nicht, mein Kindermädchen zu fragen, warum der Teufel die Schlafzimmertür nicht öffnete, da sie doch nicht abgesperrt war, obwohl mir der Gedanke daran mehr angst machte als alles andere. Ich wagte diese Frage nicht, weil ich fürchtete, den Teufel, indem ich seinen Namen aussprach, zu wecken und seine Aufmerksamkeit auf mich zu ziehen. Ansonsten war er für zahlreiche andere Erscheinungen verantwortlich. Meine kleine Schwester in ihrer Wiege hustete viel öfter, und ich befürchtete, sie könnte ersticken. Aus der Küche hörte man die schweren Schritte, von denen mein Vater bei Tisch manchmal sprach: die Schritte der Banditen, der Freunde unserer Dienstmädchen. Eines Tages war der Teufel verschwunden. «Jetzt, wo du groß bist, sage ich dir nicht mehr, du darfst nicht ins Zimmer deiner Mutter, weil der Teufel dort ist … Sondern weil sie darüber sehr böse wäre, mußt du wissen.» Der Teufel war verschwunden, aber nicht die Angst.

 Der Brief, dessen ich mich schnell, aber vergeblich auf der Post entledigte, hatte die gleiche Wirkung. Beinahe hätte ich vergessen, ihn zu frankieren, so eilig hatte ich es, ihn loszuwerden. Beim Verlassen der Post traf ich Kati, die mir geradeheraus sagte, daß ich ein merkwürdiges Gesicht schnitt. Leider neigt sie zu Bemerkungen dieser Art und will nicht begreifen, daß man nie zu irgend jemandem sagen sollte: «Du siehst schlecht aus» oder: «Du bist böse» oder schlimmer noch: «Du machst einen unglücklichen Eindruck» (sofern man die Betroffenen mag, natürlich). Wohl fühlte ich mich nicht, das ist wahr. Den Umschlag hatte ich am Schalter liegenlassen, da mir die Geduld fehlte, die Rückkehr des Beamten abzuwarten, hatte mich im Gehen aber einige Male umgedreht. Als ich auf der Straße stand, begriff ich: damit, daß ich den Brief abgeschickt hatte, war das Kapitel beileibe nicht abgeschlossen. Das Spiel begann überhaupt erst.

Als wir uns trennten, Kati und ich, wußten wir noch nicht, daß wir die folgenden Tage zusammen verbringen würden. Unterwegs hatte ich oft gehustet, um sie an den Anfang einer Grippe glauben zu lassen. (Den geringsten Anzeichen einer Krankheit begegnet sie mit umständlichen Vorsichtsmaßregeln wie eine alte Frau). Als ich jedoch in meinem Zimmer war, sah ich ein, daß ich dort nicht würde bleiben können. Seine Wände schirmten mich nicht ausreichend ab. Es ist nicht dazu geschaffen, jemanden zu verstecken. Ungehindert steigt man die Treppe herauf und klopft an die Tür, einen Schritt von dem Kissen entfernt, auf das ich meinen Kopf lege. Es hatte mich bequem geschützt, solange mich niemand suchte, aber die Lage hatte sich geändert: Vor allem quälte mich seine Sackform. Es hat eine einzige Tür. Wenn ein Eindringling durch sie hereintritt, sitze ich in einer Falle: fünf Schritte zurück, und ich stehe mit dem Rücken zum Fenster. Diese Vorstellung verhalf mir zu einem schnellen Entschluß. Außerdem war ich viel zu nervös, um das eventuell drohende Geschwätz des Schneiders oder seiner Tochter zu ertragen. Ich ging sofort wieder hinunter.

«Bei mir ist Großreinemachen», sagte ich mit verlegenem Lächeln, und Kati schloß daraus, daß ich Wanzen entdeckt haben mußte. An eine so plausible Erklärung hatte ich gar nicht gedacht, aber es kam mir gelegen, sie in diesem Glauben zu lassen. Sie schien nicht weiter beunruhigt, sondern kümmerte sich vor allem um die Vorkehrungen, die zu treffen waren, damit die Nachbarn meinen verlängerten Aufenthalt nicht bemerkten.

Als sie mich am nächsten Tag allein ließ und ins Büro ging, wurde mir bewußt, daß es die richtige Entscheidung gewesen war, zu ihr zu kommen.

Wer könnte die abertausend versteckten Hebel auseinanderhalten, vermittels deren die Spiegelung der uns umgebenden Dinge uns von innen heraus manipuliert, unsere Wahrnehmung, ja manchmal sogar unsere wichtigsten Entscheidungen verändert? Meistens müssen wir uns damit zufriedengeben, ihre Wirkung zu konstatieren.

Im Zimmer meiner Schwester standen noch immer die Möbel aus ihrer Kindheit, aus der Zeit vor ihrem Aufenthalt im Sanatorium. Man hatte mich hier einquartiert, damit sie in meines ziehen konnte, das neben dem unserer Mutter lag. Ich erinnere mich, wie schwer es mir fiel, mich einzugewöhnen. Daß eine Veränderung in mir vorging, merkte ich gleich am ersten Nachmittag, den ich nach dem Umzug mit meiner damaligen Freundin verbrachte. Teilweise war vielleicht auch sie dafür verantwortlich. Als sie mich sah, sagte sie: «Du hast dich verändert, was ist los mit dir?» Hätte sie doch nur geschwiegen. Sie suchte jedoch nach Erklärungen. «Die Krankheit deiner Schwester geht dir vielleicht näher, als du es dir eingestehen willst.» Ich lächelte verlegen und nickte mechanisch, aber das war sicher nicht der Grund für die Leere, die sich plötzlich zwischen uns, zwischen ihr und mir, auftat.

Zu gleicher Zeit bemerkte ich den braunen Fleck an ihrem Kinn und die Konturen ihrer Arme, unter deren Zartheit ich die anonyme und kalte Gleichgültigkeit der Knochen spürte.

Tag für Tag vertiefte sich der Graben zwischen uns ein wenig, und trotz der geheimen Brücken, die ich mit unsinniger Verbissenheit zu schlagen suchte, gelang es mir nicht, seine andere Seite zu erreichen.

Zu Hause angekommen, versuchte ich vergeblich, die Stunden, die wir gemeinsam verbracht hatten, aufleben zu lassen. Schließlich sah ich ein, daß ich das Experiment wagen mußte: Ich lud sie zu uns ein, um dem Zimmer zu trotzen, dem Zimmer meiner Schwester. Nirgendwo fand sie ihren Platz. Ihre Blässe hatte plötzlich etwas Kränkelndes, und das Bild, das ihr aus dem Spiegel entgegensah, ließ sie zusammenzucken. In wenigen Minuten war sie eine Fremde für mich geworden. Und ich wahrscheinlich ein Fremder für sie.

Es ist demütigend, abhängig zu sein von der Farbe der Tapete, von der Form eines Tisches, von der Phantasie der Vorhänge, es sei denn, man glaubt, daß sich dahinter etwas verbirgt. Die Tatsache, daß dieses Zimmer vor Jahren von einem todkranken Kind bewohnt worden war, hätte die Annahme stützen können, daß jede Existenz dem Raum, in dem sie sich vollzieht, eine Botschaft vermittelt, die sich auf den nächsten Bewohner überträgt. Ich hatte den Mechanismus herausgefunden, ohne jedoch zu verstehen, warum meine Schwester diese Beziehung mißbilligen sollte.

Meine Übersiedlung zu Kati hatte doppelte Wirkung: die eines Fernglases, das umgekehrt eingesetzt wird, und noch eine weitere, die ich nicht so lapidar beschreiben kann.

Ich weiß nicht, wie es geschah, aber immer, wenn ich aus den großen Ferien zurückkehrte, fand ich meine Großeltern auf der kleinen, von einer einzigen Glühbirne spärlich beleuchteten Terrasse hinter dem Haus. Auf dem Tisch Schiffchen voller Kerne, die Schalen von Melonenschnitten, wobei die übrige Hälfte der Frucht uns auf einem hölzernen Tablett erwartete. Während Großvater sie in Stücke schnitt und ihm vor lauter Anstrengung (vielleicht auch vor Hitze) der Schweiß in großen Tropfen von der Stirn perlte, überkam mich ein Gefühl, in dem sich Zärtlichkeit und Bitterkeit mischten, und ich machte mir Vorwürfe, daß ich mich aus freien Stücken von ihnen entfernt hatte, da sie doch vielleicht ihren letzten Sommer erlebten. Dieser Gedanke wuchs und ließ wie eine Farblösung, wenn sie von einem Schwamm aufgesogen wird und in die Hohlräume eindringt, die vielen Leerräume in dem Bild, das ich von dem langen Leben meines Großvaters hatte, sichtbar werden. Die ganze Aufregung der Ferienzeit verschwand umgehend im dunkeln, während die breite Klinge des Messers in das frische Fruchtfleisch drang und ich zu zittern begann vor Angst, einer seltsamen Angst, nur zu vergleichen mit jener, die ich empfand, wenn ich meine Hand einem Hochspannungsmast näherte. (Heute noch geht es mir so. Ich weiß, daß keinerlei Gefahr besteht, daß nicht im entferntesten eine bestehen kann, und doch zuckt mein Arm ganz plötzlich von selbst zurück.)

Vielleicht waren gerade die Tage, an denen ich nicht dort gewesen war, diejenigen, an denen ich gewisse Dinge hätte begreifen können, die ich bis dahin nicht beachtet hatte, die aber nach dem Verschwinden meiner Großeltern Fragen zeitigen konnten, auf die ich nie eine Antwort finden würde. Meine Angst hing zusammen mit dem Vorgefühl dieser bohrenden Fragen, die mich gnadenlos belagern, mit diesen Erinnerungen, die endgültig im Nichts versinken würden.
Sie waren wieder alle da, sie hüpften auf und ab, aber weit draußen wie die Bojen, die man vom Hafen aus gar nicht sieht, da sie in den Wellentälern verborgen sind und das Klirren ihrer Kette zu schwach ist, als daß man sie danach orten könnte.
Was die Wirrnis menschlicher Beziehungen noch erschwert, ist die Tatsache, daß wir aufgrund einer geheimnisvollen Fügung der Natur all unserer Verschiedenartigkeit zum Trotz von fast identischer Form sind. Tiere ein und derselben Gattung können äußerst verschieden sein, während wir, aus einer gewissen Entfernung betrachtet, nicht mehr Individualität besitzen als ein Reiskorn. Wer sich aber durch unsere trügerische Einförmigkeit nicht blenden läßt, der wird erstaunliche Entdeckungen machen. (In Speiselokalen erkenne ich jenseits der scheinbar normalen Proportionen oft das Abartige einer Mahlzeit, die Dogge und Dackel gemeinsam einnehmen.)
Durch das dicke Ende des Fernglases betrachtet, nahm er Dimensionen an, die seine Besonderheit noch stärker hervortreten ließen. Die Entfernung brachte ihn in gewisser Weise näher. An seinem zur Faustgröße geschrumpften Kopf trat die Härte der Stirn noch stärker hervor, sein Blick wurde noch stechender, wie ein Sonnenstrahl, der um so heller leuchtet, je schmaler die Spalte in den Fensterläden sind.

Die Anziehungskraft, die er auf mich ausübte, wuchs, da die Kluft zwischen uns jene Unruhe schluckte, die bestanden hatte, solange wir uns von gleich zu gleich beobachteten. Er faszinierte mich noch immer, allerdings wie ein Alb, der der Traumwelt angehörte und mich deshalb trotz seiner unendlich überlegenen Energie nicht gefährdete, da es mich für ihn ja nicht gab, so daß ich ihn beinahe gelassen betrachten konnte.

Sie hingegen gewann dank der Entfernung die ungenauen Proportionen und den Ausdruck jener Erscheinung wieder, die ich auf der Brücke gesehen hatte. Die beruhigende Vision eines Fluidums. Immer wenn Kati sich fragen mochte, wo ich mit meinen Gedanken war, dachte ich an sie.

Ich war, ich gestehe es, kein sehr angenehmer Gast. Schon am ersten Tag hatte ich den Stoff unserer wöchentlichen Gespräche aufgebraucht, und mein zurückhaltendes, ja verlegenes Auftreten konnte sicherlich nicht für mein ausgedehntes Schweigen entschädigen.

Nur der Schneider blieb der gleiche und scherte so aus ihrem Kreis aus, dem ich ihn von einem bestimmten Zeitpunkt an zugerechnet hatte. (Gespürt hatte ich es eigentlich schon bei meinem Abschied, als ich ihn davon in Kenntnis setzte, daß ich einige Tage in einem Weingarten verbringen würde, und mir seine verstopfte Nase viel zustimmendes Verständnis entgegengebracht hatte: mittlerweile gehörte er einer anderen Ebene an.) Mir kam sogar ein eigenartiger Gedanke: Ich hatte sie alle auf künstliche Art und Weise zusammengebracht, jetzt aber irrten sie wieder einzeln, nach ihrem Belieben umher. Ich hatte das Gefühl, daß sich hier eine Auflösung vollzog, die gegen mich wirkte: Sie gingen alle auseinander, und jeder trug ein Stückchen von mir mit sich in die Irre.

Ich wußte nicht, ob die neue Umgebung, in der ich seit einigen Tagen lebte, sie endgültig verändert hatte oder ob ich sie nach einer Zeit der Anpassung unverändert wiederfinden würde. Diese Frage stellte ich mir jedoch nicht lange.

Mein unverhoffter Urlaub nahm ein jähes Ende. «Meinst du, bei dir riecht es immer noch nach Vertilgungsmitteln?» Ich verstand nicht sofort, was sie meinte. «Was hat man dir denn gesagt, wann könntest du wieder einziehen?» Kati wollte mich nicht vor die Tür setzen, aber sie befand, ich hätte es zu Hause bequemer. Ich lächelte, denn wieder einmal war ich an den Klippen meiner eigenen Lügen gescheitert. Das ist der Grund, weshalb ich ungern lüge: Ich fürchte, dafür bezahlen zu müssen. (Ein einziges Mal habe ich absichtlich gehustet. Wenn ich hustete, mußte ich nicht zur Schule gehen. Dieses einzige Mal jedoch fanden die Eltern meinen Husten besorgniserregend, und ich mußte mich zwei Wochen lang einer ebenso strengen wie sinnlosen Behandlung unterziehen. Je aufmerksamer ich betreut wurde, desto größer die Gefahr, daß man mir auf die Schliche kam, also hustete ich um so heftiger – und trug so zu meiner Bestrafung bei.) Kati beeilte sich, mein Lächeln mißzuverstehen. «Ich will dich nicht wegjagen, das weißt du.» Sie lächelte ihrerseits nicht ohne eine gewisse Hintergründigkeit. «Ich habe ihn sehr genossen, deinen Aufenthalt bei mir.»

Die langen, leeren Tage bei Kati wogen schwer. Ich hatte ein Quantum an Kraft gespeichert und verspürte das Bedürfnis, sie einzusetzen, wie ein junges Pferd, das zu lange im Stall gestanden hat.

Also verließ ich meinen Schlupfwinkel.

Der Schneider befragte zuerst seine Tochter, um mir dann zu versichern, daß niemand nach mir gefragt hatte. «Auch wenn es eine Lüge ist, egal», dachte ich bei mir, während ich die Treppe hinaufging. In meinem Zimmer stieß ich zu meinem Mißvergnügen (wie man sich beim Anblick der Aspirinschachtel an seinen Kater erinnert) auf die Überbleibsel der Augenblicke vor meiner Flucht, noch dazu in einem ganz anderen Licht als dem der letzten Tage. Im Wiederholungsfall sind Krankheiten um so unangenehmer, aber zu Kati konnte ich nicht zurück, so daß ich mich, angetrieben von einer Art Schwäche (wie sie paradoxerweise die Allerfeigsten als erste aus den Schützengräben zum Angriff treibt), unverzüglich auf den Weg zum Café machte.

Schon als ich draußen war, fühlte ich mich unbehaglich, dennoch hätte ich nicht gedacht, daß es mich so verwirren würde, ihn wiederzusehen, wie er da an meinem Tisch saß. Alle meine Vorkehrungen waren augenblicklich über den Haufen geworfen. Wehrlos stand ich einer immerhin vorhersehbaren Situation gegenüber; mit gesenktem Kopf tappte ich in eine Falle, der ich hatte ausweichen wollen, indem ich mich für ein paar Tage zu Kati geflüchtet hatte. Meine Befangenheit hielt der Angst die Waage.

Wenn die Schule wieder begann, nahm ich bei bestimmten Lehrern einen Blick wahr, der unsere beiden Ferienwochen länger erscheinen und gleichzeitig zunichte werden ließ. In ihren strengen Augen las ich einerseits Vermutungen über Exzesse, denen wir uns hingegeben haben mochten, andererseits den Willen, uns begreiflich zu machen, daß die Ferienerinnerungen ab jetzt nicht mehr wogen als eine Handvoll Staub. Deshalb antwortete ich regelmäßig, wenn sie mich fragten, wie ich sie verbracht hatte, ich sei krank gewesen. Diese Methode war jedoch zweischneidig, denn einige spotteten: «So ein Tölpel, ausgerechnet in den

 Ferien wird er krank!» Und ich fragte mich, ob sie sich über mein Pech amüsierten oder meine Aufrichtigkeit bezweifelten.
Überprüfen läßt es sich nicht, aber ich glaube, es war mir trotz meiner Aufregung gelungen, ein den Umständen entsprechendes Gesicht aufzusetzen: ein Anflug von Genesungsblässe wie früher und ein wenig verhaltene Sympathie, die unter dem Ausdruck der Überraschung durchschimmerte. Mit dieser mehrdeutigen Miene sah ich seiner Reaktion entgegen.
Trotz des starken Windes, der an jenem Tag die feuchten Düfte umgeackerter Felder heranwehte, trug er seinen sonst unvermeidlichen Schal nicht, und ich wunderte mich über diesen Leichtsinn. «Sie haben sich überhaupt nicht mehr sehen lassen.» Er hatte einen Ton getroffen, der weder mißtrauisch noch ironisch war, wenngleich er damit zugab, daß er mich gesucht hatte. Er sah auf seine Finger, die auf der Tischplatte trommelten. Ich nahm die Gelegenheit wahr: «Das Wetter war so schlecht, daß ich nicht mehr aus dem Haus gegangen bin.» «Auch ich war nicht mehr aus.» Das widersprach seiner vorherigen Bemerkung, doch er schien sich dessen nicht bewußt zu sein. Er war dünner geworden, und die Ringe unter seinen Augen schimmerten lila.
Das würde, wie ich wußte, vorübergehen, und doch ließ mich das Schweigen, in dem wir beide für einen Augenblick versunken waren, vergessen, daß er hier saß, um mich zur Rechenschaft zu ziehen, und daß wir mitnichten das waren, was ein Außenstehender hätte meinen können, nämlich zwei gute Freunde, die keine Geheimnisse voreinander haben. Seine von Schlaflosigkeit geröteten Augen folgten den Gästen, die an uns vorübergingen, und das berührte mich merkwürdig: zum erstenmal existierte die Außenwelt für ihn. Die

Figuren verharrten reglos auf den schwarzen und weißen Vierecken des Schlachtfeldes, und die Gegner starrten ins Leere. Ihm war etwas zugestoßen: Sein Hemdkragen ragte über den seines Mantels heraus, und seine müden Hände lagen unvorsichtigerweise offen auf dem Tisch.

«Haben Sie die Ruinen denn interessant gefunden?» «Interessant?» wiederholte er und befeuchtete seine trockenen Lippen. «Bestimmt nicht weniger als Sie, als Sie sie zum erstenmal besichtigt haben.» Ich lächelte zustimmend, ohne seine eigentliche Meinung zu kennen. Als er den Kopf leicht neigte, ließen die stark hervorspringenden Wölbungen seiner Stirn mich erstarren; ich kannte sie sehr gut, diese Bewegung, die er machte, wie andere die Fäuste ballen, worauf seine Lider völlig verschwanden und das Metall seiner Augen aufblitzen ließen. «Sagen Sie mir, was haben Sie eigentlich interessant gefunden an diesem überwucherten Steinhaufen?» Ich rührte mich nicht. Seine Hände glitten unter den Tisch und versteckten sich dort. Ich kam einem weiteren Satz dieser Art zuvor. «Es tut mir leid, Ihnen einen Ausflug zugemutet zu haben, der Sie gelangweilt hat.» «Sie allerdings haben sich nicht gelangweilt, oder?» Das hatte ich erwartet. Ich hatte nur dieses eine Recht: mich zu langweilen. Amüsierte ich mich, so machte ich ihm damit seinen Anteil streitig. Das war noch nicht alles. Er beugte sich über den Tisch, und ich ahnte, was folgen würde.

«Worüber haben Sie mit meiner Schwester geredet?» Ich hatte keine Zeit, nachzudenken. «Über nichts.» Vielleicht war es eine Dummheit, alles abzustreiten. Aber nein, ich brauchte mir keine Sorgen zu machen: meine Antwort zählte überhaupt nicht. Er war nicht mehr er selbst. Ich war sicher, daß er mich, obwohl oder weil er mich anstarrte, nicht sah: Meine Worte waren über ihn hinweggegangen wie das Licht über das Gesicht eines Blinden, ohne darin etwas zu wekken. «Es tut mir leid, daß ich ihr unfreiwillig Anlaß gegeben habe, sich so aufzuregen.» Ich wußte nicht, ob er auf den Zwischenfall im Kellergewölbe anspielte. «Diese unselige Eule?» «Meinen Sie, es war eine Eule?» Ich begriff nicht, warum er nicht lockerließ. Er bemerkte mein Erstaunen und fuhr in dem gleichen falschen Ton fort, in dem er meine Worte im Keller nachgeäfft hatte: «Mag ja sein, es war eine Fledermaus, oder was weiß ich?»

Er zog eine Hand unter dem Tisch hervor und betrachtete sie lange. Dann schloß er, ohne mich anzusehen: «Nein. Ich glaube, der Marsch ist ihr schlecht bekommen, er hat sie erschöpft.» Als er schließlich von seiner Hand aufblickte, hatte ich den merkwürdigen Eindruck, als habe ihm diese wie ein Taschenspiegel zum Schminken gedient. Kaum daß man seine schmalen Augenbrauen in dem zerfurchten Gesicht noch sah. Möglicherweise war er krank, sehr krank. Ich erinnerte mich, dieselben Zeichen schon einmal im Gesicht von jemandem gesehen zu haben, dessen Sohn im Sterben lag, und das ließ mir das Blut in den Adern gefrieren.

«Erinnerst du dich an X?» Wenn ich meinen Vater diese Frage stellen hörte, dachte ich sofort, eine Todesnachricht würde folgen. Natürlich war es nicht immer der Fall, bis das jedoch geklärt war, erlebte ich einige Augenblicke lang die Trauer, die ich beim Verschwinden von X empfunden hätte. Ich entdeckte, daß die Perspektive des Todes überraschende Einblicke bot. Dabei beunruhigte mich nur meine profunde Gleichgültigkeit gegenüber dem Tod gewisser Personen und – schlimmer noch – das manchmal einsetzende Gefühl der Befreiung, das noch dazu unerklärlich war, wenn es sich um Leute handelte, denen ich nur dann und wann begegnete. Den Druck, den ihre simple Gegenwart auf mich ausübte, konnte ich allenfalls mit den Blicken heftiger Feindseligkeit vergleichen, die manchmal in der Straßenbahn die meinen kreuzten. (Unbekannte, deren Haß so offenkundig zutage trat, daß ich automatisch nach der Haltestange griff, wenn die Türen aufgingen.)

Doch erlebte ich auch Offenbarungen in entgegengesetzter Richtung. So ließ ich mir das Gedenken eines Menschen angelegen sein, den ich ein einziges Mal gesehen hatte und der mit seinem Tod auf unbegreifliche Weise einen Platz unter meinen verstorbenen Verwandten und Freunden einnahm.

Und er? Würde ich mich noch an ihn erinnern, wenn man mich dereinst nach ihm fragte? Vorläufig saß er da vor meinen Augen, lebendig und tot zugleich, vor allem aber bemitleidenswert. Eine Welle des Mitgefühls schwemmte all meinen Groll hinweg.

Wenn ich ihn anschaute, würde er gewiß meine vorübergehende Schwäche ausnutzen. Ich hatte mich nicht geirrt. Vielleicht hätte er mich aber in jedem Fall angesprochen, denn in seinem verwüsteten Gesicht sah ich einen ungewöhnlichen Zug von Aufrichtigkeit, nicht minder überraschend als eine echte Träne auf einer Maske. «Entschuldigen Sie, wenn ich Ihnen mit meinen Sorgen komme. Aber seit einigen Tagen, seit unserem Ausflug, ist meine Schwester in einem Zustand allerhöchster Anspannung. Ich habe gedacht, Sie könnten uns vielleicht helfen.» Ich war um so verblüffter, als sie nun, da es ihr gelungen war, mir den Umschlag zuzustecken, eigentlich eher erleichtert hätte sein müssen. Er jedenfalls war offensichtlich am Ende. Sonst hätte er nicht so mit mir gesprochen. Er vertraute mir nicht und bat mich trotzdem um Hilfe. Ich konnte mir nicht vorstellen, was bei ihnen vorgefallen war. «Ich weiß nicht, ich verstehe das nicht», sagte ich leise, ohne nachzudenken. Plötzlich straffte sich sein Gesicht. «O doch, Sie verstehen, Sie verstehen sehr wohl», sagten seine Augen, mit denen er mich haßerfüllt anstarrte. Er verkrampfte die Hände auf dem Tisch, und mir fiel wieder ein, daß meine Sorge nicht seiner Ratlosigkeit zu gelten hatte, sondern daß ich vielmehr sie schützen mußte. Der Kampf begann von neuem.

Als er gewahr wurde, daß ich mich ihm entzog, setzte er wieder seine vorherige Sorgenmiene auf. «Haben Sie in ihrem Verhalten nichts Seltsames bemerkt? Hat sie Ihnen nichts gesagt, was Ihnen merkwürdig vorgekommen ist? Kommen Sie, bitte, strengen Sie sich an!» Wozu dieses Verhör, da er doch wissen konnte, daß ich ihm nicht antworten würde? «Aber was ist denn geschehen?» Ohne mich aus den Augen zu lassen, schnitt er eine Grimasse der Mißbilligung. Ich sah nicht ein, warum. Schließlich hatte ich Anrecht auf eine Frage, zumal er doch selbst auf dieses Thema gekommen war. Verdacht hegte er zweifellos deshalb, weil wir uns im Wald verirrt hatten. Ich stellte ihn auf die Probe, indem ich sagte, ich wüßte nicht, wie ich den Weg hatte verfehlen können. «Ich für mein Teil habe es sofort gemerkt», behauptete er ohne Spott, aber auch ohne das geringste Interesse an der Wendung, die das Gespräch genommen hatte. Er zündete sich eine Zigarette an und vergaß dabei wie gewöhnlich, mir eine anzubieten. Hinter dem Rauchschleier wurde sein Gesicht immer konturloser, ausdrucksloser, während das Mädchen mittels eines waageartigen Mechanismus, den ich schon mehrere Male beobachtet hatte, an Konsistenz gewann.

Jetzt stand sie am Fenster, das Gesicht gegen die Scheibe gedrückt. Ich wollte sie dazu bewegen, einzugreifen, sei es auch nur durch ein Zeichen. Vergebens sah ich sie an. Es war ein unfruchtbarer Augenblick, das spürte ich, dennoch ließ ich nicht locker. Versuche dieser Art glücken manchmal. (Wenn man Wahrsagern nicht trauen kann, so nicht deshalb, weil sie vorgeben, die Zukunft vorauszusagen, sondern weil sie damit prahlen, daß sie sich nie irrten.)

Er spürte, daß ich Abstand von ihm nahm. «Eigentlich geht Sie das alles gar nichts an. Oder tut es das?» Er hatte in neutralem Ton angefangen, um mir die letzten Worte wie eine Anklage ins Gesicht zu schleudern. Angst zu haben wäre absurd gewesen. Von dem Brief konnte sie ihm nicht erzählt haben. Wenn er mich jedoch darüber befragt hätte, wäre ich außerstande gewesen, alles abzustreiten, auch wenn ich mir sicher gewesen wäre, daß es nur eine Annahme war, die er zur Falle ausgebaut hatte. Schon lange wußte ich um mein Unvermögen, bestimmte Situationen zu vermeiden, in denen ich, das war mir von vornherein klar, meinen Interessen zuwiderhandeln würde. Wenn ich beispielsweise ein Gespräch mit einem zudringlichen Partner abkürzen will, leite ich mein Rückzugsmanöver immer zu früh ein und gerate darüber in solche Verlegenheit, daß ich es aufgebe, um schließlich noch viel länger zu verweilen, als ich es normalerweise getan hätte, und verzweifelt nach Gesprächsstoff zu suchen, damit ich mich nicht verdächtig mache. Und wenn er nun über irgend etwas Bescheid wußte, warum hatte er mich dann nicht von Anfang an zur Rechenschaft gezogen? Mein Schweigen jedenfalls war kein Verdachtsmoment. Sie wohnten weit von der Post entfernt, sie hatte mich um einen Gefallen gebeten, ich hatte keinen Grund, ihn darüber zu unterrichten. Bestimmt hätte er seine Genugtuung mit einem flüchtigen Lächeln geäußert, und genau dieser diskreten Demütigung wollte ich mich unter keinen Umständen aussetzen.

Ich hatte meine endgültige Körpergröße noch nicht erreicht. Der andere Junge war kaum älter als ich, aber viel größer. Ein runder Kopf, Storchenbeine, ein Lachen, das in seinem Mund mit den schmalen und doch schamlos geschürzten Lippen immer gleich zerschellte. Er war sehr nett, solange wir zu zweit waren, sobald ein Dritter dazukam, fand er bösartigen Spaß darin, sich auf ungewöhnliche Art und Weise über mich lustig zu machen. Er gab vor, die Aufmerksamkeit auf meine seltsamen Reaktionen lenken zu wollen, und zwar aus rein wissenschaftlichem Interesse. Aber er verletzte mich zutiefst, und ich konnte mich nicht wehren. Eines Tages sah er mich die Treppe vom Dachboden herunterkommen, wo wir als Gäste der Familienpension nichts zu suchen hatten. Ahnte er nur, daß ich dort hinaufgestiegen war, um dem unten stattfindenden Ball zu entgehen, die flotte Tanzmusik nicht mit anhören zu müssen? Wie dem auch sei, als er mir – nicht einmal ironisch – sagte, daß er glaube, mich gar nicht tanzen gesehen zu haben, schoß meine Hand aus der Tasche wie ein irrer Sperling und knallte gegen seine Wange.

Hätte ich mich in der gegenwärtigen Situation zu einer solchen Energievergeudung hinreißen lassen, es wäre alles verloren gewesen. Eine Flaute vor dem Sturm höhlte mein Inneres aus, und ich mußte tief durchatmen, um mich zu beherrschen. Als meine Anspannung wieder nachließ, sah ich, daß mittlerweile etwas geschehen war, das ich nicht wahrgenommen hatte.

Die Wut war aus seinem Gesicht gewichen, doch wußte ich nicht, ob er irgend etwas gesagt und sich dadurch abreagiert hatte oder ob er sie in irgendwelchen Höhlen im Hinterhalt hortete, zu denen ich keinen Zugang hatte. Er schaute zum Fenster hinaus, und im warmen Licht der Dämmerung kam wieder Farbe in seine Lippen, für mich eine Warnung, daß er sich von neuem hinter seiner Maske versteckte. Er hatte nichts aus mir herausbekommen, ich selbst aber wußte auch nicht mehr über die andere Hälfte des Geheimnisses, die in seinem Besitz war. Hätte er sich vorzustellen vermocht, daß es mir nicht einmal eingefallen war, den Brief zu lesen, er hätte mich verachtet wie einen Gauner, der drei kleine Silberlöffel aus der Küche stiehlt, ohne einen weiteren Schritt ins Innere des Hauses zu wagen. Ich konnte keinen klaren Gedanken mehr fassen, und ich erinnere mich, daß ich plötzlich glaubte, durch den Zigarettenrauch hindurch zu sehen, wie die Eingangstür des Cafés zu einer jener zweiflügligen Ikonen wurde – der eine Flügel für ihn, der andere für sie –, die sich mit immer höherer Geschwindigkeit um ihre eigene Achse drehte und so durch die Überlagerung der beiden Bildnisse ein albtraumhaftes Wesen zeugte, eine Erscheinung, die unmöglich auch nur in einem einzigen ihrer Charakteristika faßbar war, eine Vision, die mich spöttisch anblickte. Immer dichter wurde der Rauch. Immer schneller drehte sich die Tür.

Zwar sah ich die Tische um uns herum nicht mehr, doch hörte ich ihren Lärm, und der war ohrenbetäubend. Wie bei einer Verstärkerpanne klangen die Töne überlaut und schrill, durchdringend, unerträglich. Ich fragte mich, ob auch er das Klirren des Bestecks, die Stimmen der Gäste, das Klacken der Billardkugeln, kurz: diesen ganzen Rumor, als störend empfand. Doch war es mir nicht nur unmöglich, seinen Blick zu erhaschen, sondern seine bis zum äußer-

sten erweiterten Pupillen verströmten noch dazu eine pulverige, undurchsichtige Substanz, die mein Gefühl der Isolation verschlimmerte. Nur einen einzigen Kontakt zur Außenwelt konnte ich aufrechterhalten: das ironische Grinsen der wirbelnden Vision, die sich mir noch hin und wieder zeigte.
Wahrscheinlich hatte ich die Augen geschlossen, weil mich die Anstrengung, den Nebel zu durchdringen, soviel Kraft gekostet hatte, als er mir freundschaftlich auf die Schulter klopfte, wie um mich nach kurzer Rast am Wegesrand zum Weiterwandern aufzufordern. Ich beschloß, die Situation auszunutzen und mich krank zu stellen, um gleich einen Vorwand zu haben, sofort nach Hause zu gehen. Zwischen den Wimpern nahm ich sein ironisches Lächeln wahr, das besagte: «Ja, das ist ein ganz guter Zug, aber über den Tisch ziehen Sie mich nicht.»
Gefallen war ich, von einem nicht sonderlich hohen Ast auf die Bank, die unter dem Baum stand. Ich stellte mich ohnmächtig. Zwei kleine Mädchen, mit denen ich gespielt hatte, kamen gleich herbeigelaufen. Mein Genuß, als ohnmächtig zu gelten, erhöhte sich noch durch die Furcht, entlarvt zu werden. Da kam mir ein rettender Gedanke: Ich ließ mich von der Bank ins Gras gleiten, das Gesicht nach unten. So konnten meine beiden kleinen Freundinnen meine Augen nicht sehen. Ein verstörtes Kindermädchen half mir kurz danach wieder auf die Beine.
Diesmal verfuhr ich analog: Ohne Rücksicht auf die anderen Leute ließ ich meinen Kopf auf die Tischplatte sinken. Kaum hatte ich aber deren Kühle zu spüren bekommen, ging mir auf, was ich ihm für eine Waffe gegen mich in die Hand gegeben hatte. Er hatte allen Grund, sich zu freuen: Zu Hause angekommen, konnte er ihr von diesem Zwischenfall erzählen und

ihr einreden, ich sei krank. Oder er durchschaute mich auf Anhieb und ließ mich einfach so mit dem Kopf auf der Tischplatte zurück. Man würde mich für betrunken halten, und ich müßte es ausbaden. Deshalb richtete ich mich sofort wieder auf, doch diese Bewegung verursachte mir erst recht ein Schwindelgefühl, und mein Blick vernebelte sich.

Schließlich trat sein Gesicht wieder aus dem Dunst. Er fragte mich, ob ich an die Luft wollte, und ich lächelte müde wie ein Kranker auf dem Wege der Genesung. Ich beschloß, meine Krankheit auszuspielen, um mich gegen ihn abzuschirmen. Er bot mir an, mich zu begleiten, und ich konnte nicht ablehnen. Um zu verhindern, daß er mir Fragen stellte, schlug ich systematisch eine andere Gangart ein als er, bald langsamer, bald schneller. Die hereinbrechende Nacht kam mir gelegen, sie verhüllte unsere Gesichter.

Es gibt Straßen, in denen mir geschlossene Fensterläden angst machen oder ein langsam vorüberfahrender Wagen mich beunruhigt. Der Mörder mußte, nachdem er geschossen hatte – sagte ich mir –, nur noch Gas geben, um zu verschwinden. Allerdings sah ich keinen Grund, warum er mich als Zielscheibe aussuchen sollte. Doch so etwas kommt vor. Verwechslungen oder willkürliche Morde. Diese Unruhe, die weder zu ihm noch zu mir irgendeinen Bezug hatte, sondern mit den einsamen Orten zusammenhing, an denen unser Weg entlangführte, machte das Gefühl der Erleichterung zunichte, das beim Verlassen des Cafés in mir aufgekommen war. Die Straßenlaternen brannten noch nicht, und kein Mensch war auf der Straße, da packte er mich plötzlich am Arm.

«Wissen Sie wirklich nicht mehr? Verbergen Sie mir auch nichts?» Vielleicht lag es am Wind, daß seine Stimme schwach und unsicher klang. Zugleich machte ich eine ganz und gar unverhoffte Entdekkung: Er hatte Angst. Angst vor einer unerträglichen, unwiederholbaren Prüfung, die ihn verstört und erschöpft erscheinen ließ. Angst vor einer Veränderung, die aufzuhalten er sich außerstande sah. Sein Gesicht hatte seine Festigkeit eingebüßt, seine Züge verschwammen langsam, aber unaufhaltsam, als lägen sie unter einem Wasserspiegel, der sich zunehmend kräuselte. Seine Augen, deren metallische Wehrhaftigkeit sich aufgelöst hatte (ich mußte an die leeren Augenhöhlen von Statuen denken), verrieten grenzenloses Erstaunen.

«Sie hat versucht, sich umzubringen.» Es war nicht mehr als ein Murmeln gewesen. Ich sah, wie ein nahezu weißes Blatt über die verlassene Straße weggeweht wurde. Mir fiel der Augenblick ein, als sie mir den Brief gegeben hatte. Dort, im Wald, hatte ich ihr Gesicht nicht beobachten können. Ein furchtbarer Verdacht keimte in mir auf. Ich schloß die Augen in der Hoffnung, daß es mir gelingen würde, seine letzten Worte nicht wahrzunehmen, sie zu vergessen.

Oft betrete ich im Traum einen Saal, wobei ich weiß, daß dort, fernab jeder möglichen Klärung, alles Lug und Trug sein wird. Ich treffe sehr viele Leute an, die ich schon lange kenne, doch alle reden von etwas anderem als gewöhnlich, und selbst wenn ich ihre Art zu sprechen wiedererkenne, bemerke ich an ihrem Tonfall, daß sie nicht glauben, was sie sagen, daß sie mir etwas vorspielen. Dieser Traum geht vielleicht auf die ersten Empfänge zurück, die ich zu Hause erlebt habe: Kein Mensch sah mehr sich selbst ähnlich, nicht einmal meine Mutter, der ich mich nicht nähern durfte. Eines Tages war es mir trotzdem gelungen, indem ich – wie, das habe ich vergessen – das wachsame Kindermädchen überlistete. Meine Mutter sprach mit einem

Herrn, dem sie meiner Meinung nach viel zuviel Aufmerksamkeit widmete. Mir warf sie einen achtlosen Blick zu, als sei ich ein kleiner fremder Junge, der störte. Der hell erleuchtete Saal ging später in den Traum ein, um dann aus dem Traum in die Wirklichkeit zurückzukehren. Diese zudem recht geläufigen Übergänge (ich kenne noch viele andere) deformierten ihn vollkommen. Wieder zurück im Traum, wurde dieser Saal, in dem ich alle meine Gewißheiten verloren hatte, zu einer Art Empfindung des Irrealen, dem ich überall begegnen konnte und das mich zwang, auf jede Schlußfolgerung zu verzichten, sehr vorsichtig zu sein, keine einzige falsche Bewegung zu machen.

Ihm von dem Brief zu erzählen hätte jedenfalls nichts mehr genutzt. Er war vorgewarnt und konnte seine Vorkehrungen treffen. Ich vermochte an nichts anderes zu denken, eigentlich aber auch nicht an das, was er mir gerade mitgeteilt hatte. Meine Reaktion war denkbar lächerlich: Ich sagte ihm, er habe sich möglicherweise geirrt, habe sich vielleicht nur vorgestellt, daß sie versucht hätte, sich umzubringen, Mißverständnisse dieser Art seien gar nicht selten. Ich vergaß dabei, daß er mir nicht mitgeteilt hatte, auf welche Weise sie den Selbstmordversuch unternommen hatte.

«Es fällt Ihnen schwer, das zu glauben?» Es war eher eine Feststellung denn eine Frage. Er spielte wieder die Rolle des in Gedanken Verlorenen (aber das mochte Teil einer Inszenierung sein). Als wir uns vor dem Haus, in dem ich wohnte, verabschiedeten, verbeugte er sich und drehte sich abrupt um, so daß ich sein Gesicht nicht sehen konnte. Mir fiel ein, daß ich dieselbe schnelle Bewegung gemacht hatte.

Ich war auf der Treppe, als ich hinter mir eine Tür aufgehen hörte. Ich drehte mich um. Die des Schneiders war es nicht. Auf der Schwelle hob sich eine hochgewachsene Gestalt gegen die Abenddämmerung ab, deren Gesicht mir in der Dunkelheit des Flurs verborgen blieb.

XVI

Es gibt Momente unerklärlichen Mutes. Eigentlich widerfahren sie mir nur im Traum, aber das tut nichts zur Sache. Ich springe aufs Geländer und bin, ohne zu zögern, mit einem Satz auf der Straße. Es geht, wie ich betonen will, nicht um einen jener Leichtsinnssprünge, wie wir sie wahrscheinlich alle kennen, wenn man sich aus irgendeiner Höhe hinunterstürzt, um sich unvermittelt auf dem Weg irgendwohin wiederzufinden. Nein, es sind richtige Sprünge, ich weiß, daß ich im ersten Stock bin, ich habe die Stelle ausgesucht, wo ich ankommen werde, ich spüre alles, den Augenblick des Absprungs, die Leere und den Schock, der mir in die Knochen fährt, die solche Experimente nicht gewohnt sind. Ich wage auch nicht, sie – natürlich immer noch im Traum – zu wiederholen, und das zeigt, daß diese Sprünge sehr wohl Momente echter Kühnheit darstellen.
Nach der zwanzigsten Stufe gab es nur noch die Tür zu meinem Zimmer, das wußte ich nur zu gut. Dennoch war ich nicht beunruhigt, sondern im Gegenteil eher euphorisch. Er stieg so sacht hinter mir her, daß ich hätte glauben können, er folgte mir nicht mehr. An meinen Schläfen spürte ich diese Frische, die mich noch nie getäuscht hat. Der Strudel kam näher an mich heran. Als ich noch in der Tür am Lichtschalter drehte, vernahm ich ein schwaches Zischen wie vom Sprung eines Hundes in der Dunkelheit. Ich drehte mich um und erblickte einen Unbekannten auf der letzten Stufe, die Hand am Geländer. Erregung oder

Atemlosigkeit erstickte seine Stimme. Ich verstand nur «der Brief» und bat ihn ins Zimmer.
Als er sich an mir vorbeizwängte, wehte mir der eigenartige Geruch seines Mantels in die Nase, der unmittelbar aus einer Werkzeugkiste zu kommen schien, und eine bestimmte Befürchtung stieg in mir hoch. Ich fragte ihn, wie es ihm gelungen war, so schnell hierherzukommen. Mit einer kaum wahrnehmbaren Geste bedeutete er mir, daß er zuerst Atem holen müsse. Mir fielen seine Hände mit den langen, dünnen Fingern auf.
«Ich bin Ihnen vom Café aus gefolgt. Ich hätte morgen früh kommen können, doch ich hatte keine Geduld mehr.» Langsam setzte er sich, ohne mich aus den Augen zu lassen. Er saß auf der Stuhlkante, seine langen Beine waren parallel ausgestreckt, seine Arme hingen herunter. Ich glaube, seine Haare und Augen waren schwarz. Mich befremdete seine Haut von elfenbeinerner Blässe mit blauen Schatten. Ich trat vom Fenster zurück (ich hatte gedacht, der andere lauerte vielleicht draußen), da fragte er unvermittelt, als wäre er in einem Bett erwacht, in das man ihn ohnmächtig hineingelegt hatte: «Aber wer sind Sie denn eigentlich?»
Diese Frage teilte einiges über ihn mit. Er mußte sehr jung sein. Ich sah ihn prüfend an und entdeckte die Zeichen des Unvorhersehbaren, des Unkontrollierbaren, das seinen Weg gekreuzt hatte, zum erstenmal vielleicht. Er war überstürzt aus seinem Territorium herausgetreten und fand sich völlig ratlos wieder.
Um ihm zu helfen, rückte ich meinen Stuhl näher an den seinen, bevor ich ihn ansprach. «Hat sie Ihnen denn nicht geschrieben, wer ich bin?» Er machte immer noch einen völlig verstörten Eindruck, dennoch las ich daraus eine Art Zustimmung. «Was wollen Sie

wissen?» Er schwieg, und ich stellte nicht ohne Erstaunen fest, daß er nur noch abwesender schien. Ich wiederholte meine Frage. Er antwortete immer noch nicht. Er kam mir vor wie eine Maschine, die sich nicht in Gang bringen läßt. Es war voreilig gewesen von mir, ihm Sicherheit vorzuspiegeln – schließlich war ich es, der fast überhaupt nichts wußte.

Dieser Gedanke veränderte das Kräfteverhältnis. Meine Ungeduld wuchs sich aus zur Verärgerung. Ich fand seine Frage nicht mehr so naiv wie am Anfang, vielleicht war sie sogar eine Herausforderung, die besagte: «Wie kommen Sie dazu, sich einzumischen?» Schließlich beruhigte mich allerdings seine Passivität. Wenn er mich aufsuchte, so nur, weil er mich brauchte. Ich mußte bloß abwarten.

Offensichtlich erschöpft, ließ er seinen Hut auf den Teppich fallen. Mir wurde klar: Wenn mich jetzt jemand besuchte, könnte ich ihn gar nicht vorstellen. Beziehungen, die kaum zu erklären waren. Selbstverständlich war er zu mir gekommen, weil sie ihn darum gebeten hatte. Ich wollte ihm helfen, mit mir zu sprechen. Ich murmelte: «Alles, was ich getan habe, war, den Brief abzuschicken. Mehr weiß ich nicht.» Er reagierte nicht. «Ich weiß nichts, verstehen Sie? Ich weiß nichts!» Diesmal war ich laut geworden, und endlich kam eine Reaktion: Er schüttelte einige Male den Kopf. Doch gleich hielt er inne, als hätte er es nur aus mechanischem Antrieb getan. Aus Verzweiflung wiederholte ich alles noch einmal. Diesmal war meine Stimme jedoch anders, seltsam gedämpft; zwar immer noch eindringlich, aber überhaupt nicht mehr sicher. Ich erkannte die Szene wieder.

Wie war dieser Rabe bloß in mein Zimmer gekommen? Niemand im Haus hätte mir einen solchen Streich gespielt. Ich sah ihn, als ich Licht machte, auf dem geschnitzten Holzpfosten am Kopfende meines Bettes sitzen. Ich öffnete das Fenster; da er aber nicht hinausflog, begann ich zu schreien – ich wagte es nicht, ihn sonstwie zu verjagen, ich hatte Angst, ihn mir zum Feind zu machen. Außerdem wollte ich niemanden wecken und schrie deshalb nur mit erstickter Stimme. Der Rabe machte sich nichts daraus, er hatte Wichtigeres zu tun. Ich habe vergessen, wie er schließlich verschwand.

Die Situation war absolut nicht die gleiche wie vor der Ankunft des Unbekannten, da ich jedoch mit einem Mal eine Blockade zu spüren vermeinte, dachte ich, daß ich nichts von ihm erfahren würde. Ich hatte keinerlei Zugriff auf ihn, ich wußte nur, daß er nicht davonfliegen konnte wie der Rabe, den eine andere Nacht in mein Zimmer verschlagen hatte. Meine Unruhe wuchs. Schon konnte ich ihn gar nicht mehr richtig sehen, als er – endlich – mit mir sprach.

«Sie wissen nicht, was sie mir geschrieben hat? Auch nicht, weshalb?» Welche Vorstellung hatte er denn von meinen Beziehungen zu ihr? Jedenfalls erwartete er keine Antwort. Er sah mich nicht einmal. Seiner Unbeweglichkeit überdrüssig, wollte ich mich abwenden, als ich das nervöse Zwinkern seiner Augen bemerkte, in deren Winkeln wie Brillanten kleine Tränen glitzerten, Menschentränen, die Tränen eines Mannes. Unwillkürlich legte ich meine Hand auf sein Knie. Er spürte meine Sympathie. «Warum macht sie sich lustig über mich?» Er schwieg und holte tief Luft, um einen Seufzer zu unterdrücken, der ihm gewiß keine Erleichterung gebracht hätte, einen Seufzer der sinnlosen Erschöpfung, der Bitterkeit, der Ohnmacht. «Was ist geschehen? Warum ist sie geflohen? Und jetzt, warum ruft sie mich jetzt zurück?» Seine Stimme klang nun anders, sie war schwach, aber klar. Seine

Finger hatten auf seinen bleichen Wangen lange rote Striemen hinterlassen, und ich beobachtete, wie die Farbe langsam aus ihnen wich.

Als ich eines Tages den Sekretär meiner Mutter offen vorfand, konnte ich der Versuchung nicht widerstehen. Ich stöberte so lange, bis ich auf eine bestimmte Papierrolle stieß, die sie mich nie hatte lesen lassen. Ich löste die Kordel. Es war der Trauschein meiner Eltern. Ich war im Begriff, ihn auf seinen Platz zurückzulegen, als ich spürte, wie mir der Boden unter den Füßen schwand. Dieses Stück Papier verkörperte das Undenkbare, die Zeit vor mir. Wie hatte meine Mutter meine Reaktion voraussehen können? Für dieses Papier, das mir auf den Fingern brannte, gab es mich nicht, und der Mann und die Frau, deren Namen darunter standen, waren mir vollkommen fremd. Schnell verstaute ich es wieder.

In diesem Augenblick befand ich mich auf ebenso abschüssigem Gelände; auf dem Spiel stand nicht nur das Bild, das ich mir bislang von dem Mädchen gemacht hatte; ein ganzes Gebäude stand wankend am Rande des Abgrunds.

Mein Besucher war wieder in Schweigen verfallen. Ich war aber sicher, daß ich mich nicht geirrt hatte, ich hatte sehr wohl verstanden.

Er hatte seinen Kopf in die Hände gestützt, so daß ich seine Augen nicht sah. Der Wirkung, die seine Worte hatten, war er sich bestimmt nicht bewußt. «Das ist nicht möglich, Sie irren sich, sie hat Sie nicht verlassen, sie ist nicht aus freien Stücken weggegangen», redete ich ihm sanft zu, wenngleich ich eher Lust verspürte, ihn bei den Schultern zu packen und heftig zu schütteln. Schließlich richtete er seinen trüben Blick auf mich.

Mir fiel ein, was sie mir im Obstgarten gesagt hatte.

«Haben Sie schon einmal gesehen, wie sich zwei Wassertropfen, die über eine Tischplatte rollen, vereinigen? Nie weiß man, welcher im anderen aufgeht.» Der Wind hatte mit den Locken gespielt, die ihr in die Stirn fielen...

Eine absurde Möglichkeit ging mir durch den Kopf. Vielleicht war er gar nicht derjenige, den sie erwartete. Vielleicht lag eine Verwechslung vor. Es ging bestimmt um irgend jemand anderen, irgend jemand ohne Bedeutung. Warum sollte sie aber dann ausgerechnet ihn gerufen haben? Ich verwickelte mich in Vermutungen, die nirgends hinführten. Dabei mußte alles, was ich mir zurechtgelegt hatte, revidiert werden.

Sinnvoller war es, ihn zu befragen. «Meinen Sie denn, sie hätte Sie verlassen wollen? Glauben Sie wirklich, daß sie mit ihm geflohen ist?» «Mit wem?» Fast wäre er vom Stuhl aufgesprungen. «Mit ihrem Bruder, mit dem, der sich als ihr Bruder ausgibt. Kennen Sie ihn?» Er beruhigte sich und antwortete halblaut und unbeteiligt: «Ja, ich habe ihn einmal mit ihr auf der Straße gesehen, ohne daß sie mich wahrgenommen hätte.» Seltsamerweise war mir sofort klar, daß sie so getan hatte, als sähe sie ihn nicht. (War also auch sie imstande, ein anderes Gesicht aufzusetzen, ein anderes Spiel zu spielen?)

Dabei erinnerte ich mich – man wird gleich verstehen, warum – an einen Frühling, als ich von einer Meute streunender Hunde terrorisiert wurde, die meine Straße unsicher machten, durcheinanderjagten, sich hetzten, um dann zu lautstarken Raufereien zusammenzukommen. Sobald meine Angst vergangen war, merkte ich, daß ich ihnen vollkommen gleichgültig war, selbst jenen, die gegen meine Schienbeine prallten. Eines Abends begriff ich, worum es sich drehte.

Dieses Karussell hatte eine weiße Hündin zum Motor, die mir irrtümlicherweise einen abschätzigen Blick zugeworfen hatte: Auch ich gehörte zu der minderwertigen Spezies – der männlichen.

Ich hatte tatsächlich wiederholt festgestellt, mit welcher Gewandtheit das Mädchen sich aus allem herauszuhalten vermochte, wie gut sie ungelegenen Fragen auswich und einen auszuschließen verstand. Nichts und niemand konnte sich in das Geheimnis ihres Schweigens einschleichen. Der Unbekannte war vielleicht dem Irrtum aufgesessen, er könnte diese Grenze übertreten. Diese Vorstellung zerstob allerdings gleich darauf: Für die Rolle eines zudringlichen Verehrers war er eindeutig viel zu zart und zerbrechlich.

Er stand auf. «Teilen Sie ihr mit, daß ich angekommen bin, sie möchte mich wissen lassen, wo ich sie treffen kann.» Er wollte selbstsicher erscheinen, aber seine Stimme verriet ihn. Er war zweifellos schüchtern und nahm recht wohl wahr, wie sehr dies alles vom Gewöhnlichen abwich. Jetzt, da er sein Anliegen vorgebracht hatte, wollte er so schnell wie möglich gehen. Immerhin wandte er sich noch auf der Schwelle um und sagte mir, in welchem Hotel er abgestiegen war.

Damit konnte es nicht sein Bewenden haben. Am Tor holte ich ihn ein. Er war ein ganzes Stück größer als ich und trug den Kopf merkwürdig nach hinten geneigt, so daß ich sein Gesicht kaum sah. Mein Kopf dröhnte unerträglich. Sie kann nicht geflohen sein, das ist nicht möglich, sie ist nicht geflohen … Ein Dröhnen, ein Rauschen, schließlich das Gurgeln des Wassers, das über dem Ertrunkenen zusammenschlägt.

«Sagen Sie mir, wie es dazu gekommen ist, wie sie geflohen ist!» Er starrte mich an, als müsse er sich mühsam erinnern. Seine Lippen bebten. Es widerstrebte mir, in die Vergangenheit des Mädchens einzudringen, aber ich hatte keine andere Wahl. «Sie war bei mir, und auf einmal fühlte sie sich schlecht. Sie ging zum Fenster, um frische Luft zu schnappen. Sie wandte den Kopf überhaupt nicht mehr zu mir. Ohne mich anzusehen, schickte sie mich in die Apotheke um Medikamente. Als ich zurückkam, fand ich einen Zettel auf dem Tisch. Sie bat mich, diese Farce zu entschuldigen und nicht zu versuchen, sie wiederzusehen.»

«Diese Farce?» Die Haustür stand offen, und der Luftzug aus dem Treppenhaus trug meine Worte davon wie ein mit seltsamen Arabesken beschriebenes Blatt Papier, das sich vom Schreibtisch hebt und schnell sehr weit wegfliegt. Ich war wie gelähmt und nahm nichts mehr wahr als das Echo, das von immer weiter entfernten Mauern zurückkam.

Es gibt eine Filmszene, die ich nie vergessen werde. Der Held (ein Schauspieler, dessen komische Wirkung vor allem von seinem unbeirrbaren Gleichmut ausgeht) springt im Zeitraffertempo eine monumentale Treppe hinab. Er wird von einem Koloß mit aggressiven Absichten verfolgt. Am Fuß der Treppe eine enorme Chinavase. Der Held packt sie, und als sein furchtbarer Gegner ausholt, um ihn niederzustrecken, legt er sie ihm sorgfältig in die Arme, um dann ohne Eile durch den Eingang zu entschwinden.

Das Wort «Farce» hatte auf mich die gleiche Wirkung gehabt, ob der Unbekannte es nun beabsichtigt hatte oder nicht. Versteinert, wie ich war, besann ich mich erst wieder, als ich hörte, wie er unten das Tor zuschlug.

Als ich in mein Zimmer trat, folgte mir die Kälte. Weder war es die Kälte der Jahreszeit noch die der Nacht.

Es gibt Augenblicke, da kommen mir die Dinge auf wunderbare Weise zu Hilfe. Die Einsamkeit hat mich ihre Sprache gelehrt, hat mich gelehrt, ihre Zeichen zu entschlüsseln und den Kontakt mit diesen Gelegenheitsvermittlern aufzunehmen. Manchmal verpasse ich die Botschaften aus Unachtsamkeit und verspüre dann eine unerträgliche Leere und Wehrlosigkeit; dies zu vermeiden, tue ich mein möglichstes. Dann wieder handelt es sich um Irrtümer, für die ich nicht verantwortlich bin. (Eines Tages beispielsweise folgte mir ein streunender Hund in meine Wohnung. Ich durchlebte eine ungetrübte Zeit – es gab überhaupt keinen Grund, irgendein Zeichen zu erwarten –, und doch fürchtete ich, ihn aus den Augen zu verlieren, noch bevor ich mich entsann, wie ich ihn kennengelernt hatte. Er hatte ein tristes, schütteres Fell, mit grauen Flecken übersät. Ich erinnere mich noch an seine Augen. Er gemahnte mich an ein Vorstadtviertel, durch das ein dürftiges, von Gerbereiabwässern verschmutztes Bächlein floß, ein Viertel, von dem ich gehört hatte, wo ich aber noch nie gewesen war. Die Botschaft war nicht für mich bestimmt. Der Hund hatte sich in der Anschrift geirrt. Zudem machte er einen mißtrauischen, unentschlossenen Eindruck. Als ich die Tür wieder öffnete, hatte er es eilig, hinauszukommen. Ich sehe ihn noch vor mir, wie er auf der Straße die Häuser entlangtrottete, ohne sich umzusehen.) Wenn ich all diese Zeichen verstehe, so nur dank eines engeren Kontaktes, als die meisten Menschen ihn haben, mit demjenigen, der unsere Spiele überwacht und den ich manchmal dabei ertappe, wie er in ihren Ablauf eingreift. Vielleicht aber auch dank meiner «Leichtigkeit», der Leichtigkeit von welken Blättern, die der Wind davonträgt.

Die kalte Luft aus den Kellergewölben der Schloßruine war in mein Zimmer gehuscht, ein beunruhigender Nachtvogel mit eisigen Flügeln. Jetzt, da ich den Ursprung der Kälte bestimmt hatte, spürte ich, wie sich die Dinge um mich herum veränderten. Das ist ein Kampf, bei dem ich immer der ohnmächtige Zuschauer bin.

Nach dem Tod meiner Schwester begann das Haus nach Lavendel zu riechen. Abend für Abend, sobald ich zu Bett gegangen war, entbrannte der Kampf zwischen den Dingen, deren ich mich sehend vergewisserte, und dem Duft, der aus dem Nichts kam. Ich sah, wie das Bild, das ich sonst lange betrachten konnte, verschwamm, wobei die allzu dünnen Tischbeine, die Flügeltür, die Blumenvase, welche Mutter abends ans Fenster stellte, im Halbdunkel nach und nach Ähnlichkeiten mit unzähligen anderen (immer unerwarteteren) Dingen annahmen. Schließlich tauchte ich in den Nebel ein, in einen Nebel, in dem der Lavendelduft mir Tränen in die Augen trieb, deren Spuren auf meinen Wangen brannten wie Zärtlichkeiten.

Diesmal vollzog sich die Flucht anders. Mein Zimmer verwandelte sich nicht, doch die Kälte lagerte auf allen Gegenständen eine Art unsichtbaren Rauhreif ab, ein frisches, rauhes, struppiges Fell, von dem ein unerträgliches Gefühl der Einsamkeit ausging. Obwohl sie sich im Äußeren gleichblieben, konnten mir die Dinge keinerlei Hilfe leisten.

Allem zum Trotz versuchte ich zu widerstehen, aber die Kälte, die ihre Feuchtigkeit in den finsteren Bronchien der Erde gesammelt hatte, wurde immer durchdringender. Als sie durch meine Fußsohlen hochkroch, so daß ich glaubte, nicht mehr über den Fußboden zu gehen, sondern über ausgewaschene Steinfliesen, verzichtete ich auf Gegenwehr.

Auch draußen ließ die Kälte der Kellergewölbe nicht

nach. Sie wand sich um meinen Hals, eine rauhe, nach Schutt riechende Schärpe, sie schürfte mich auf, würgte mich. Ich spürte, daß sie auch in meinen Geist eindrang: Die Eishaut wurde zum Zauberhemd, unter dem nach und nach jeder verschwinden würde. Der letzte meiner Gäste war der erste, der erlosch.

Die Nacht war schön, und auf der Straße waren mehr Leute als gewöhnlich. Wie ein Genesender, der, eingemummelt auf der Rückbank eines Fahrzeugs, die Passanten in ihrer Frühjahrskleidung bestaunt, nahm ich den Tumult um mich herum wahr, ohne ihn als wirklich zu empfinden. Ich konnte kein Wort verstehen. Manchmal glaubte ich, einige Wörter anhand der Mimik der Spaziergänger aus dem Stimmengewirr herauslesen zu können. In dem Äther, der mich umgab und die Töne teilweise dämpfte, war etwas, das die Umrisse verschwimmen und die Bewegungen übertrieben erscheinen ließ; alle Gesichter nahmen etwas Karikaturistisches, Lächerliches an, sie erschienen wie Unkraut, das zufällig in unser Blickfeld gerät. Irgendwann glaubte ich, es sei ein Fieber, das ich mir in den Ruinen geholt haben mochte (natürlich war es in keinem medizinischen Wörterbuch verzeichnet) und dessen erste Anzeichen mir nun zusetzten. Mir fiel auf, daß ich an jeder Kreuzung, ohne auch nur im geringsten zu zögern, wußte, wie ich weiterzugehen hatte. (Eigentlich nahm ich die Kreuzungen erst wahr, nachdem ich sie hinter mir gelassen hatte.) Für einen Augenblick war ich versucht, zu Kati zurückzukehren. Aber dieser Gedanke brachte nichts als einen neuen und reichlich bequemen Sieg für das Nichts in meinem Innern. Unversehens hatte ich das Gefühl einer ungeheuren und endgültigen Einsamkeit.

«Du kannst nicht verstehen, was es bedeutet, dergestalt Gefangener des eigenen Körpers zu sein. Kein

 Mensch kann diesen banalen körperlichen Schmerz (er zeigte auf seinen Kopf) überwinden und bis in mein Versteck vordringen, um meine Einsamkeit zu beenden. Ihr bleibt alle außerhalb meines Leids. Im Innern gibt es nichts als mich selbst, und ich weiß nicht einmal, ob dieses Leid nicht vor allem in der Einsamkeit besteht, die ich mit ihm teile.» Wegen Migräne mußte er schließlich die Universität verlassen, und in der Folge hatte ich, sooft er mir über den Weg lief, das Gefühl, jemandem zu begegnen, dessen Todesanzeige ich vor langer Zeit gelesen hatte. Ich sah seinen verzweifelten Blick wieder vor mir, das Bild seines Leides, gegen das sich zu behaupten ich ihm nicht helfen konnte.

Unerträglicher noch als alles andere war der Geruch von altem Schutt. Vor dem Café angekommen, fuhr ich zusammen wie ein Wanderer, der sich im Wald verlaufen hat und nach langem Umherirren die Lichtung wiedererkennt, von der er ausgegangen ist. Zugleich spürte ich von neuem *ihre* Gegenwart und begriff, daß es ein Irrtum gewesen war, zu glauben, sie seien eine Zeitlang verschwunden gewesen.

Hin und wieder kamen zwei Männer zu uns, bei denen ich spürte, daß sie meinem Vater feindlich gesinnt waren. Zudem hatte ich meine Mutter sagen hören, sie glaube nicht an deren Freundschaft. (Unangenehme Dinge pflegte sie nie besonders deutlich auszusprechen.) Von ihrem Haß war ich dermaßen überzeugt, daß ich, wenn sie meinen Vater besuchten, mich in den Salon schlich, um ihn nicht mit ihnen allein zu lassen. Eines Tages war ich auf einem Sofa eingenickt. Als ich erwachte, befand sich mein Vater nicht mehr in dem Raum, und die beiden Männer beäugten mich mißtrauisch. Weshalb, das war mir klar. Sie fürchteten, ich hätte mich schlafend gestellt, um ihr Gespräch zu belauschen. Für mich war es eine höchst eigenartige Offenbarung. Ich bemerkte, daß ich sie durch meinen Schlaf hindurch gehört hatte. Im Dunkeln hatte mir einer von ihnen ein Löffelchen Konfitüre verabreicht, wie ich sie noch nie gegessen hatte; allerdings erinnerte ich mich nur, wie ich sie hinuntergeschluckt hatte, und es gelang mir nicht, mir den Geschmack zu vergegenwärtigen. Vergeblich rang ich um Aufklärung des Geheimnisses, das am Grund meines Bewußtseins kauerte. Lange Zeit überkam mich Angst, sooft ich sie sah: Vielleicht glaubten sie, es sei mir gelungen, das Dunkel zu durchdringen, das ihr in mein Innerstes übergegangenes Geheimnis umhüllte.

Von dem ganzen Nachmittag hatte ich nichts behalten als mechanische Einzelheiten, den Gang, Treppen, offene oder geschlossene Türen. *Ihre* Gesichter waren schon wer weiß wie lange verschwunden, und als ich sie plötzlich wiedersah, begriff ich, daß während ihrer vermeintlichen Abwesenheit (sofern es nicht meine eigene gewesen war) etwas Wesentliches geschehen war – vielleicht hatten sie ihre wirkliche Identität enthüllt, jedoch in einer Dimension, die mir nicht zugänglich war. Nur der zuletzt Gekommene gewann nicht seine gesamte Stofflichkeit wieder, sondern verharrte auf der durchsichtigen Schwelle zwischen den unbestreitbaren Fakten und den Gesichten der Nacht. Sie hingegen, sie war mir viel leichter wiedererschienen, möglicherweise weil ihre Gegenwart so wenig an Stofflichkeit in Anspruch nahm. Von neuem entfernten sie sich voneinander; die beiden anderen waren nichts als fruchtlose Spiele meiner Anspannung, während ich ihre Erscheinung regelrecht erlebte – als Lichtschimmer in der Grotte meiner Einsamkeit. Warum kam mir plötzlich der Gedanke, daß ich sie nie wiedersehen würde?

 Gern hätte ich wie einst meine kleine Hand in der großen sicheren Hand meines Vaters geborgen, deren schützende Kraft durch meinen Arm auf mich überging, doch spürte ich nur, wie die Kälte mich abermals umfing.
Die lange, verlassene Straße, auf der ich ging, erkannte ich nicht sofort. Bisher war ich nur bei Tageslicht zu ihnen hinausgewandert. Es gibt Straßen, die – ebenso wie manche Menschen – nachts völlig anders aussehen als tagsüber. Merkwürdigerweise wissen letztere das nicht, was manchmal zu äußerst peinlichen Vorfällen führt.
Eines Morgens war ich zu früh gekommen, und meine damalige Freundin verschwand, nachdem sie mir geöffnet hatte, fluchtartig, um sich zu schminken. Als sie wiederkam, hatte ich Mühe, mein Erstaunen zu verbergen, das nicht durch das Zutagetreten eines körperlichen Leidens ausgelöst wurde, sondern durch einen entsetzlichen Mißklang: Auf ihrem übernächtigten Gesicht wurde die Puderschicht brüchig wie auf der bläulichen Haut von Toten, die in überheizten Kapellen aufgebahrt sind.
Die Straße zeigte mir ihre Nachtseite, ein «Anderes», nicht minder authentisch als ihr Gesicht am Tag. Hinter den Gitterzäunen der einzelnen Grundstücke glich nichts mehr dem, was ich tagsüber zu sehen bekam. Doch ließ ich mich durch die vollkommene Verwandlung der Umgebung nicht beirren, sondern nahm den Anstieg zu ihrem Haus mit stetigem Schritt, ruhig wie vorhin, als der Unbekannte mir auf der Treppe gefolgt war. Und als die alte Dame kam, um mir die Gartentür zu öffnen – um neun wurde sie verriegelt, demnach war es später –, empfand ich noch immer nicht die geringste Unruhe. Hingegen spürte ich, als wir den verwilderten Garten durchquerten, die Veränderung: Die

Geister des Ortes waren im Begriff, die Reichweite ihrer Kräfte zu messen. Anders rüttelte der Wind an den entlaubten Bäumen, die Umrisse des Hauses zeichneten sich mit künstlich anmutender Deutlichkeit ab, tief gruben sich meine Schritte in den Kies. Dieses Einsinken brachte mich um den Rest meiner außergewöhnlichen Energie, die zweifellos einem unerklärlichen Nachlassen meiner Aufmerksamkeit zuzuschreiben war. So hatte ich bei meiner Ankunft den Gesichtsausdruck der alten Dame, die jetzt vor mir hertrippelte, gar nicht beachtet. Im Flur schaltete sie das Licht ein und bat mich, zu warten, ohne mir jedoch in den Salon Einlaß zu gewähren. Zum erstenmal sah ich die Eingangshalle beleuchtet. Stellenweise war der Putz abgebröckelt und entblößte die vor Feuchtigkeit bläulich verfärbten Mauerziegel.

Wie ein junger Hund, der bei der Rückkehr von einem langen Spaziergang von einem Möbelstück zum andern läuft und alle Anwesenden fröhlich begrüßt, griff die Kälte um mich herum Raum und erfüllte die Leere des Flurs. So viel Vertrautheit gab mir zu denken. Vielleicht war es ein Irrtum, sie für die Kälte der unterirdischen Gewölbe zu halten, doch es konnte auch nicht die Kälte dieses Raumes sein, denn die hatte ich zuvor nicht gekannt. Zwischen den beiden Orten und der Kälte, die mich aus der Wohnung getrieben und hierhergeführt hatte, mochte eine andere Beziehung bestehen. Dieser eigenartige Gedanke löste die letzten Schwaden des Nebels auf, in dem ich tappte, und versetzte mich in jenen Alarmzustand, in den ich gewöhnlich unter den eisigen Blicken geriet, die er mir zuwarf. Auf eine gewisse Weise war er schon so gegenwärtig, als stünde er vor mir.

Mein letzter Gast hatte mir zu keinem besonderen Fortschritt beim Verständnis des Spiels verholfen, doch war ich seither wenigstens sicher, alle seine Elemente zu kennen.

Die alte Dame war hinter der Treppe verschwunden, ohne hinaufzusteigen; demnach befanden sich die Schlafzimmer an der Rückseite des Hauses zum Obstgarten hin. In den Milchglasscheiben der Tür zum Vorraum waren Initialen eingeschliffen. Um mir die Zeit zu vertreiben, bemühte ich mich, sie aus den Arabesken herauszulesen, deren Verschnörkelungen sie dem Auge entzogen. Vergeblich. Überdies hätten sie mir nicht weitergeholfen, selbst wenn ich sie hätte entziffern können. Welchem früheren Inhaber mochten sie gehören? Wenn sie noch bei Tisch wären, sagte ich mir, müßte ich Besteck klappern hören. Dabei herrschte vollkommene Stille. Ich machte einen Schritt, doch das Parkett knarrte so laut, daß ich wie angewurzelt stehenblieb und mein Herz zu rasen begann, als ob ich in verbrecherischer Absicht bei ihnen eingestiegen wäre. Ein schlimmer Wartesaal, dieser nackte, schlecht beleuchtete Flur mit seinen schweren geschnitzten Eichentüren und der im finsteren Hintergrund verborgenen Treppe.

Ich verstand nicht, weshalb die alte Dame mich nicht in den Salon gebeten hatte. Ich war am Ende meiner Kräfte, und diese allzu plötzliche Erschöpfung beunruhigte mich. (Daß ich mich kenne, hilft mir nicht, mich auch zu beherrschen. Im Gegenteil, manchmal verschlimmert es meine Ängste nur.) Meine Knöchel bebten. Von plötzlichem Schrecken gepackt, blickte ich mich nach einer Stütze um. Es gab aber nichts als bröckelnde Wände, die Treppe und sonderbare Fenster, durch die man nichts sah. Bei einem Schwächeanfall hätte ich mich auf den Fußboden legen müssen.

Als er durch die Hintertür eintrat, war ich so erleich-

tert, daß ich ihm einige Schritte entgegenging. Wir blieben unter der einzigen Glühbirne im Flur stehen, die nackt an einem langen, verbogenen Draht hing. Möglicherweise hatte er die Tür nicht zugezogen, oder es handelte sich um ein Phänomen wie jenes, das man in Konzertsälen beobachten kann, wenn der Solist erscheint. Für einen Augenblick schwillt das Raunen an, dann tritt unvermittelt eine Stille ein, die mich immer gefrieren läßt. Die Kälte, die ich mitgebracht und die sich gleich im ganzen Flur ausgebreitet hatte, verstärkte sich für ein paar Sekunden, ehe sie verschwand, um der trügerisch einträchtigen Atmosphäre erwarteter Besuche Platz zu machen.
Er stand genau unter der Glühlampe, so daß die Stirn sein übriges Gesicht überschattete. Als seine Worte an mein Ohr gelangten, war ich noch nicht bereit, sie aufzunehmen. Ich verstand sie erst, als er sie wiederholte: «Was ist denn los? Ist etwas passiert?»
Mit einemmal fügte sich alles: die Kälte, in der ich ihn nicht rechtzeitig entdeckt hatte, die Angst, die mich aus meiner Wohnung getrieben hatte, die Beharrlichkeit, die meine Unentschlossenheit verdrängt hatte, um mich hierherzuführen. Die Erkenntnis, daß ich in eine Falle gelaufen war, tat sich wie ein Abgrund vor mir auf. Bei dem Gedanken, daß ich wie ein Automat angetreten war, um Meldung zu erstatten, brachte ich kein Wort mehr hervor. Verstört ging ich in Richtung Salon. Er lief mir nach und verstellte mir den Weg. «Entschuldigen Sie, aber ich kann Sie nur hier empfangen.» Sein Gesicht war nicht mehr im Schatten, und ich erkannte das lässige Lächeln meines adligen Mitschülers wieder, der mich nie eines Blickes gewürdigt hatte. Jeder andere hätte sich zu einer Erklärung verpflichtet gefühlt, er nicht. Merkwürdigerweise gewann der Ärger über diese Unverfrorenheit (wiewohl

 sie von seiner Seite keineswegs überraschend kam) die Oberhand.

«Sie haben mir nicht geantwortet. Was führt Sie her zu dieser Stunde?» Seine schneidende Stimme stand in vollkommenem Einklang mit seiner Gereiztheit. Es schien ihn nicht im geringsten zu interessieren, was ich antworten würde. Das erlaubte mir, ihm in ruhigem Ton zu sagen, daß wir am Nachmittag allzu abrupt auseinandergegangen seien, daß ich seine Worte nicht ganz verstanden hätte und gekommen sei, um mich nach dem Befinden seiner Schwester zu erkundigen.

«Verstehe, verstehe, das ist sehr nett, aber Sie hätten sich so spät nicht bemühen müssen.» Die Ironie in seiner Stimme war nicht zu überhören. «Es geht ihr besser. Sie können wieder nach Hause gehen.» Ich hatte die Situation nicht in der Hand. Da ich folglich nichts zu verlieren hatte, sagte ich ihm ohne Umschweife, daß ich sie sehen wollte, bevor ich zurückging. Im nächsten Augenblick stand er vor mir. Seine Absicht war so klar, daß ich nicht die Kraft fand, ihm in die Augen zu sehen: er wollte mich schlagen. «Sie haben ihr wohl etwas mitzuteilen.» Ich glaubte das hohle Lachen des Schneiders zu hören. Ich hatte mich verraten, was mich nicht weiter wunderte. Das war der Lauf der Dinge. Seit ich die Schwelle überschritten hatte, war das Spiel für mich verloren. Ich hatte den unglücklichen jungen Mann vor Augen, der in seinem Hotelzimmer vor Erwartung fieberte. Ich verneinte, wohl wissend, daß dies in Zukunft nichts nützen würde. Zu meinem Erstaunen fragte er nicht nach. «Sie kann Sie um diese Zeit nicht mehr empfangen, ich glaube, sie ist schon zu Bett gegangen.» Er nahm mich beim Arm. Ich merkte nicht sofort, daß er mich in Richtung Ausgang schob. Er flüsterte, als wollte er sie nicht wecken:

«Im Augenblick geht es ihr besser, doch müssen wir sie trotzdem in ein Sanatorium schicken, wo sie sicherer betreut und beobachtet wird.»
Ein böses Lächeln umspielte seine Lippen. Er log. Niemals würde er sie den Ärzten überlassen. Eher ließe er sie sterben, sich umbringen. Als ich die Hand auf die Klinke legte, schlug sich die Kälte nieder wie Kristalle aus einer gesättigten Lösung, die mit bestimmten Gegenständen in Berührung kommt. Der Schrei, den ich in dem unterirdischen Gewölbe gehört hatte, warf mich ihnen wieder entgegen.
Ich zuckte so stark zusammen, daß er von meinem Arm ablassen mußte. Ich sah sie deutlich vor mir. Er hielt ihre weiche Gestalt in seinen Armen, und ich verstand, weshalb ein kurzer Triumph aufblitzte in seinem Gesicht. Wahrscheinlich hatte es genau denselben Ausdruck gehabt, als er sie ihrem Freund unter dem Vorwand der Bedrohung durch die furchtbare Krankheit entzog.
Ich drehte mich um, packte ihn bei den Schultern und schüttelte ihn. Es war der andere, der sich meiner Arme bediente. «Ich will sie sehen, Sie haben nicht das Recht, sie zu verstecken! Ich will sie sehen, und zwar sofort!» Ich weiß nicht, was für ein Gesicht er zog, als ich innehielt, denn ich nahm nichts mehr wahr. Meine Erregung äußert sich manchmal auf diese Art und Weise. Vielleicht gibt es einfach irgendwann einen Zeitpunkt, wo ich die Augen schließe, ohne es zu merken, und sie nicht mehr öffne, bis die Attacke vorbei ist.
«Sie ist nicht krank, ihr fehlt gar nichts, ich weiß, daß ihr nichts fehlt.» Meine Worte klangen falsch. Meine Kraft hatte mich verlassen, und er tauchte wieder auf. Er hatte eine gewisse Ähnlichkeit mit Pflanzen, die auf trockenem, steinigem Boden angebaut werden. Seine

 Starre ließ ihn zerbrechlich erscheinen. Dieser Gedanke, vielleicht auch die Kälte, die von allen Seiten auf ihn einstürzte, ließen das Skelett hervortreten, dieses «Andere», das uns überlebt. Ich vermochte nicht Abstand zu nehmen von der unzerstörbaren Struktur unter der dünnen Haut seiner Stirn und seiner Wangen. Ich hatte einen absurden Einfall: Seine Beziehung zu seinem Skelett war eine andere, aber er durfte unter keinen Umständen erfahren, daß ich dahintergekommen war. Um ihn abzulenken, sah ich ihm in die Augen, die auch im schwachen Licht des Flurs nichts an Klarheit verloren hatten. Dabei wußte ich, daß mich jede Falte im Gesicht verraten konnte.
«Darüber habt ihr also geredet, sie hat es Ihnen gesagt.» Seine teilnahmslos klingende Stimme hatte nichts Beunruhigendes. «Kommen Sie!» Wahrscheinlich stand die Hintertür offen, und die Kälte der Nacht drang in den Flur und richtete eine unsichtbare Mauer vor mir auf. Ich konnte mich nicht rühren. «Was ist los mit Ihnen? Verzichten Sie?» Ich war sehr weit weg.
Der Junge, der im Internat in dem Bett neben meinem schlief, hatte senkrechte Augen. Unsere Augen sind waagerecht und stabil; seine waren schmal und senkrecht geschnitten. Ich befürchtete ständig, sie könnten kippen und eine Unordnung mit unabsehbaren Folgen anrichten. Alle Schrecken, die einem im Traum widerfahren können (und die wir der Nacht nie ganz zu entführen vermögen, da unser Weg in den Tag wie jener der Arbeiter in Diamantbergwerken an einem unbestechlichen Wächter vorbeiführt), bedrohten mich gleichzeitig. Meine Angst vor dem, was mit seinen Augen hätte passieren können, hing zweifellos auch mit dem Schrei zusammen, den er manchmal im Schlaf ausstieß. Dieser Schrei gehörte ebenfalls zu den unbeschreiblichen Dingen. Ich knipste das Licht an

und sah in seinem Blick noch den Widerschein einer entsetzlichen Offenbarung, die schon in unzugängliches Gelände entwichen war – wie eine Eidechse, die man nur kurz durchs Gras schlüpfen sieht.
Das Vorgefühl einer Katastrophe dieser Art hatte mich zum Stehen gebracht. Und auch etwas anderes.
Ich verstehe noch immer nicht (es sei denn, man denkt an perverse Anwandlungen frühreifer Kinder), wieso sie mir all diese Geschichten erzählt hat, wenn ihr doch deren verheerende Wirkung auf mich nicht entgehen konnte. Besonders beeindruckt war ich von den Kreaturen, deren Namen ich vergessen habe, Geschöpfe, die von einem menschlichen Wesen und einem Geist gezeugt wurden. Die Existenz dieser Ungeheuer – ich sah ihre zwiefältigen Körper, deren Glieder, Kopf oder Rumpf immateriell waren, in einem schwindelerregenden Defilee an mir vorüberziehen – und vor allem der Kontakt mit ihnen, bei dem jederzeit Überraschungen möglich waren, raubten mir mein ganzes Gleichgewicht. Ich weiß nicht, worin dabei die Befriedigung für dieses zehnjährige Mädchen bestand, das all den anderen, von mir kaum beachteten, glich.
Er empfand die gleiche heimtückische Genugtuung, ich las sie in seinen Augen. Er wußte, daß er mir weh, sehr weh tun würde.
Bei Licht – er hatte sich ein wenig entfernt, so daß ich ihn besser sah – schillerten seine Augen in der Farbe bläulicher Ziegel, was mich an die unterirdischen Gewölbe der Burg denken ließ. Sein angespannter Gesichtsausdruck legte allerdings eine andere Erklärung nahe. Vielleicht handelte er nicht nur aus sadistischem Antrieb. Falls er den Grund meines Besuches erraten hatte, wollte er mich ausnützen: Ich sollte dem anderen mitteilen, was ich gesehen hatte.

 Es gab keinen Ausweg, das war mir klar. Er brauchte sich nicht zu beeilen, um von meiner Schwäche zu profitieren – ich mußte ihm wie immer folgen. Mehr noch, vielleicht zog er diese Szene sogar absichtlich in die Länge, um mich noch ärger zu quälen. Wie gebannt starrte ich auf seine vor der Brust gefalteten Hände; zwar entging mir die krasse Falschheit der Geste nicht, doch war ich außerstande, sie zu definieren. Selbstverständlich hätte er lieber den anderen zu ihr geführt als mich. Ich bewunderte seine außergewöhnliche Selbstbeherrschung. Dadurch, daß er auf meine brutale und scheinbar unbegreifliche Geste nicht reagiert hatte, ließ er mich seine Überlegenheit am besten spüren.

Im Traum feuere ich oft aus nächster Nähe alle Kugeln aus meinem Revolver auf meinen Gegner ab, der trotzdem weiterlächelt und dadurch zu meinem Intimus wird, so daß ich plötzlich den Eindruck habe, er sei in mir und führe meine zitternde Hand. Dann entdecke ich in dem Spiegel, der uns ansieht (hier stimme ich die Traumgesichte auf die Grenzen unserer Alltagswahrnehmung ab), daß ich ein Opfer merkwürdiger Aggression bin, ist doch der Arm, der mich tötet, mein eigener.

Zweifel an meiner Geste, von der ich nicht wußte, ob sie über das Stadium einer Absicht hinausgediehen war, stürzten mich durch einen analogen Prozeß in eine Panik der gleichen Art. Ich mußte unbedingt wissen, woran ich war. Dazu gab es eine einzige Möglichkeit: ihn noch einmal tätlich anzugreifen, diesmal jedoch mit offenen Augen. Reagierte er nicht, so bedeutete das, ich hatte ihn wirklich getroffen. Ich holte ihn ein – und tat natürlich nichts.

Er blieb vor der Salontür stehen und sagte mit seltsamer Stimme, als wollte er sich von einer Verantwor-

tung lossagen: «Sie haben sie sehen wollen.» Diese letzte Heuchelei berührte mich überhaupt nicht mehr. Als er öffnete, überflutete mich ein Schwall heißer, stickiger Luft. Es gibt eine Hitze, die ich nur zu gut kenne, nämlich die eines Zimmers, in dem ein fieberglühender, schweratmender Körper liegt. Diese Hitze hier jedoch hatte nichts Menschliches. Ich dachte an den Glutatem verkohlter Mauern, nachdem der Brand gelöscht worden ist. Sie, in dieser Luft...
Nicht aus freiem Willen mied ich ihren Anblick. Zweifellos hatte ich diese Lösung schon vorher gewählt, allerdings unbewußt. Als ich den Schalter zum zweitenmal klacken hörte, hielt ich die Augen schon wer weiß wie lange geschlossen.
Ich erlebte die Überraschung einer (bei aller Einfachheit) nahezu wundersamen Befreiung und gleichzeitig die unlösbar damit verbundene Bitterkeit. Traurig trieb ich auf dem Brackwasser meines bescheidenen wiedergewonnenen Friedens, bedrückt durch meine eigene Feigheit, als ich ihn an meiner Seite spürte. Ich hörte die Tür hinter uns ins Schloß fallen. Das schwache Licht, das an den feuchten Wänden herabglitt, ließ einen bescheidenen, stillen Todeskampf sichtbar werden – die immer schwächeren Flügelschläge eines verletzten Schmetterlings. Mit Schritt für Schritt zunehmender Deutlichkeit kam das Gefühl einer Desertion in mir auf, die diesmal den endgültigen Verzicht auf etwas bedeutete, das nie klar gewesen war, das große Schmerzen verursachen konnte, das aber auf dem Weg des Lebens lag. Indem ich zurückgewichen war, hatte ich eine Tür zugemauert. Wahrscheinlich ist das mein Schicksal: der Rückzug. Ich habe es immer gewußt.
Unser Ball war über die drei Meter hohe Mauer geflogen, die den Hof des Gymnasiums vom Nachbargar-

 ten trennte. Ich kletterte auf einem Schutthaufen bis an den Mauerfirst, über den die spitzen jungen Pappeln zu sehen waren. Ich hätte beim Sprung von der Mauer in ihrem Geäst Halt suchen müssen, um meinen Fall zu bremsen; wenn sie aber stärker waren, als es den Anschein hatte, bestand die Gefahr, daß sie mich verletzten. Schließlich wagte ich nicht, zu springen. Die Hänseleien meiner kleinen Spielgefährten waren schnell vergessen. Nicht aber die bittere Enttäuschung, einer ebenso starken wie meinem Naturell entgegengesetzten Versuchung ausgewichen zu sein, von der ich wußte, daß sie mir nie wieder begegnen würde. (Wäre ich zu einer Zeit wiedergekommen, als niemand auf dem Hof war, hätte ich wahrscheinlich gar nichts empfunden dort oben auf der Mauer.)

Oft ist es gerade der letzte Augenblick, an den man sich nachher nicht mehr erinnert. Kurz zuvor hatte ich ihn, das weiß ich, noch einmal angesehen. Statt eines Ausdrucks der Siegesgewißheit, wie ich ihn erwartet hatte, entdeckte ich in seinen Augen dieselbe Traurigkeit wie an jenem Tag, als wir bei mir angestoßen hatten. Ich war so überrascht, daß ich stehenblieb, und auch er hielt inne und spiegelte sich zur Gänze in meinen Augen. Wie ein Häuflein Asche wäre er hinweggefegt worden, hätte es jetzt im Flur einen Luftzug gegeben; als er die Tür öffnete, durchfuhr mich dieser Schreck, doch die Luft draußen war unerklärlich ruhig. Er begleitete mich nicht, und das bedeutete, daß auch die Gartentür hinter mir nicht abgeschlossen wurde. Woher wußte er, daß ich nicht wiederkommen würde?

XVII

Ich war wie gewöhnlich hinuntergegangen, meine Post zu holen. Als ich zurückkam, saß mein Besucher vom Vortag auf dem Stuhl, auf den ich abends vor dem Schlafengehen meine zusammengefalteten Hosen lege. Anfangs glaubte ich Enttäuschung in seinem Gesicht zu entdecken, eine unauffällige Enttäuschung allerdings, kaum wahrnehmbar in seinen erschöpften, verwüsteten Zügen. Nachdem ich ihn jedoch genauer betrachtet hatte, merkte ich, daß ich mich möglicherweise geirrt hatte. Es war eher eine Art Apathie, die alles mögliche und ebensogut gar nichts verbergen mochte.

Während ich die Erscheinung beobachtete, geriet sie vor mir in leichtes Schwanken wie jener Ertrunkene, den ich eines Tages mit dem Boot gerammt hatte. Unter der Wucht des Stoßes drehte sich das, was ich für einen Baumstamm gehalten hatte, um die eigene Achse, und plötzlich bekam ich einen aufgedunsenen Kopf von wächserner Blässe zu sehen, Kinn und Mund unter Wasser, wobei das Spiel der Wellen die Oberlippe des Toten bald freigab, bald überspülte. Immer wenn der Kopf ein bißchen tiefer sackte, glaubte ich in den aufgerissenen Augen einen beinahe komischen Ausdruck von Ekel auszumachen.

Ich begann im Zimmer auf und ab zu gehen. Immer wenn ich zum Stuhl hinüberschielte, sah ich ihn von vorn. Ich wußte, wenn ich etwas von ihm erfahren wollte, brauchte ich sehr viel Geduld (und demnach Zeit, die anders bemessen ist, wenn man sie mit Erscheinungen verbringt), und gerade an Geduld mangelt es mir. In gewissem Sinn kam sein Besuch nicht unerwartet. Er war im Gegenteil durchaus erklärlich: ein Appell, den ich ohne weiteres verstand. Gab es da noch irgendeine andere Botschaft? Anscheinend nicht. Das leichenblasse Gesicht (in einem Winkel von 180 Grad im Verhältnis zum Körper gedreht), das mich unverwandt über die Stuhllehne anstarrte, erschien mir plötzlich unerträglich. Ich verließ mein Zimmer.

Es war kein gewöhnlicher Morgen. Die Häuser waren über Nacht gewaschen und dann, blitzend vor Sauberkeit, im Schaufenster des Tages ausgestellt worden. Es war wohl schon ziemlich spät; ich hatte die Tür des Schneiders nicht gehört, als ich unten vorbeigegangen war, was nur bedeuten konnte, daß er schon in der Stadt seinen Geschäften nachging.

Es kommt vor, daß ich nachts Geräusche vernehme, wie sie in den Spielpausen hinter dem heruntergelassenen Bühnenvorhang zu hören sind. Am nächsten Morgen entdecke ich immer etwas Neues. Die Baumblüte in den Gärten, den plötzlichen Einbruch des Herbstes oder weniger bedeutende Offenbarungen: eine bis dahin noch nie wahrgenommene Perspektive oder einfach die lebhafte Färbung eines Hausdachs. Diese Entdeckungen gehen manchmal Hand in Hand mit anderen, viel intimeren.

Daß mir die Nacht diesmal in keiner Weise zur Warnung vor den eingetretenen Veränderungen gereicht hatte, lag an dem bleiernen Schlaf, in den ich mich geflüchtet hatte. Es war fast schon eine Ohnmacht, in die nichts einzudringen vermochte. Um so größer war meine Überraschung, als ich bemerkte, daß die Jahreszeiten wieder durcheinandergeraten waren. Mit meinem sehr feinen Geruchssinn erkannte ich sofort den Duft der feinen Brise, die über mein Gesicht fächelte. Wenn der Schnee zu schmelzen beginnt, streicht diese Botschafterin durch die noch starre Stadt. Dann ahnt man ein Licht um die Zweige wie zu der Zeit, wenn die Knospen aufgehen; in dem Wasser, das der Regen in ein paar Gräben hinterlassen hat, liegt noch die Frische des Tauwetters. Sachte sucht der Körper den Raum.

Ich war so aufgewühlt, daß ich, ohne den Ort wiederzuerkennen, stehenblieb, um die weißen Wolken zu bewundern, die sich in großen Fenstern spiegelten. Plötzlich verschwand ihr Bild, und in dem Fenster, das gerade noch den Himmel gespiegelt hatte, sah ich den verlassenen Saal des Cafés. Stühle und Tische schwammen da in einem anderen, traurig fahlen Licht, das sich meiner bemächtigte, ohne sich von den dünnen Scheiben behindern zu lassen.

Nur allzuoft bewirkt schon eine Nebensächlichkeit, etwas, zu dem ich keinerlei Bezug habe (das unheimliche Heulen einer Schiffssirene zum Beispiel), daß es mir nicht mehr gelingt, zu vergessen, wovon ich nichts mehr wissen will. Von meiner kurzatmigen Heiterkeit war nichts geblieben. Das Café betrat ich nicht mehr, aber nicht etwa, weil ich der Versuchung zu widerstehen vermochte. Darüber mache ich mir keine Illusionen. Meine Initiativen sind zumeist nichts anderes als entfernte Echos von Veränderungen, die sich unabhängig von mir vollziehen (auf einer Ebene, auf der ich den Eindruck habe, nicht mehr vorhanden zu sein, einer Ebene, die in ein anderes Außen vorstößt).

Ich hatte mich entschlossen, von zu Hause fortzulaufen. Es ist so lange her, daß ich mich nicht mehr erinnere, weshalb. Es war übrigens mein einziger Fluchtversuch. Ich hatte die lange Hose von meinem Matrosenanzug angezogen. Als ich die Fähre erreichte, zog der Kassierer gerade seine Uhr aus der Tasche, deren Kette jener meines Vaters ähnelte. Brav kehrte ich nach Hause zurück.

Ich hatte dem Café bereits den Rücken gekehrt, als ich das Knarren der Drehtür vernahm. Schnell schaute ich mich um, doch die eintretende Person war schon verschwunden. Mir kam ein absurder Gedanke: Die Flügel der Tür hatten sich vielleicht besonders schnell gedreht, um ihm das Verschwinden zu erleichtern.

Der Zauber war vorüber. Der Wind roch wieder nach Staub und klang wie ein Pantoffel, der über einen schmutzigen Korridor geschleift wird. Dennoch hatte sich der allgegenwärtige Duft noch nicht ganz verflüchtigt. Als der Schneider vor mir auftauchte, erstarrte ich bei dem Gedanken an den akrobatischen Sprung, den ich hätte vollführen müssen, um auf seine Ebene zu gelangen. (Meine Beziehungen zu Kati haben diese eine Qualität: Sie fordern mir derlei Anstrengung nicht ab. Die Neueinstellung, die notwendig ist, sobald ich mit jemandem zusammenkomme, und die besonders auf seine momentane Laune abgestimmt sein muß, erübrigt sich bei ihr.)

Wenn man den Schneider auf der Straße sah, erweckte er einen ganz anderen Eindruck. Er schien klein und kümmerlich, wie das auf dem Dachboden gefundene Holzpferd, als ich es aus der Ecke zog, wo es unter anderen vergessenen Spielsachen verrottete.

Er sprach mich an, noch bevor ich mich hatte entscheiden können, stehenzubleiben oder nicht. Sein Gesicht verriet nichts von dem, was folgen sollte: «Der Herr von gestern ist heute nacht wiedergekommen.» Da er meine Überraschung mißdeutete, fügte er hinzu: «In Ihrer Abwesenheit.» Ich sah keinen Grund, weshalb er mich hätte anlügen sollen, trotzdem konnte das nicht wahr sein. Mein Besucher hatte überhaupt keinen Grund gehabt, letzte Nacht wiederzukommen. Ich sah ihm tief in die Augen. «Das ist höchst merkwürdig. Ich werde der Sache auf den Grund gehen.» Die beiden gewohnten Furchen erschienen wieder auf seiner roten Nase, und seine Augen mit den zitternden Lidern schauten noch demütiger drein. Noch nie hatte ich ihn bei einer Lüge ertappt, diesmal aber war ich sicher, daß es mir gelingen würde, deshalb wiederholte ich drohend: «Ich werde dieser Sache auf den Grund gehen, und zwar sofort.» Er senkte den Kopf, verbarg seinen Blick, und ich hatte ihn im Verdacht, daß er grinste. Eine plötzliche Ahnung überkam mich, und ich entfernte mich schleunigst.

Es hatte keinen Sinn zu laufen, um so weniger, wenn meine Ahnung zutraf, doch es gelang mir nicht, meine Schritte zu zähmen. Bei Tageslicht sind Erscheinungen noch viel unangenehmer, und zwar offensichtlich deshalb, weil es gesteigerter Anstrengung bedarf, den Kontakt mit ihnen aufrechtzuerhalten. Für Augenblicke entdeckte ich den Unbekannten unter den Gestalten der Passanten, die an mir vorüberrauschten, und erkannte sogar den heiteren Gesichtsausdruck des Ertrunkenen, den ich mit dem Boot gerammt hatte. Ich beschleunigte meine Schritte noch mehr. Hatte auch die Zeit zu laufen begonnen? Dämmerlicht umfing uns. Und je mehr sich diese künstliche Dunkelheit verdichtete, desto klarer wurde sein Bild, wie im Kino, wenn die letzten Lampen langsam verlöschen.

Monatelang verfolgte mich das Gesicht eines Aufpassers, der vorübergehend im Internat beschäftigt gewesen war. Ein ausdrucksloses Gesicht, eine unpersönliche Stimme – nichts konnte rechtfertigen, wie oft ich später glaubte, ihn wiederzuerkennen oder zu hören, wie er sich den Weg durch die Menge bahnte oder gar auf mich zukam; das alles bis zu dem Zeitpunkt, als ich mich aus nächster Nähe von meinem Irrtum überzeugen konnte. Von da an blieben die Begegnungen endlich aus, und meine Fragen richteten sich nun nicht mehr auf das Geheimnis meines Interesses für ihn, sondern auf die Identität und die Gründe dessen, der seinen Doppelgänger vor mir hin und her bewegt hatte. Natürlich fand ich keine Antwort und kam zu dem Schluß, daß ich vielleicht das Opfer eines Mißverständnisses war. Die Erscheinung mußte für jemand anderen bestimmt gewesen sein.

Die Zweifel, die mich gegenwärtig quälten, waren nicht von dieser Art. Die Gründe für mein Interesse an dem Neuankömmling lagen auf der Hand, und es ging sehr wohl um mich, aber die Botschaft erreichte mich nicht.

Zehn Schritt vor dem Hotel verschwand die Erscheinung wie der «Hase» beim Windhundrennen, sobald die Ziellinie erreicht ist. Der Portier antwortete mir mit jener professionellen Ergebenheit, mit der man vorgibt, die Verantwortung für jeglichen Schaden zu übernehmen, selbst wenn man nichts damit zu tun hat: «Dieser Herr ist heute früh abgereist.» Ich hatte ihn sehr wohl verstanden und war auch nicht weiter erstaunt, trotzdem ließ ich nicht locker: «Sie meinen, er ist ausgegangen?» «Nein, er ist endgültig abgereist, er hat seine Rechnung beglichen und ist gegangen.»

Ich rührte mich nicht vom Fleck. Ich vernahm das dumpfe Gurgeln, mit dem ein Körper in den Fluten versinkt.

Während ich in der Hotelhalle gewesen war, hatten sich die Umgebung und das Licht auf der Straße wieder verändert. Die Häuser hatten wieder entlang dem Gehsteig Aufstellung genommen, alle jedoch in der gleichen unbestimmten Farbe. Die grauen Zweige, die sich über die Gartenzäune reckten, waren schon lange ohne Blätter. Auf Straßen folgten Gäßchen, scheinbar alle menschenleer. Die wenigen Fußgänger verschwanden, sobald sie meiner ansichtig wurden. Ich dachte an einen Wald, in dem plötzlich die Säfte aufgehört haben zu steigen. Ich war ein Teil dieses Waldes.

Manchmal bricht der sich überstürzende Verlauf des Albtraums mit einem Schlag ab. Ich befinde mich dann in einer unzugänglichen Gegend, die äußerst einfach erscheint. Luft und Meer sind nur mehr eins. Der Sand, auf dem ich liege – vielleicht am Grund des Meeres – ist nur mehr seine eigene Sanftheit. Weder Licht noch Dunkelheit. Eine Stille, daß man spürt, wie das Herz der Zellen schlägt.

Bin ich dann auf der Erde zurück, erlangen die Dinge nur schwer ihre Umrisse wieder. Verschwommen zögert die Vergangenheit eine Zeitlang am Rande der Wirklichkeit.

Ich hatte diesen Parcours oft genug zurückgelegt, aber diesmal blieb ich zwischen den beiden Welten hängen.

Einzig und allein die Geräusche meiner Schritte drangen noch bis zu mir, und manchmal nahm ich auch wahr, wie ein fast unsichtbarer Passant auf dem gleichen Gehsteig an mir vorüberglitt.

In diese Leere brach das Ereignis herein.

Mit einemmal war alles verwandelt, und nichts sonst existierte mehr. Wie die unzähligen Feuerwerkskörper eines großartigen Festes leuchtete das Mädchen in mir auf. Es gab nur noch sie, aller Bindungen ledig, frei wie das Licht. Wie das Feuerwerk die Nacht mit Leuchtspuren durchstrahlt, so machte sie meine Einsamkeit zu ihrem Raum.

 Ihr Bild ging keinen der alltäglichen Wege. Sie mußte sich weder durch den dürftigen Tunnel meiner Augen zwängen, noch mußte sie den Halo ihres Schweigens durchbrechen, damit ich sie hörte.
Sie ging durch mich hindurch, unsere beiden Wesen wurden eins. Ich war durchsichtig und doppelt. Ich wußte, daß ich nie wieder so hoch steigen würde. Wie lange mag es gedauert haben?
Ich versuchte die Feuersbrunst einzudämmen, etwas aus dem Feuer zu holen, ein Zeugnis, ein Zeichen zurückzubehalten (von den unbeschreiblichen eines!), als ich in eine Schleuderbewegung geriet.
Ich war in der Oper. Die Tänzer agierten im Vordergrund der Bühne, im Hintergrund stand ein Chor, der die bunte Schar der Gäste eines Balls auf einem prächtigen Schloß vor über hundertfünfzig Jahren darstellte. Im Nu hatte ich ein Kostüm entdeckt, das aus dem Rahmen fiel. (Als ich es Kati zeigte, lächelte sie, wohl eingedenk meiner Unbedarftheit in Sachen Kleidung, dabei ging es um etwas ganz anderes.) Unter den gelassen in den Saal blickenden Chorsängern sah ich nur noch das erdfarbene Gesicht mit den toten Augen dieses einen, der nicht mitsang. Die Loge war erfüllt vom erstickenden Geruch von Mauerschutt, der die Ausdünstungen von Generationen wie ein Schwamm aufgesogen hat. Ich wußte, woher dieser Geruch kam. Keiner der Chorsänger wurde den Eindringling gewahr. Offenbar auch keiner der Zuschauer. Die zunehmend vom Geruch unterirdischen Schutts geschwängerte Luft störte sonst niemanden in meiner Loge. Ich war es, dem die Botschaft galt. Die immer gleiche, nur zeitweilig, nie aber für lange Zeit vergessene. Unbarmherzig.
Ich versuchte aller Aussichtslosigkeit zum Trotz, auf den verlorenen Weg zurückzugelangen. Ich wußte, daß

ich, wie bei gewissen chemischen Reaktionen, eine unumkehrbare Veränderung durchgemacht hatte, doch der Abgrund der Einsamkeit, dessen Nähe ich spürte, zwang mich, das Unmögliche zu versuchen. Jedesmal wenn die erdfarbene Vision – der die Jahre nichts anhaben konnten – wieder in dem Schatten entschwand, aus dem sie hervorgetreten war, setzte ich ihr verzweifelt nach und bemühte mich, die Bindung zu erneuern, sie wiederzufinden.

Aber die Bilder zerfielen sofort. Vergeblich kämpfte ich dagegen an, die Hände, die sein Gesicht modellieren sollten, waren, wenn sie aus dem trägen Schlamm auftauchten, immer starrer vor Frost.

Es gibt jemanden, den ich nur dann sehe, wenn er zum Zeichen der Verneinung den Kopf schüttelt. Seine anderen Zeichen verstehe ich selten (wahrscheinlich ist es so, daß ich sie nicht immer bemerke).

Als ich die Tür aufstieß – nun, da die Trägheit mich zu ihnen geführt hatte –, hegte ich nicht mehr den geringsten Zweifel.

Beinahe ruhig und gemessenen Schrittes trat ich ein, doch die Stille, die mein Inneres beherrschte, zerbarst – paradoxerweise unter dem Druck jener unvergleichlich schwereren Stille, die über meiner ganzen Umgebung lag –, und sofort rannte ich wie ein Narr von einem Zimmer in das nächste. Im Salon waren die Fensterläden geschlossen, und ich mußte das Licht einschalten. Ich suchte nach dem Bett, auf dem ich sie am Vorabend hätte sehen können. Es war verschwunden. Die drei ermatteten Sessel posierten wie in einem provinziellen Fotoatelier.

Unter der Treppe gab es zwei Zimmer. Oben fand ich einen leeren Saal vor, als Mansarde ausgebaut, in dem der Staub einen weichen jungfräulichen Teppich ausgelegt hatte. Ich lehnte mich an ein Dachfenster und betrachtete den Himmel.

Ein regloser, weißer Himmel.

Als ich ging, nahm ich den Weg unter den vermauerten Fenstern.